제1의 대죄

3

제1의 대죄

THE FIRST DEADLY SIN

3

로렌스 샌더스 장편 추리소설

최인석 옮김

황금가지

| 차 례 |

제 8 장

침대 머리맡에 놓인 탁상시계의 알람이 오전 8시에 작동하지 않았다. 델러니는 그 시계를 찰싹 때려주고 침대 밖으로 다리를 빼낸 다음 안경을 썼다. 전화통 옆에 놓인 메모지를 집어 들어 잠시 들여다본 그는 핸드리의 집으로 전화를 했다. 전화벨이 여덟 번 울릴 때까지 받는 사람이 없었다. 막 포기하려는 순간 핸드리가 전화를 받았다.

"여보세요?"

그의 음성에 잠이 덕지덕지 묻어 있었다.

"에드워드 델러니 지서장이오. 내가 잠을 깨운 거요?"

핸드리는 하품을 했다.

"아닙니다. 벌써 네 시간 전에 깨어나 있었어요. 물 탱크 주변에서 조깅을 하고, 영구불멸의 소네트를 두 편 쓰고, 우리 마나님을 유혹했지요. 좋아요. 무슨 일인데요, 서장님?"

"쓸 것 있어요?"

"잠깐만요. 됐어요. 뭐죠?"

"신문사 조사부에서 이 사람을 조사해 봐요."

"누구지요?"

"대니얼 G. 블랭크."

"그 사람이 왜 우리 조사부에 있겠어요?"

"이유는 모르겠어요. 그저 가능성이 있으니까 부탁하는 겁니다."

"좋아요. 그 사람이 무슨 짓을 저질렀어요? 말하자면 그 사람이 어떤 종류건 뉴스거리를 제공한 적이 있느냐는 겁니다."

"내가 알기론 그런 적 없을 겁니다."

"그런 사람이 어떻게 우리 조사부에 있겠습니까?"

델러니는 초조히 말했다.

"그저 가능성이 있다고 했잖소. 가능성 말이요, 가능성. 아무튼 난 모든 가능성을 조사해야 하는 입장입니다."

"하느님 맙소사. 알았어요. 해보죠. 뭐가 나오건 안 나오건 10시 쯤 전화하죠."

델러니는 급히 말했다.

"안 돼요, 안 돼. 그러지 말아요. 그때는 난 집에 없을 겁니다. 10시 무렵에 내가 신문사로 전화하겠습니다."

핸드리는 투덜거리며 전화를 끊었다.

아침을 먹은 뒤 델러니는 서재로 들어갔다. 그는 네 건의 살인 사건이 벌어진 날짜와 각 사건 사이의 시차를 조사하고 싶었다. 롬바드 사건으로부터 22일 뒤에 길버트가 피살당했다. 그로부터 17일 뒤에 코프 형사가 피살당했고, 그로부터 11일 뒤에 파인버그가 피살당했다. 이에 비추어보면 다음 살인사건은 크리스마스 다음 주, 새해 첫날이 낀 주에 발생할 가능성이 높았다. 아마도 크리스마스가 지나고 며칠 뒤일 것이다. 그는 갑자기 긴장했다. 크리스마스라! 아, 하느님!

그는 즉시 바바라에게 전화를 했다. 바바라는 기분이 좋다고 말했고, 밤에는 잠을 잘 잤으며 아침을 다 먹었다고 말했다. 그것은 아내가 늘 하는 말이었다.

그는 숨가쁘게 말했다.

"들어봐, 여보. 이제 크리스마스야. 그런데 선물도 카드도 다 잊고 있었어. 어떻게 해야 하지?"

바바라는 웃어댔다.

"당신이 바쁘다는 거 알고 있어요. 아이들에게는 내가 선물을 보냈어요. 신문에 난 광고를 보고 전화로 주문을 했지요. 엘리자베스와 존은 티파니의 멋진 크리스털 얼음통을 받을 거예요. 에디에게는 아주 값비싼 스웨터를 보내줬어요. 어때요?"

"당신은 정말 놀라워."

"당신 입버릇이죠, 뭐. 아니면 진담인가요? 메리에게 돈을 좀 주세요. 늘 하던 것처럼요. 뭔가 작은 선물을 하는 것도 나쁘지 않겠네요. 스카프나 손수건 같은 거요. 돈은 그 선물 포장 안에 넣고요."

"알았어. 카드는 어떻게 하지?"

"작년에 쓰고 남은 카드가 있을 거예요. 스무 장쯤요. 거실에 있는 뚜껑 달린 책상 아랫서랍에 들어 있을 거예요. 세 묶음만 더 사면 충분할 거예요. 오늘 여기 들를 거예요?"

"물론이지. 꼭 갈게. 정오에."

"그러면 카드하고 보낼 사람들 명단을 가지고 오세요. 명단은 어디 있는지 아시죠?"

"거실에 뚜껑 달린 책상 아랫서랍."

아내는 키들거렸다.

"당신은 갈데없는 형사예요. 그래요, 바로 거기에 있어요. 정오에 올 때 카드하고 명단을 가지고 와야 해요. 오늘 기분이 아주 좋아서 카드를 쓰기 시작할 거예요. 한꺼번에 다 쓸 생각은 안 해요. 이틀이나 사흘에 걸쳐서 쓰면 되겠지요. 그렇게만 하면 제 날짜에 도착할 수 있을 거예요."

"우표는?"

"그래요. 우표도 있어야 해요. 100장짜리 한 묶음을 사오세요. 그러는 편이 다루기가 쉬워요. 복잡해지면 난 그것 때문에 곤욕을 치르거든요. 아 참, 여보, 물어본다는 게 잊어버렸어요. 그 사건기록 중에 뭐 찾아낸 거 있어요?"

"정오에 만나서 얘기해 주지."

"어때요? 성과가 있을 것 같아요?"

"글쎄, 그럴 수도 있고."

아내는 한동안 침묵하고 있다가 한숨을 내쉬었다.

"성과가 있길 바라요. 간절히요."

"나도 그래, 여보. 자, 내 말 좀 들어봐. 크리스마스 선물로 뭘 갖고 싶어?"

아내는 웃음을 터뜨렸다.

"나에게 선택권이 있던가요? 난 뭘 받을지 이미 아는걸요. 크리스마스 이브에 문을 연 구멍가게에서 파는, 상표가 뭔지도 모를 향수를 하나 받게 되겠죠. 그렇죠?"

델러니도 웃어댔다. 아내의 말이 옳았던 것이다.

그는 전화를 끊고 손목시계를 보았다. 오전 9시가 조금 지난 시각이었다. 계획한 것보다 시간이 많이 흘렀다. 그는 명함집을 뒤적여 찾던 것을 발견했다. 아서 에임스, 자동차 보험회사 직원이었다.

대니얼 블랭크가 사는 아파트 건물은 이스트 83번가 한 블록 전체를 차지하고 있었다. 델러니에게는 낯익은 건물이었다. 그는 거리 건너편에 서서 그 건물을 올려다보며 다시 한 번 참으로 멋대가리 없는 건물이라고 생각했다. 모두가 강철과 유리였다. 병원이나 연구소 같은 생김생김이지 사람이 그 안에 들어가서 살 만한 건물은 아니었다. 그러나 사람들은 그 안에서 살았다. 그는 임대료가 얼마나 될까 상상해 보았다.

그가 희망한 대로 사람들은 아직도 출근하는 중이었다. 두 명의 경비원은 그가 지켜보는 사이에도 분주히 거리로 뛰어나와 택시를 잡았고, 차고지기는 링컨 컨티넨탈을 현관으로 끌어내 세우더니 즉시 내리고는 다른 입주자의 차를 끌어내기 위해 다시 차고로 뛰어 들어갔다.

델러니는 태연히 아파트의 도로를 걸어 오른쪽으로 방향을 바꾼 다음, 지하차고로 들어가는 짤막한 계단을 내려갔다. 연한 푸른색 재규어를 몰고 차고지기가 바로 옆을 스쳐 지났다. 델러니는 그 흑인 차고지기가 걸어서 돌아올 때까지 차고 입구에서 차분히 기다렸다.

"안녕하십니까? 크로스컨트리 보험회사에서 나온 에임스라고 합니다."

델러니는 명함을 꺼내며 말했다. 차고지기는 그를 흘겨보며 말했다.

"이 시간에 보험을 팔러 오다니, 참 좋은 때 오셨소."

델러니는 웃는 얼굴로 재빨리 받았다.

"아닙니다. 아니에요. 아무것도 팔지 않아요. 우리 보험에 든 차량 한 대가 1971년형 시보레 콜벳 스팅레이하고 사고를 냈어요. 콜벳은 뺑소니를 쳤지요. 우리 고객의 차는 망가졌는데 말입니다. 사고 현장이 3번로였거든요. 우린 그 콜벳이 이 근처 주민의 차일 수도 있다고 생각합니다. 그래서 근처의 차고란 차고는 모두 조사하고 있는 겁니다. 그저 그게 관례니까요."

"1971년형 콜벳이라구요?"

"예."

"무슨 색이랍니까?"

"아마 진한 푸른색 아니면 검은색이었답니다."

"사고가 언제 일어났지요?"

"이틀 전에요."

"콜벳이 한 대 있기는 합니다. 대니얼 블랭크 선생의 차가 콜벳이거든요. 하지만 그 차는 아닐 거요. 이번 주 내내 나간 적이 없거든요."

"경찰이 사고 현장에서 유리와 왼쪽 앞 범퍼에서 깨져 나온 파이버글라스 조각을 찾아냈어요."

"대니얼 블랭크 선생의 차는 아니라고 했잖소. 그 차에는 흠집

하나 없단 말이오."

"내가 좀 봐도 되겠어요?"

"마음대로 하쇼. 저 흰색 캐딜락 뒤 구석에 있으니까."

차고지기는 어깨를 으쓱했다. 전화벨이 울렸다. 차고지기는 포드 스테이션 왜건에 올라타고 가운데로 후진했다가 방향을 바꿨다. 그는 몹시 분주했다. 델러니가 이 시간을 택한 것도 그 때문이었다. 그는 검은색 콜벳 앞으로 천천히 걸어갔다. 번호판을 보니 블랭크의 차가 확실했다.

차의 문은 잠겨 있지 않았다. 그는 차의 문을 열고 안을 들여다보며 냄새를 맡아보았다. 창이 닫힌 차에서 나는 특유의 냄새가 풍겼다. 앞쪽 창문의 얼음을 제거하는 도구와 습기 방지제와 먼지 닦이와 낡은 운전장갑이 한 켤레 있었다. 좌석과 좌석 사이에 손때 묻은 지도가 끼워져 있었다. 지도는 몇 번이나 접혀 있었다. 그는 뉴욕 주가 보일 정도로만 지도를 폈다. 검은 색연필로 표시된 길이 있었다. 이스트 83번가에서 시작된 색연필 표시는 도심을 가로질러 웨스트사이드 고속도로를 경유하고, 조지 워싱턴 다리를 지나 뉴저지를 가로질러 마와를 지나 다시 뉴욕 지경으로 들어섰다가 북쪽으로 뻗은 캣스킬 산맥으로 들어가서 칠턴이라는 이름의 마을에서 끝났다. 그는 지도를 다시 접어 제자리에 두었다.

그는 차의 문을 조심스럽게 닫고 걸어 나왔다. 나오는 길에 차고지기와 다시 마주치자 그는 웃으며 말했다.

"저 차는 틀림없이 아니군요."

"아니라고 말했잖소. 이 양반아."

델러니는 차고지기가 이 일을 블랭크에 말할 것인지 궁금했다.

말할 것이라는 생각이 들었다. 그는 블랭크가 이 사건에 대해 어떤 반응을 나타낼 것인지 생각해 보았다. 이 일 때문에 그가 겁을 먹지는 않을 것이다. 그러나 만일 그에게 죄가 있다면 그는 생각하기 시작할 것이다. 델러니에게 한 가지 좋은 생각이 떠올랐다. 그러나 아직은 때가 아니었다.

서재로 돌아온 델러니는 지도에서 칠턴을 찾아보았다. 지도를 통해 알 수 있었던 것은 '칠턴, 뉴욕 주 소재, 인구는 3146명'이라는 것뿐이었다. 그는 칠턴에 관해 기록한 다음 그것을 블랭크의 자료 문건에 옮겨 적었다. 그는 손목시계를 보았다. 10시가 채 되지는 않았으나 거의 되어가고 있었다. 그는 신문사로 전화를 하여 핸드리를 찾았다.

"서장님? 미안하지만 아무것도 없어요."

"그래요? 하긴 단번에 뭘 찾자는 건 아니었어요. 도와줘서 고맙……."

"잠깐 기다리세요. 너무 일찍 포기하시는군요. 우리한텐 여러 부서의 자료철이 있어요. 예를 들면 스포츠부에는 현재 활동하는 운동선수들의 자료가 있단 말입니다. 마찬가지로 연극이나 미술을 다루는 부에도 각기 그 분야에 종사하는 사람들의 자료가 있구요. 그 사람이 속할 만한 분야가 어딥니까?"

"글쎄, 스포츠부 자료철에나 있을까요? 그것도 별로 가능성은 없어요."

"그래요? 그에 대한 다른 정보는 없습니까?"

"없다니까요. 아주 값비싼 아파트에서 살고, 아주 값비싼 차를 몰고 다니니까 돈이 아주 많은 사람일 거라는 점 말고는."

핸드리는 한숨을 내쉬었다.

"좋아요, 서장님. 다시 한 번 조사해 보죠. 뭐든 찾아내면 전화하겠습니다. 전화가 없으면 아무것도 찾은 게 없는 걸로 아세요."

"그러지요. 고맙습니다."

델러니는 무거운 마음으로 인사를 했다. 그에게 핸드리의 마지막 말은 그저 실망하지 말라는 위로에 불과했다.

그는 병원으로 갔다. 아내는 이제 막 점심식사를 시작하려는 참이었다. 델러니는 아내가 점심을 먹는 것을 지켜보았다. 아내는 병원에서 주는 식사를 거의 다 먹었다. 그는 아내가 정말 좋아지고 있는 것이라고 생각했다. 기분이 좋아졌다. 바바라가 점심식사를 끝낸 뒤에 그는 아내에게 각기 가격이 다른 세 가지 종류의 카드를 보여주었다. 비싼 카드는 '중요한' 친구들에게 보내고 값싼 카드는 그냥 아는 사람들에게 보낼 생각이었다. 또한 그는 작년에 쓰고 남은 카드와 사람들의 명단, 그리고 우표도 꺼내놓았다.

그는 병실 안을 서성거리며 과장된 몸짓으로 바바라에게 대니얼 블랭크에 관해서 얘기했다. 그 사람의 과거와 수상쩍은 점에 대해서 얘기했다. 얘기를 끝내면서 그는 아내의 의견을 물었다.

"당신 생각은 어때?"

아내는 사려 깊은 어조로 입을 열었다.

"그래요. 어쩌면 그럴 것 같아요. 하지만 여보, 당신에게는 확실한 증거가 없어요. 그렇지요?"

"그래, 없어."

"확실한 건 전혀 없어요. 하지만 추적해 볼 가치는 있을 것 같아요. 그 사람이 얼음도끼 구입자였다는 것이 밝혀진다면 조금은 안심할 수 있을 것 같아요."

"나 역시 그래. 지금 당장 내가 추적할 수 있는 것은 그자뿐이야."

"이제부터 어떻게 하실 거예요?"

"어떻게? 모든 것을 조사해 봐야지. 찰스 립스키도. '앵무새'라는 술집도. 그자가 싸움을 벌인 곳 말이야. 그자가 어떤 사람인지 알아낼 거야. 여보, 오늘 밤에는 올 수 없을 것 같아. 할 일이 너무나 많아. 괜찮겠어?"

"물론이죠. 당신 다이어트는 계속하고 있는 건가요?"

"그럼. 이번 주에 겨우 1킬로그램밖에 늘지 않았어."

그는 배를 툭툭 치며 말했다. 두 사람은 웃음을 터뜨렸다. 그는 아내의 입술에 키스했다. 부드럽고 따뜻한, 그러나 더 많은 무엇인가를 원하는 키스였다. 그는 병실에서 나왔다.

델러니는 로비에서 수첩을 뒤적여 전화번호를 찾아내 공중전화로 캘빈 케이스에게 전화를 했다.

"잘 되고 있어요?"

"예, 아직 일반적인 등산장비 판매전표를 붙들고 있어요. 그 가운데서 251번 지서 관할지역 주민을 골라내는 일 말입니다."

델러니는 케이스가 '251번 지서'라고 말하는 것이 재미있었다. 아마추어가 직업적 어휘를 구사하고 있었다.

"내가 제대로 하고 있는 겁니까?"

케이스는 궁금증을 나타냈다. 델러니는 확인해 주었다.

"물론입니다. 드디어 단서를 찾아냈어요. 이름은 대니얼 블랭크. 그 사람을 알아요?"

"그 사람이 누군데요?"

"블랭크. B-L-A-N-K. 대니얼 G. 이름을 들어본 적 있어요?"

"등산갑니까?"

"아직 모릅니다. 등산가일 수도 있어요."

"이봐요, 서장님. 이 나라에는 등산 인구가 20만 명이나 돼요. 해마다 더 늘어나고 있지요. 몰라요. 대니얼 G. 블랭크라는 사람은 모르겠어요. G는 어떤 이름의 이니셜이죠?"

"기디온입니다. 그럼 이 질문에 대답해 봐요. 칠턴이라는 지명 들어봤어요? 뉴욕 주에 있는 마을인데."

"알아요. 캣스킬 산맥에 있어요. 조는 듯한 작은 마을이지요."

"등산가가 흔히 찾아가는 곳입니까?"

"물론이죠. 칠턴이라는 마을을 찾아가는 것이 아니라 거기서 3킬로미터 떨어진 주립공원에 가는 겁니다. 작지만 훌륭한 곳입니다. 벤치도 있고 탁자도 있고 바비큐를 할 수 있는 시설도 있거든요."

"등산과는 관련이 없어요?"

"대개는 소풍하러 가지요. 멋진 장소들이 많으니까. 한 군데 오르기 좋은 곳이 있긴 해요. 바윗덩이 하나로 이루어진 코스지요. '악마의 바늘'이라는. 침니 코스예요. 내가 거기에 피톤을 두 개나 박아뒀어요. 나중에 찾아올 사람들을 위해서요. 난 이따금 거길 오르곤 했어요."

"쉬운 코스인가요?"

"쉬운 코스라……. 글쎄요, 거긴 초보자를 위한 코스는 아니에요. 중급 등산가가 택할 코스지요. 자신이 하는 행위의 의미를 파악할 수 있는 정도의 수준이면 됩니다. 도움이 되는 겁니까?"

"이 시점에서는 모든 것이 다 도움이 되는 법이지요."

집으로 돌아온 델러니는 케이스가 칠턴과 '악마의 바늘'에 대해 해준 이야기를 '대니얼 G. 블랭크'의 자료철에 기록해 넣었다. 그는 '앵무새'라는 술집의 주소를 블랭큰십이 작성한 사건기록에서 찾아냈다. 그는 명함집을 뒤져서 이번에는 '워드 밀러 사립탐정', '신뢰할 수 있고 유능하며 확실한 수사'라고 인쇄된 명함을 꺼냈다. 그는 뭐라고 얘기를 꾸며댈 것인지를 궁리하기 시작했다.

그로부터 한 시간이 흘렀는데도 델러니는 아직까지 꾸며댈 얘기를 궁리하고 있었다. 그는 거기 너무 열중한 나머지 전화벨이 일곱 번째 울리고 있는데도 그것을 의식하지 못했다. 메리가 복도에서 전화를 받아 그에게 와서 핸드리가 전화를 했다고 알려주었다.

"그자를 찾았습니다."

핸드리의 말이었다.

"뭐라구요?"

"그자를 찾았어요. 당신의 대니얼 G. 블랭크 말입니다."

델러니는 흥분하여 부르짖었다.

"하느님! 어디에서요?"

핸드리는 통쾌하게 웃었다.

"경제 관련 자료철에서요. 대부분 경영자들이나 고위 간부들에 관한 개인 자료철이지요. 거기에는 해마다 수킬로그램에 달하는 신문기사나 공적 보고서들이 첨가됩니다. 아시죠? 조 블로우가 부회장에서 상임 부회장으로 승진되었다느니, 해리 하이더스가 위 톳스 부터리의 판매 담당 책임자로 고용되었다느니 하는 소식들 말입니다. 한 페이지짜리 문서로 배포되는데, 그것이 그대로 자료철에 보관됩니다. 증명사진 유의 사진도 함께요. 경제부 데스크가 그 자료철을 뭐라 부르는지 아세요?"

"뭐라 부르는데요?"

"'간첩 자료철'이라구요. 아무튼 거기에서 당신의 사냥감을 찾아냈습니다. 몇 년 전 승진을 했더군요. 그 사람 사신하고 기사가 몇 줄 있었어요."

"그가 일하는 곳이 어딥니까?"

"아, 그건 말하기 곤란하군요. 지금은 안 되겠어요. 내가 그 정보지를 사진까지 복사해서 오늘 밤에 가져가지요. 서장님이 왜 대니얼 G. 블랭크라는 사람에게 관심을 갖는지 알려준다면 말입니다. 롬바드 사건과 관련이 있는 일이지요?"

델러니는 잠시 망설였으나 대답하는 수밖에 없었다.

"그래요."

"블랭크가 혐의잡니까?"

"그럴지도 몰라요."

"오늘 밤 이 정보지와 사진을 가지고 가면 내게 정보를 좀 주실 건가요?"

"별로 얘기할 게 없는데."

"그건 제가 판단할 겁니다."

"좋아요. 8시나 9시쯤."

"그 시간에 가지요."

델러니는 기분이 좋아져서 전화를 끊었다. 정보 문서와 사진이라! 그는 경험을 통하여 수사가 아주 힘든 사건들이 통상적으로 어떻게 결말을 맺게 되는지를 알고 있었다. 처음에는 느리고 지루하기가 마치 진흙탕 속을 허우적거리는 것만 같다. 중간 단계에 이르면 일시적으로 수사 분위기가 고조되고 몇 가지 조각난 사실들이 발견되며, 그것들을 논리적으로 엮어내는 일이 시작된다. 마지막 단계에 도달하면 급격하고 돌발적이고 결정적인, 흔히 폭력을 동반하는 클라이맥스가 전개된다. 그는 자신이 지금 수사 중간 단계의 가운데 부분을 통과하는 중이라고 생각했다. 수사의 진행이 점점 더 빨라지고 조각조각 드러난 단편적인 사실들이 하나의 이야기로 엮어지는 단계였다. 모두가 행운이었다. 그 빌어먹을 놈의 행운만이 그의 앞길이 어디로 이어지는지를 알고 있었다.

'앵무새'는 3번로에 있었다. 그곳은 스테이크 샌드위치와 송아지 커틀릿, 비프스튜와 스파게티, 튀김 요리와 콩과 당근 요리, 사과파이와 타피오카 푸딩, 초콜릿 과자 따위의 음식과 술을 같이 파는, 다른 술집보다 더 나쁠 것도 좋을 것도 없는 집이었다. 근처에 높다란 아파트 건물들이 들어서고 있었기 때문에 이런 술집들은 해마다 줄어들고 있었다. 그가 예상한 대로 술집 안은 거의 비어 있었다. 바에는 노란 안전모를 쓴 사람 둘이 앉아서 맥주를 마시며 동전놀이를 하고 있었고, 뒤쪽 구석자리에 놓인 탁자에서는 한 쌍의 남녀가 싸구려 포도주를 한 병 놓고 손을 잡고 앉아 있었다. 이런 시간에는 웨이터도 바텐더도 한 사람뿐이었다.

델러니는 바에 앉았다. 문에 가까운 쪽으로 등 뒤에 통유리창이 있는 곳이었다. 그는 호밀 위스키와 물을 주문했다. 바텐더가 술을 가져오자 그는 카운터에 10달러짜리 지폐를 한 장 놓으며 물었다.

"시간 좀 있어요?"

바텐더는 그를 물끄러미 쳐다보았다.

"무슨 시간이요?"

"알고 싶은 게 좀 있어서."

"누구십니까?"

델러니는 '워드 밀러 사립탐정'의 명함을 꺼내 바 위에 내밀었다. 바텐더는 명함을 집어 입술을 달싹거리며 읽더니 돌려주었다.

"난 아는 게 없어요."

델러니는 친밀한 미소를 떠올리며 10달러짜리 지폐 위에 명함을 올려놓았다.

"천만에요. 아는 게 있습니다. 이건 공공의 질서에 관한 문제거든요. 작년에 여기서 싸움이 벌어진 적이 있어요. 어떤 사람이 동성애자를 신나게 팼지요. 그날 밤 당신이 근무했어요?"

"난 매일 밤 근무해요. 주인이거든요. 적어도 이 가게의 일부는 내 거라구요."

"그날 싸움이 기억나요?"

"기억나지요. 그런데 그걸 어떻게 알게 됐나요?"

"경찰청에 친구가 있죠. 그 친구가 얘기해 주더군요."

"그게 나하고 무슨 상관이 있다는 겁니까?"

"아무 상관도 없지요. 난 당신 이름도 몰라요. 알고 싶지도 않고. 오직 그 동성애자의 턱을 부셔버린 작자에게 관심이 있을 뿐입니다."

바텐더는 화를 내며 소리쳤다.

"그 우라질 놈의 개자식! 그런 놈의 자식은 감방에 처넣고 열쇠

21

를 던져버려야 해요. 미친놈이라구요!"

"동성애자가 쓰러진 뒤에도 그 작자가 동성애자를 걷어챴다는
게 사실인가요?"

"그렇고말고요. 불알을 마구 걷어챴어요. 거친 작자더라구요.
그 자식을 떼어놓기 위해서 장정 세 사람이 달라붙었다니까요. 그
놈은 동성애자를 죽일 뻔했어요. 그러는 바람에 하마터면 내가 그
작자를 골로 보낼 뻔했지요. 바 뒤에 늘 끝이 부러진 곤봉을 하나
보관해 두거든요. 그 자식은 미친 듯이 고함을 질러대더라구요.
그런데 왜 그 자식 일을 조사하는 건가요?"

"그냥 조사하는 겁니다. 이름은 대니얼 G. 블랭크. 서른여섯 살
이나 서른일곱 살쯤. 이혼했지요. 그런데 어떤 여자애한테 몸이
달아 있어요. 열아홉 살짜리 대학생한테. 이 블랭크라는 자는 여
자애하고 결혼하고 싶어 해요. 여자애 아버지가 재산가거든. 여자
애도 몸이 달아 있지요. 그런데 아버지가 보기에 블랭크라는 자한
테서 구린내가 난단 말입니다. 그래서 나한테 뒷조사를 좀 해달라
고 부탁을 합디다."

"그 애비라는 사람 아마 딸의 엉덩이를 두들겨 패서 버릇을 가
르치거나 아니면 나라 밖으로 딸을 빼돌리는 게 나을 겁니다. 그
자식하고 결혼을 시키다니! 그놈은 나쁜 놈이에요."

"나도 그런 생각이 듭디다."

델러니가 말하자 바텐더는 고개를 끄덕거렸다.

"잘 본 겁니다, 선생이."

바텐더는 이제 흥미가 느껴지는 모양이었다. 그는 팔짱을 끼고
바 위로 상체를 숙였다.

"그 자식은 악당이라구요. 선생, 나도 어린 딸을 가진 사람입니다. 만일 블랭크라는 녀석이 내 딸에게 다가오기만 해도 난 그 자식의 팔다리를 부러뜨릴 거요. 전에도 그 자식은 경찰하고 옥신각신한 적이 있어요."

델러니는 명함을 주머니에 넣고 10달러짜리 지폐를 바텐더의 팔꿈치 밑으로 가까이 가져갔다.

"무슨 일이 있었다는 겁니까?"

"그자하고 같은 아파트에 사는 어떤 남자하고 싸웠다고 합디다. 그 남자의 개 때문에 벌어진 일이라던가? 아무튼 그 남자는 팔을 다쳤어요. 그래서 블랭크라는 자식은 경찰서에 끌려갔지요. 그런데 어떻게 했는지 재판까지 가지도 않고 유야무야되어 버렸어요."

"그게 사실입니까? 처음 듣는 얘긴데? 그 일이 벌어진 게 언제였나요?"

"그놈이 여기서 싸움질을 벌이기 여섯 달쯤 전이라지요? 그놈은 말썽쟁이라구요."

"정말 그런 것 같네요. 당신은 그걸 어떻게 알게 됐나요? 같은 아파트 주민하고 싸운 일 말입니다."

"내 매제가 얘기해 줍디다. 매제 이름은 립스키요. 그놈이 사는 아파트에서 경비원으로 일해요."

"그거 재미있네요. 당신 매제가 나한테도 얘기를 좀 해줄까요?"

바텐더는 10달러짜리 지폐를 내려다보다가 그것을 슬그머니 끌어당겼다. 바 저편에 앉아 있던 막노동꾼들이 맥주를 더 주문했다. 바텐더는 그들에게 맥주를 갖다 주고 돌아왔다.

"물론이지요. 안 할 이유가 없잖아요. 매제도 블랭크라는 자를 지겨워하는데."

"어떻게 하면 당신 매제를 만날 수 있을까요?"

"그 아파트 로비에다 전화를 하면 돼요. 블랭크가 어디 사는지는 알지요?"

"물론이지요. 그거 좋은 생각입니다. 립스키에게 전화를 해야겠네요. 이 작자가 어쩌면 다른 여자랑 놀아날지도 모르고, 아무튼 무슨 엉뚱한 짓을 벌이고 있을지도 모르니까요. 내 고객의 딸을 적당히 데리고 놀다가 걷어찰 심산인지도 모르죠. 아니면 돈 냄새를 맡은 건지도 모르고."

"그럴지도 모르지요. 한잔 더 하실래요?"

"지금은 안 되겠어요. 이봐요, 그 작자가 여기서 싸움질을 벌인 뒤에 여기에 또 나타난 적이 있나요?"

"물론이죠. 바로 며칠 전 밤에 여기 나타났지요. 그놈은 내가 알아보지 못하는 줄 압디다. 하지만 내가 그놈 얼굴을 어떻게 잊겠어요?"

"그날은 점잖게 행동합디까?"

"물론이죠. 아주 조용하더군요. 난 그놈에게 말 한 마디 걸지 않았어요. 그자가 달라는 술만 갖다 주고 혼자 있게 내버려뒀지요. 무슨 크리스마스 선물상자를 가지고 있더군요. 그래서 어디 쇼핑이나 다녀오나 보다 하고 생각했지요."

크리스마스 선물상자라. 어쩌면 그것은 앨버트 파인버그가 피살된 그날 밤이었는지도 모른다. 그러나 델러니는 그에 대해서는 말하지 않기로 했다.

"정말 고맙소."

그는 스툴에서 내려섰다. 문으로 걸어가다 말고 그는 다시 돌아왔다. 바 위의 10달러짜리 지폐는 어느 새 사라지고 없었다. 델러니는 바에 손가락을 두들기며 말했다.

"아, 두 가지만 더. 당신 매제에게 전화해서 내가 갈 거라고 미리 말해 줄 수 있겠어요? 한 번도 본 적이 없는 사람에게 갑자기 전화를 하는 것보다는 그 편이 나을 것 같아요. 당신이 미리 매제에게 이런 일 때문에 이런 사람이 갈 거다 하고 말하고, 내가 공짜로 남의 시간을 빼앗는 사람은 아니라는 걸 말해 주면 고맙겠는데."

바텐더는 고개를 끄덕거렸다.

"물론이죠. 전화해 둘게요. 아무튼 난 매제와 매일 얘기를 하니까요. 그 친구는 주간 근무일 때는 늘 퇴근길에 여기 들러서 한잔씩 하고 가거든요. 하지만 이번 주에는 야간 근무예요. 8시 이전에는 거기 가봐야 매제를 만날 수 없어요. 내가 매제 집으로 전화를 미리 해두지요."

"여러모로 고맙습니다. 큰 도움이 됐어요. 또 하나는 이겁니다. 만일 블랭크라는 자가 다시 여기 나타나거든, 내가 여기 와서 자신에 대해 이것저것 묻더라는 말을 슬쩍 해줘요. 내 이름까지 알려줄 필요는 없습니다. 그저 어떤 사립탐정이 당신에 대해 꼬치꼬치 질문을 합디다 하고만 말해 주면 됩니다. 내 인상착의 같은 건 말해 줘도 될 겁니다. 그래야 그 친구가 겁을 좀 먹을 테니까. 안 그래요?"

그는 웃으며 말을 끝냈다. 바텐더도 웃어댔다.

"알아요. 알고말고요."

델러니는 집으로 돌아왔다. 메리가 서명을 하고 받아둔 롬바드 작전 수사대의 보고서가 배달되어 있었다. 그는 복도의 탁자에 그것을 내버려둔 채 곧장 부엌으로 갔다. 여전히 모자를 쓰고, 무겁고 멋없는 코트를 입은 채였다. 너무나 배가 고파 통증이 느껴질 지경이었다. 그는 그제서야 자신이 아침을 먹은 이래 입에 넣은 것이 없다는 것을 깨달았다. 레인지 위에 메리가 만들어둔 양고기 스튜가 있었다. 미적지근했다. 그러나 그는 상관하지 않았다. 딱딱한 홈부르크 모자를 쓰고 코트를 입은 채 포크로 양고기 몇 조각과 감자 하나, 양파와 당근을 꺼내 입에 쑤셔 넣었다. 냉장고에서 캔맥주 하나를 꺼내 컵에 따를 생각도 않고 통째로 꿀꺽꿀꺽 삼켰다. 시간이 조금 흐르자 기분이 좀 나아졌다. 무릎도 더 이상 떨리지 않았다.

그는 모자와 코트를 벗고 캔맥주 하나를 더 땄다. 그는 맥주와 롬바드 작전 보고서를 들고 서재로 들어갔다. 안경을 쓰고 책상 앞에 앉았다. 그리고 '앵무새'의 바텐더에게서 들은 얘기를 기록했다.

그는 자신의 자료를 치운 다음, 롬바드 작전 수사대의 보고서 포장을 뜯어냈다. 네 번째 피살자 앨버트 파인버그 살인에 관련된 보고서였다. 현장에 가장 먼저 도착한 순찰경관의 기초적 현장 감식 보고서가 있었다. 뒤에 이어지는 보고서들은 점점 더 내용이 길어졌다. 수사관들의 보고서와 검시관(이번에도 샌포드 퍼거슨 박사였다.)의 잠정적 소견, 피살자의 소지품과 피살자의 미망인에 대한 첫 심문, 시체와 피살 현장의 사진 등이 있었다.

도르프만 경위가 말한 대로 이번 사건은 앞의 세 피살사건과는 몇 가지 '차이점'이 있었다. 델러니는 그 차이점을 하나하나 찾아내어 목록을 만들었다.

(1) 싸운 흔적이 있다. 피살자의 양복 윗도리 깃이 뜯겨 나갔다. 넥타이는 뒤틀려 있다. 와이셔츠 아래 깃은 허리띠에서 밀려 나와 있다. 길에 구두 뒷굽(고무 제품)과 앞굽(가죽 제품)이 밀린 흔적이 있다.

(2) 옆에 크리스마스 선물상자가 세 개 떨어져 있다. 한 상자에는 여성용 속옷이 들어 있다. 여기에는 피살자의 지문이 묻어 있다. 다른 두 상자는 비어 있다. 가짜 선물상자인 셈이다. 비어 있는 두 개의 상자에는 어떠한 지문도 없다. 상자 안에서도, 포장지에서도 지문은 발견되지 않았다.

(3) 피살자의 깨진 두개골이 놓인 곳으로부터 1미터쯤 떨어진 보도에 몇 방울의 피가 떨어져 있다. 이 핏방울을 조심스레 긁어내서 면밀히 분석한 결과 피살자의 혈액형과 다르다는 것이 밝혀졌다. 살인범의 혈액인 것으로 추정된다.(퍼거슨 박사에게 전화를 걸어 구체적으로 그 피의 혈액형이 무엇인지 알아둬야 한다.)

(4) 피살자의 지갑은 주머니에 들어 있다. 피살자의 부인이 판단하기로는 사라진 신분증이 없다. 피살자의 코트 왼쪽 칼라 뒤쪽에 핀이 꽂혀 있었던 흔적이 있다. 그 흔적은 칼라의 단춧구멍과 일치하는 지점인데, 검시관은 그 부근에서 녹색의 물질이 발견되었다고 보고했다. 분석검사실의 검사 결과 이 녹색 물질은 장미

속, 장미 종에 속하는 식물로 판명되었다. 검사실은 이 물질을 계속 분석 중이며 가능하면 피살자의 코트 칼라에 꽂혀 있던 장미가 정확히 어떤 종인지를 알아낼 수 있기를 기대하고 있다.

델러니가 다시 한 번 그 보고서를 읽고 있는데 현관의 초인종이 울렸다. 그는 대답하기 전에 먼저 롬바드 작전 보고서와 자신이 만든 문건들을 책상 윗서랍에 넣었다. 그 다음에 문으로 나가 핸드리를 서재로 데리고 들어왔다. 그는 핸드리의 코트와 모자를 받아 걸고 얼음을 넣은 스카치를 한 잔 가져다 주었다. 그 자신은 이미 냉기가 사라진 미적지근한 맥주를 마신 다음 물을 섞은 호밀 위스키를 한 잔 만들었다. 그는 책상 너머로 돌아가 앉았다. 핸드리는 가죽 팔걸이 소파에 다리를 꼬고 앉았다.

델러니는 활기찬 어조로 물었다.

"자, 뭘 가져왔나요?"

"뭘 가져왔냐구요? 서장님, 우리가 한 약속은 생각도 안 나세요?"

델러니는 단정한 옷차림의 이 젊은이를 한동안 쳐다보았다. 핸드리는 지친 듯 보였다. 이마는 잔뜩 구겨져 있었다. 또한 예전에는 볼 수 없던 깊은 주름살이 코 가장자리에서부터 입 귀퉁이까지 굵게 나 있었다. 그는 끊임없이 손톱을 물어뜯었다. 델러니는 작은 소리로 물었다.

"일이 힘듭니까?"

핸드리는 어깨를 으쓱 치켜 올렸다.

"늘 그렇죠. 이놈의 짓 때려치울까 생각 중이에요."

"그래요?"

"세월은 자꾸 흘러가는데, 내가 정말 하고 싶은 일은 못 하고 있잖아요."

"창작은 잘 됩니까?"

"안 돼요. 밤에 집에 돌아가면 하고 싶은 일이라고는 구두를 벗고 술이나 한잔 하며 천장이나 물끄러미 쳐다보는 거예요."

델러니는 고개를 끄덕였다.

"아직 결혼은 안 했지요?"

"예."

"여자는 있어요?"

"있죠."

"당신이 직장을 때려치운다고 하면 그 여자는 뭐라고 합니까?"

"상관없다고 해요. 그녀에게 좋은 직장이 있으니까요. 봉급도 나보다 더 많고. 내가 책을 출판하거나 다른 적당한 직장을 얻을 때까지 우리 두 사람의 생활비를 벌 수 있다는 거죠."

"신문사에서 하는 일이 마음에 안 듭니까?"

"이젠 마음에 안 들어요."

"왜요?"

"이놈의 세상에 쓰레기가 이렇게 많다는 걸 미처 몰랐어요. 더 이상 견디기 힘들어요. 하지만 내가 여기 온 건 이런 얘기나 하려는 건 아니었어요."

델러니는 말했다.

"그런 문제라면……. 하기야 그렇지요. 어떻게든 처리하지 않으면 안 되는 일이지만 동시에 어떻게도 할 수 없는 일이지요. 그저 기다리기만 하면 그런 문제들은 저절로 제 갈 길로 가버려요. 5년 전에 무슨 일을 걱정하고 있었나요?"

"젠장, 그걸 어떻게 알아요?"

"거 봐요. 바로 그거라니까. 그건 그렇고. 자, 지금 내가 가진 건 이런 거요."

핸드리는 델러니가 아마추어들로 구성된 수사진을 활용하고 있다는 것도, 고객 주소록과 판매전표를 조사하고 있다는 것도, 모니카가 개인별 자료 카드를 만들고 있다는 것도, 거기 이름이 있는 사람들의 전과를 조회 중이라는 것도 알고 있었다.

델러니는 이제 핸드리에게 대니얼 G. 블랭크라는 인물에 이르게 된 과정을 설명했다. 251번 지서의 지하창고에서 수사기록을 찾아낸 경위, 그자의 차를 조사한 경위, '앵무새'의 바텐더를 만나 그자가 저지른 폭행사건을 조사한 경위 등을 얘기해 주었다.

"현재로서는 그게 내가 얘기해 줄 수 있는 전부요."

핸드리는 고개를 설레설레 저었다.

"별것 없군요."

"나도 알아요."

"아직 대니얼 G. 블랭크라는 사람이 등산가인지 아닌지도 모르구요."

"그렇지요. 하지만 그 사람 이름이 '아웃사이드 라이프'의 고객 주소록에 올라 있었습니다. 또 그자의 차 안에서 발견된 지도에 표시된 길은 그자가 등산하는 곳으로 가는 길일 수도 있어요."

"그걸 가지고 지방검사에게 갈 수 있어요?"

"헛소리밖에 안 되지요."

"그 사람이 얼음도끼를 가지고 있는지 아닌지도 모르지요? 이 제 제 정보를 얘기해 볼까요? 하지만 그것도 별로 도움이 안 될 겁니다."

핸드리는 양복 윗주머니에서 봉투를 하나 꺼내 델러니의 책상 위로 던졌다. 그 봉투는 봉함되어 있지 않았다. 델러니는 봉투를 열었다. 가로 10, 세로 12센티미터 크기의 조잡한 사진 한 장과 복사한 문건이었다. 그는 접힌 종이를 펼쳐놓고 책상 위의 전등을 기울여 사진 위에 비추고 오랫동안 노려보았다. 바로 너, 너다.

가까이에서 찍은 사진이었다. 대니얼 G. 블랭크는 카메라 렌즈를 똑바로 바라보고 있었다. 딱 벌어진 어깨는 굳건했다. 입가에는 미소가 희미하게 떠돌았다. 그러나 눈은 웃고 있지 않았다.

아주 젊고 팔팔한 모습이었다. 얼굴은 부드러웠고 주름살도 없었다. 귀는 작았지만 턱의 선은 강했다. 광대뼈가 돌출되어 있었다. 눈은 컸다. 수동적인 한편 사색적인 눈이었다. 곱슬기 없는 머리칼은 왼쪽 가르마를 타서 뒤쪽으로 단정히 빗질되어 있었다. 이마가 넓었다. 입술은 전혀 뜻밖에도 조각해 넣은 듯 뚜렷하고 부드러웠다.

"인디언처럼 보이는 생김새군."

델러니가 중얼거렸다.

"아닙니다. 그보다는 슬라브 사람처럼 보여요. 몽고인 같기도 하고. 살인자처럼 보여요?"

"나한테는 모든 사람이 살인자처럼 보이죠."

델러니는 웃지도 않고 진지하게 말했다. 그는 이번에는 복사한 문서를 들여다보았다.

벌써 2년 전의 짤막한 2단짜리 기사가 문서에 담겨 있었다. 대니얼 G. 블랭크가 제이비스 버챔 출판회사의 모든 출판물을 총괄하는 판매이사에 임명되었다는 것. 그리고 즉시 그 직책에 부임할 것으로 판단된다는 내용이었다. 그는 제이비스 버챔의 판매부서를 전산화할 계획이었고, 앰록 II 컴퓨터의 활용을 지휘하게 되어 있었다. 앰록 II는 그들이 임대한 새 컴퓨터였고 웨스트 46번가의 제이비스 버챔 빌딩의 한 층 거의 전부를 차지할 정도의 대형 컴퓨터 시스템이었다.

델러니는 그 기사를 다시 한 번 읽고 저만큼 밀어버렸다. 그는 묵직한 안경을 벗어 복사된 문서 위에 올려놓고 회전의자에 깊숙이 기대앉아 두 손을 깍지 끼어 뒷머리를 받치고 천장을 올려다보았다.

"별로 도움될 게 없을 거라고 했죠?"

핸드리가 말했다. 델러니는 마치 꿈꾸듯 모호하게 중얼거렸다.

"아, 모르겠군. 뭔가가 있긴 한데…… . 한 잔 더 마셔요."

"고맙습니다. 서장님도 호밀 위스키 한 잔 더 하실래요?"

"그러지요. 조금만 더."

핸드리는 술잔을 가지고 돌아와 소파에 앉았다. 델러니는 기댔던 몸을 똑바로 세웠다. 그는 안경을 쓰고 다시 한 번 그 기사를 읽었다. 안경을 조금 내리고 그 너머로 핸드리를 넘겨다보았다.

"제이비스 버챔의 판매이사라면 돈을 얼마나 받을 것 같아요?"

"최소한 3만 달러는 될걸요. 5만 달러쯤 된다 해도 조금도 놀랄 건 없겠죠."

"그렇게 많이 받아요?"

"제이비스 버챔은 거대한 회사예요. 나로서도 올려다봐야 할 정도로. 전국 500대 기업 가운데 하나로 꼽히죠."

"5만 달러? 젊은 사람으로서는 대단한 수입이군."

"그 사람이 몇 살이죠?"

핸드리가 물었다.

"나도 정확히는 몰라요. 한 서른다섯 정도?"

"젠장, 그 많은 돈으로 뭘 할까요?"

"비싼 임대료를 물고 값비싼 차를 타고 다니죠. 위자료도 지불하고 아마 여행도 하겠지요. 투자도 하고. 별장을 가지고 있을지도 모르겠군. 나도 그자에 대해서 잘 몰라요."

델러니는 일어나서 술잔에 얼음을 더 넣었다. 그는 잔을 손에 들고 방 안을 서성거렸다.

"앰록 II라고 했나요? 그게 뭡니까?"

델러니가 물었으나 핸드리도 잘 모르는지 대답을 하지 않았다. 델러니가 다시 물었다.

"내가 재미있는 얘기 하나 해줄까요?"

"좋지요. 한바탕 웃어서 나쁠 거 없죠."

"사실 웃기만 할 수 있는 얘기는 아닙니다. 재미있지만 묘한 얘기지요. 나는 스무 해 가까이 수사과에서 근무한 다음 순찰부서로 전속되었어요. 그동안 갖가지 성추행사건도 상당수 경험했지요. 성추행과 직접적으로 관련된 사건, 간접적으로 관련된 사건 등등 해서. 그런데 이런 사건들 가운데 상당수의 범인이 바로 전자공학 전문가들과 전기 기술자들, 기계 기술자들과 컴퓨터 프로그래머, 장부계나 경리과 직원이었습니다. 기계장비나 숫자를 주무르며 일하는 사람들이었죠. 그 사람들이 바로 강간범이고, 남을 엿보고 사진을 몰래 찍는 자고, 어린이 추행범이고, 새디스트고, 노출음란층 환자더라는 겁니다. 이건 내 경험에 의한 얘기일 뿐입니다. 성범죄자를 직업에 따라 분류하고 분석한 연구 같은 건 이제껏 본 적이 없으니까요. 존슨 경감에게 그런 분석을 해보라고 한번 권유해 볼 생각입니다. 아주 가치 있는 논문이 될 겁니다."

"어떤 결과가 나올 거라 생각하는데요?"

"모르지요. 이건 오직 내 경험에 따른 판단이니까 일반화시킬 수는 없을 겁니다. 하지만 난 이렇게 생각해요. 직업상 하는 일이 기계화되거나 자동화되어 사람과의 접촉이 제한된 채 일하는 사람들이 직업상 매일 수많은 사람들과 접촉하며 사는 사람들보다 훨씬 더 성범죄에 강하게 이끌린다는 거지요. 하는 일의 특성으로 인해 성추행에 쉽게 유혹당하는 것인지, 아니면 그들이 이미 잠재적 성추행범들이고 사람들과의 접촉을 기피하기 때문에 무의식적으로 그런 종류의 직업을 찾게 되는 것인지는 나로서는 모를 일입니다. 대니얼 G. 블랭크의 사무실로 찾아가서 그 사람과 얘기하려면 어떤 식으로 하는 게 좋을까요?"

핸드리는 깜짝 놀랐다. 그의 술잔이 흔들려 술이 흘렀다.

"뭐라구요? 지금 뭐라고 하셨어요?"

핸드리는 믿을 수 없다는 듯 물었다. 델러니가 그 질문을 반복하려는데 책상 위의 전화가 신경질적으로 비명을 토했다.

"델러닙니다."

"델러니? 토어슨이네. 지금 얘기해도 괜찮나?"

"좋은 때는 아닙니다."

"잠시 듣고만 있을 수는 있나?"

"그러지요."

"좋은 소식이네. 브로턴이 떨려나게 생겼어. 네 번째 사건이 그런 결과를 초래했지. 시장과 경찰청장, 그리고 보좌관들이 오늘 밤 모여서 그 일을 상의할 것이네."

"알겠습니다."

"오늘 뭔가 소식을 더 듣게 되면 연락해 주겠네."

"고맙습니다."

"어떻게 되어가고 있나?"

"그저 그렇습니다."

"좀 더 구체적인 혐의자를 발견했나?"

"예."

"좋아. 집중적으로 파고들게. 이제 우리 일도 속도를 내야겠네."

"알겠습니다. 전화해 주셔서 고맙습니다."

델러니는 전화를 끊고 돌아앉으며 핸드리에게 물었다.

"당신이 만일 대니얼 G. 블랭크의 사무실로 찾아가서 그 사람에게 얘기를 한다면 어떤 식으로 하는 게 좋을 것 같냐고 물어본 겁니다."

"아, 그런 뜻이에요? 그저 걸어 들어가서 이렇게 묻는 거죠. '블랭크 씨, 뉴욕 경찰청 에드워드 델러니 지서장은 당신이 이스트사이드에서 네 명의 시민을 도끼질하여 살해했다고 생각하고 있습니다. 그에 관해 하실 말씀 있습니까?'"

델러니는 진지하게 말했다.

"아니, 그런 식으로는 안 돼요. 제이비스 버챔도 홍보부나 아무튼 그런 일을 하는 부서가 있을 거 아닙니까?"

"그렇겠지요."

"내가 한다면 다른 식이겠지만, 당신한테는 기자증이 있으니까 이렇게 하는 게 좋을 겁니다. 신분을 밝히고 최고 경영자하고 약속을 합니다. 그 사람을 만나게 되면 쓸데없는 소리를 한참 동안 늘어놓은 다음 당신네 신문이 승진을 거듭하는 젊고 유능한 경영자의 이모저모를 소개하는 연재기사를 기획하고 있다고 말하는 겁니다. 그러면……"

"잠깐만요!"

"특히 컴퓨터와 시장 조사 따위의 일에 능숙한 젊고 유능한 새로운 경영자들 말입니다. 또는 홍보부에 문의해서 당신네 신문의 기획 의도에 맞는 제이비스 버챔의 젊고 진보적인 경영자를 몇 소개해 달라고 부탁하는 겁니다."

"이제 제 말 좀……"

"대니얼 G. 블랭크의 이름을 들먹여서는 안 돼요. 절대로 안 되고말고. 다만 기업 경영에 컴퓨터를 활용하는 젊은 경영자, 앞으로 기업 경영에서 컴퓨터가 발휘할 가치를 십분 파악하고 있는 젊은 경영자를 찾는다는 사실만 언급하면 되는 겁니다. 그렇게 되면 홍보부에서 추천하는 너댓 명 가운데 틀림없이 대니얼 G. 블랭크가 포함될 겁니다. 그 너댓 사람에 관한 질문을 몇 마디 던져요. 그리고 마침내 대니얼 G. 블랭크를 선택하는 겁니다. 얼마나 간단합니까?"

핸드리는 머리를 흔들었다.

"쉽다구요? 미친 짓이에요! 만일 제이비스 버챔의 홍보부에서 우리 신문사 경제부 데스크에 그런 연재기사를 기획하고 있는지 문의하면 어떻게 되겠어요? 그런 일이 없다는 걸 알게 되면요?"

"그럴 가능성은 희박해요. 홍보부의 책임자는 자기네 회사가 매스컴을 탈 기회를 놓치지 않으려고 기꺼이 취재에 응할 겁니다."

"하지만 만일 조회를 하면 어떻게 되겠어요? 그렇게 되는 날에는 난 완전히 진퇴양난에 빠지게 되는 겁니다."

"그런들 어떻습니까? 당신은 아무튼 신문사를 그만둘 작정이라고 했잖아요. 그렇게 해서 당신의 문제를 깨끗이 해결하면 되겠네요, 뭐."

핸드리는 놀란 얼굴로 한동안 델러니를 쳐다보더니 머리를 설레설레 저으며 경이스럽다는 듯 중얼거렸다.

"서장님 같은 괴물은 정말 난생 처음입니다."

델러니는 태연히 얘기를 계속했다.

"이런 방법도 있어요. 만일 그 방법을 택하겠다면 신문사의 경제부 데스크에 미리 연막을 쳐두는 것도 좋겠지요. 이것이 경찰이 수사하는 사건과 관련이 있다고 말해요. 사실이 그러니까. 만일 경제부 데스크가 질문을 하면 특종이 될 가능성이 있다고 말하는 겁니다. 롬바드 사건이라는 말은 하지 말고. 그러면 데스크는 만일 제이비스 버챔의 홍보부에서 전화를 해서 그런 기사를 기획 중이냐고 문의하면 그렇다고 대답해 줄 겁니다. 젊고 유능하고 진보적인 경영자의 개인적 이력을 다루는 연재기사를 기획 중입니다 하고. 데스크가 그런 일 정도는 해주겠지요. 안 그래요?"

"그럴지도 모르지요."

"그렇게 해볼 겁니까?"

"질문 한 가지 하죠, 서장님. 제가 도대체 왜 그런 짓을 해야 하는 겁니까?"

"두 가지 이유가 있어요. 첫째 만일 대니얼 G. 블랭크가 살인범으로 밝혀지면 당신은 그 범인과 인터뷰한 단 하나뿐인 기자가 되는 거 아닙니까? 그건 충분히 가치 있는 일이지요. 둘째 시인이 되고 싶다고 했지요? 기자가 아니라 작가가 되고 싶은 거지요? 사람을 올바로 깊이 있게 이해하지 못하고, 사람이 왜 발광하는지를 이해하지 못하고 어떻게 좋은 작가가 될 수 있겠습니까? 사람의 내부로 파고드는 법을 배워야 해요. 사람의 마음속으로 침투하는 법을 배워야 한단 말입니다. 사람들의 정수 속으로, 영혼 속으로 파고들어야 한다구요. 이게 얼마나 좋은 기회입니까? 사람을 넷이나 살해한 사람과 만나서 얘기를 나눌 수 있다니, 얼마나 대단합니까?"

핸드리는 단숨에 술을 들이켜고 잔을 비운 다음 소파에서 일어나 잔을 다시 채웠다. 그는 델러니를 등지고 서 있었다.

"사람을 꼬시는 방법을 정말 기막히게 터득하고 계시네요. 그렇지요?"

"그렇다고 해두죠, 뭐."

"그렇게 사람을 조종하는 게 부끄럽다고 생각한 적 없으세요?"

"난 사람을 조종하는 게 아닙니다. 사람들이 하고 싶어 하면서도 기회를 잡을 수 없다고 한스러워하던 일을 할 수 있는 기회를 만들어주는 겁니다. 핸드리 기자, 이 일 하겠습니까?"

핸드리는 한동안 대답하지 않았다. 그는 심호흡을 거듭했다. 마침내 그는 돌아서서 델러니를 똑바로 쳐다보았다.

"좋습니다. 하지요."

델러니는 고개를 끄덕거렸다.

"됐어요. 내가 애기한 방법으로 대니얼 G. 블랭크와 약속을 해요. 머리를 잘 써요. 당신 머리가 좋다는 걸 난 알아요. 인터뷰 하루 전에 나에게 전화나 해줘요. 미리 만나서 그자에게 던질 질문을 만듭시다. 연습도 하고."

"연습이라구요? 전 인터뷰 경험이 수백 번이나 된다구요."

"이번처럼 중요한 인터뷰는 한 번도 없었을 겁니다. 핸드리 기자, 당신은 능숙하게 거짓말을 못 해요. 내가 당신을 전문적인 거짓말쟁이로 만들어주지요."

핸드리 기자는 음울하게 고개를 끄덕거렸다.

"만일 그 일에 성공할 사람이 있다면 그건 서장님뿐입니다. 온갖 술책을 다 만들어내니까요. 그렇지요?"

"그렇게 되려고 노력 중입니다."

"만일 내가 범죄를 저지른다면, 서장님이 담당 수사관이 되지 않도록 예수님께 기도해야겠어요."

핸드리는 쓰디쓰게 내뱉었다.

그가 간 뒤에 델러니는 책상 앞에 앉아 대니얼 G. 블랭크의 사진을 오랫동안 노려보았다. 잘생긴 사내였다. 누구도 그 점에 이의를 제기하지는 못할 것이다. 거뭇거뭇한 피부에 매력적이었다. 그의 얼굴은 마치 깎은 밤톨처럼 매끈매끈했다. 균형 잡힌 광대뼈와 턱뼈를 엷고 부드러운 피부가 감싸고 있었다. 그러나 델러니는 그 얼굴로부터 아무것도 읽어낼 수가 없었다. 욕심도 열정도 사악

함도 허약함도 드러나지 않는 얼굴이었다. 그것은 마치 흠잡을 데 없는, 비밀을 철저히 감추고 있는 가면 같았다.

델러니는 그 동기에 대해서는 생각하지 않고 본능적으로 대니얼 G. 블랭크의 자료 파일에서 전화번호를 찾아 번호를 눌렀다. 신호음이 네 번 울린 다음 그쪽에서 전화를 받았다.

"여보세요?"

"루지? 루 잭슨인가?"

델러니가 물었다.

"아닙니다. 전화를 잘못 거신 것 같습니다."

그 음성은 조용하고 느긋했다.

"아, 미안합니다."

델러니는 전화를 끊었다. 호감을 주는 목소리였다. 연극의 대사처럼 발음이 정확했다. 절제되고 사려 깊은 어조였다. 그는 자신이 들은 음성을 자신이 본 것과 일치시키기 위해 노력하며 사진을 들여다보았다. 그는 이제 시작하고 있었다. 대니얼 G. 블랭크 속으로 관통해 들어가는 일을 시작한 것이었다.

그는 거의 밤 11시까지 자료철을 뒤적이고 기록을 하면서 일을 계속했다. 이제 찰스 립스키에게 전화할 때가 되었다는 생각이 들자 그는 아파트 경비실의 전화번호를 찾아내어 전화를 걸었다.

"로비입니다."

처량한 음성이었다.

"찰스 립스키 씨를 바꿔주십시오."

"납니다. 누구시죠?"

그 가늘고 새된 음성에는 경계심과 의심이 깃들어 있었다. 델러니는 그것을 놓치지 않았다. 그는 이 시간에 걸려오는 전화에 대해 이 경비원이 기대하는 것이 무엇인지 궁금했다.

"립스키 씨, 내 이름은 밀럽니다. 워드 밀러요. 처남이 내 얘기 안 하던가요?"

"아, 알아요. 전화했습디다."

그렇게 대답하는 립스키의 음성에는 안도의 기색이 있었다. 파국이 지나갔다는, 혹은 적어도 연기되었다는 것에 안심하는 것 같은 어조였다. 델러니가 그런 것을 놓칠 리 없었다.

"한번 만났으면 합니다, 립스키 씨. 그저 얘기나 나누고 싶어서 그럽니다."

립스키의 목소리는 이번에는 아주 작아졌다. 음모자의 어조였다.

"내 말 좀 먼저 들어보쇼. 아시겠지만, 난 여기 주민들에 관한 얘기는 해서는 안 되는 걸로 되어 있어요. 여기 내규가 아주 엄격하게 그걸 금지하고 있거든요."

델러니는 곧 그 말의 목표가 무엇인지를 알아차렸다. 가격을 올리자는 수작이었다.

"알겠습니다, 립스키 씨. 나를 믿으세요. 말해서는 안 된다고 생각되는 것은 얘기할 필요 없어요. 하지만 잠깐 동안 얘기를 하면 우리는 둘 다 제법 좋은 성과를 얻을 겁니다. 내 말뜻 아시겠어요?"

"글쎄요."

"이런 경우에 쓰는 접대비가 있지요."

"아, 그래요? 그렇다면 좋겠지요, 뭐."

"그리고 당신 이름은 결코 누설되지 않을 겁니다."

"틀림없어요?"

"틀림없습니다. 언제, 어디에서 만날까요?"

"언제 만나고 싶은데요?"

"될 수 있는 한 빨리요. 장소는 당신이 정하면 어디라도 좋습니다."

"내일 새벽 4시에 근무가 끝나요. 늘 집에 들어가기 전에 2번로와 85번가 모퉁이에 있는 간이식당에 들러서 커피를 한잔 하거든요. 스물네 시간 영업을 하는 가겝니다. 하지만 그 시간에는 창녀나 건달 몇 명 말고는 늘 비어 있지요."

델러니는 그 간이식당을 알고 있었다. 그러나 그런 말은 하지 않았다.

"2번로와 85번가 모퉁이 식당에서 내일 새벽 4시 15분에서 30분 사이에. 됐습니까?"

"그럽시다."

"좋습니다. 난 검은 홈부르크 모자를 쓰고 검은색 더블 코트를 입고 있을 겁니다."

"알았어요. 그때 봅시다."

델러니는 전화를 끊었다. 만족스러웠다. 립스키라는 자는 협잡꾼인 것 같았다. 그런 짓으로 푼돈을 벌어먹는 자였다. 그는 메모를 했다. 토어슨에게 부탁하여 경찰청에 립스키의 전과기록을 조회해 볼 작정이었다. 델러니는 틀림없이 전과가 있을 거라고 생각했다. 내기라도 걸 수 있었다.

그는 곧장 침대에 들었다. 탁상시계의 알람을 새벽 3시 30분에 맞췄다. 고맙게도 머릿속으로는 립스키를 어떻게 다룰 것인지, 어떤 질문을 할 것인지를 궁리하면서도 그로부터 30분 뒤에 잠에 빠져들었다.

그 간이식당은 지하철역과 흡사한 분위기였다. 벽과 카운터는 흰색 리놀륨 타일로 되어 있었는데 기름때로 더러웠다. 카운터와 탁자에는 여기저기 담뱃불에 탄 자국이 있는 플라스틱 커버가 씌워져 있었다. 의자와 카운터의 스툴 역시 플라스틱이었다. 망가질 것을 염려해서인지 쿠션 따위는 붙어 있지 않았다. 가게 안은 불쾌한 기름 냄새가 마치 젖은 수건에서 풍기는 냄새처럼 짙게 스며 있었고, 벽에는 철자법이 틀린 차림표가 어지럽게 붙어 있었다. '칠멘조 요리 2달러 25센트', '새우 튀김 1달러 85센트', '저이 업소에 달걀은 싱싱하기로 유명함' 따위였다.

카운터 저편 끝에는 두 명의 창녀(하나는 백인, 다른 하나는 흑인이었는데 둘 다 오렌지색 가발을 쓰고 있었다.)가 스테이크와 달걀을 부지런히 먹으며 작은 소리로 열심히 얘기를 주고받는 중이었다. 문가에는 세 명의 택시 운전기사들이 커피를 마시며 카운터를 보는 사람과 요리사와 더불어 농담을 주고받았다. 작달막한 흑인 요리사는 커다란 번철에 두터운 기름덩이를 문질러 펴면서 그들과 쉬지 않고 떠들어댔다.

델러니가 먼저 도착했다. 4시가 몇 분 지난 시각이었다. 그가 들어서자 사람들의 시선이 일제히 그에게 모여들었다. 그들 모두 델러니가 어떤 사람인지를 탐색했다. 당연히 강도처럼 보이지는 않았다. 델러니가 블랙커피 한 잔과 두 개의 도넛을 주문하자 다른 손님들은 그에게 더 이상 관심을 보이지 않고 먹던 음식과 하던 얘기로 돌아갔다.

델러니는 커피와 도넛을 들고 뒤쪽의 2인용 탁자로 가서 문과 커다란 통유리창이 보이는 의자에 앉았다. 모자는 벗지 않았으나 코트의 단추는 풀어놓았다. 맛없는 커피를 한 모금씩 마시며 초조히 기다렸다. 커피 표면에는 기름 같은 것이 떠 있었다. 그는 도넛을 반쯤 먹고 더 이상 먹는 것을 포기했다.

그로부터 10분 뒤에 립스키가 나타났다. 거의 난쟁이로 보일 정도로 키가 작았다. 그러나 허리와 엉덩이는 좋은 시절 다 보낸 경마 기수처럼 살이 피둥피둥했다. 그의 눈동자는 식당 안을 샅샅이 훑어보려는 듯 분주히 희번덕거렸다. 다른 손님들은 그가 들어오는 것을 보면서도 하던 얘기를 중단하지 않았다. 그는 커피와 사과파이 한 조각을 주문하여 받아 들고 델러니가 앉아 있는 탁자로 다가왔다.

"밀러 씨요?"

델러니는 고개를 끄덕이고 물었다.

"립스키 씨?"

"그래요."

경비원 립스키는 델러니 앞자리에 앉았다. 그는 아직 경비원 제복과 코트를 입고 있었다. 그러나 어울리지 않게도 머리에는 큰 차양이 달린 기수의 모자를 쓰고 있었다. 커다란 체크무늬가 있는 플레이드 천으로 만든 모자였다. 그는 델러니를 흘끗 쳐다보았다. 그러나 누르스름한 그의 눈동자는 다시 음식으로, 바닥으로, 벽으로, 천장으로 분주히 떠돌아다녔다.

협잡꾼이다. 델러니는 다시 한 번 확신했다. 기분이 좋지 않았다. 이런 자들은 늘 이리저리 눈치를 살피며 뭐 얻어걸리는 것이 없는지를 살핀다. 어쩌면 이자의 전과에는 도박을 하다가 체포된 기록이 있을지도 몰랐다. 승부 조작이나 장물 취득 같은 짓도 저질렀을 것이다. 고리대금이나 갈취 같은 짓도 했을 수 있었다. 값싸고 더러운 녀석이었다.

립스키는 그 새된 음성을 낮게 깔고 작게 말했다.

"난 시간이 없어요. 또 정오부터 근무를 서야 하걸랑요. 그러니까 얼른 집에 가서 눈을 좀 붙여야 해요. 그래야 12시에 다시 그놈의 문 앞에 서 있을 수 있단 말입니다."

그는 파이를 입 안에 쑤셔 넣었다. 그 입은 놀라울 만큼 작고 얌전했다.

델러니는 동정 어린 어조로 말했다.

"대단히 피곤하시겠군요. 처남이 무슨 일인지 얘기 안 하던가요?"

립스키는 커피를 꿀꺽 삼키고 고개를 끄덕거렸다.

"대니얼 G. 블랭크라는 자가 어떤 어린 계집애를 꼬셨다면서요? 그래서 그 계집애의 애비가 이 작자를 작살내려고 한다구요. 맞아요?"

"그런 셈입니다. 대니얼 G. 블랭크에 대해 어떤 얘기를 해줄 수 있습니까?"

립스키는 접시의 파이 부스러기를 손가락으로 긁어모으더니 그것을 집어 입 안에 털어 넣었다.

"무슨 접대빈가 뭔가 하는 얘기를 들은 것 같은데요."

델러니는 식당 안의 다른 손님을 돌아보았다. 이쪽을 보고 있는 사람은 없었다. 그는 바지 뒷주머니에서 지갑을 꺼내 립스키에게

만 보일 위치에 놓았다. 그는 지갑을 펼쳤다. 립스키의 굶주린 눈이 휘둥그레지더니 지갑 안의 돈이 대강 얼마나 되는지 재빨리 확인했다. 델러니는 10달러짜리 지폐를 한 장 꺼내 탁자 끝으로 밀어놓았다. 지폐는 어느 틈에 사라져버렸다.

"겨우 이거요? 난 엄청난 얘기를 해줄 수 있는데."

립스키는 새된 소리로 투덜거렸다.

"그야 당신이 해주는 얘기에 달려 있지요. 대니얼 G. 블랭크라는 자는 거기에서 얼마 동안 살았습니까?"

"정확히는 몰라요. 난 거기서 4년 동안 일하고 있죠. 내가 거기 들어갔을 때, 그 사람은 벌써 거기서 살고 있었걸랑요."

"그가 결혼한 뒤였습니까?"

"그럼요. 덩치가 큼직한 육체파 금발이었지요. 정말 색골 같았어요. 그런데 이혼했어요."

"전처가 어디 사는지는 아쇼?"

"몰라요."

"블랭크에게 지금 여자가 있나요? 정기적으로 찾아오는 여자 말이오."

"있습죠. 그 어린 계집애는 어떻게 생겼어요? 애비가 블랭크하고 만나는 걸 반대한다는 그 계집애 말입니다요."

델러니는 태연히 말했다.

"열아홉 살이죠. 긴 금발에 키는 165에서 170센티미터쯤. 54킬로그램 정도. 눈동자는 파란색. 아직 솜털이 보송보송한 어린애요. 가슴은 크지만."

립스키는 입술을 핥았다.

"그래요? 그런 계집애는 본 적이 없는데."

"다른 여자는?"

"있다니까요. 아주 돈이 많은 여자 같아요. 발끝까지 오는 밍크 코트를 입고 다닙죠. 아마 서른에서 서른다섯 살 정도 됐을걸요. 젖통은 별 볼일 없고, 검은 머리칼에 흰 얼굴인데 화장도 안 하고 다니는 여자예요. 괴짜 같아요."

"그 여자 이름 압니까?"

"몰라요. 그 여잔 택시를 타고 왔다가 택시를 타고 사라져요."

"거기서 자고 가는 적도 있고?"

"물론입죠. 가끔요. 어떠쇼?"

"흥미 있네요."

"그래요? 얼마나 흥미로우신가?"

델러니는 냉정히 말했다.

"좀 참아요. 너무 욕심 부리지 말고. 또 다른 여자는?"

"없어요. 어린 사내녀석이 하나 있지."

"사내녀석? 소년 말이오?"

"그렇다니까요. 아마 열한 살이나 열두 살쯤 됐을 겁니다. 여자애처럼 예쁘장합죠. 블랭크가 그 꼬마를 토니라고 부르는 걸 들었어요."

"그 소년과는 무슨 일을 하죠?"

"선생은 그것들이 뭘 할 것 같으쇼?"

"토니라는 아이가 자고 가는 적도 있나요?"

"본 적은 없어요. 다른 경비가 그 꼬마가 자고 갔다는 얘기를 한 적은 있지요. 한 번인가 두 번인가."

"블랭크라는 자에게 가까운 친구가 있나요? 같은 아파트에 사는 친구 말입니다."

"머튼네랑 친합죠."

"친척입니까?"

"그냥 아는 부부예요. 아이는 없고. 그놈의 지폐 한 장에 묻는 것도 많네. 안 그래요?"

델러니는 한숨을 내쉬면서 지갑을 꺼내려고 손을 뻗었다. 그 순간 눈을 들었다가 경찰 순찰차가 식당 바로 앞에 멈추는 것을 보았다. 그는 지갑을 꺼내려다 그만두었다. 제복을 입은 경관 한 사람이 차에서 내려 식당으로 들어왔다. 택시 운전기사들은 이미 떠나고 없었지만 두 명의 창녀는 여전히 거기 앉아 커피를 마시며 지껄이고 있었다. 경관은 그 창녀들을 쳐다보았다가 델러니의 탁자로 시선을 옮겼다.

그 경관은 델러니 지서장을 알아보았다. 그 역시 경관을 알아보았다. 헨드리트였다. 좋은 사람이었다. 곤봉을 너무 빨리 너무 자주 써서 탈이었으나 용감하고 훌륭한 경관이었다. 또한 사복 형사나 제복을 입지 않은 상관을 공공 장소에서 만났을 때 적어도 상대방이 먼저 알은체를 하기 전에는 자기 쪽에서 먼저 알은체를 하지 않을 정도로 영리했다. 그는 델러니로부터 시선을 옮겨갔다. 그는 햄버거와 대시니 빵, 그리고 커피를 두 개씩 주문했다. 델러니는 그제서야 10달러짜리 지폐를 또 한 장 꺼냈다.

"머튼 부부가 누구요? 블랭크의 친구라는 사람들 말이오."

"돈 많은 사람들입죠. 꼭대기층 펜트하우스에 살아요. 매디슨로에 가게를 하나 갖고 있어요. 뭐 섹스에 관련된 물건들을 파는 가게래요."

"섹스에 관련된 물건?"

립스키는 델러니를 홀끗 훔쳐보며 말했다.

"아, 그런 거 모르쇼? 자지처럼 생긴 양초 같은 거 말입니다."

델러니는 고개를 끄덕거렸다. 아마 '에로티카'를 말하는 것이
리라. 251번 지서의 책임을 맡고 있을 때 그는 그 상점을 폐쇄시키
는 문제를 놓고 경찰청과 입씨름을 벌인 적이 있었다. 그가 고집
을 부리자 경찰청은 생각도 말라고 충고했다. 법정이 그런 일을
허용하지 않는다는 것이었다.

델러니는 지나가는 말처럼 물었다.

"블랭크의 취미가 뭐요? 야구나 축구 같은 거 좋아합니까? 아
니면 다른 거라도?"

립스키의 대답은 이러했다.

"등산요. 산에 기어오르는 걸 좋아합죠."

델러니는 아무런 표정도 짓지 않은 채 말했다.

"등산이라구요? 미쳤군."

"그렇다니까요. 봄하고 가을에는 늘 주말마다 어디론가 가요.
그놈의 장비 같은 걸 몽땅 차에다 싣고."

"장비? 어떤 장비요?"

"그런 거 몰라요? 배낭이나 침낭, 밧줄과 미끄러지지 않도록
신발 밑에 매는 물건 같은 거요."

"아, 그런 거. 이제 무슨 말인지 알겠네. 얼음이나 바위 같은 걸
깰 수 있는 도끼 같은 것도 있겠군요. 산에 다닐 때 도끼를 갖고
가는 거 본 적 있어요?"

"본 적은 없어요. 도대체 그런 게 그 젊은 계집년하고 블랭크를 떼어놓는 일하고 무슨 상관이 있는 거요?"

델러니는 어깨를 으쓱 치켜 올렸다.

"별 관계 없어요. 그서 그자에 대해 알아보는 것뿐이지. 다시 그 작자의 여자 얘기를 해봅시다. 검은 머리칼의 말라깽이 여자 말입니다. 그 여자 이름 알아요?"

"모른다니까요."

"자주 옵니까?"

"때로는 사흘 동안 계속해서 나타나다가 어떤 때는 1주일씩 안 나타날 때도 있어요. 무슨 규칙 같은 건 없어요. 알고 싶은 게 그 거요?"

립스키는 이를 드러내고 웃었다. 앞니 두 개가 없고 두 개는 조각이 나 있었다. 델러니는 이 작자가 어떤 짓을 하다가 저런 봉변을 당했는지 궁금했다.

"올 때도 갈 때도 택시를 탄다고요?"

"그래요. 아니면 둘이 나란히 걸어 나가기도 하고."

"다음번에 당신이 근무 중일 때 그 여자가 택시를 타고 오거나 가면 그 택시의 번호판과 날짜와 시간을 좀 알아봐요. 그것이면 충분해요. 날짜와 시간, 그리고 택시 번호판. 그것만 알아두면 내 가 또 사례하겠소."

"그걸 가지고 택시회사에 가서 조사할 거죠? 그렇지요?"

델러니는 웃으며 대답했다.

"그래요. 당신이 나보다 한 수 위로군 그래."

립스키는 투덜거렸다.

"나도 사립탐정이 될 수 있었지요. 멋진 탐정이 됐을 텐데. 이거 봐요. 난 이제 가봐야 돼요."

"기다려요. 잠깐이면 되니까."

델러니는 그 순간 결심했다. 경관이 햄버거와 빵과 커피 값을 지불하는 것이 보였다. 그는 그것들을 받아 들고 밖에 주차되어 있는 차로 갔다. 같은 조 대원에게 가는 것이었다. 델러니는 잠깐 동안 그 경관이 굳이 돈을 지불한 것은 혹시 그가 거기 앉아 있기 때문이 아니었을까 하고 생각했다. 델러니는 차근차근 물었다.

"당신네 아파트 건물에도 마스터키는 있겠지요? 아니면 모든 아파트의 현관문 열쇠가 복사되어 있든지."

립스키는 얼굴을 찌푸렸다.

"물론이죠. 복사된 열쇠가 있어요. 당연한 거 아뇨? 불이 난다거나 하는 비상시에는 우리가 문을 열고 들어가야 하니까. 왜 그러쇼?"

"그 열쇠들이 어디 보관되어 있습니까?"

"부지배인이 사무실에 보관하고 있지요. 우린……."

립스키는 갑자기 거기에서 말을 중단했다. 망가진 이 위에 채 닫히지 않은 그의 입술이 반쯤 걸렸다. 그는 중얼중얼 말했다.

"지금 그쪽이 생각하는 것이 내가 생각하는 것과 같다면 잊어버리는 게 좋을 거요. 안 될 일이지. 불가능하니까."

델러니는 탁자 위로 상체를 숙이며 아주 진지하게 말했다.

"이거 봐요, 립스키 씨. 난 그 아파트를 난장판으로 만들려는 게 아닙니다. 거기 있는 담배꽁초 하나 건들지 않을 겁니다. 다만 그저 한번 둘러보려는 것뿐이에요."

"둘러봐요? 뭣 때문에요?"

"그자와 동침하며 놀아난다는 여자 때문이죠. 둘이서 같이 찍은 사진이라도 있을지 알아요? 그 여자가 보낸 편지가 있을지도 모르고. 여자가 거기 옷장에 옷을 보관해 뒀을 수도 있지요. 그런 거만 있으면 내가 고객을 자신 있게 설득할 수 있을 거 아뇨. 블랭크라는 자가 당신 딸을 속이는 게 틀림없소 하고요."

"그렇지만 물건에 손 하나 대지 않겠다면서 어떻게 고객을……"

"이봐요, 당신도 사립탐정이 되려 했다니까 하는 말입니다. 당신이라면 어떻게 하겠어요?"

립스키는 어리둥절하여 그를 넘겨다보았다. 그러다가 갑자기 눈을 휘둥그레 뜨고 소리쳤다.

"카메라요! 소형 카메라요! 사진을 찍으면 되는 거 아뇨!"

델러니는 손으로 탁자 위를 내리치며 껄껄거렸다.

"립스키 씨, 당신 말이 옳아요. 당신은 정말 유능한 수사관이군요. 난 소형 카메라를 가져갈 겁니다. 편지든 사진이든 옷이든 증거가 될 만한 것이면 뭐든 사진을 찍을 겁니다. 블랭크라는 녀석이 검은 머리 여자와 놀아나고 있다는 것이나 아니면 토니라는 소년과 놀아난다는 것을 입증할 수 있는 물건이라면 뭐든 다 찍어둬야지요. 난 이런 일에 능숙해요. 그 작자는 누가 자기 아파트에 들어왔었다는 것도 알지 못할 겁니다. 그자는 9시 무렵에 출근해서 6시쯤 퇴근해요. 대강 그렇지요?"

"그렇지요."

"그러니까 아파트는 온종일 비어 있다는 얘기 아뇨?"

"그렇다니까요."

"파출부는 안 옵니까?"

"1주일에 두 번 와요. 하지만 일찍 왔다가 정오 무렵에 가버리지요."

"그럼 도대체 문제될 게 뭐요? 아파트를 조사하는 데는 한 시간이면 족해요. 그 이상은 안 걸려요. 맹세할 수 있어요. 누가 그 열쇠를 찾을까 봐 그러는 거요?"

"천만에요. 그 사무실에는 열쇠가 수백 개도 더 되니까."

"그러니 걱정할 게 없다니까. 내가 로비로 들어간다. 당신은 미리 그 열쇠를 사무실에서 가져다 놓는다. 당신이 열쇠를 나에게 건네준다. 나는 열쇠를 받아 올라갔다가 한 시간 뒤에 다시 내려온다. 어쩌면 한 시간도 안 걸릴지도 모르지. 내가 열쇠를 다시 당신에게 돌려준다. 당신은 열쇠를 제자리에 갖다 놓는다. 당신이 주간 근무에 들어가는 게 오늘부텁니까? 그러니까 오후 2시나 3시 무렵이면 딱 좋겠네. 그렇지요?"

립스키는 노골적으로 물었다.

"얼마나 줄 거요?"

이제 됐다고 델러니는 생각했다.

"20달러."

립스키는 놀랐다는 듯 부르짖었다.

"20달러? 난 100달러 이하로는 이런 짓 안 합니다. 만일 들통이 나는 날에는 모가지가 날아가는 판이에요."

5분 뒤에 그들은 50달러로 타협을 보았다. 20달러는 지금 주고 나머지 30달러는 델러니가 나중에 열쇠를 돌려주면서 주기로 했다. 만일 립스키가 블랭크의 말라깽이 여자가 타고 오는 택시의 번호판과 날짜와 시간을 알아내면 덤으로 돈을 더 주기로 했다.

"열쇠를 확보하고 나서 당신 사무실로 전화를 할까요?"

델러니는 태연히 대답했다.

"난 사무실에 붙어 있는 적이 거의 없어요. 이런 일을 하다 보면 계속해서 돌아다녀야 하니까요. 내가 매일 당신 아파트 로비로 전화를 할 겁니다. 당신 근무가 다시 야간으로 배치되면 당신 처남에게 메모를 남겨요. 그럼 그 메모를 보고 당신에게 언제 전화를 할 건지 내가 알아볼 테니까. 됐지요?"

립스키는 의심스러운 어조였다.

"그런 것 같군요. 젠장, 그놈의 돈이 이 지경으로 궁하지만 않았다면 당신한테 욕이나 한바탕 퍼붓고 말았을 텐데."

"고리대금 때문인가요?"

델러니는 슬쩍 물어보았다. 립스키는 의아스럽다는 듯 반문했다.

"그걸 어떻게 아쇼?"

"추측일 뿐이지요."

델러니는 어깨를 으쓱 치켜 올렸다. 그는 립스키에게 20달러를 내밀었다.

"오후 2시 30분에 봅시다. 아파트 호수가 어떻게 되지요?"

"21층 H. 열쇠에 붙은 꼬리표에 써 있어요."

"좋아요. 너무 걱정 말아요. 아무 문제 없이 잘 끝날 테니까."

"젠장, 그래야지요."

델러니는 눈을 가늘게 뜨고 립스키를 바라보았다.

"당신 그 작자를 별로 좋아하지 않는군요. 그렇죠?"

립스키는 욕지거리를 늘어놓기 시작했다. 그의 입에서 상소리들이 쏟아져 나왔다. 델러니는 한동안 진지한 얼굴로 열심히 듣고 있다가 갑자기 손을 쳐들어 그의 불평을 중단시켰다.

"한 가지 더 있어요. 며칠 아니면 1주일쯤 뒤에 블랭크에게 내가 자기에 관해 이것저것 묻고 다닌다는 말을 하는 게 좋겠어요. 내 인상착의도 설명해 주고. 하지만 이름은 말하면 안 돼요. 내 이름은 잊어버려요. 그저 내가 자기에 관해 뭔가를 캐고 다니더라는 말만 하면 됩니다. 알았어요?"

립스키는 영문을 모르겠다는 얼굴이었다.

"알았수다. 하지만 이유가 뭐요?"

"나도 몰라요. 어째서 그렇게 하고 싶은 건지. 그저 그 작자가 이것저것 고민하게 만드는 게 좋을 것 같아서 그럽니다. 그렇게 해줄 거지요?"

"그러지요. 좋아요. 못 할 것 없죠."

그들은 같이 간이식당에서 나왔다. 거리에는 일찍 직장에 나가는 사람들이 드문드문 눈에 띄었다. 날씨가 차가웠다. 바람이 매웠다. 동쪽 하늘은 맑았다. 오늘도 청명한 날씨일 것이다. 델러니는 12월의 찬 바람 속을 천천히 걸어 집으로 돌아왔다. 집에 도착해서 문을 열 무렵에는 그의 몸에서 더 이상 탁한 기름 냄새가 나지 않았다.

블랭크의 아파트에 침입하겠다는 계획은 그야말로 순간적인 발상이었다. 델러니는 그것을 미리 계획한 적도 없고 생각한 적도 없었다. 그런데 립스키가 블랭크의 취미가 등산이라고 말했던 것이다. 최초로 블랭크와 등산이 관련되었다. 따라서 블랭크와 얼음도끼와의 사이는 더욱 가까워졌다. 그 저주받은 도끼! 블랭크가 얼음도끼를 구입했다거나 가지고 있다는 것이 확인되기만 하면 그것은 더할 나위 없는 명백한 증거였다. 블랭크가 얼음도끼를 어떻게 구입했느냐 하는 것은 나중에 밝혀내도 늦지 않았다.

델러니가 립스키에게 블랭크의 아파트에 들어가서 조사를 하고 빠져나오는 데 한 시간이면 족하다고 말한 것은 거짓말이 아니었다. 한 시간 정도면 그는 그랜드센트럴 정거장 구석에 감춰진 얼음도끼라도 찾아낼 수 있었다. 또한 대니얼 G. 블랭크가 그것을 감춰둘 이유가 무엇인가? 그는 지금 자신이 전혀 혐의선상에 올라 있지 않다고 믿고 있었다. 블랭크는 배낭과 크램폰, 얼음도끼 같은 장비를 보유하고 있을 것이다. 그것은 자연스러운 일이었다. 그는 등산가니까. 델러니가 그 아파트에 침입하고자 하는 이유는 오직 하나 얼음도끼뿐이었다. 나머지는 중요하지 않았다.

델러니는 다시 자료를 작성했다. 대니얼 G. 블랭크의 자료 서류가 빠르게 두터워지는 것이 기뻤다. 더욱 중요한 것은 그가 혐의자의 내부로 관통해 들어가고 있다는 점이었다. 블랭크에게는 여자라고 해도 믿어질 정도로 예쁘다는 열두 살 난 소년 토니가 있었다. 젖가슴이 밋밋하다는 흑발의 미녀가 있었다. 섹스 상점을 하는 친구도 있었다. 뿐만 아니라 더욱 흥미로운 다른 요소들도 있었다. 그러나 만일 블랭크의 아파트 안에 얼음도끼가 없다면 그 모든 흥미 있는 요소들에도 불구하고 앞길은 다시 안개 속에 묻혀버릴 것이었다. 그때에는 어떻게 해야 할 것인가? 다시 한 번 시작해야 한다. 누군가 다른 사람을 찾아내야 한다. 다른 각도로, 다른 접근방식으로 새롭게 출발해야 한다. 델러니는 그것을 각오하고 있었다.

그는 메리가 올 때까지 자료를 정리했다. 메리는 델러니에게 커피와 토스트, 달걀 반숙 따위를 만들어주었다. 기름기는 없었다. 아침식사를 마친 다음 그는 거실로 들어가 커튼을 치고 구두와 양복 윗도리를 벗고 조끼의 단추를 풀었다. 델러니는 소파에 길게 누웠다. 한 시간쯤 잘 생각이었다. 그러나 잠에서 깨어났을 때는 벌써 11시 30분이 되어 있었다. 시간을 허비했다는 생각 때문에 화가 났다.

그는 욕실로 들어가 찬물로 세수를 하고 머리를 빗었다. 거울 속에 비친 자신의 모습을 살펴보았다. 그가 생각한 대로의 몰골이었다. 눈 아래 늘어진 살덩이에는 거무스레한 그늘이 드리워졌고 누렇게 뜬 건강하지 못한 안색이었다. 주름살은 깊고 이마는 쭈글쭈글했다. 혈색을 잃어 창백한 입술은 굳게 다물어져 있었다. 늙고 힘들어 보였다. 이 일이 모두 끝나면, 그리고 바바라가 건강을 회복하면 어딘가로 여행을 가야지. 태양 아래 누워 뒹굴어야지. 몸을 건강한 구릿빛으로 그을리고 눈빛이 맑아질 때까지, 불쾌한 기억들이 씻겨 나갈 때까지, 몸속의 피가 뜨겁고 건강하게 분출될 때까지 쉬어야지. 그리고 바바라와 사랑을 해야지. 델러니는 혼자 중얼거렸다.

그는 모니카 길버트에게 전화를 했다.

"모니카, 지금 아내를 만나러 갑니다. 바쁘지 않으시면, 함께 갈 수 있는지 알고 싶어서요."

"좋아요. 만나고 싶어요. 언제요?"

"15분쯤 뒤에요. 너무 일찍입니까? 점심식사를 한 다음에 갈까요?"

"전 벌써 샐러드를 먹었어요. 요즘은 그렇게 먹거든요."

"다이어트인가요? 부인께서는 다이어트가 필요치 않을 텐데요."

그는 웃어댔다.

"필요해요. 전 그이가, 버니가 죽은 다음부터 너무 많이 먹고 있어요. 아마 불안감 때문일 거예요. 에드워드?"

"예?"

"대니얼 G. 블랭크에 대해 알아내는 게 있으면 전화하겠다고 하셨잖아요. 그런데 안 하셨어요. 뭔가 알아낸 게 있나요?"

"그런 것 같습니다. 하지만 집사람에게도 그걸 얘기해 줘야 해요. 난 집사람의 판단력을 믿거든요. 집사람은 사람들을 아주 좋아하지요. 이따가 집사람과 부인 앞에서 얘기하겠습니다. 괜찮겠죠?"

"물론이죠."

"15분 내로 가겠습니다."

그는 바바라에게 전화하여 사건의 두 번째 피살자였던 사람의 미망인 모니카 길버트를 데리고 간다고 말해 주었다. 바바라는 좋다고 했다. 그녀는 얼른 델러니와 얘기하고 싶으니 서둘러 와달라고 말했다.

그는 이 일을 오랫동안 생각해 왔다. 두 여자를 만나게 할 것인가? 거기에는 위험도 있고 이점도 있을 것 같았다. 그는 바바라가 자신이 앓아 누워 병실에 감금되어 있는 사이에 델러니가 다른 여자와 관계(그것이 아무리 깨끗한 관계라 할지라도 말이다.)를 맺고 있다고 생각하는 것을 바라지 않았다. 잠시라도 바바라가 그런 생각을 할지도 모른다는 것 자체가 싫었다. 바바라가 그녀 자신에게 무슨 일이 생기면 재혼해야 한다고 델러니에게 말했다 할지라도 마찬가지였다. 통증과 미래에 대한 불안감으로 정서가 불안정해진 상태에서 한 말에 불과했다. 그러나 바바라는 친구가 생기면 좋아할 것이었다. 델러니는 그것을 알고 있었다. 그녀는 정말 사람들을 좋아했다. 그는 아내에게 여자들을 희롱하다가 체포된 남자의 얘기를 할 수 있을 정도였다. 그런 우스운 일이 한번 있었다. 이 남자는 기회만 생기면 퀸즈 지구의 주택가 침실로 스며들었다. 늘 잠기지 않은 창문을 이용했다. 그는 잠든 여자들에게 키스를 하고 달아나곤 했다. 절대로 여자들의 몸에는 손을 대지 않고 물리적으로 상처를 입히지도 않았다. 오직 키스를 할 따름이었다. 델러니가 아내에게 그 얘기를 했을 때 아내는 근심에 찬 한숨을 길게 토하며 말했다.

"불쌍한 사람이군요. 얼마나 외로웠으면 그런 짓을 했을까요."

잔인한 폭력이 수반되지 않는 범죄를 저지른 혐의자에 대해 바바라는 이런 식으로 자주 동정심을 나타냈다.

또한 모니카에게도 친구가 필요했다. 그녀의 일은 끝났다. 개인별 자료 카드는 완성되었다. 그는 모니카에게 계속 수사에 관여하고 있다는 느낌을 주고 싶었다. 그리하여 마침내 그는 두 여자를 만나게 하기로 결정했다.

두 여자의 만남은 그가 걱정한 대로 재난이 되지는 않았으나 그가 기대한 만큼 조화롭지도 못했다. 두 여자가 모두 진심으로 반가워했지만, 그러면서도 불안하고 조심스러웠으며 마음을 열지 않았다. 모니카는 아프리카 제비꽃 한 송이를 가지고 왔다. 꽃집에서 산 것이 아니라 그녀가 직접 기른 꽃이었다. 그것이 조금 도움이 되기는 했다. 바바라는 작은 소리로 모니카에게 남편의 죽음에 대해 애도의 말을 했다. 델러니는 참견하지 않고 바바라의 침대에서 조금 떨어진 곳에 조용히 서서 두 여자의 행동거지를 유심히 지켜보았다.

두 여자는 각기 아이에 대한 얘기를 시작했다. 서로 사진을 보여주고 웃음을 교환했다. 그들이 얘기를 나누는 소리는 병실 안의 대화라고 할 수 없을 정도로 커졌다. 웃음이 더욱 자주 터져 나왔다. 바바라는 모니카의 팔을 만졌다. 그제서야 델러니는 이제 큰일은 없으리라고 생각했다. 그는 마음을 느긋하게 갖고 얼마간 떨어진 곳에 의자를 놓고 앉아 두 여자를 비교하며 그들이 나누는 얘기를 들었다. 바바라는 너무나 연약하고 섬세했다. 초췌하지만 우아했다. 은으로 빚은 여자 같았다. 모니카의 묵직한 농부 같은 육체는 강하고 탄탄했다. 활력으로 넘쳤다. 그 순간 델러니는 두 여자를 모두 사랑하고 있었다.

잠시 동안 두 여자는 서로 가까이 다가앉아 속삭이며 얘기를 나누었다. 델러니는 그들이 여자끼리만 아는 일이라 그에게는 수수께끼에 불과한 일들에 대해 얘기하고 있거나 아니면 이따금 두 여자가 그에게 시선을 던지는 것으로 미루어보아 그 자신에 대해 얘기하고 있다고 생각했다. 그러나 두 여자가 그에 관해 할 얘기가 뭐가 있을지 도무지 알 수가 없었다.

한 시간쯤 지나자 바바라는 델러니에게 손을 내밀었다. 그는 침대 곁으로 가서 웃음을 지은 얼굴로 두 여자를 바라보았다. 바바라가 물었다.

"대니얼 G. 블랭크가 어떻게 되었다구요?"

그는 '앵무새' 의 바텐더에게서 들은 이야기, 핸드리와 나눈 이야기, 립스키에게서 들은 이야기를 해주었다. 그는 블랭크의 아파트에 침입하려는 계획만 제외하고 모든 얘기를 다 해주었다.

바바라는 격려하는 듯 고개를 끄덕거렸다. 늘 그렇듯이 그녀는 곧장 핵심을 파고들었다.

"여보, 제법 구체적이 되어가네요. 적어도 이제 당신은 그 사람이 등산가라는 걸 알아요. 내 생각일 뿐이지만, 다음 단계는 아마도 그 사람이 얼음도끼를 가지고 있는지를 알아내는 일이 되겠네요?"

델러니는 고개를 끄덕거렸다. 아내는 그 일을 어떻게 할 계획인지는 묻지 않았다. 모니카가 물었다.

"그 사람을 지금 체포할 수 있나요? 혐의자나 아니면 다른 이유를 붙여서요."

그는 머리를 저었다.

"그럴 수는 없습니다. 증거가 전혀 없으니까요. 아주 보잘것없는 증거도 없어요. 감방의 문이 채 닫히기도 전에 석방될 겁니다. 경찰이 사람을 함부로 체포한다는 비난만 뒤덮일 테고요. 그렇게 되면 그자에 대한 수사는 끝장입니다."

"그럼 어떻게 하실 거예요? 그 사람이 또 다른 사람을 죽일 때까지 기다려야 해요?"

그는 모호하게 말했다.

"글쎄요. 다른 요소도 있으니까요. 한 오라기 의심의 여지도 없이 그자의 유죄를 입증해야 합니다. 그자는 지금은 다만 혐의자에 불과합니다. 유일한 혐의자지요. 그렇다 해도 혐의자라는 것은 엄연한 사실입니다. 그러나 내가 그자가 범인이라는 확신을 갖게 되면 그때는……. 지금은 그자를 어떻게 할지 확실히 얘기할 수가 없어요. 다만 어떻게든 할 겁니다."

바바라는 미소 지으며 모니카의 손을 잡았다.

"물론 그러겠지요. 저이는 아주 고집쟁이예요. 게다가 아주 깔끔한 걸 좋아해요. 무슨 일이든 흐리멍덩하게 처리하는 걸 싫어하지요."

그들은 모두 웃음을 터뜨렸다. 델러니는 손목시계를 보았다. 가야 할 시간이었다. 그는 모니카에게 집에 데려다 주겠다고 말했으나 그녀는 얼마 동안 더 있고 싶다고 말했다. 딸들을 마중하러 학교에 가야 할 때 일어서겠다는 것이었다. 그는 바바라를 돌아보았다. 아내도 모니카가 잠시 더 친구가 되어주기를 바라는 것 같았다. 그는 아내의 뺨에 키스하고 두 여자 모두에게 고개를 끄덕인 다음 병실에서 나왔다.

복도로 나와 홈부르크 모자를 머리 위에 똑바로 올려놓다가 그는 병실 안에서 갑자기 터져 나오는 웃음소리를 들었다. 그러나 웃음소리는 곧 잦아들었다. 두 여자가 그의 얘기를 하면서 웃는 것일까 하는 생각이 들었다. 뭔가 그가 한 얘기나 한 행동을 두고 웃어대는 것은 아닐까? 사람들이 그를 웃음거리로 삼는 경우가 종종 있었다. 그는 그런 데에는 신경을 쓰지 않았다.

그는 물론 블랭크의 아파트에 카메라를 가지고 들어갈 생각 같은 것은 하지 않았다. 얼음도끼 사진으로 입증할 수 있는 것이 무엇이란 말인가? 그러나 그는 작은 스웨이드 주머니에 따로따로 들어 있는 소형 연장과 가느다란 스웨덴제 강철 막대를 가지고 갔다. 그 주머니에는 길고 가는 족집게도 들어 있었다. 연장 주머니는 양복 윗도리 안주머니에 들어갔다. 왼쪽 주머니에는 건전지 두 개짜리 소형 손전등을 넣었다. 코트 주머니에는 얇은 실크 장갑을 접어 넣었다. 바바라가 '장의사 장갑'이라고 부르던 물건이었다.

오후 2시 30분에 델러니는 그 아파트 건물에 이르는 도로를 태연히 걸어 들어가서 현관문을 밀고 안으로 들어섰다. 립스키는 거의 동시에 그를 알아보았다. 그의 얼굴은 창백하고 땀으로 번들거렸다. 그는 상의 주머니에 왼손을 깊이 찌르고 있었다. 델러니는 '저 새대가리 멍청이 같으니.' 하고 혼자서 음울하게 생각했다. 그들이 계획한 요점은 아주 자연스럽게 악수를 교환하며 열쇠를 주고받는 것이었다.

델러니는 미소 지으며 그에게 다가가 오른손을 내밀었다. 립스키도 손을 내밀어 그 손을 잡았다. 손이 축축히 젖어 있었다. 그제서야 립스키는 열쇠를 왼손에 쥐고 있다는 것을 깨달았다. 그는 델러니의 손을 놓고 열쇠를 꺼내 오른손으로 옮겨 쥐려 했다. 그 사이에 하마터면 열쇠를 떨어뜨릴 뻔했다. 델러니는 얼른 손을 내밀어 립스키의 떨리는 손에서 열쇠를 빼앗아 거머쥐었다. 델러니는 열쇠를 자연스럽게 코트 주머니에 떨어뜨렸다. 여전히 웃는 얼굴로 그는 말했다.

"무슨 일이 생기면 인터콤의 벨을 세 번만 울려요."

립스키의 얼굴은 더욱 창백해졌다. 델러니는 그 말을 간이식당에서 미리 립스키에게 해줄 수도 있었다. 그러나 그때는 일부러 그 경고를 하지 않았다. 그때 했다가는 이 계획 자체가 깨질 것이 분명하다는 생각이 들었기 때문이었다.

델러니는 태연히 승강기 앞으로 걸어갔다. 왼쪽으로 돌자 15층에서 34층 사이의 입주자들이 사용하는 승강기가 보였다. 두 사람이 승강기를 기다리고 있었다. 남자 한 사람은 잡지를 뒤적이고 있었고, 여자는 물건으로 넘쳐나는 블루밍데일 쇼핑백을 들고 있었다. 승강기의 문이 열렸다. 승무원이 없는 승강기였다. 한 쌍의 젊은 부부와 어린아이 하나가 내렸다. 그는 잠시 기다리다가 두 사람이 승강기에 오른 다음에 마지막으로 탔다. 남자는 16층 단추를 눌렀다. 여자는 21층의 단추를 눌렀다. 그것은 블랭크가 사는 층이었다. 델러니는 24층 단추를 눌렀다.

그 남자도 델러니도 모자를 벗어 들었다. 그들은 아무 말 없이 기다렸다. 잡지를 뒤적이던 남자는 16층에서 내렸다. 쇼핑백을 든 여자는 21층에서 내렸다. 델러니는 24층까지 승강기를 타고 올라가 거기에서 내렸다. 그는 H호가 자리 잡은 위치를 익히며 잠시 시간을 보냈다. 각 층마다 H호의 위치는 동일할 것이었다.

그는 다시 승강기 앞으로 돌아와 내려가는 단추를 눌렀다. 다행히도 조금 전에 그가 내렸던 승강기는 그대로 비어 있었다. 그는 21층 단추를 눌렀다. 그제서야 승강기 안에 부드러운 음악이 흐른다는 것을 깨달았다. 그로서는 처음 듣는 음악이었다. 21층에서 승강기의 문이 열렸다. 그는 로비 단추를 누르고, 승강기의 문이 닫히기 전에 재빨리 내렸다.

21층 복도는 비어 있었다. 그는 두꺼운 가죽장갑을 벗어 코트 주머니에 쑤셔 넣고 '장의사 장갑'을 꺼내 손에 꼈다. 카펫이 깔린 복도를 걸으며 그는 구두의 앞굽과 뒷굽을 카펫 위에 힘껏 문질렀다. 구두에 묻어 있을지 모르는 진흙이나 개똥, 먼지나 흙 따위를 털어내기 위해서였다. 그런 것들이 블랭크의 아파트 안에 떨어지는 바람에 누군가가 침입했다는 것이 발각되어서는 곤란했다. 아파트의 현관문마다 밖을 내다보는 구멍이 뚫려 있었다.

델러니는 21-H호의 초인종을 두 번 눌렀다. 안에서 초인종 소리가 부드럽게 들렸다. 그는 잠시 기다렸다. 대답이 없었다. 그는 작업을 개시했다.

그는 잠금장치 가운데 두 개를 열쇠로 여는 데는 아무 어려움이 없었다. 그러나 세 번째 잠금장치인 폴리스바를 여는 데는 시간이 걸렸다. 그것을 열려면 조금 열린 문틈으로 손을 밀어 넣어 막대를 젖혀야 했는데, 그의 손이 너무 커서 문틈으로 들어가지 않았다. 마침내 그는 주머니에서 연장 주머니를 꺼내 태연하게 천천히 폴리스바를 젖혀 올렸고, 그러자 문은 스르르 열렸다.

그는 안으로 들어서서 문을 닫았다. 잠그지는 않았다. 빠른 동작으로 움직이며 옷장 문을 열고 안을 들여다보고 다시 닫았다. 욕실의 샤워 커튼 너머를 들여다보았고, 무릎을 꿇고 침대 밑을 들여다보았다. 아파트 안에 사람이 아무도 없다는 것을 확인한 다음 비로소 그는 현관문으로 가서 문을 잠그고 폴리스바도 제자리에 채웠다.

다음 단계는 바보짓 같지만 기본적으로 필요한 작업이었다. 크게 바보짓 같다고 할 수는 없다. 그는 예전에 두 명의 형사가 어떤 아파트를 수색하기 위해 들어갔는데, 그만 엉뚱한 아파트로 들어가는 바람에 네 시간 동안 헛짓만 하고 아무 성과 없이 나온 적이 있다는 것을 기억하고 있었다. 그는 잡지나 편지 등 뭐든지 이 집이 틀림없이 대니얼 G. 블랭크의 집이라는 것을 확인할 수 있는 물건을 찾기 시작했다. 책꽂이 한 단이 컴퓨터 관련 책들로 빽빽이 채워져 있었다. 그 책에는 모두 첫 페이지의 같은 자리에 음각된 장서표가 꽂혀 있었다. 활과 화살을 든 벌거숭이 소년이 숲 속의 오솔길을 뛰어다니는 모습이 그려져 있고, 거기 '대니얼 G. 블랭크 장서'라고 씌어 있었다. 그것으로 충분했다.

그는 다시 현관으로 가 문을 등지고 섰다가는 아파트 안을 이리저리 거닐기 시작했다. 그저 안을 구경하는 것이었다. 이곳에 사는 사람이 어떤 유의 사람인지를 알기 위해서였다.

그러나 이곳이 누군가가 살기는 하는 곳일까? 정말 숨 쉬고, 자고, 먹고, 방귀 뀌고, 트림하고, 대소변도 보면서 사는 곳인가? 이 살균된 수술실 같은 곳이? 담배꽁초도 없고, 던져진 신문도 없었다. 냄새도 없고 사진도 없었다. 개인적 추억거리도 없고 지저분하면서도 사소한 재밋거리나 기념품도 없었다. 씻지 않은 잔도, 변색한 그림도, 오래된 그을린 자국도 없었고 천장에 금이 간 흔적도 없었다. 모든 것이 철저하게 청결해서 거의 믿어지지 않을 정도였다. 그 차디찬 질서와 청결함에 압도당하는 기분이었다. 가구는 크롬 제품으로 검은색이었다. 수정 재떨이는 정확히 놓여 있었다. 철제 촛대에는 각기 서로 다른 크기의 초들이 꽂혀 있었다.

그는 자신과 바바라의 집을, 그들 가족의 집을 생각해 보았다. 그들의 집에서는 그들의 역사가 숨 쉬고 있었다. 그들이 누구인지, 취미가 고상한지 유치한지가 드러나 있었다. 낡은 물건들과 쓰던 물건들이 여기저기 놓여 있었으며, 삶의 냄새가 났고 어디에나 추억이 드리워져 있었다. 그 집만 보고도 에드워드 X. 델러니의 전기를 쓸 수 있을 것이었다. 그러나 도대체 이 대니얼 G. 블랭크라는 자는 누구란 말인가? 실내 장식가의 진열장 같은 현대적인 아파트에서는 아무것도 엿보이지 않았다.

다만 멋진 틀에 넣어져 비스듬히 걸린 묵직한 거울이 현관에 있었다. 또한 거실의 기다란 한쪽 벽면에 붙은 갖가지 모양의 소형 거울은 최소한 쉰 개는 될 것 같았다. 침실 문에는 전신거울이 붙어 있었다. 두 쪽짜리 작은 장의 문에도 거울이 붙어 있었다. 그처럼 많은 거울은 여기 사는 사람에 대해 무슨 말을 하고 있는 것일까?

사람들의 흔한 생활방식과는 다른 것이 분명한 또 하나의 단서가 있었다. 냉장고와 부엌 찬장, 욕실의 장에 들어 있는 물건들이었다. 냉장고 안에는 보드카 한 병과 주스 세 병이 들어 있었다. 오렌지와 포도, 토마토 주스였다. 샐러드 재료도 있었다. 사과와 탠지 오렌지, 건포도와 복숭아, 말린 살구와 자두였다. 찬장에는 커피와 홍차, 양념과 건강 식품, 유기농법으로 재배한 시리얼이 있었다. 고기는 어디에도 없었다. 치즈도 없었다. 냉동 식품도 없었다. 빵도 없었다. 감자도 없었다. 하지만 자른 샐러리와 당근은 있었다.

욕실 안의 장에는 향수가 첨가된 비누와 기름, 향수와 오드콜로뉴, 로션과 연고, 분과 방취제, 스프레이가 들어 있었다. 아스피린이 한 통 있었고, 리브리움(신경안정제의 일종—옮긴이)으로 보이는 알약이 한 병 가득 있었다. 뭔지 알 수 없는 알약이 들어 있는 봉투가 하나 있었고, 비타민 B12정도 한 병 있었다. 면도용품도 있었다. 그는 장갑을 낀 손가락 끝으로 문을 닫았다. 화장지도 향수가 첨가된 제품일까? 그랬다. 그는 손목시계를 보았다. 10분이 지나고 있었다.

다시 한 번 그는 입구로 돌아갔다. 발자국 소리가 들리지 않도록 조심스럽게 걸었다. 이웃 사람이 발자국 소리를 듣고 이런 시간에 블랭크의 아파트 안에 있는 사람이 누구일까 의심할지도 모르는 일이었다.

그는 불을 켜고 현관에 놓인 옷장을 열었다.

윗칸에는 여섯 개의 모자상자와 검은 모피로 만든 기병용 겨울 모자가 있었다.

가운데 칸에는 코트 두 벌과 톱코트 세 벌, 레인코트 두 벌, 군용 캔버스 천으로 넓적다리까지 내려오게 만들고 칼라에는 양털을 단 후드코트 한 벌, 모피 칼라가 달린 양복 윗도리와 나일론으로 만든 양복 윗도리가 각 한 벌씩 있었다.

아래 칸에는 둘둘 말아 끈으로 묶은 침낭과 우툴두툴한 굽이 달린 묵직한 등산화, 철제 크램폰 한 세트와 배낭, 등산용 허리띠 하나와 나일론 밧줄 한 묶음, 그리고…….

얼음도끼가 있었다.

마침내 있었다. 이처럼 간단했다. 얼음도끼였다. 델러니는 그것을 노려보았다. 흥분하지는 않았다. 만족스러울 뿐이었다.

거의 1분 동안 그는 얼음도끼를 내려다보았다. 눈으로 그것이 놓인 정확한 위치를 머리에 새겨두었다. 손잡이의 위치를 기억해두고, 머리 부분이 옷장 구석의 두 면에 기대 있는 것도 기억해 두었다. 가죽매듭은 손잡이 끝에서 오른쪽으로 구부러졌다가 위쪽으로 겹쳐져 올라가 있었다.

그는 얼음도끼에 장갑 낀 손을 뻗어 그것을 집어 들고 세밀히 살펴보았다. '서독 제품'이라고 찍혀 있었다. '아웃사이드 라이프'에서 파는 것과 비슷했다. 머리 부분의 냄새를 맡아보았다. 기름이 칠해진 강철 냄새가 났다. 땀으로 인해 손잡이는 검게 변색되어 있었다. 그는 철제 손잡이를 덮은 가죽 밑으로 소형 장비 가운데 하나를 밀어 넣어 조금 들어 올렸다. 가죽 밑에는 어떤 흔적도 없었다. 그러나 그 역시 거기 어떤 흔적이 남아 있으리라고 기대하지는 않았다.

그는 얼음도끼를 쥔 채 서 있었다. 그 도끼를 내려놓고 싶지 않았다. 그러나 도끼는 더 이상 그에게 아무것도 말해 주지 않았다. 만일 이 자리에 과학수사대 요원이 있다 할지라도 그 역시 이 도끼로부터 더 많은 것을 알아낼 수 없을 것이었다. 그는 얼음도끼를 정확히 옷장 구석의 양쪽 벽면에 붙여놓고, 손잡이의 가죽매듭을 위쪽으로 겹쳐 올려놓았다. 그는 옷장의 문을 닫았다. 손목시계를 보았다. 15분이 흘렀다.

거실 바닥은 검은색과 흰색 타일이 연속되는 체크무늬였다. 타일은 한 변의 길이가 45센티미터 정도 되는 사각형이었다. 밝은 색깔의 현대식 무늬를 아로새긴 깔개가 여섯 개 놓여 있었다. 스칸디나비아 제품인 것 같았다. 델러니는 그것을 하나씩 들추고 아래를 살펴보았다. 무엇인가 찾아낼 수 있으리라고 기대하는 것은 아니었다. 역시 아무것도 없었다.

거실 벽면에 붙은 수많은 거울을 그는 몇 분 동안 쳐다보았다.

그가 움직일 때마다 거울 속에 자신의 모습이 이리저리 뒤흔들리며 나타났다가는 사라지고, 사라졌다가는 다시 나타났다. 그는 그 거울들의 뒷면을 모두 살펴보고 싶었다. 그러나 굉장히 많은 시간이 소모될 것이고, 또 거울을 정확히 제자리에 되돌려놓는다는 것도 불가능할 것 같아 포기했다. 그 대신 그는 창문 근처에 놓인 책상으로 돌아섰다. 그것은 크롬과 유리로 만들어진 우아하고 늘씬한 책상이었다. 가운데에 서랍이 하나 있었고, 왼쪽에도 깊고 넓은 서랍이 있었다.

윗서랍은 흰색 플라스틱 칸막이로 아주 깨끗이 정리되어 있었다. 크기가 다른 두 종류의 클립과 잘 깎인 연필, 스탬프와 스카치 테이프, 가위와 자, 페이퍼 나이프와 확대경이 갖춰져 있었다. 델러니는 강렬한 인상을 받았다.

거기에는 세 부의 문서가 있었다. 하나는 '아웃사이드 라이프'의 겨울상품목록이었다. 델러니는 미소 지었다. 그다지 반가운 웃음은 아니었다. 뒤쪽 구석에서 발견된 문서는 봉급과 세금과 아파트 임대료, 의료보험료와 그 밖의 유사한 비용을 계산한 문서였다. 그는 안경을 쓰고 그것을 읽어보았다. 그의 계산에 따르면 블랭크는 1년에 약 5만 5000달러를 벌어들이고 있었다. 대단했다.

세 번째 문서는 '의학검사실'이라는 곳에서 대니얼 G. 블랭크에게 보낸 두터운 봉투 안에 있었다. 델러니는 봉투 안의 내용물을 꺼내 재빨리 훑어보았다. 6개월 전에 블랭크는 병원에서 종합검사를 받은 것이 분명했다. 블랭크는 어린 시절 아이들이 흔히 걸리는 잔병에 걸린 적이 있었다. 그러나 진료 카드에 따르면 수술을 받은 적은 한 번뿐이었다. 아홉 살 때 받은 편도선 절제수술이었다. 블랭크의 혈압은 정상치보다 약간 낮았고, 왼쪽 귀의 청각 능력이 20퍼센트가량 손상되어 있었다. 그 밖에는 그의 나이로서는 전체적으로 거의 완벽에 가까운 건강체였다.

델러니는 이 문서를 제자리에 넣었다가 뭔가를 상기해 내고는 다시 꺼냈다. 그는 주머니에서 수첩을 꺼내 블랭크의 혈액형을 기록했다.

왼쪽 서랍에는 오직 한 가지 물건만 있었다. 회색빛 철제 서류 상자였다. 그는 서류상자를 꺼내 책상 위에 올려놓고 살펴보았다. 윗부분에 흰색 플라스틱 손잡이와 자물쇠가 달려 있었다. 길이는 약 30센티미터, 너비와 깊이는 10센티미터가량 되었다. 그는 사람들이 귀중한 물건을 보관하기 위해 그런 상자를 구입하는 이유를 알 수가 없었다. 물론 그런 상자에 물건을 넣어두면 화재가 났을 경우에 물건이 손상되지 않는 것은 사실이었다. 그러나 노련한 도둑이라면 그 자물쇠를 부수거나 여는 데 전혀 어려움을 느끼지 않을 것이다. 혹은 편리한 플라스틱 손잡이를 잡고 상자를 들고 가거나 다른 물건들과 함께 베갯잇 같은 것에 싸서 가지고 갈 수도 있었다.

그는 잠금장치를 세밀히 살펴보았다. 길어야 5분 정도면 열 수 있을 것 같았다. 그러나 그럴 필요가 있을까? 십중팔구 수표나 예금통장, 약간의 현금과 임대 계약서와 여권, 그리고 안전금고에 넣어둘 정도로 귀중하지는 않은 몇 가지 서류 나부랭이가 들어 있을 것이었다. 그는 블랭크가 분명히 금고를 가지고 있을 거라고 생각했다. 블랭크는 그런 사람인 것이다. 델러니는 그 서류상자를 서랍에 넣고 서랍을 닫았다. 시간 여유가 있으면 다시 책상으로 돌아와 그것을 열어볼 작정이었다. 그는 손목시계를 보았다. 25분이 흘렀다.

델러니는 침실로 향했다. 그러나 침실에 들어서기 전에 검은색 알루미늄 장식장 앞에 멈춰 섰다. 술이 들어 있는 장식장이었다. 그냥 지나갈 수가 없었다. 한쪽에 갖가지 유리그릇과 잔들이 놓여 있었다. 배커러 수정그릇은 역시 아름다웠다. 핸드리가 무엇을 물었던가? 블랭크가 그 많은 돈을 어디에 쓰느냐고 했던가? 이제 그는 핸드리에게 대답해 줄 수 있었다. 블랭크는 배커러 수정그릇을 산다.

거기 보관된 술들은 기묘했다. 진과 스카치, 호밀 위스키와 버번, 럼이 한 병씩 있었고, 최소한 열댓 가지의 브랜디와 그 밖에도 알코올 음료가 준비되어 있었다. 술을 수집이라도 하는 것일까? 다 큰 성인남자가 '플뢰르 다무르(사랑의 꽃)' 라는 이름의 잉크 빛 알코올 음료를 뭐에 쓰려고 갖다 둔 것일까?

수색하는 데도 재주가 필요했다. 어떤 형사들은 다른 사람들보다 훨씬 수색에 능했다. 수색이란 특수한 재능이었다. 댈러니는 자신이 그런 재능을 지녔다는 것을 알고 있었다. 그러나 그보다 훨씬 빼어난 재주를 지닌 사람들도 있었다. 늙은 수사관(델러니의 생각에는 이미 은퇴했을 사람이었다.)이 한 사람 있었다. 한 시간 사이에 방 여섯 개짜리 집을 샅샅이 수색하여 목표물, 예를 들면 이미 사용한 우표 한 장이나 귀걸이 한 짝 혹은 아무런 특징도 없는 봉투 같은 것을 틀림없이 찾아내곤 했다. 어디에 물건을 감춘다 해도 그것이 결코 발견되지 않을 것이라고 누구도 확신할 수 없는 법이었다. 충분한 인원을 동원하여 충분한 시간 동안 수색을 벌인다면 어디에 감춰진 어떤 물건이라도 결국은 찾아낼 수 있었다. 금속 캡슐을 삼킨다고? 마이크로 필름을 항문 속에 감춘다고? 눈곱만 한 작은 물건을 이에 붙이고 봉한다고? 머리에 문신을 하고 머리칼을 기른다고? 다 소용없는 짓이었다. 결국은 발견되고 만다.

그러나 그런 것들은 희귀하고 이색적인 방법이다. 대부분의 사람들은 자신의 집이나 아파트에 서류나 돈, 증거나 약물을 감춰둔다. 그래야 물건이 잘 감춰져 있는지 쉽게 확인할 수 있으니까. 그래야 급할 때는 재빨리 없애버릴 수 있으니까. 그래야 필요하면 쉽게 꺼내 쓸 수 있으니까.

그러나 수완 있는 경관이라면 누구나 다 아는 사실이지만, 집에 물건을 감추는 사람은 두 가지 범주로 나뉜다. 첫째는 합리적인 사람들이고, 둘째는 감정적인 사람들이다. 합리적인 사람들의 경우는 이렇다. 비교적 평범한 삶을 살아가는 사람들에게는 손님들이 있게 마련이다. 친구도 찾아오고 이웃도 찾아온다. 때로는 전혀 예상치 못한 순간에 손님을 맞아야 할 때도 있다. 그러니까 이런 사람들은 옷장이나 거실, 식당 등에는 물건을 감추지 않는다. 그런 곳들은 다른 사람들이 자주 드나드는 곳이라서, 감춰둔 물건이 우연히 발견되거나 술 취한 손님이나 호기심 많은 손님에게 발각당할 우려가 많기 때문이다. 그러니까 침실이나 욕실 같은 곳에 물건을 감춘다. 이 두 장소는 언제나 오직 자신만의 공간일 수 있기 때문이다.

욕실이나 침실을 은닉 장소로 선택하는 정서적인 이유는 이렇다. 그런 곳은 아주 사적인 공간이다. 사람들이 벌거벗는 곳이다.

잠을 자고 목욕을 하고 몸에 향수를 뿌리는 곳이다. '비밀의 장소'
다. 뭔가 비밀스러운 물건, 개인적으로 크게 중요한 물건, 남들과
공유할 수 없는 물건이 있다면 그런 곳이 아니면 어디에 감출 수
있겠는가?

델러니는 곧장 욕실로 갔다. 그는 변기 물통 뚜껑을 열었다. 그
런 곳에 물건을 감추는 것은 낡은 방법이기는 했으나 아직도 자주
쓰였다. 아무것도 없었다. 흥미롭게도 플라스틱 방향제와 방부제
한 덩이가 들어 있었다. 그것들이 대니얼 G. 블랭크의 변기 물에
서 달콤한 냄새가 나게 하고, 물을 깨끗이 유지시켰다.

"멋지군."

델러니는 중얼거렸다.

그는 벽의 타일을 재빨리 두들겨보았다. 욕실 바닥의 깔개를 들
어 밑을 들여다보았다. 욕실의 장 안을 세밀히 살펴보았다. 손전
등을 비추고 샤워 커튼 고리가 걸린 봉 안을 들여다보았다. 아무
것도 없었다. 도대체 나는 무엇을 찾는 것인가? 그는 알고 있었
다. 그러나 그것을 스스로에게 아직 말해 줄 수는 없었다. 그는 그
저 찾기에만 열중했다.

침실로 들어갔다. 다시 카펫 밑을 살펴보았다. 침대 밑으로 기
어 들어가 낮은 포복자세로 스프링을 조사했다. 손을 스프링과 매
트리스 사이에 밀어 넣고 조심스럽게 매만졌다. 배개 밑도 보았
다. 그 다음 침대를 단정히 바로잡았다. 베네치아식 블라인드에서
도 아무것도 발견되지 않았다. 스탠드 램프 아래는 어떤가? 없었
다. 벽에 붙은 두 장의 프랑스 포스터는? 그 뒷면에도 아무것도
없었다. 벽지에는 전혀 손댄 흔적이 없었다. 벽을 따라 기다란 옷

장과 서랍장이 있었다. 좋은 덴마크산 목재로 만들어진 물건이었다. 그는 손목시계를 보았다. 40분이 흘러가고 있었다. 땀이 흐르기 시작했다. 그는 아직 모자도 코트도 벗지 않았다. 주머니에서 물건을 꺼내놓지도 않았다. 꺼냈던 물건은 쓰고 난 다음 즉시 주머니에 넣었다.

그는 먼저 옷장부터 열었다. 두 짝의 널찍한 비늘창살 문짝이었다. 문 전체가 한쪽으로 접히게 되어 있었다. 대단했다. 그는 옷장 문을 열고는 깜짝 놀라 한참 동안이나 물끄러미 바라보고 서 있었다. 델러니도 단정하고 깔끔한 것을 좋아하는 사람이었다. 그러나 블랭크에 비하면 그는 풋내기였다. 그도 옷을 잘 접어 접힌 쪽이 앞쪽을 향하도록 깔끔히 쌓아놓는 것을 좋아했다. 새로 세탁한 것을 가장 밑에 보관했다. 그러나 블랭크의 옷장이 정돈된 모습은 너무나 기계적이었다!

꼭대기 선반은 두 짝의 옷장을 관통하고 있었다. 거기 면 제품들이 보관되어 있었다. 시트와 베갯잇과 비치타월, 매트리스 커버와 매트리스 패드, 그리고 묵직해 보이는 천더미가 있었다. 델러니로서는 그것의 용도를 오직 추측이나 할 수 있을 뿐인, 어디 쓰는 것인지도 알지 못할 것들이었다. 아마도 장기간 아파트를 비울 때 가구를 덮어두는 천인 듯했다.

가장 놀라운 것은 이런 것들이 쌓이고 보관된 그 철저한 방식이었다. 하나하나 똑같은 크기로 똑같이 접어 접힌 면이 일직선이 되도록 펴서 차곡차곡 쌓은 것은 도대체 누구일까? 블랭크라는 자는 군인 출신의 파출부를 쓰는 것일까? 아니면 블랭크 자신이 직접 이렇게 정돈하는 것일까? 게다가 그 색깔들이란! 흰색 시트나 배갯잇은 단 한 장도 보이지 않았다. 어두운 색깔 타월이나 수건도 없었다. 밝고 화려한 색깔에 꽃무늬나 추상적 무늬가 디자인된 것들뿐이었다. 흑백으로 일관된 거실이나 가구의 무미건조함과 이 방종스러운 색깔의 현란함을 도대체 어떻게 조화시킬 수 있는 것일까?

두 옷장 모두 밑바닥에는 구두 선반이 설치되어 있었다. 왼쪽에는 여름 구두(갖가지 색깔의 고무창 운동화도 있었다.)들이 한 켤레씩 나무골까지 끼워져 투명한 비닐 주머니 안에 보관되어 있었다. 다른 쪽에는 겨울 구두가 보관되어 있었다. 역시 나무골이 끼워져 있었으나 비닐 주머니 안에 들어가 있지는 않았다. 거기 보관된 구두들은 대부분 검은색이었고, 끈을 매지 않고 신을 수 있는 모카신 종류였다. 두 켤레는 버클이 달린 구찌 제품이었고, 세 켤레는 부츠였다. 부츠 가운데 하나는 무릎까지 올라오는 길이였다.

이와 비슷하게 옷걸이에 걸린 옷들도 왼쪽 옷장에는 여름 옷이 오른쪽 옷장에는 겨울 옷이 있었다. 여름 양복들은 투명한 비닐 주머니 안에 보관되어 있었다. 윗도리는 나무 옷걸이에, 바지는 아랫단의 옷걸이에 매달려 있었다. 겨울 양복은 비닐 주머니 안에 들어 있지 않았다. 대부분 검은색이거나 짙은 푸른색이었다. 스웨이드로 만든 재킷도 있었다. 체크무늬 양복은 지나치지 않을 정도로 유행에 맞춘 옷이었다. 바지는 네 벌이었다. 두 벌은 회색 플란넬, 한 벌은 체크무늬, 한 벌은 녹색 스웨이드였다. 실크 가운도 두 벌 있었다. 하나는 새들이 그려져 있었고, 다른 한 벌은 진홍빛 난초무늬가 그려져 있었다.

그는 짧은 시간에 최선을 다했다. 면 제품 사이로 손을 밀어 넣고, 여름 양복이 담긴 비닐 주머니를 밀며 옷장 안을 살폈다. 거실로 가서 벽에 붙은 작은 거울을 떼어냈다. 몸을 쭉 펴고 손전등과 거울을 이용하여 그는 맨 꼭대기에 쌓인 면 제품 너머를 살펴볼 수 있었다. 그것은 철저하지 않은 수색이었다. 그것을 인정하지 않을 수 없었다. 그러나 하지 않는 것보다는 나았다. 그 너머에도 역시 아무것도 없었다. 그는 거울을 제자리에 똑바로 걸었다.

이제 두 개의 서랍장이 남아 있었다. 둘이 한 쌍을 이루는 가구였다. 서랍장 아래에는 깊은 서랍이 세 개씩 있었고, 위쪽에는 반쪽 서랍이 두 개씩 있었다. 그는 시계를 보았다. 46분이 흘렀다. 그가 립스키에게 약속한 시간은 한 시간이었다. 그 이상은 안 된다.

그는 침실 창문에서 가까운 쪽 서랍장부터 열었다. 맨 윗서랍에는 온통 보석들이었다. 작은 가죽 주머니에 들어 있는 것도 있었고, 그저 서랍에 널린 것도 있었다. 넥타이핀과 커프스 단추, 장식용 단추와 넥타이 단추, 그리고 그로서는 무엇인지 알 수조차 없는 몇 가지 물건들이 있었다. 예를 들면 황금 사슬 허리띠가 있었다. 금줄이 달린 손목시계 줄도 있었다. 이니셜이 새겨진 값비싼 팔찌가 세 개나 있었으며, 묵직한 남성용 목걸이는 두 개가 있었다. 반지가 일곱 개였고, 섬세한 사슬에 매달린 황금 하트가 하나 있었다. 그는 그것들 모두를 호기심에 차서 자세히 살펴보았다.

그 아랫서랍에는 손수건이 들어 있었다. 잘 세탁되어 실크 같은 촉감을 주는 아일랜드산 면 제품을 만져본 것이 언제였던가? 손수건 밑에는 아무것도 없었다.

세 번째 서랍이었다. 깊은 서랍 가운데 맨 윗서랍이었다. 검은색 실크 양말부터 무릎까지 닿는 마름모무늬 양말까지 최소한 쉰 켤레의 양말이 있었다. 그 밖의 물건은 없었다.

네 번째와 맨 아랫서랍에는 짙은 색과 대담한 무늬의 니트와 폴리에스테르 셔츠가 있었다. 이번에도 그는 셔츠 사이로 조심스럽게 손을 밀어 넣어 단정히 쌓인 셔츠 사이를 만져보았다. 장갑을 낀 손끝에 뭔가가 닿았다. 그는 그것을 꺼냈다.

블랭크를 찍은 가로 8, 세로 10센티미터 크기의 조잡한 누드 사진이었다. 최근에 찍은 사진은 아니었다. 훨씬 젊어 보였다. 머리 칼도 많았다. 그는 두 손을 허리에 받치고 서서 카메라를 향해 웃고 있었다. 델러니는 블랭크의 몸이 아름답다는 것을 깨달았다. 멋있다고도 할 수 없고 부드럽다고도 할 수 없었다. 그렇다고 남성적이라고도 할 수 없었다. 그러나 아름다웠다. 딱 벌어진 어깨와 가는 허리, 잘 발달된 팔. 사진이 그의 음모 바로 아랫부분에서 가위나 면도칼 같은 것으로 잘려 있었기 때문에 다리가 어떤지는 알 길이 없었다. 블랭크는 벌거숭이 몸으로 성기와 불알이 떨어져 나간 채, 허리에 두 손을 받치고 서서 델러니를 향해 웃고 있었다. 델러니는 그 기묘한 사진을 조심스레 니트 셔츠 밑에 밀어 넣었다.

이제 그는 두 번째 서랍장으로 다가갔다. 그는 크게 중요한 것을 찾아내리라는 기대는 하지 않았다. 다만 이 남자에 대해 좀 더 많은 것을 알고 싶을 뿐이었다. 그가 이제까지 본 것만으로도 몇 주일 동안 생각해 볼 거리로 충분했다. 그러나 보면 볼수록 더 많은 것을 알 수 있게 될 것이었다.

두 번째 서랍장의 맨 윗서랍에는 스카프들이 들어 있었다. 대부분 풀라천으로 만든, 장방형의 넥타이 겸용이었다. 예의를 차릴 때 매는 흰색 실크 스카프도 있었다. 무늬가 있는 손수건도 몇 장 있었다. 두 번째 서랍은 잡동사니들이었다. 접을 수 있는 면 비치 모자 두 개와 색안경 두 개, 플라스틱 가방에 들어 있는 선탠 로션 한 병과 '커버 올' 선스크린 튜브가 있었고, 플로리다와 서인도, 영국과 브라질, 스위스와 프랑스, 이탈리아와 스웨덴행 항공기의 시간표들이 고무줄로 묶여 있었다.

세 번째 서랍에는 속옷이 들어 있었다. 델러니는 갖가지 속옷들이 갖춰진 것을 보고 충격을 받았다. 그것은 예전에 낯선 사람의 아파트를 수색했을 때의 느낌과 흡사했다. 은밀한 친밀감이었다. 언젠가 수사관들의 대기실에서 몇몇 다른 형사들과 더불어 한가롭게 각기 자신이 맡고 있는 사건과 수사 경험을 잡담 삼아 주고받을 때 들은 얘기가 생각났다. 형사 한 사람이 최근에 고객에게 맞아 죽은 매춘부의 방을 수색한 경험담을 얘기했다.

"하느님 맙소사, 그 여자 속옷과 그 이상야릇한 물건들을 이 손으로 몽땅 뒤졌다니까. 가터 벨트에, 그런 여자들이 냅킨을 꽂아두는 핀에, 아이용 같은 푸른색 파자마에 그 냄새까지! 그 자리에서 꼭 사정할 것만 같아 혼났어."

그들은 웃어댔다. 그들은 그 형사의 말이 무슨 뜻인지 이해했다. 그것은 그 여자가 매춘부였고, 이상야릇한 물건들을 많이 지니고 있었으며, 그 물건들에서 섹시한 냄새가 풍겼다는 뜻만이 아니었다. 수색한다는 것은 비밀스럽게 그 물건들을 공유한다는 것을 의미했다. 다른 사람들의 삶 속으로 스며든다는 것을 의미했다. 상대방은 전혀 알지 못하는 사이에 마치 신처럼 보이지 않게 그의 내부로 잠입해 들어가서 그를 파악해 낸다는 것을 뜻했다.

델러니가 블랭크의 속옷더미를 내려다보며 느낀 것은 바로 그와 비슷한 기분이었다. 차곡차곡 잘 정돈된 삼각팬티와 트렁크, 갖가지 색깔의 장식이 있는 패션팬티가 있었다. 그는 그런 것을 도대체 어디에서 파는지조차 알 수 없었다. 여자들 속옷을 파는 가게에서나 팔지 않을까 하는 생각이 들었다. 그는 속옷 사이사이로 손을 밀어 넣어 감춰진 물건이 있는지 없는지를 확인한 다음 그 옷들을 다시 정확히 정돈했다.

네 번째 서랍은 잠옷으로 채워져 있었다. 나일론과 면, 플란넬로 만든 잠옷 윗도리와 바지, 그리고 원피스형 잠옷에다가 심지어는 진한 붉은색 잠옷까지 있었다.

맨 아랫서랍은 욕의였다. 평생토록 입어도 다 못 입을 정도로 많았다. 짧은 것부터 발등이 덮이는 긴 것까지 각종 욕의가 잔뜩 있었다. 운동복 스타일도 세 벌 있었다. 그런데 거기에는 뜻밖에도 여섯 켤레의 겨울용 장갑이 들어 있었다. 얇고 검은 가죽장갑과 거칠거칠한 쇠가죽장갑, 밝은 황색 스웨이드 장갑과 검은색 실로 처리한 전통적인 회색 장갑 등이었다. 그러나 거기에서도 특이한 것은 발견되지 않았다.

그는 마지막 서랍을 닿으며 길게 한숨을 내쉬었다. 다시 손목시계를 보았다. 5분이 남아 있었다. 앞으로 1분이나 2분 이내에 나가야 했다. 더 이상은 안 된다. 그 시간이 지나면 겁먹은 찰스 립스키는 인터콤을 신경질적으로 울려대기 시작할 것이다.

델러니는 거실 책상 안에 들어 있는 철제 서류상자를 열어볼 수도 있었다. 부엌 싱크대의 아래쪽 장을 열어 조사할 수도 있었다. 그 밖에 몇 가지 다른 선택의 길이 있었다. 본능적으로 별다른 의미 없이 그는 무릎을 꿇고 엎드려 서랍장 밑바닥에 손을 넣어 더듬어보았다. 아무것도 없었다. 그는 무릎을 꿇은 채 엉금엉금 기어 옆의 서랍장으로 가서 서랍장 밑바닥을 손바닥으로 훑었다. 역시 아무것도 없었다. 그러나 그가 손바닥으로 서랍장 밑바닥을 훑자 바닥의 목재가 약간 위쪽으로 떠밀려 올라갔다.

그것은 놀라웠다. 델러니는 이처럼 값비싸고 우아해 보이는 서랍장이라면 틀림없이 서랍장의 몸통 자체가 단단한 나무로 제작되었을 것이라고 생각했다. 서랍과 서랍 사이는 물론이요 맨 아래 서랍 밑도 단단한 목제 틀일 것이었다. 그런 것을 '방진 틀'이라고 부르기도 한다는 것을 그는 알고 있었다. 훌륭한 가구는 모두 그렇게 만들어지는 법이었다.

그는 다시 일어섰다. 카펫에 닿았던 코트와 바지에 카펫의 보푸라기가 묻어 있지 않은지 살폈다. 보푸라기가 있었다. 그는 보푸라기를 하나하나 떼어내어 조끼 주머니에 집어넣었다. 손에 닿는 대로 그는 서랍을 한두 개 열어보았다. 사실이었다. 서랍과 서랍 사이를 구분 짓는 목제 틀이 없었다. 그저 서랍의 가장자리를 떠받치는 틀이 있을 뿐이었다. 그렇다면 몇 분만 더 소비해서……

그는 한쪽 서랍장의 세 번째 서랍을 빼내고 그 공간에 손을 넣어 위쪽 서랍의 아랫면을 만져보았다. 아무것도 없었다. 그 서랍을 제자리에 밀어 넣고 두 번째 서랍을 뽑았다. 위쪽을 만져보았다. 역시 아무것도 없었다. 이런 식으로 같은 동작을 반복했다. 겨우 몇 초씩 걸리는 동작이었다. 성과는 없었다.

그는 다음 서랍장으로 옮겨갔다. 블랭크의 호사스러운 속옷이 들어 있는 서랍을 닫고, 잠옷이 보관된 서랍을 빼냈다. 서랍 아래쪽 표면을 만져보았다. 그 순간 그는 모든 움직임을 멈췄다. 손을 빼내고 장갑을 낀 손가락을 코트에 문질러 닦은 다음 다시 한 번 서랍 밑바닥 표면을 조심스럽게 쓰다듬었다. 분명히 무엇인가가 있었다.

"하느님, 부탁드립니다."

그는 소리 내서 중얼거렸다. 천천히 조심스럽게 서랍을 닫고 속옷이 담긴 그 윗서랍을 다시 열었다. 서랍장에서 서랍을 반쯤만 뽑아냈다. 그 다음 서랍 도르래에 묻은 먼지나 톱밥, 목재 가루가 떨어질지도 모른다는 우려 때문에 코트를 벗어 안감이 위로 오도록 블랭크의 침대 위에 펼쳤다. 속옷이 들어 있는 서랍을 완전히 뽑아내서 코트 위에 조심스럽게 올려놓았다. 이제 그는 더 이상 손목시계를 보지 않았다. 립스키는 엿이나 먹으라지.

델러니는 차곡차곡 쌓인 속옷더미를 들어냈다. 그것을 서랍 속에 정리되어 있던 순서대로 정확히 침대 한쪽에 늘어놓았다. 세로로 세 더미, 가로로 두 더미였다. 나중에 다시 그 순서대로 서랍 안에 정리하면 될 것이었다. 서랍을 비우고 조심스럽게 서랍을 뒤집어 코트 위에 놓았다. 테이프로 붙인 봉투가 나타났다. 블랭크의 꾀에 감탄하지 않을 수 없었다. 테이프의 접착력이 다하여 봉투가 떨어진다 해도 다음 서랍 위에 떨어질 것 아닌가.

델러니는 봉투를 손끝으로 부드럽게 눌러 보았다. 종이보다 두꺼운 딱딱한 어떤 물건이었다. 가죽 같기도 했다. 나무나 금속일 수도 있었다. 봉투의 네 모서리가 서랍 밑바닥에 테이프로 붙어 있었다. 그는 소형 연장 중에 길고 가는 것 하나를 꺼냈다. 테이프가 붙어 있지 않은 부분에 조심스럽게 연장을 밀어 넣었다.

그는 가능하기만 하다면 테이프를 모두 떼어내지 않고 싶었다. 마침내 그는 봉투의 위쪽 변에 붙은 테이프만 조금 떼어내기로 작정했다. 연장을 이용하여 테이프의 모서리를 조금 떼어냈다. 그 다음에는 족집게를 사용했다. 천천히, 아주 천천히 최대한 조심성을 발휘하여 테이프를 서랍에서 떼어내기 시작했다. 그는 서랍에서 떼어낸 테이프가 봉투에는 여전히 붙어 있도록 조심했다. 테이프가 서랍과 분리되었다. 그는 테이프가 찢어지거나 접히지 않도록 조심했다. 인터콤이 울리는 소리가 들렸다. 그러나 델러니는 움직임을 멈추지 않았다. 립스키 따위는 귀신이 잡아가 버리라지. 그자는 50달러치 진땀을 흘리도록 내버려둬도 무방했다.

테이프가 서랍에서 완전히 분리되자 그는 다시 외과 의사의 수술 메스보다 더 날카로운 연장을 꺼냈다. 그는 그 봉투가 밀봉되지는 않았으리라는 것을 알았다. 틀림없다! 그것은 행운이나 육감이 아니었다. 도대체 왜 블랭크가 이 봉투를 봉해두겠는가. 그는 자신의 물건을 꺼내서 보고 싶을 것이요, 다른 물건이 생기면 여기 넣어두고자 했을 것이 아닌가.

델러니는 천천히 봉투를 열었다. 몸을 앞으로 기울이고 열린 봉투의 입구에 얼굴을 대고 냄새를 맡았다. 장미향이 풍겼다. 그는 다시 족집게를 봉투 안에 밀어 넣어 조심스럽게 내용물을 꺼내 봉투 안에 들어 있던 바로 그 순서대로 코트 위에 차례차례 펼쳐놓았다. 프랭크 롬바드의 자동차 운전면허증. 버나드 길버트의 신분증. 코프 형사의 배지와 신분증. 네 장의 장미 꽃잎이 있었다. 앨버트 파인버그의 단춧구멍에서 뽑아낸 것이었다. 그것을 족집게로 몇 번이나 뒤집고 또 뒤집으며 살펴보았다. 그런 다음 그것을 모두 그대로 둔 채 창문가로 걸어가 주머니에 손을 찌르고 창밖을 내다보았다.

아름다운 날씨였다. 청명하고 상쾌했다. 사람들은 모두 이번 겨울이 따뜻할 것이라고 예상하고 있었다. 델러니도 그렇게 되기를 바랐다. 그러면 눈과 진창과 눈보라를 만나거나 눈과 뒤섞인 쓰레기를 보지 않아도 될 것이다. 델러니와 바바라는 은퇴하면 어딘가 따뜻하고 조용한 곳으로 떠날 수 있을 것이다. 플로리다는 싫다. 그렇게 뜨거운 햇빛은 싫었다. 캐롤라이나 정도가 적당할 것이다. 아니면 그와 비슷한 곳이면 된다. 그는 낚시를 할 것이다. 평생 동안 낚시를 해본 적이 없지만 배우면 된다. 바바라는 아주 멋진 정원을 갖게 될 것이고, 그녀는 그것을 사랑할 것이다.

빌어먹을 놈의 세상! 그러나 살인 때문이 아니었다. 델러니는 살인 따위는 끝도 없이 보며 살았다. 총이나 칼로 저지른 살인, 목을 조른 살인, 곤봉으로 죽인 살인, 익사시킨 살인, 약물로 저지른 살인 등등. 누가 어떤 살인을 얘기해도 그가 목격한 적이 없는 살인이란 없을 정도였다. 그는 시체가 사라진 살인사건도 처리한 적이 있었다. 돈을 강탈하고, 반지를 빼앗기 위해 손가락을 자르고, 시체의 목에서 목걸이를 훔치고, 심지어는 구두까지 벗겨간 사건을 처리한 적도 있었다. 펜치로 금니를 뽑아간 사건까지 목격했다.

델러니는 돌아서서 자신의 코트 위에 펼쳐진 물건들을 바라보았다. 이것은 최악의 사건이었다. 정확히 그 이유를 꼬집어 말할 수는 없었으나, 그는 이 사건이 지닌 패악스러움에 질렸다. 그는 이런 사람과 같은 세상에서 살고 싶지 않았다. 자신이 이런 사람과 같은 인간이라는 사실이 싫었다. 이것은 죽음을 약탈하는 행위였다. 복수심 때문에 벌어진 사건이 아니었다. 욕망 때문도, 탐욕 때문도 아니었다. 그렇다면 도대체 무엇 때문이란 말인가? 기념인가? 전리품인가? 선물인가? 여기에는 뭔가 신의 부재(不在)와 관련된 것이 있었다. 그로서는 도저히 견딜 수 없는 것이 있었다. 그는 그것이 무엇인지는 알 수 없었다. 지금은 알 수 없었다. 그러나 그에 관해 깊이 생각해 볼 작정이었다.

그는 신속히 그것들을 치웠다. 모든 것을 족집게로 집어 원래 들어 있던 순서대로 다시 봉투 안에 넣었다. 아무런 구김이나 흔적을 남기지 않고 봉투를 닫았다. 테이프도 원래대로 서랍에 붙였다. 테이프의 접착력은 아직도 충분했다. 서랍을 다시 뒤집었다. 원래 놓여 있던 그대로 속옷을 정리했다. 그리고 서랍을 제자리에 꽂았다. 그는 코트의 안감을 살펴보았다. 서랍에서 떨어진 먼지가 조금 있었다. 그는 욕실로 가서 세면대 옆에 있는 화장지를 두 장 뜯어내 물에 적셔 침실로 돌아왔다. 화장지로 코트의 먼지를 닦아내고 그것을 욕실의 변기에 던졌다. 변기 물을 내리기 전에 두 장의 화장지를 더 뜯어내어 젖은 세면대를 말끔히 닦은 다음 그 화장지도 변기에 던졌다. 그 다음에 변기 물을 내렸다. 그는 쓰디쓴 웃음을 지으며 결심했다. 이런 결심은 이번이 처음이 아니었다. 이 살인자에게 지옥을 맛보게 하리라.

델러니는 빠른 걸음으로 돌아다니며 아파트 안을 살폈다. 모두 깨끗했다. 현관문 손잡이를 잡고 나가려고 하는데 뭔가가 생각났다. 그는 다시 부엌으로 가서 싱크대 밑의 장을 열었다. 호일과 세제, 스프레이식 바퀴벌레 약과 마루 청소용 왁스, 가구 광택제가 있었다. 기대한 대로 경기계용 기름도 한 통 있었다.

델러니는 부엌 벽에 매달린 두루마리 종이타월 한 장을 뜯어냈다. 이 작자는 혹시 이런 종이타월이나 화장지 한두 장이 없어진 것까지 알아챌 수 있지 않을까? 만일 그런 것까지 알아챌 수 있다 하더라도 델러니는 놀라지 않을 것이었다. 그는 기름을 종이타월에 적신 후 접어서 코트 주머니에 넣었던 장갑 한 짝에 쑤셔 넣었다. 경기계용 기름통은 원래의 자리에 두었다.

그는 문으로 가서 잠금장치를 열고 복도를 내다보았다. 복도는 비어 있었다. 밖으로 나와 문을 잠그고 손잡이를 세 차례 돌려보았다. 문은 꼼짝도 하지 않았다. 그는 장갑을 벗어 안주머니에 넣으며 승강기로 걸어가서 내려가는 단추를 눌렀다. 승강기를 기다리는 동안 지갑에서 10달러짜리 지폐 석 장을 꺼낸 뒤 그것으로 열쇠를 싸서 오른손에 꽉 쥐었다.

승강기 안에는 여섯 사람이 타고 있었다. 그들은 모두 뒷걸음질을 하여 그가 들어설 수 있도록 도와주었다. 그는 승강기에 조심스럽게 올라 그들에게 등을 돌렸다. 음악이 조용히 흐르고 있었다. 로비에 도착하자 델러니는 다른 사람들이 먼저 내리도록 한쪽에 비켜서 있다가 나중에 내렸다. 그는 립스키를 찾아 사방을 두리번거렸다. 마침내 그를 발견했다. 그는 바깥에서 한 늙은 여자가 택시에 오르는 것을 도와주는 중이었다. 델러니는 초조히 그가 돌아오기를 기다렸다. 립스키는 로비로 들어서자 델러니를 발견했다. 델러니는 립스키가 기절하는 줄만 알았다. 델러니는 미소 띤 얼굴로 천천히 그에게 다가가 오른손을 내밀었다. 립스키도 손을 내밀자 델러니는 그 손을 잡으며 돈과 열쇠를 넘겨주었다. 립스키의 손은 땀으로 젖어 있었다.

델러니는 여전히 미소 지으며 고개를 끄덕이고 밖으로 나섰다. 그는 아파트 건물에서 도로로 이어지는 길을 태연히 걸었다.

집까지 걷는 동안 묘한 생각을 했다. 그가 순찰부서로 전출을 희망한 것은 실수였다. 그에게는 행정 경험이 필요치 않았다. 그는 경찰청장 같은 것은 되고 싶지 않았다. 이런 일이야말로 그가 가장 잘하는 일이었고, 가장 좋아하는 일이었다.

집에 도착하자 그는 토어슨에게 전화를 했다. 만일 근거가 확실한 우려라 하더라도 지금은 도청 따위를 걱정할 계제가 아니었다. 그러나 토어슨은 그에게 전화를 하지 않았다. 15분이 지나도록 전화가 오지 않았다. 델러니는 토어슨의 집무실로 전화를 걸었다. 회의 중이기 때문에 방해할 수 없다고 했다.

델러니는 날카롭게 말했다.

"바꿔주시오. 나는 에드워드 델러니 지서장이오. 급한 일이오."

그는 잠시 동안 기다렸다. 마침내 토어슨이 나왔다.

"맙소사, 에드워드. 이게 웬일⋯⋯."

"지금 당장 만나야겠습니다."

"안 돼. 여기에서 지금 무슨 일이 벌어지고 있는지 자네가 몰라서 하는 소리야. 끔찍스러워. 지옥이야, 지옥. 다 끝장났다구."

델러니는 무엇이 끝장났다는 것인지 묻지 않았다. 궁금하지도 않았다. 그는 다시 한 번 반복했다.

"만나야 한다니까요."

토어슨은 잠시 침묵을 지키고 있다가 말했다.

"6시까지 기다릴 수 없겠나? 7시에 경찰청장을 만나야 하지만 6시에는 시간을 낼 수 있지. 그때까지도 기다릴 수 없나?"

델러니는 잠시 생각한 후 대답했다.

"좋습니다. 6시. 어디에서 뵐까요?"

"7시 약속이 시장 관저니까 6시에 내 집에서 만나는 게 좋겠네."

"알겠습니다."

델러니는 통화가 끊기도록 후크를 누르고 있다가 이번에는 샌포드 퍼거슨 박사에게 전화를 했다.

"에드워드네."

퍼거슨은 서글픈 어조로 말했다.

"이럴 수가, 이럴 수가……. 자네 벌써 몇 주 동안 나에게 그놈의 '두 가지만 더' 어쩌구 하는 전화를 하지 않았어. 나한테 화났나, 에드워드?"

델러니는 웃었다.

"아니야. 자네에게 화가 날 리가 있겠나?"

"어떻게 지내?"

"잘 지내. 파인버그 사건에 대해 자네가 작성한 보고서를 읽었어. 하지만 최종 보고서는 아직 못 읽었어."

"오늘에야 끝냈어. 마찬가지야. 새로울 게 없어."

"최초 보고서에 보니까 길바닥에서 피해자의 혈액형과 다른 혈액이 발견되었다고 하던데?"

"사실이야."

"어떤 혈액형이었어?"

"그걸 왜 나한테 물어? 에드워드, 나하고 인연 끊을 생각 아니었어? 난 자네가 이젠 그런 일로 나에게 전화하는 일은 없을 거라고 생각했는데."

"잠깐만 기다려."

델러니는 코트 안주머니에서 수첩을 꺼냈다.

"좋아. 내가 말해 보지. AB-Rh 네거티브."

전화 저편에서 숨이 막히는 소리가 들렸다.

"에드워드, 뭔가 찾아냈군. 그렇지? 맞아. AB-Rh 네거티브형
이었어. 희귀한 혈액형이지. 그 혈액형을 가진 사람이 누군데?"

델러니는 건조한 음성으로 대답했다.

"내 친구. 아주 가까운 친구지."

"좋아. 그 친구를 만나거든 이 얘기 좀 전해줘. 난 이제 깨진 두
개골 따위는 지겨우니까 제발 그런 것 말고 심장에다가 총알을 한
방 쏘는 식으로 일을 해달라고 하게."

"그 친구에게 좋은 충고가 되겠군."

델러니는 잔인하게 말했다. 잠시 퍼거슨은 말을 잃고 있다가 물
었다.

"에드워드, 그런데 전혀 기뻐하는 것 같지 않은데? 아주 침착
한 것 같아. 그런가?"

그렇게 묻는 퍼거슨의 어조에는 걱정이 묻어 있었다.

"난 지금 최고로 침착한 상태야."

"좋아."

"한 가지 더 있어."

"아하, 이제야 정상이 되어가는군 그래."

"경기계용 기름 샘플을 보내줄게. 이건 전에 내가 자네에게 준
것하고는 다른 상표야. 파인버그의 상처에서 나온 물질과 이 기름

을 대조해 줄 수 있나?"

"해보지. 자네 정말 범인이 바로 옆에 있는 것 같군, 에드워드?"

"그래. 고마워, 박사."

델러니는 손목시계를 보았다. 토어슨을 만나기까지 거의 두 시간이 남아 있었다. 서재로 가서 책상 앞에 앉아 연필을 집어 들고 종이를 끌어당겼다. 그는 '보고서'라고 쓰다가 중지하고, 깊은 생각에 잠겼다. 가택에 불법침입하여 수색을 감행한 행위에 관하여 자필로 기록을 남기는 것이 과연 현명한 일일까? 그는 연필과 종이를 치우고 일어나 두 손을 바지 주머니에 찌르고 방 안을 서성거리기 시작했다.

아직은 이 사건이 어떤 식으로 진행될지 정확히 예측할 수 없는 형편이었다. 그러나 만일 이 사건이 법정에서 판결을 받게 되는 경우, 또는 관련 당사자들이 선서를 하고 증언을 하는 경우 립스키의 증언은 그에게 위험한 요소로 작용할 수 있었다. 델러니가 블랭크의 아파트에 침입했다고 그가 증언하지는 않는다 해도 델러니에게 아파트의 열쇠를 건네주었다고 증언할 수는 있었다.

그렇다 하더라도 립스키가 말할 수 있는 것은 델러니에게 열쇠를 넘겨주었다는 것뿐이었다. 그는 델러니가 블랭크의 아파트에 침입하는 것은 보지 못했다. 그러나 델러니가 블랭크의 아파트에 침입하지 않았다고 증언할 수도 없다. 다만 그는 델러니에게 열쇠를 주었으며, 그가 아파트에 침입하려는 의도를 가지고 있었다고 추측할 수 있을 뿐이다. 그러나 추측은 법정에서는 아무런 가치도 지니지 못한다. 그럼에도 델러니는 블랭크의 아파트를 수색한 것에 관한 보고서를 쓰지 않기로 결심했다. 지금은 안 된다. 델러니는 방 안을 계속해서 서성거렸다.

중요한 문제는, 가장 본질적인 문제는 블랭크를 어떻게 체포하느냐 하는 것이 아니라고 그는 판단했다. 그것은 6시에 토어슨을 만날 때까지는 유보해야 할 결정이었다. 본질적인 문제는 블랭크였다. 그자 자신이었다. 그자가 누구인지, 그자가 무엇을 하고자 하는지였다.

그 아파트는 하나의 수수께끼였다. 인격의 분열(델러니는 이 말에 친숙했다.)을 나타냈다. 측량할 길 없는 분열이었다. 끔찍스러울 만큼 정연한 질서가 거기 있었다. 광적인 청결함이 있었다. 초현대적 가구들이 있었다. 그것은 흑과 백의 가구들, 금속과 가죽의 집합이었다. 거기에서는 따뜻함이나 부드러움, 살아 있는 사람의 체취 같은 것을 찾아볼 수 없었다.

또 그곳에는 엄청난 양의 면 제품들, 사치스러운 기호품들이 있었다. 실크와 부드러운 감의 옷들이 굉장히 많이 간직되어 있었다. 속옷과 향수, 기름과 방향제가 첨가된 크림, 보석이 있었다. 잘린 누드 사진을 보라. 무엇보다도 그 거울들을 보라. 온갖 곳에 거울이 있었다.

델러니는 캐비닛 앞으로 가서 대니얼 G. 블랭크의 자료철을 꺼냈다. 거기에서 오토 모건터우 박사와 만난 직후에 기록한 두터운 보고서를 꺼냈다. 그는 책상 앞에 선 채 보고서를 뒤적거렸다. 그가 찾는 것은 모건터우 박사가 이유와 동기에 대해 얘기하면서 다중살인자들이 자신의 행위를 정당화시키는 방법에 대해 설명한 부분이었다. 마침내 그 부분을 찾아냈다. 메모는 짤막했다.

의식적인 합리화: 죄의식을 갖지 않는다. 살인이 필연적이었다고 생각한다.

(1) 혼돈에 질서를 부여한다고 생각한다. 무질서와 예측할 수 없는 상황을 견뎌내지 못한다. 제도적 규율(교도소나 군대 같은)을 필요로 한다. 그런 곳에서 평화를 발견한다. 왜냐하면 그런 식의 질서로 완전히 체계화된 세계에서는 책임감을 느낄 필요가 없기 때문이다.

(2) 예술가. 살인으로 자신의 흔적을 남긴다. 나는 존재한다! 세계에 대한 선언.

(3) 소외. 어느 누구와도 관련을 맺을 수 없다. 느낌도 없다. 다른 사람에게 가까이 접근하고자 한다.(사랑하기 위해서?) 사랑은 모든 인간과 존재의 신비에 도달하는 통로다.(하느님?) 왜냐하면 (어린 시절부터?) 정서나 감정, 사랑이 그에게는 거부되었기 때문이다. 오직 살인을 통해서만 그는 이 관계를 찾을(느낄) 수 있다. 도취.

델러니는 이 메모를 다시 한 번 읽었다. 모건터우 박사가 다중 살인자에 관한 한 명백한 분류방법은 없다고 경고했던 말이 생각났다. 이유는 중첩된다. 마찬가지로 동기 역시 중첩된다. 이런 자들은 탐욕이나 욕정, 복수심으로 살인을 저지르는 단순한 사람들이 아니다. 그들은 복잡다단하다. 자신에 대한 분명한 인식 능력이 결핍되어 있다. 어디까지가 현실이고 어디까지가 환상인지 알지 못한다. 아마도 발광하여 뒤집힌 혼란스러운 그들의 마음속에는 시작도 끝도 없을 것이다. 뜨거운 소용돌이만이, 피처럼 끈끈하고 짙은 불꽃만이 있을 것이다.

델러니는 그 기록을 치웠다. 블랭크의 가슴에 더 접근했다고 생각할 수가 없었다. 댄이라는 자에 관해서는……. 델러니는 갑자기 생각을 중단했다. 그는 깜짝 놀랐다. '댄?' 지금 내가 그 작자를 '댄'이라고 부르고 있단 말인가? 블랭크도 아니고 대니얼 G. 블랭크도 아닌 '댄'이라고? 좋다. 그렇다면 그자를 댄이라 부르기로 하자. 그는 퍼거슨 박사에게 그를 '친구'라고 말했다. '아주 친한 친구'라고 했다. 델러니는 그자의 비누 냄새를 맡았고, 속옷을 주물럭거렸으며, 부드러운 잠옷 가운을 만졌고, 그의 음성을 들었으며, 누드 사진을 보았다. 그의 비밀을 발견했다.

댄에 관한 어려운 문제는, 댄을 이해하는 데 힘든 지점은 그가 이미 바바라에게 언급한 적이 있었다. 불합리한 문제를 합리적인 방법으로 해결한다는 것이 과연 가능한 일인가? 그는 아직도 그 대답을 찾지 못하고 있었다. 아직은. 그는 손목시계를 보고는 서둘러 주머니를 비우기 시작했다. 손전등과 검은 실크 장갑, 연장 주머니를 꺼내놓았다. 그는 기름에 적신 종이타월을 호일에 싸서 퍼거슨 박사의 주소가 적힌 봉투에 넣었다. 그는 그 봉투를 토어슨의 집으로 가는 길에 우체통에 넣었다.

묘한 일이었다. 토어슨네 집 바깥 길에서부터 시가 냄새가 풍겼다. 델러니는 집 가까이 다가섰다. 시가 냄새는 더 지독해졌다. 그는 토어슨의 아내 카렌이 외출 중이거나 침실에 들어가 있기를 바랐다. 카렌은 시가 냄새를 싫어했다.

델러니는 초인종을 울렸다. 대답이 없었다. 초인종을 울리고 또 울렸다. 마침내 토어슨이 나타나 문을 열었다.

"미안하네, 에드워드. 안이 시끄러워서 못 들었어."

토어슨이 저기압이라는 것을 델러니는 즉시 알아차렸다. '제독'의 자태는 단정했으나 은빛 머리칼은 헝클어져 있었고, 푸른 눈은 흐릿했으며, 흰자위는 붉게 충혈되어 있었다. 얼굴에는 델러니가 이전에는 본 적이 없는 주름살까지 깊게 패어 있었다. 게다가 그의 움직임은 신경질적이었다.

거실로 들어가는 문은 닫혀 있었다. 그러나 성난 고함소리가 터져 나오는 걸 막지는 못했다. 복도의 소파에 여러 벌의 코트가, 적어도 열댓 벌은 되어 보이는 코트가 쌓인 것이 보였다. 일반인의 옷과 모자와 제모(制帽)가 쌓여 있었다. 지팡이와 우산도 하나씩 있었다. 분위기는 뜨겁고 혼란스러웠다. 시가 연기가 가득 차 있었고, 그 밖에도 고약한 냄새가 풍겼다. 토어슨은 델러니의 옷과 모자를 받아 걸어야 한다는 생각은 나지도 않는 것 같았다.

"이리 들어오게."

그는 명령하듯 말했다. 토어슨은 델러니를 식당으로 안내하고 벽의 전등 스위치를 켰다. 묵직한 오크나무 식탁 위에 티파니 제품인 전등이 켜졌다. 토어슨은 식당 문을 닫았다. 그러나 아직도 사람들이 고함을 지르고 다투는 소리가 들렸고, 고약한 시가 냄새가 풍겼다.

"무슨 일인가?"

토어슨이 물었다. 델러니는 그를 쳐다보았다. 그는 토어슨의 말투를 용서할 수 있었다. 토어슨은 지친 것이 분명했다. 무슨 일인가가 벌어진 것이다. 무슨 큰일이 벌어진 것이다.

"아이바."

델러니가 불렀다. 그것은 지금껏 델러니가 부경감을 부를 때 서너 번밖에 써본 적이 없는 호칭이었다.

"범인을 찾아냈습니다."

토어슨은 놀라 델러니를 바라보았다. 믿어지지 않는다는 얼굴이었다.

"찾아내다니?"

델러니는 이번에는 아무 대답도 하지 않았다. 그를 물끄러미 쳐다보던 토어슨은 그제야 그 말의 의미를 이해한 듯 부르짖었다.

"찾아내! 찾아냈다고! 바로 이런 때! 아, 하느님, 틀림없나?"

"틀림없습니다. 틀림없는 범인입니다."

토어슨은 심호흡을 했다.

"지금……. 축하하네, 에드워드."

그는 델러니를 바라보며 환히 웃었다. 델러니는 아무 말도 하지 않았다.

"여기 꼼짝도 말고 앉아 있게. 부탁이네. 존슨과 앨린스키에게 이 일을 알려야겠네. 곧 돌아오겠네."

델러니는 기다렸다. 아직 그는 서 있었다. 그는 손가락으로 반들반들한 식탁을 쓰다듬었다. 여기저기 흠집이 있는 오래된 오크 나무 식탁이었다. 나무에는 어떤 느낌이 있었다. 금속이나 크롬, 알루미늄이나 플라스틱에서는 찾아볼 수 없는 어떤 느낌이. 나무는 살아 있는 생명체였다. 나무는 씨앗이 터져 가지를 뻗고 줄기를 만들고, 수액이 흘러 고동쳤고, 계절에 따라 자태를 바꿔가며 성장했다. 결국 나무는 베어져 잘리고, 톱질이 되어 다듬어지고,

광택이 나게 처리되었다. 그러나 생명의 흔적은 아직도 거기 남아 있다. 누구나 그것을 느낄 수 있다.

존슨 경감 역시 토어슨처럼 화가 난 것 같았다. 그의 검은 얼굴이 땀으로 번들거렸다. 델러니는 그의 두 손이 바지 주머니에 콱 처박혀 있는 것을 보았다. 그것은 손이 떨리는 것을 들키지 않기 위해 하는 행동이었다. 그러나 부시장 허맨 앨린스키는 여전히 무표정한 얼굴이었다. 그 작달막하고 묵직한 몸은 단단히 균형 잡혀 있었고, 검고 지적인 눈동자는 사람과 사람을 따라 움직였다.

그들 네 남자는 식탁을 둘러싸고 서 있었다. 앉기를 권하는 사람은 없었다. 거실에서는 아직도 커다란 음성으로 얘기가 오가고 있었고, 지독한 시가 냄새는 아직도 풍겨 나왔다.

"에드워드?"

토어슨이 작은 소리로 재촉했다. 델러니는 다른 두 남자를 돌아보았다. 그리고 앨린스키를 향해 섰다. 그는 천천히, 그리고 명확하게 또박또박 말했다.

"프랭크 롬바드, 버나드 길버트, 코프 형사, 그리고 앨버트 파인버그의 살인범을 찾아냈습니다. 의심의 여지가 없는 범인입니다. 그 네 건의 살인을 저지른 자를 포착했습니다."

침묵이 흘렀다. 델러니는 앨린스키와 존슨, 토어슨을 번갈아 바라보았다.

"아, 맙소사. 이제야……."

존슨이 말했다. 앨린스키는 반복했다.

"의심의 여지가 없는 범인이라구?"

"그렇습니다, 부시장님. 확실합니다."

"지금 구속할 수 있나, 에드워드? 지금 당장?"

토어슨이 물었다.

"소용없는 일입니다. 한 시간 안에 다시 석방될 테니까요."

"일단 나팔 불고 춤을 춰볼까?"

존슨이 갈라진 음성으로 물었다.

"무엇 때문에 말입니까? 결국엔 풀려날걸요."

토어슨이 말했다.

"수색영장을 발부받을 수는 있겠나?

"우리 마음대로 주무를 수 있는 판사라 해도 이런 경우에는 영장 발부를 안 해줄 겁니다."

존슨이 말했다.

"지방검사에게 보여줄 증거가 있나?"

"한 가지도 없습니다."

토어슨이 다급히 말했다.

"감방에서 땀 좀 빼게 하면 안 될까?"

"안 될 겁니다."

존슨이 낮은 목소리로 물었다.

"무단침입을 했군?"

"어떻게 생각하십니까?"

토어슨이 다시 말했다.

"증거를 거기 그냥 두고 나왔나?"

"다른 방법이 없지 않습니까."

"증거가 분명히 거기 있었나?"

"세 시간 전까지는요. 지금은 없어졌을지도 모릅니다."

존슨이 끼어들었다.

"침입한 것을 본 목격자는 있나?"

"그렇게 추측할 수 있는 사람이 하나 있을 뿐입니다."

이번에는 토어슨이 끼어들었다.

"그럼 우리가 가진 것은 아무것도 없다는 말인가?"

"당장은 그렇습니다."

존슨이 말했다.

"그런데도 그자를 붙잡을 수 있나?"

"물론입니다. 결국에는."

부시장 허맨 앨린스키는 이 대화에 한 마디도 끼어들지 않은 채 열심히 귀 기울여 듣고 있다가 손을 들었다. 그들은 입을 다물었다. 앨린스키는 불이 꺼진 시가에 천천히 불을 붙인 다음 조용히 입을 열었다.

"이것 보게. 난 지금 내가 불쌍한 유대인에 불과하다는 걸, 바르샤바의 유대인 거주지역으로부터 한 세대 벗어난 유대인에 불과하다는 걸 깨달았네. 난 이제까지 영어라는 언어와 미국식 숙어에 대해서 완전히 터득했다고 믿어왔네. 사실대로 고백하건대, 도대체 지금 자네들 하는 얘기가 어떤 내용인지 모르겠군. 제발 알려주겠나?"

그들은 웃음을 터뜨렸다. 얼음장이 깨지는 순간이었다. 그것이야말로 앨린스키가 의도한 바였다는 것을 델러니는 알았다. 델러니가 말했다.

"부시장님, 제가 할 수 있는 일을 설명드리겠습니다. 어떤 일에 대해서는 말씀드릴 수 없습니다. 그것은 저를 보호하기 위해서가 아닙니다. 저는 어떻게 돼도 상관없습니다. 하지만 부시장님이나 여기 두 분이 이 일 때문에 죄의식을 갖는 걸 원치 않습니다. 이해하십니까?"

앨린스키는 시가를 피우며 고개를 끄덕거렸다. 그의 검은 눈이 더욱 깊어졌다. 흥미진진한 얼굴로 그는 델러니를 주시했다.

"저는 이 살인을 저지른 범인을 포착했습니다. 증거품도 보았습니다. 결론적으로 말씀드리자면 확고부동한 증거입니다. 이에 대해서는 제 말을 믿어도 좋습니다. 증거는 있습니다. 지금으로부터 세 시간 전까지는 그 범인의 아파트에 있었다고 말씀드려야 할지도 모르지요. 그러나 그 증거로는 체포를 정당화할 수 없습니다. 그 이유는 증거가 범인의 아파트에 있기 때문입니다. 제가 그것을 보았다는 것을 어떻게 입증할 수 있느냐구요? 합법적으로 말씀드려야 한다면 전 아무것도 보지 못한 셈입니다. 만일 우리에게 호의적인 판사가 수색영장을 발부해 준다 하더라도 어떻게 되는지 아십니까? 수색영장을 들고 그자의 집으로 쳐들어가면 그자는 우리를 문 앞에 세워둔 채 시간을 끌며 증거를 인멸해 버릴 겁니다.

그 다음에는 어떻게 되겠습니까? 그자를 무슨 혐의로 체포한단 말입니까? 엉뚱한 사람을 체포했다는 비난을 받아야 합니까? 무엇 때문에요? 나팔 불고 춤이라도 출까요? 그 말은 우리 경찰들 사이에서만 통하는 말입니다. 부시장님은 이해하지 못하시는 게 당연하지요. 그것은 일단 혐의자를 경찰서 유치장에 구류시키자는 뜻입니다. 그자를 땀 좀 빼게 해서, 다시 말해 고문을 약간 해서 진술을 받아내는 거지요. 그자는 변호사에게 전화를 할 수 있습니다. 그것마저 못 하게 할 수는 없지요. 그자의 변호사가 법원에 청원하여 석방시키라는 명령서를 가지고 경찰서에 나타날 때쯤이면 우리는 혐의자를 데리고 다른 경찰서 유치장으로 자리를 옮깁니다. 우리가 어디로 가는지는 아무도 모릅니다. 변호사가 우리가 있는 곳을 찾아낼 무렵이면 우린 또 다른 장소로 옮깁니다. 춤추듯 돌아다니는 거지요. 그것은 오래된 관례입니다. 요즘은 별로 사용되지 않는 방식이죠. 원래는 중요한 증인으로부터 진실을 알아내기 위해 사용하던 방식입니다. 또 말을 잘 듣지 않는 작자를 고분고분하게 만들기 위해서도 쓰였구요. 그러나 그 방법도 이번에는 통하지 않을 겁니다. 그자를 강박한다 해서 그자의 입이 열리지는 않아요. 그걸 어떻게 아느냐고 묻지 마십시오. 그저 압니다. 그자는 그런 식으로는 입을 열지 않습니다. 왜 입을 열겠습니까? 그자는 연봉 5만 5000달러를 받습니다. 시내에 있는 큰 회사에서 중요한 간부로 일합니다. 길바닥에 굴러다니는 흔해빠진 건달이 아닙니다. 우린 그자를 다그칠 수 없습니다. 그자에게는 전과도 없어요. 좋은 변호사를 고용하고 있구요. 친구도 많습니다. 호락호락한 작자가 아닙니다. 이제 아시겠습니까?"

앨린스키는 더듬더듬 말했다.

"그래. 이제 알아들었네. 고맙군, 서장."

"1년에 5만 5000달러라구? 야아, 굉장하군, 굉장해!"

존슨 경감이 부르짖었다. 부시장이 다시 말했다.

"한 가지만 더 묻겠네. 존슨 경감이 그자를 체포할 수 있느냐고 묻자 서장은 그렇다고 대답했지. 어떻게 체포할 작정인가?"

델러니는 이렇게 말하는 수밖에 없었다.

"저도 모릅니다. 아직 생각해 보지 못했습니다. 하지만 오늘 밤 여기에 온 건 그 때문이 아닙니다."

"그럼 뭐 때문인가?"

"이 미치광이는 또 살인을 할 겁니다. 제 추측으로는 크리스마스와 새해 사이일 겁니다. 하지만 어쩌면 그 이전에 저지를지도 모릅니다. 전 그걸 두고 볼 수가 없습니다."

이상하게도 그들은 델러니에게 어떻게 해서 그것을 알아냈는지 묻지 않았다. 그들은 그저 델러니의 말을 사실로 받아들였다.

"그래서 저는 요원 세 명을 지원해 달라고 요청하기 위해서 왔습니다. 제복을 입은 경관 한 사람과 일반 차량에 탑승하고 범인의 행동을 감시할 두 사람이 필요합니다. 오늘 당장 이 지원이 필요합니다. 그것이 불가능하다면 이제까지 알아낸 것을 몽땅 브로턴의 무릎 아래 갖다 바치고 그자가 알아서 처리하기를 기대하는 수밖에 없습니다. 그렇게 되면 브로턴은 절 잡아먹으려 하겠지만 다른 도리가 없으니 어쩌겠습니까? 전에는 브로턴에게 단서만 제공할 수 있었지만, 이제는 브로턴이 이를 갈며 찾는 범인을 고스란히 넘겨줄 수 있습니다."

그가 너무 갑자기 요구 사항을 들이댔기 때문에 세 남자는 충격을 받아 얼떨떨한 얼굴이었다. 그들은 서로를 돌아보았다. 거실 쪽에서는 여전히 남자들이 떠들고 말다툼을 벌이는 소리가 요란했다. 시가 냄새가 더 많이 풍겼다. 조용하고 평화로운 이 부엌까지 당장 쳐들어올 것 같았다.

토어슨은 쓰디쓰게 말했다.

"꼭 오늘 밤에 필요하다는 건가?"

델러니는 토어슨을 꿋꿋이 바라보며 말했다.

"지원해 주실 수 있잖습니까. 그들을 어디서 어떻게 데려올 것인지는 관심 없습니다. 스테이튼아일랜드에서 데려와도 상관없습니다. 어찌 됐건 이 작자를 감시해야 하니까요. 오늘 밤부터 매일 밤. 그자를 체포할 방법을 궁리해 내는 날까지 말입니다."

다시 그들 사이에 침묵이 자리 잡았다. 네 남자는 여전히 서 있었다. 델러니는 토어슨을 쳐다보고 있었고, 다른 세 남자는 시선을 내리깔고 있었다.

그 상태로 시간이 얼마나 흘렀을까. 델러니는 알 수 없었다. 마침내 부시장 앨린스키가 길게 한숨을 내쉬며 고개를 들어 토어슨과 존슨을 바라보았다.

"자리를 좀 비켜주겠나? 델러니 지서장하고 단둘이서 잠시 얘기하고 싶네. 몇 분이면 될 테니. 밖에서 잠시 기다려주겠나?"

아무 말 없이 토어슨과 존슨은 밖으로 나갔다. 존슨이 문을 닫았다. 앨린스키는 웃는 얼굴로 델러니를 바라보았다.

"앉을까?"

델러니는 고개를 끄덕였다. 두 사람은 오크 탁자를 사이에 두고 각기 팔걸이 의자에 앉았다.

"지서장은 시가를 안 피우나?"

"이제는 거의 안 피웁니다. 자주 피우지는 않으시죠?"

앨린스키는 고개를 끄덕였다.

"우스운 버릇일세. 하지만 재미있는 취미라는 게 대개 우스운 것들이지. 자네 근무기록을 조사해 봤네. '쇠심줄'이라구? 그런가?"

"그렇습니다."

"내가 젊었을 때 사람들은 나를 '풍선대가리' 라고 불렀네."

델러니는 웃었다. 앨린스키가 얘기를 계속했다.

"훌륭한 이력이더군. 표창을 몇 번이나 받았나?"

"잘 모르겠습니다."

"너무 많아서 세는 걸 포기했군. 2차 대전 중에는 헌병으로 군에 복무했나?"

"그렇습니다."

"그래, 그 얘기 좀 해주게, 지서장. 자네는 육군과 해군과 공군의 최고 지휘자는 민간인, 그러니까 대통령이나 국방장관이어야 한다고 생각하나?"

"물론입니다."

"그럼 뉴욕 시 경찰청의 최고 지휘자 역시 기본적으로 민간인이어야 한다고 생각하나? 말하자면 경찰청의 최고 지휘자인 경찰청장의 임명권자가 민간인 정치가인 시장이어야 한다고 생각하느냐는 말이네."

델러니는 생각을 하면서 천천히 대답했다.

"그렇습니다. 그럴 거라고 생각합니다. 저 역시 다른 경관들과 마찬가지로 경찰청의 일에 대해 정치가가 참견하는 걸 좋아하는 건 아닙니다. 하지만 전체 활동이 그렇게 되어서는 안 되겠지만 부분적으로는 경찰청 역시 민간인 정치가의 통제를 받아야 한다고 생각합니다. 한 악마의 전면적 통제보다는 의견이 다른 두 악마의 통제를 받는 것이 낫지요."

앨린스키는 재미있다는 듯 미소 지었다.

"이놈의 세계에서는 온갖 결정이 바로 그 의견이 다른 두 악마로부터 나오더군. 토어슨과 존슨의 말로는 자네는 정치 지향적이 아니라고 하더군. 말하자면 경찰청 내의 정치나 파당이나 분파나 개인적 갈등 따위에는 아무런 관심도 없다는 거지. 그게 사실인가?"

"그렇습니다."

"그저 일이나 열심히 하도록 내버려두는 걸 원한다는 건가?"

"그렇습니다."

부시장은 고개를 끄덕거렸다.

"설명을 해야겠군. 뭐, 변명할 필요가 없겠지. 지금 저 방에서 벌어지는 일 같은 거야 지서장은 알 필요도 느끼지 않을 테니까. 게다가 시간도 없으니 말이네. 우리는 7시까지는 모두 시장 관저에 가 있어야 하니까. 그때까지는…….

약 3년 전에 시장의 '내부 서클'에서 기밀 누설이 심각한 정도라는 것이 밝혀졌네. '내부 서클'이란 비공식적 측근 그룹인데, 열댓 명의 인사로 이루어져 있네. 시장의 가장 가까운 친구와 조언자와 각 대중매체의 전문가들, 선거운동 지도자들과 노동계 지도자들이지. 시장은 그런 사람들에게서 조언을 얻고 아이디어도 구한다네. 회의는 한 달에 한 번 정도 열리지만, 필요한 경우에는 더 자주 열리기도 하지. 그런데 그 그룹 내의 누군가가 기밀을 누설하고 있었던 것일세. 누설되어서는 안 될 정보가 신문에 공개되고, 아직 논의 중인 단계의 계획을 다른 사람들이 벌써 다 알고 있던 거야. 언론에 공개도 하기 전에 말일세. 그 문제가 내 발등에 떨어졌지. 내 임무 가운데 하나가 내부 보안이었으니까. 누가 누설자인지를 알아내는 것은 어려운 일이었네. 그 사람 이름이야 자네에게는 관심 밖의 일일 테고."

델러니가 물었다.

"어떻게 알아내셨습니까? 방법을 알고 싶습니다."

"가장 분명한 방법을 썼네. '내부 서클'의 각 인물들에게 각기 다른 가짜 문건을 배포했지. 그 가운데 한 문건만 누설되었네. 그러나 이 나쁜 놈의 엉덩이를 걷어차 기념물 제작이나 하고 지질조사나 하고 다니라고 몰아낼 수 없었지. 사람을 그런 식으로 해고해서는 안 되는 법이니까. 또 그런 일이 스캔들이 되면 이익을 얻을 사람은 아무도 없지 않겠나. 그래서 나는 그자 주위에 스물네 시간 감시를 붙였네. 그래서 아주 흥미진진한 사실을 발견해 냈지. 1주일에 한 번, 그자는 다섯 명의 남자들과 저녁식사를 하더군. 늘 같은 다섯 사람과 함께. 그들 중 한 사람의 집에서 만나기도 하고, 호텔 방에서 만나기도 하고, 때로는 음식점의 밀실에서 만나기도 했네. 참 기묘한 그룹이었지. 그들은 은행 중역회의 의장과 부동산 투기업자, 시사잡지 편집자와 어떤 종합상사의 부회장, 불평불만만 많은 사람과 부청장 브로턴이었네. 난 그자들이 풍기는 냄새가 싫었지. 도대체 이 작자들이 공통적으로 지닌 요소가 뭘까? 그들은 같은 정당 소속도 아니었네. 그래서 관찰했지. 몇 달 뒤에 그들 여섯은 열두 명으로 불어났고, 그 다음에는 스무 명으로 불어났다네. 그러더니 이따금 올버니(뉴욕 주의 주도—옮긴이)에서 손님들을 초대하더군. 워싱턴 검찰총장 집무실에 근무하는 사람까지 초대했지. 그 무렵에 이들 '그룹'은 한 주일에 약 서른 명 정도가 모이고 있었네."

"부시장님이 감시하는 인물까지 포함해서요."

앨린스키는 희미하게 미소를 지었지만 정확히 대답하지는 않은 채 얘기를 계속했다.

"그자들의 목표를 알아내는 데에는 시간이 좀 필요했다네. 내가 확실히 알 수 있었던 것은 그들 '그룹'이 명칭과 주소도 없고, 같은 편지지를 쓰지도 않고, 어떤 공적인 조직도 아니고, 지휘자도 없다는 것 정도였네. 그저 만나서 저녁이나 먹는 비공식적 '그룹'이었지. 시장님께 구두로 그들에 관해 보고할 때도 난 그들을 그렇게 불렀네. '그룹'이라고. 계속해서 그들을 관찰했지. 그들의 숫자는 놀라운 속도로 불어났어. 그러자 세 무리로 분리되더군. 하나는 부자들의 무리였네. 또 하나는 편집자와 기자와 출판업자와 텔레비전 제작자 무리였고. 마지막 하나는 경찰들 무리였지. 지방정부와 주정부의 경찰에다가 연방정부의 경찰도 몇 있었지. 그러더니 그들은 각기 인원을 모집하기 시작했네. 분명한 구조라고 할 것도 없는데 의외로 아주 단단한 구조였지. 그런데도 아직 명칭도 주소도 강령도 없었다네. 그러자 기묘한 일이 벌어지기 시작했지. 특정 매체의 논설이 지역의 별 볼일 없는 정치인들에게 막강한 영향력을 발휘하는 심각한 주제의 선전 활동을 벌이기 시작했다네. 특정 법안에 찬성하거나 반대하라는 식의 선전이었지. 그건 아주 잘 조직되고 기막히게 세밀히 계획된 선전이었네. 그래서 5년 동안에 걸친 엄청난 이익에 대한 탈세 혐의로 기소된 어떤 사람이 이들의 선전 활동 덕분에 집행유예로 석방될 정도였네. 그 '그룹'은 빠른 속도로 성장했다네. 회원들 가운데는 민주당원도 공화당원도 자유주의자도 보수주의자도 있었지. 각종 정파의 사람들이 다 있었어. 그런데도 공개적으로는 아무런 주장도 하지 않고, 공적 강령도 발표하지 않고, 자기들이 믿고 성취하려는 원리 원칙도 공개하지 않았네. 공개 활동은 전혀 없었지. 그렇지만 차츰 그들이 추구하는 바가 명백해졌지. 그들은 보수적이고 권위적인 정책을 펴는 시정부를 만들려고 했던 것이네. '법과 질서'를 최상의 가치로 하는 시정부 말이네. 경찰이 아무 때나 곤봉을 휘두를 수 있고, 누구나 총기를 소지할 수 있는 정책을 펴는 시정부 말일세. 단 하나 흑인들만은 예외로 하고. 더 큰 권력을 지닌 정부를 추구하는 것이 목적이었지. 시민들에게 지시는 하되 그들의 의견은 구하지 않는 정부 말이네. 시민들이 진정 원하는 것은 의견을 요청받는 것이 아니라 그저 지시를 받는 것이라는 게 그자들의 믿음이었지. 시민들은 여섯 캔짜리 차가운 맥주 팩과 너절한 텔레비전 연속극 따위만 있으면 만족하는 법이라고 그들은 믿었다네."

앨린스키는 손목시계를 보고는 말했다.

"짧게 얘기해야겠군. 시간이 없어서. 하지만 하던 얘기는 끝낼 수 있네. 내 친척들의 반은 유대인 수용소에서 비참하게 최후를 마쳤지. 아무튼 차츰 부청장 브로턴이 여기저기서 권력을 행사하기 시작했네. 그자에게도 좋은 점은 있어. 그것까지 부정하지는 않아. 냉정하고 강하고 활동적이지. 게다가 요란하고. 무엇보다 가장 눈에 띄는 것이 요란하다는 점이지. 그래서 프랭크 롬바드가 피살당했을 때 이 '그룹'에서 선전 활동을 맡은 자들이 활약을 개시했다네. 당연한 일이지. 프랭크 롬바드라는 자가 바로 그 '그룹'의 일원이었으니까."

델러니는 충격을 받아 멍하니 앨린스키를 쳐다보았다.

"그러니까 네 피살자들에게 어떤 공통점이 있다는 뜻입니까? 같은 정치적 견해를 가지고 있었다는 겁니까? 다른 세 피살자들도 '그룹'의 일원이었어요?"

앨린스키는 머리를 저었다.

"아니, 그렇지 않아. 엉뚱한 생각 말게. 코프 형사가 그들의 일원이었을 리가 없네. '그룹'은 경위 이하의 계급은 받아들이지 않으니까. 버나드 길버트와 앨버트 파인버그 역시 회원이 아니었네. '그룹'은 유대인도 받아들이지 않지. 롬바드가 피살된 것은 그저 우연에 불과했을 것이네. 우연히 길에서 비명횡사한 거지. 그리고 자네가 찾아냈다는 그 범인 역시 '그룹'에 대해서는 들어본 적도 없을 것이네. '그룹'의 존재를 아는 사람은 아직 많지 않아. 하지만 롬바드의 피살은 이들에게 아주 기가 막히는 기회였지. 우선 롬바드는 '법과 질서'를 강력히 주장하던 인물이었네. '이 거리에서 범죄를 완전히 싹 쓸어버립시다.'라는 게 그의 주장이었으니까. 바로 여기에서 브로턴은 좋은 기회를 잡았다고 생각한 거지. 그는 롬바드 작전 수사대의 지휘권을 장악했네. '그룹'이 조직한 정치적 압력을 통해 그자는 뭐든지 원하는 것을 손에 넣고 있다네. 대원들과 장비와 수사비가 무한대지. 브로턴을 만난 적이 있나?"

"있습니다."

"그자를 과소평가하지 말게. 그자는 악마의 지원을 받고 있어. 브로턴은 롬바드 사건의 범인을 최단 기간에 잡을 수 있다고 생각했지. 신기록을 세움으로써 그자는 거점을 획득하려고 했네. 그러면 차기 경찰청장이 되기 위한 중요한 한 걸음을 내딛는 거니까.

그러나 그자가 롬바드 사건의 범인을 체포하지 못하는 경우 '그룹'은 손가락이나 빨면서 조용히 다른 기회를 기다릴 것이네. 그래서 나는 토어슨과 존슨에게 가장 유능한 수사관이 누구인지를 물었지. 그들이 지목한 사람이 자네와 펄리 부장이었네. 브로턴이 펄리를 채가서 토어슨과 나는 자네에게 수사를 요청한 것이네. 그래서 우리가 지금 여기 도달한 거지."

"'우리'란 누구를 말하는 겁니까?"

앨린스키는 미소 지었다.

"우리 그룹이네. '안티 그룹'이라고 부르는 게 더 나을지도 모르지. 아무튼 지금까지 얘기한 것이 우리가 현재 처한 입장일세. 오늘 밤의 회의에서 우리는 브로턴을 롬바드 작전 수사대에서 쫓아낼 수 있을 걸세. 보장할 수는 없지만 할 수 있을 거라고 본다네. 그런데 자네가 그자에게 가서 살인자를 넘겨주면 그건 불가능해지고 말겠지."

델러니는 거칠게 부르짖었다.

"우라질 놈의 브로턴! 전 그자의 야심이나 정치나 그 밖의 문제에 대해선 아무 관심도 없습니다. 그냥 사복 순찰경관 한 명과 차 한 대, 그리고 차에 탈 사람 둘만 지원해 주세요. 그러면 제가 왜 브로턴에게 가겠습니까?"

앨린스키는 답답하다는 듯 설명했다.

"하지만 서장도 알지 않나? 우린 그것을 지원할 수 없네. 어떻게 가능하겠나? 어디에서 대원을 차출할 수 있겠나? 자네는 이 '그룹'이 어느 정도나 성장했는지, 얼마나 강력한지 모르고 있네. 그자들은 어디에나 있지. 모든 지서에 있고, 경찰청 내의 모든 부서에 자리 잡고 있다네. 보통 경관은 없어. 지휘자들 중에 있네. 그런 상황인데 어떻게 브로턴에게 우리가 살인범을 찾아내 감시하고 있다는 것을 알리는 어리석은 짓을 할 수 있겠나? 그렇게 되면 무슨 일이 벌어질지 뻔하다네. 그자는 사이렌을 요란히 울리고 불을 번쩍이면서, 100명쯤 되는 경찰들을 동원해 수많은 텔레비전 카메라가 지켜보는 가운데 범인에게 달려가서 의기양양하게 범인을 끌어낼 것이네."

델러니는 쓰디쓰게 내뱉었다.

"그래 봐야 범인을 풀어주고 말겠지요. 다시 말하지만 지금 당장은 이 범인을 기소할 수도 구속할 수도 없으니까요."

부시장 앨린스키는 손목시계를 보더니 얼굴을 찌푸렸다.

"이러다가 늦겠는걸."

그는 일어나서 문을 열었다. 밖에서 토어슨과 존슨이 기다리고 있었다. 그들은 이미 코트를 입고 모자를 쓰고 있었다. 앨린스키는 그들에게 손짓을 했다. 그들은 식당 안으로 들어왔다. 다시 문이 닫혔다. 앨린스키가 델러니에게 돌아섰다.

"지서장, 스물네 시간. 우리에게 스물네 시간만 주면 안 되겠나? 스물네 시간이면 족하네. 그 시간이 지난 뒤에도 브로턴이 롬바드 작전 수사대를 지휘하고 있다면 그자에게 범인을 넘겨줘도 좋네. 그자는 자네를 희생시키겠지만 아무튼 범인이야 체포하겠지. 그렇게 되면 신문 1면에 대문짝만 하게 나는 것은……. 결국 범인이 법정에서 유죄선고를 받든 안 받든 말이네."

"지원할 수 없다는 말입니까?"

"할 수 없네. 자네가 만약 지금 당장 브로턴에게 가겠다고 한다

해도 나는 그걸 막을 수가 없네. 하지만 자네가 요구하는 것을 지원하는 것은 곧 브로턴에게 자네가 범인을 알고 있다는 것을 알리는 짓과 마찬가지일세. 그것은 브로턴이 승리한다는 뜻이기도 하지. 난 그런 짓을 할 수는 없네."

델러니 서장은 조용히 말했다.

"좋습니다."

델러니는 앨린스키와 토어슨, 존슨에게 떠밀리다시피 해서 문쪽으로 갔다. 그는 문을 밀면서 말했다.

"스물네 시간을 드리지요."

델러니는 복도로 나갔다. 코트를 입고 모자를 쓴 사람들로 복도는 빽빽했다. 델러니는 아무도 쳐다보지 않았고, 누구에게도 말을 걸지 않았다. 한 사람이 그를 불렀지만 델러니는 알은체하지 않았다.

아직 식당에 남아 있던 앨린스키는 두 경찰을 쳐다보며 영문을 알 수 없다는 얼굴로 말했다.

"저 사람 너무 쉽게 동의하는데. 어쩌면 과장한 거 아닌가 모르겠군. 아마 오늘 밤에는 같은 살인이 벌어질 위험이 없는 모양이지. 저렇게 쉽게 자기 주장을 거두는 걸 보니 말이야."

토어슨은 앨린스키를 돌아보았다. 그리고 다른 사람들이 기다리고 있는 복도를 내다보았다. 그는 거의 서글픈 어조로 말했다.

"부시장님이 델러니를 몰라서 하는 말씀입니다."

이어 존슨 경감이 동의했다.

"그렇습니다. 델러니는 오늘 밤새도록 혼자서 거리를 지키느라고 얼음덩이가 되고 말 겁니다."

델러니는 화를 내지 않았다. 흥분하지도 않았다. 그들에게는 그들의 우선 순위가 있었다. 델러니에게는 델러니의 우선 순위가 있는 것처럼. 그들에게는 '그룹'과 '안티 그룹'이 있었다. 델러니에게는 대니얼 G. 블랭크가 있었다. 부시장의 얘기는 흥미로웠다. 델러니는 그들의 걱정거리 역시 중대한 문제라고 생각했다. 그러나 그는 경찰청 내에서 오랜 세월 동안 근무해 온 사람이었다. 그는 '안'과 '바깥' 사이의 그와 유사한 싸움을 여러 번 지켜보았다. 그에게는 이런 정치적인 갈등에 개인적으로 끼어드는 것이 힘들었다. 어떻게든지 경찰청은 오늘까지 살아남았다. 지금 이 순간 그의 단 하나의 관심거리는 댄, 그의 가장 절친한 친구 댄이었다.

그는 빠른 걸음으로 집으로 걸어갔다. 집에 돌아오자마자 아내에게 전화를 했다. 그러나 전화를 받은 사람은 루이스 버나디 박사였다.

"어떻게 된 겁니까? 아내는 괜찮습니까?"

"물론 괜찮고말고요. 이제 막 간단한 검사를 끝낸 참입니다."

박사의 말투는 무조건 안심시키려는 어조였다.

"새 처방이 말을 듣는 것 같습니까?"

버나디는 명랑했다.

"잘 되고 있습니다. 좀 까다로운 점이 있긴 하지만 그거야 이해할 수 있는 현상입니다. 난 걱정하지 않습니다."

이런 개자식 하고 델러니는 생각했다. 네가 걱정할 게 뭐란 말이냐? 아픈 건 내 아내인데.

버나디는 기름기가 번지르르한 음성으로 얘기를 계속했다.

"오늘 밤에는 부인께서 쉽게 잠들 수 있도록 처방을 내려야겠습니다. 소량이지요. 오늘 밤엔 오지 않으셔도 될 것 같습니다. 우리 바바라 부인께서는 편안히 주무실 겁니다. 처방이 도움이 될 겁니다."

'우리 바바라' 라구?

델러니는 버나디의 목을 졸라버릴 수도 있었다. 그것도 즐거운 기분으로 말이다. 그러나 델러니는 짤막하게 대답했다.

"좋습니다. 내일 가지요."

그는 시계를 보았다. 7시 30분이 다 되어 있었다. 시간이 충분하지 않았다. 밖은 벌써 어두웠다. 가로등이 켜져 있었다. 가로등이 켜지는 시간은 6시였다. 그는 침실로 올라가 옷을 모두 벗었다. 고통스러운 체험을 통하여 그는 이런 차가운 겨울철에 밤새 순찰을 할 때 어떤 옷을 입어야 하는지를 알고 있었다.

보온 속옷을 입어야 했다. 윗도리와 아랫도리가 붙어 있는 옷이었다. 먼저 얇은 면양말을 신고, 그 위에 다시 두꺼운 털양말을 신었다. 그는 낡은 겨울 제복을 입기로 했다. 바지는 반들거리고 윗도리의 소매 끝과 칼라 주변은 닳아서 너덜거렸다. 그러나 담요를 만드는 무거운 천으로 만든 이 제복보다 따뜻한 옷은 없었다. 게다가 딱딱하고 높은 칼라는 그의 목과 가슴을 추위로부터 보호해줄 것이었다. 그 다음은 편안한 경찰 구두였다. 그 위에 또 고무덮개를 덮었다. 눈이나 비가 오지 않는다 해도, 길바닥이 젖어 있지 않아도 고무 덮개는 도움이 됐다.

그는 소형 탁자 밑에 달린 서랍을 열었다. 거기에는 그의 장비들이 간직되어 있었다. 그에게는 세 자루의 권총이 있었다. 하나는 38구경 리볼버였다. 32구경 벨리건은 총신이 5센티미터짜리였다. 45구경 피스톨은 1946년에 미 육군에서 훔친 물건이었다. 델러니는 32구경을 택했다. 그는 플란넬 주머니에서 권총을 뽑아서 실린더를 한쪽으로 밀어내고 천천히 조심스럽게 총알을 재어 넣었다. 그는 권총 벨트는 차지 않기로 했다. 총은 바지에 있는 검은 가죽띠에 걸면 그만이었다. 그는 권총을 상의 안으로 밀어 넣었다. 권총은 총신을 그의 사타구니에 겨누고 오른쪽 넓적다리에 찰싹 달라붙었다. 기분이 좋았다. 그는 안전장치를 다시 한 번 점검했다.

신분증은 상의 안주머니에 넣었다. 가죽으로 싼 곤봉은 오른쪽 다리 옆에 달린 특수한 좁은 주머니 안에 밀어 넣었다. 수갑은 오른쪽 바지 주머니에 집어넣었다. 짤막한 길이의 쇠사슬도 주머니에 넣었다. 그것은 '개목걸이'라고 불리는 물건이었다. 손목에 감을 수 있는 정도의 길이지만 사슬 양쪽 끝에 묵직한 고리가 달려 있어서 억세게 틀어쥘 수 있었다.

아래층으로 내려온 그는 볼로냐 소시지와 얇게 썬 양파를 넣어 샌드위치를 만들어서 그것을 기름종이에 싸서 입고 다니던 코트 주머니에 쑤셔 넣었다. 파인트 병에 브랜디를 담아 코트의 안주머니에 넣었다. 모피를 덧댄 귀마개와 털장갑을 찾아내서 코트 바깥쪽 주머니에 넣었다.

집을 나서기 직전 그는 블랭크의 집에 전화를 했다. 이제 그 전화번호는 그의 가슴속 깊이 새겨져 있었다. 전화벨이 세 번 울리자 낯익은 음성이 전화를 받았다.

"여보세요?"

델러니는 말없이 전화를 끊었다. 적어도 그의 친구가 아직 집에 있다는 것은 알게 된 셈이었다. 델러니는 텅 빈 너구리 굴을 지키는 바보가 되지는 않을 것이다.

그는 딱딱한 홈부르크 모자를 쓰고 복도의 전등을 훤히 켜둔 채 집을 나왔다. 밖으로 나온 그는 현관문에 달린 두 개의 보안장치를 잠그고 어둠 속으로 스며들었다. 그는 뻣뻣이 걸었다. 두터운 옷 속으로 땀이 흘렀다. 그러나 땀이 흐르는 것은 잠시뿐이라는 것을 그는 알고 있었다.

그는 블랭크의 아파트까지 걸었다. 가는 길에 오른쪽 바지 주머니에서 '개목걸이'를 빼서 왼쪽 주머니에 옮겨 넣느라고 잠시 멈췄을 뿐이었다. 수갑과 '개목걸이'가 서로 부딪쳐 절그럭거리는 소리가 났기 때문이었다. 권총은 그가 걸을 때마다 다리에 묵직한 중압감을 주었으나 그것은 몸에 익은 느낌이었다. 그에 대해서는 아무 조처도 취할 필요가 없었다.

아직 거리에는 많은 사람들이 다니고 있었다. 사람들은 크리스마스 선물상자를 들고 분주히 집으로 걸음을 옮겼다. 댄의 아파트 건물 로비의 등불은 휘황했다. 두 명의 경비원이 근무 중이었다. 한 사람은 립스키였다. 그들은 입주자들로부터 팁을 받기 바빴다. 당연한 일이었다. 크리스마스가 아닌가. 택시들이 도착했다가는 떠나갔다. 자가용들은 지하차고로 들어갔고 쇼핑백과 선물상자를 든 사람들은 현관으로 들어갔다.

델러니는 길 건너편에 자리 잡고 그 블록을 위아래로 오락가락하기 시작했다. 그러면서 아파트 로비를 자세히 관찰할 수 있었다. 어깨 너머로 돌아보아도 로비가 보였다. 로비를 등지고 있을 때에는 이따금 들어오고 나가는 사람들을 놓치지 않을 수 있을 정도로 자주 고개를 돌렸다. 다섯 번을 오락가락한 다음에 그는 길을 건너서 같은 일을 반복했다. 그는 일정한 속도로, 빠르지도 느리지도 않은 속도로 걸었다. 한 발자국마다 지그시 길바닥을 누르면서 평소보다 좀 더 활발하게 팔을 흔들었다.

거의 자동적으로 이런 움직임을 계속하면서 그는 토어슨과 존슨, 그리고 부시장 앨린스키와 나눈 대화를 다시 한 번 차근차근 생각했다.

마음이 불편한 일이 한 가지 있었다. 그것은 증거 채택이 허용될 가능성과 수색영장 발부 가능성에 대해 얘기했을 때 스스로 완전한 확신을 가질 수 없었다는 점이었다. 10년 전이었다면 확신할 수 있었을 것이다. 그러나 최근 법정의 판결은, 특히 대법원의 판결은 그뿐만 아니라 모든 경관들을 큰 혼란에 빠뜨렸다. 그리하여 그는 더 이상 증거에 관한 법률과 혐의자의 권리에 대한 법률을 이해하기 어려웠다.

심지어는 마티 도르프만 경위처럼 필라델피아대학에서 법률을 전공한 사람까지도 혼란스럽다고 호소할 정도였다. 언젠가 그는 이런 말을 했다.

"서장님, 그들은 새로운 개념을 설정하기도 전에 옛 개념을 파괴하고 있습니다. 이제 명백한 법조항은 없어진 것 같습니다. 심지어 지방검찰청에서 근무하는 사람들도 뭐가 되고 뭐가 안 되는 일인지 몰라요. 제가 보기에는 이런 모든 혼란이 조정되고 충분한 판례들이 확립되기까지는 한 사건 한 사건이 각기 나름의 기준으로 판결될 것 같습니다. 그러니 우리는 늘 위험을 무릅쓰지 않을 수

없어요. 옛날 격언이 생각나네요. '경찰은 잡아들이고 판사는 풀어
준다.'고 하잖아요? 그런데 요즘은 판사도 확신이 없어요. 판결에
대한 항소율이 엄청나게 높아지는 것이 바로 그 때문입니다."

자, 처음부터 다시 시작해 보자. 내가 댄의 아파트에 침입한 것
은 불법적인 수사 활동이었다. 그렇게 침입함으로써 얻은 증거나
목격한 사실은 법정에서는 무용지물이다. 거기에는 의심의 여지
가 없다. 만일 댄의 '전리품'을 내가 가지고 나왔다 하더라도 그것
은 오직 댄에게 자신의 아파트가 수색당했다는 것을 깨닫게 하고,
그가 혐의를 받고 있다는 사실을 깨닫게 할 뿐 아무런 도움도 되
지 않는다.

그렇다 하여 수색영장을 발부받을 수 있는가? 무엇을 근거로?
댄이 네 건의 살인사건에서 흉기로 사용된 것과 비슷한 얼음도끼
를 소지하고 있다는 것을 근거로? 하지만 그런 도끼를 가진 사람
은 전 세계적으로 수백 명이나 된다. 가장 최근에 발생한 살인사
건의 현장에서 댄의 혈액형과 같은 혈액형의 혈흔이 채취되었다
고 해서? 그 혈액형을 가진 사람들이 하나둘일까? 댄이 수천 명의
다른 뉴욕 시민들이 가진 경기계용 기름 한 통을 지니고 있다는
것을 근거로? 게다가 그 모든 사실은 불법침입과 수색으로 확인
된 것들이 아닌가. 아니면 판사에게 저 대니얼 G. 블랭크가 능숙
한 등산가고, 앨버트 파인버그가 피살되던 날 밤에 가짜 크리스마
스 선물상자를 들고 다닌 혐의가 있다고 말할 것인가? 그런 것을
근거로 수색영장을 신청할 때 판사가 나타낼 반응을 델러니는 상
상할 수 있었다.

아니다. 델러니가 옳았다. 지금 이 순간에는 댄에게 손을 댈 수

없었다. 그렇다면 그는 왜 이 모든 사실들을 브로턴에게 가져가서 알리지 않는 것인가? 그 이유는 앨린스키가 한 말이 모두 옳기 때문이었다. 브로턴은 '법 같은 건 엿이나 먹으라고 해.' 하고는 마피아처럼 쳐들어가서 블랭크를 체포할 것이다. 그리하여 신문과 텔레비전의 톱뉴스를 장식할 것이다. 그것이야말로 그자가 원하는 것이니까.

나중에 블랭크가 석방되고(델러니는 그런 식으로 일이 진행되는 경우에는 틀림없이 석방되리라고 생각했다.) 나면 브로턴은 '터무니없는 판결'이고 '형법이 허점투성이'라면서 '범죄자가 아니라 경관의 팔목에 수갑을 채운다.'고 불평할 것이다. 브로턴은 블랭크가 석방되었다는 사실은 조금도 중요시하지 않을 것이다. 오히려 그에게 중요한 것은 혐의자를 석방시켰다는 이유로 대중이 들고 일어나 법정을 비난하는 데까지 사태를 악화시키는 것이리라. 그것이야말로 '그룹'이 원하는 목표 이상의 성과일 테니까.

댄을 합법적으로 체포할 수 없다면…….

그는 거기에서 생각을 중단하고 뒤를 돌아보았다. 아파트 로비에 한 남자가 서서 경비원에게 무슨 말을 하고 있었다. 그 남자는 키가 크고 후리후리했다. 검은 톱코트를 입고 있었으나 모자는 없었다. 델러니는 걸음을 멈추고 손목시계를 보는 듯 팔을 들어 올렸다. 그러고는 마치 손목시계가 없다는 것을 발견한 사람처럼 실망한 몸짓을 했다. 그는 지긋지긋하다는 몸짓을 하면서 방향을 바꿔 아파트를 향해 걸어갔다. '연기자협회 회원증'을 신청해도 되겠다고 델러니는 생각했다. 그의 몸짓은 제법 그럴듯했으니까.

블랭크가 아파트에서 걸어 나와 길가에 잠시 멈춰 섰을 때 델러니는 길 건너편에서 아파트 로비와 나란히 걷고 있었다. 틀림없이 그자였다. 어깨는 딱 벌어지고 엉덩이는 얄팍했다. 조금은 동양적인 몸매를 지닌 멋진 자태였다. 그의 왼손은 톱코트 왼쪽 주머니에 들어가 있었다. 블랭크는 밤 공기를 들이마시더니 오른손으로 코트의 단추를 채우고 칼라를 세웠다. 델러니는 그것을 지켜보고 있었다. 그는 아파트 건물에서 도로로 이르는 길을 걸어 내려와서 서쪽으로 방향을 바꿔 걸었다. 길 건너편의 델러니와 같은 방향이었다.

델러니는 생각했다.

'아, 산책이라도 나가시나, 대니보이?'

'대니보이'라. 재미있는 말이었다. 그는 그 멜로디를 흥얼거리며 블랭크가 걷는 속도에 맞춰 걸었다. 댄이 2번로를 건너자 델러니도 그쪽으로 길을 건넜다. 그는 목표물로부터 약간 뒤쳐져 따라갔다. 미행에는 소질이 있었다. 그러나 제리 페르난데스 경위에 비하면 초보자나 마찬가지였다. 페르난데스는 대원들 사이에서 '투명인간'으로 통할 정도였다.

델러니의 문제는 육체적 생김새였다. 그는 너무나 눈에 띄는 모습이었다. 키가 크고 덩치도 육중했다. 조금 앞으로 구부정했고 걸음걸이는 무거웠다. 특징 없는 코트를 걸치고 딱딱한 홈부르크 모자를 머리 위에 똑바로 올려놓고 다녔다. 그는 옷차림을 바꿀 수도 있었다. 그러나 그러지 않았다.

페르난데스는 모든 면에서 중간치였고 평균치였다. 신장도 평균치, 체중도 평균치였다. 생김새도 눈에 띄는 것이 없었다. 미행할 때 그는 수많은 사람들이 입고 다니는 옷과 비슷한 차림을 했다. 그보다 더 중요한 것은 그가 그 거리의 특이한 리듬이나 델러니로서는 도저히 발견할 수 없는 속임수에 완전히 도통한 사람이라는 점이었다. 한 도시 울타리 안에서도, 예를 들면 같은 뉴욕 안에서도 사람들은 거리에 따라 서로 다른 방식으로 행동했다. 가먼트 구역 같은 데서는 사람들은 남들을 떠다밀며 분주히 종종걸음을 쳤다. 5번로 같은 곳에서는 상점들의 쇼윈도를 들여다보며 천천히 걸었다. 파크로나 이스트사이드의 거리에서는 어슬렁거렸다. 어디서든지 미행을 할 때 페르난데스는 무의식적으로 그 거리의 리듬을 따라 마치 유령처럼 거리의 움직임 속으로 스며들었다. 브뤼셀이나 카이로, 또는 도쿄 어디에 데려다 놓아도 제리 페르난데스 경위는 거리를 한번 재빨리 둘러본 다음에는 그 거리의 주민이 되고 말 것이었다. 델러니 지서장은 틀림없이 그럴 것이라고 생각했다. 그는 자신도 그렇게 될 수 있다면 얼마나 좋을까 하고 생각했다.

그러나 그게 안 된다면 최선을 다할 따름이었다. 자신이 아는 수를 쓰는 것이다. 블랭크가 3번로로 방향을 바꾸자 델러니는 길을 건너가 그의 뒤를 따르기 시작했다. 그는 차츰 걸음을 빨리 해서 블랭크를 앞질렀다. 그리고 발을 멈추고 상점의 쇼윈도를 들여다보았다. 유리창으로 블랭크가 그를 지나치는 것이 보였다. 델러니는 다시 블랭크의 뒤를 쫓아 걸었다. 그 두 사람 사이로 한 쌍의 남녀가 끼어들었다. 만일 블랭크가 뒤를 돌아본다면 세 사람이 걸어오는 것이 보일 것이다.

댄은 천천히 걷고 있었다. 델러니 앞을 걷던 한 쌍의 남녀는 다른 쪽으로 사라졌다. 델러니는 일정한 속도를 유지하며 걸어 다시 사냥감을 지나쳤다. 그는 댄이 그의 바로 뒤에서 걸어오고 있다는 것을 충분히 의식했다. 그러나 특별히 두려움 같은 것은 느끼지 않았다. 그 거리는 불빛으로 환하고 아직 사람들이 많이 오가고 있었다. 대니보이는 미치기는 했을지언정 멍청하지는 않았다. 게다가 델러니는 블랭크가 희생자에게 정면으로 접근한다는 가정에 대해 확신을 품고 있었다.

그는 그 블록을 반쯤 더 걸어가다가 멈춰 섰다. 사냥감을 놓친 것이다. 델러니는 돌아보지 않고도 그것을 알았다. 육감으로? 아니면 유전적 특성으로? 뭔지는 모른다. 그저 알 따름이었다. 그는 돌아서서 둘러보았다. 그리고 자신의 어리석음을 한탄했다. 그는 알아야만 했다. 적어도 추측 정도는 할 수 있어야 했다.

그 블록 반쯤 아래쪽에 아직도 영업 중인 애완동물 가게가 하나 있었다. 쇼윈도에 전등이 환히 켜져 있었다. 그 안에는 폭스테리어와 푸들, 스패니얼 등이 찢어진 신문지를 붙들고 장난을 하거나 서로 깨물고 쫓고 싸우고 있었다. 그 중에는 창문에 코를 비벼대는 놈들도 있었다. 그 쇼윈도 앞에는 예닐곱 명의 사람들이 서서 그것을 구경하고 있었다. 사람들은 웃고 유리창을 톡톡 두들기며 '쮸쮸쮸' 따위의 소리를 내서 개들을 희롱했다. 블랭크도 그들 가운데 하나였다.

델러니는 이런 것도 추측하지 못하다니 하고 몇 번이나 투덜거렸다. 가장 멍청한 3류 형사도 살인자들이 짐승을 사랑하는 비율이 상당히 높다는 사실을 곧 알게 마련이었다. 살인자들 중에는 개나 고양이, 잉꼬나 비둘기, 심지어는 금붕어를 기르는 자들도 있었다. 그들은 애완동물을 정성스럽게 보살피고 사랑했으며, 큰 돈을 들여 먹이고 아픈 듯한 기색만 보이면 부지런히 동물병원으로 달려갔으며, 애완동물과 이야기를 하고 쓰다듬었다. 그러다가는 사람의 젖꼭지를 베어내고, 배를 가르고, 항문에 맥주병을 쑤셔 박아 사람을 죽이는 것이다. 델러니는 이렇게 짐승을 편애하는 사람들이 살인을 저지른다는 사실을 어떻게 설명해야 할지 진정으로 알고 싶지 않았다. 그 오랜 세월 동안의 경찰생활로도 이 두 가지 사실을 일목요연하게 정리하는 것은 어려운 일이었다. 그런 사실을 받아들이기조차 힘들었다. 그런데 누가 감히 그것을 일목요연하게 설명할 생각을 할 수 있으랴.

블랭크는 다시 걷기 시작했다. 그는 오가는 차들을 피해 길을 건넜다. 델러니는 맞은편 도로에서 그를 미행했다. 댄이 커다란 창문이 두 개 달린 상점으로 들어가자 델러니는 길을 건너서 그 주류 상점의 쇼윈도를 들여다보았다. 밖에서 구경하는 사람은 그만이 아니었다. 두 쌍의 남녀도 크리스마스 선물을 찾는 듯 선물 세트와 수입 포도주를 보고 있었다. 델러니도 그런 물건을 구경했다. 아니 구경하는 척 꾸미고 서 있었다. 그는 가게 안에 들어가 있는 블랭크를 엿볼 수 있을 정도로 고개를 약간 옆으로 돌렸다.

댄의 행동에는 의문스러운 점이 없었다. 그는 오른쪽 주머니에서 쪽지를 꺼내 점원에게 내밀었다. 점원은 그것을 보고 고개를 끄덕거리고 선반에서 스카치 한 병을 내려 블랭크에게 보여주었다. 그것은 상자에 선물용으로 포장되어 있었다. 상자 윗부분에 붉은 플라스틱 리본이 달려 있었다. 블랭크는 그것을 살펴보고 고개를 끄덕여 의사를 전했다. 점원은 그 술병을 다시 선반 위에 올렸다. 블랭크는 몇 장의 봉함된 카드를 주머니에서 꺼냈다. 가게

밖에 서 있는 델러니가 보기에는 크리스마스 카드인 것 같았다. 점원은 전자계산기를 능란하게 두들겨 계산서를 뽑아내 블랭크에게 보여주었고, 블랭크는 주머니에서 지갑을 꺼내 몇 장의 지폐를 뽑아 현찰로 값을 치렀다. 점원이 블랭크에게 거스름돈을 내주고, 블랭크가 처음 내밀었던 쪽지와 크리스마스 카드를 한쪽에 보관했다. 두 사람은 서로 미소를 교환했다. 블랭크는 가게에서 나왔다. 그가 무엇을 했는지는 간단히 알 수 있었다. 그는 몇몇 사람들에게 미리 포장해 놓은 스카치를 보내기로 한 것이다. 보낼 주소를 적은 메모지와 봉함된 카드를 점원에게 맡겼으니까 점원은 술에 카드를 넣어 주소에 배달할 것이다. 당연한 일이었다.

델러니는 상점에서 나온 블랭크를 다시 미행했다. 남쪽으로 세 블록, 동쪽으로 두 블록, 북쪽으로 네 블록을 걸었다. 댄의 걸음은 정확하고 규칙적이었다. 델러니는 그의 걸음걸이에 경탄했다. 보폭은 일정하고 발은 조금도 흔들림 없이 땅을 정확히 디뎠다. 그는 빈둥거리지도 않고 이쪽저쪽 두리번거리지도 않았다. 그저 규칙적으로 숨을 들이쉬고 내쉴 따름이었다. 델러니는 마치 영리한 사냥개처럼 앞섰다가 뒤서고, 길을 건너갔다가 다시 건너오며 그의 뒤를 쫓았다. 아무 수상한 점도 발견되지 않았다.

30분이 채 지나지 않아 댄은 다시 아파트로 돌아왔다. 그는 승강기를 타고 사라졌다. 델러니는 길 건너편에서 서성거리며 브랜디를 한 모금 마시고, 볼로냐 소시지와 양파를 넣은 샌드위치를 반만 먹었다. 갑자기 트림이 나왔다. 이해할 만했다. 브랜디와 소시지와 양파 때문이 아니겠는가.

댄은 밤에 외출하지 않을까? 어쩌면 할 것이다. 어쩌면 안 할지도 모른다. 어떤 경우든 델러니는 새벽까지는 감시를 계속할 작정이었다. 블랭크의 산책은, 글쎄 아무것도 아니었다. 충분히 있을 수 있는 일이었다. 그런데 델러니는 뭔가를 놓쳤다는 찜찜한 기분에 사로잡혔다. 무엇일까? 블랭크가 거리에 나와 있던 시간 중에서 약 75퍼센트 정도는 그를 철저히 감시했다. 블랭크는 저녁 산책을 나온 여느 무고한 시민들과 조금도 다름없이 행동했다. 친구들이나 경비원, 친지들에게 줄 크리스마스 선물을 사러 나왔던 것뿐이었다.

그런데도 뭔가 찜찜했다. 뭔가를 놓친 것 같았다. 델러니는 반이 남은 샌드위치를 주머니에 넣고 다시 오락가락하기 시작했다. 이제 할 일은 처음으로 되돌아가 그의 '친구'가 한 짓을, 그 행동 하나하나를 상기해 보는 것뿐이었다.

델러니는 처음에 블랭크가 아파트 로비에 서 있는 것을 발견했다. 블랭크는 경비원과 얘기를 하고 있었다. 그는 밖으로 나와서 하늘을 올려다보고 나서 코트의 단추를 채우고 칼라를 세웠다. 그 다음 서쪽으로 걷기 시작했다. 거기에는 아무런 수상한 점도 없었다.

델러니는 다시 한 번 처음부터 생각해 보았다. 3번로를 천천히 걸어가다가 블랭크는 애완동물 가게 앞에서 멈춰 섰다. 그리고…….

그때 돌연 델러니 앞에 한 대의 차가 멈춰 섰다. 먼지가 뒤덮인, 문 네 개 짜리 검푸른색 플리머스였다. 앞좌석에 앉은 두 사람은 민간인 복장이었다. 운전석 옆자리의 남자가 강렬한 손전등 불빛으로 델러니를 비추었다.

"거기 꼼짝 마시오."

델러니는 멈춰 섰다. 그는 천천히 고개를 차 쪽으로 돌리고 손바닥을 벌린 채 두 손을 몸에서 조금 떼어냈다. 손전등을 든 남자가 차에서 내렸다. 그의 오른팔은 엉덩이 근처에서 움직이지 않았다. 운전석에 앉은 그의 동료는 희미하게 보였는데 무릎 위에 놓인 무엇인가를 껴안고 있었다. 델러니는 그들의 태연함에 감탄을 보냈다. 그들은 전문가들이었다. 그러나 델러니는 다시 한 번 의구심을 품고 생각하지 않을 수 없었다. 도대체 경찰청에서는 어째서 위장 차량으로 언제나 변함없이 3년쯤 된 문 네 개짜리 검푸른색 플리머스를 택하는 것일까? 한 블록 떨어진 곳에서도 그 차를 알아볼 수 있다는 것을 모르는 것일까?

손전등을 든 형사는 두 걸음 다가왔다. 그러나 아직도 델러니와의 사이에는 상당한 거리가 남아 있었다. 손전등 불빛은 델러니의 눈을 정확히 파고들었다.

"근처에 사십니까?"

형사가 물었다. 그의 어조는 날카롭고 건조했다. 델러니는 고개를 끄덕거렸다.

"그렇습니다."

"신분증 있습니까?"

"있습니다. 왼손을 코트와 양복 윗도리 사이로 집어넣어 오른쪽 안주머니에서 지갑을 꺼내서 당신에게 넘겨주겠습니다. 됐습니까?"

형사는 고개를 끄덕거렸다. 델러니는 천천히 지갑을 꺼내 신분증과 배지를 건네주었다. 형사는 팔을 쭉 뻗어 그것을 받았다. 손

125

전등 불빛이 그 신분증과 사진으로 옮겨갔다가 다시 델러니의 얼굴로 돌아왔다. 마침내 손전등이 꺼졌다.

"실례했습니다, 지서장님."

형사는 그렇게 말했으나 어조에 미안감 같은 것은 엿보이지 않았다.

"자네들은 당연한 일을 하는 것뿐일세. 롬바드 작전 수사대 소속인가?"

"그렇습니다."

형사는 불필요한 질문은 하지 않았다. 그는 이렇게 물었다.

"이 근처에 계실 겁니까?"

"새벽까지 있을 생각이네."

"이제 귀찮게 굴지 않겠습니다."

"상관없어. 자네 이름이 뭔가?"

"믿기 어려우시겠지만, 제 이름은 윌리엄 셰익스피어입니다."

델러니는 웃음을 터뜨렸다.

"믿겠네. 윌리엄 셰익스피어라는 축구선수도 있었지?"

형사는 놀랍다는 듯 반문했다.

"그 친구를 기억하세요? 아마 그 선수도 저와 비슷한 경험을 했겠지요. 아내와 함께 호텔에 들어가 숙박부에 이름을 쓸 때마다 사람들이 짓는 그 이상한 표정을 보는 것 말입니다."

"자네 파트너는 누군가?"

형사는 손전등을 켜서 운전석에 앉아 있는 사람을 비추었다. 그는 흑인이었고, 웃고 있었다.

"도깨빕니다. 닭 튀김하고 수박을 좋아하지요. 샘 로더입니다."

그 형사가 말하자 운전석의 흑인이 시치미 뚝 떼고 끼어들었다.

"돼지고기하고 콩을 좋아한다는 얘기도 빼먹지 마."

그 흑인의 음성은 아주 중후하고 낮았다. 델러니가 물었다.

"두 사람이 한 조가 되어 일한 지는 얼마나 됐나?"

"한 1000년쯤 됐습니다."

운전석에 앉아 있던 흑인이 대답했다.

"아닙니다. 한두 해 정돕니다. 하지만 기분으론 1000년쯤 된 것 같아요."

그들은 모두 웃어댔다.

"셰익스피어와 로더, 기억해 두겠네."

"고맙습니다, 서장님."

셰익스피어는 대답하고 차에 올랐다. 차는 떠났다. 델러니는 기분이 좋았다. 훌륭한 젊은이들이었다.

그러나 다시 댄의 문제로 돌아가면……. 델러니는 시선을 아파트 로비에 못박은 채 다시 오락가락하기 시작했다. 그는 30초 이상은 결코 아파트에서 시선을 떼지 않았다. 이제 로비 안은 조용했다. 경비원도 한 사람뿐이었다.

애완동물 가게에서 잠시 발을 멈췄던 댄은 길을 건너 주류 상점으로 들어가 쪽지를 내밀고 술을 구입하고, 돈을 지불하고 집으로 돌아갔다. 그런데 뭐가 찜찜한 것인가? 델러니는 안주머니에 손을 넣어 브랜디 병을 꺼내 한 모금을 꿀꺽 삼키고 이번에는 샌드위치를 꺼내기 위해 바깥 주머니에 손을 뻗었다. 손을 뻗는다…….

그렇다. 그렇다. 바로 그것이었다.

델러니가 처음 블랭크를 포착했을 때 그는 로비에서 경비원과 얘기를 하고 있었다. 왼손은 검은색 톱코트 왼쪽 주머니에 들어가 있었다. 그 다음 댄은 밖으로 나와 차양 아래 멈춰 서서 오른손으로 톱코트의 단추를 채우고 칼라를 세웠다. 왼손으로는 아무 일도 하지 않았다. 분명히 그랬다.

그 다음은 산책이었다. 두 손을 모두 주머니에 찌르고 있었다. 정확한 걸음걸이. 그리고 미행. 애완동물 가게 앞에서 잠시 멈췄다가……. 그것들은 중요치 않았다. 그런 다음 주류 상점이다. 델러니는 창밖에서 모자 차양으로 아슬아슬하게 눈을 감춘 채 상점 안에 들어가 있는 댄을 지켜보았다. 오른손이 오른쪽 주머니에 들어갔다가 쪽지를 꺼낸다. 오른손이 카운터 위에 그 쪽지를 내려놓고 오른손으로 종이를 펼친다. 오른손으로 그 쪽지를 종업원에게 내민다. 점원은 크리스마스 선물용으로 포장된 술병을 내민다. 댄은 오른손으로 그것을 받아 살피고, 고개를 끄덕이고, 역시 오른손으로 그것을 점원에게 돌려준다. 그때까지도 왼손은 꺼내지 않는다. 불구처럼. 오른손이 다시 톱코트 주머니 속으로 들어간다. 예닐곱 장의 크리스마스 카드를 쥔 오른손이 주머니에서 나온다. 술과 함께 포장되어야 할 카드들이다. 다시 오른손이 지갑을 꺼낸다. 돈을 지불한다. 거스름돈을 오른손으로 받아 오른쪽 주머니에 넣는다. 왼손아, 넌 뭘 하고 있는 거냐?

델러니는 발을 멈추고 생각에 잠겨 서 있다가 갑자기 웃음을 터뜨렸다. 너무나 멋졌다. 세밀한 것은 언제나 멋졌다. 크리스마스에 선물을 보낼 사람들의 주소와 카드와 지갑을 톱코트 오른쪽 주머니에 몽땅 넣어 가지고 다니는 사람이 세상에 어디 있는가? 없다. 하나도 없다. 델러니는 양복점에서 맞춘 멋진 제복 코트를 가지고 있었다. 그 코트 주머니 안에는 길게 잘린 틈이 있었다. 그래서 코트의 단추를 풀지 않고서도 그 틈으로 손을 넣어 권총 벨트에 끼워둔 장비를 꺼낼 수 있었다. 2차 세계대전 중에 그가 입었던 트렌치코트에도 그런 편리한 주머니가 있었다. 또한 1953년 생일에 바바라가 그에게 선물한 레인코트에도 그와 똑같은 주머니가 있었다. 그리하여 비가 억수같이 쏟아지는 날 코트 단추를 풀 필요 없이 주머니 속의 그 틈으로 손을 밀어 넣어 지갑이나 신분증 따위를 꺼낼 수 있었다.

틀림없다. 댄도 바로 그런 식으로 술값을 지불했다. 그는 코트 주머니의 틈으로 손을 밀어 넣어 양복 주머니에 넣어둔 쪽지를 거냈다. 코트 주머니 속의 틈으로 손을 밀어 넣어 바지 뒷주머니에 꽂혀 있던 지갑을 꺼냈다. 코트 주머니 속의 틈으로 손을 넣어 양복 윗도리나 바지 어딘가에 넣어둔 크리스마스 카드를 꺼냈고, 그 카드는 그가 산 술과 함께 포장되어 어딘가로 배달될 것이다. 멋졌다.

멋졌다. 블랭크가 이런 방법으로 크리스마스 선물을 보냈기 때문이 아니었다. 대니보이가 이런 방법으로 살인을 저질렀기 때문에 멋진 것이다. 주머니 속에 틈이 있다. 왼쪽 주머니다. 그 주머니 속의 틈으로 손을 밀어 넣어 얼음도끼 손잡이를 붙잡는다. 코트의 단추를 푼다. 오른손은 그저 편안하게 흔들린다. 그러다가 마침내 희생자를 만나게 되면 도끼를 재빨리 오른손(천진난만하게 흔들거리며 시치미를 뚝 떼고 있던 오른손 말이다.)으로 바꿔 쥔다. 그리하여 살인이 저질러지는 것이다. 그것은 그처럼 교묘했다.

아, 맙소사. 살인은 그처럼 교활하게 이루어졌던 것이다.

델러니는 순찰을 계속했다. 그는 블랭크가 오늘 밤에는 외출하지 않으리라고 짐작했다. 아니 알았다. 그러나 그것은 중요하지 않았다. 어쨌든 델러니는 새벽까지 감시를 계속할 것이었다. 그 시간은 모든 일에 대해 충분히 생각할 수 있는 여유이기도 했다.

그 시간에 '보이지 않는 왼손 사건'에 대해 생각해 보기로 했다. 어째서 그렇게 끝내 코트 안에 감춰져 있었을까? 델러니는 두 가지 가능성이 있었다고 생각했다. 첫 번째 가능성은 왼손이 톱코트 주머니 틈 속에 감춰진 채 코트 속에서 얼음도끼 손잡이나 가죽매듭을 쥐고 있다는 것이었다. 그러나 델러니는 그럴 가능성은 희박하다고 생각했다. 그가 처음 댄을 발견했을 때 그곳은 훤한 로비였는데 댄의 코트 앞자락이 열려 있었다. 댄이 경비원이나 아파트 주민들이 코트 자락 사이로 그 얼음도끼를 목격할 수도 있다는 것을 모를 리 없었다. 그 후에야 댄은 톱코트의 단추를 채웠다. 그러니 어떻게 댄이 단추를 채운 코트 속에 얼음도끼를 가지고 있었겠는가. 오늘은 희생자를 찾을 생각이 없었던 것이다.

두 번째 가능성은 왼손을 다쳤거나 어떻게 해서인지는 모르지만 쓸 수가 없게 되었다는 것이다. 손목이나 팔, 팔꿈치나 어깨를 다친 것인지도 모른다. 대니보이는 왼손을 정상적으로 움직일 수가 없어서 석고붕대를 한 것처럼 팔을 고정시켰다. 그렇다. 어쩌면 그럴지 모른다. 그런지 아닌지는 훨씬 더 알아내기 쉽다. 핸드리가 그를 인터뷰하면서 알아낼 수도 있고, 델러니 자신이 내일 찰스 립스키에게 전화를 걸어 블랭크가 왼팔을 다쳤냐고 물어볼 수도 있다. 델러니는 검은 옷을 입고 다니는 댄의 말라깽이 여자

친구가 타고 온 택시의 번호판을 알아냈는지 물어보기 위해 립스키에게 전화를 할 계획이었다.

델러니는 댄이 왼쪽 팔에 부상을 당했을지 모른다는 가능성에 가장 큰 관심이 갔다. 물론 그 부상은 최근의 사건 현장에서 그가 피살자와 뒤엉켜 싸웠다는 증거가 될지도 모른다. 파인버그는 살인자에게 길바닥에 몇 방울 피를 떨어뜨릴 정도의 상처를 입혔다. 어쩌면 살인자가 입은 상처는 그보다 더 심할지도 모른다.

몇 시쯤 되었을까? 자정이 가까운 것 같았다. 이렇게 오랜 시간 지루한 감시작업을 할 때면, 그는 의식적으로 시계를 보는 것을 피했다. 시계를 보기 시작하면 근무는 더욱 고달파질 뿐이었다. 시간이 오히려 거꾸로 흐르는 듯 느껴지니까. 하늘이 밝아오고 새벽이 다가와야 그때 비로소 집에 돌아가 잠을 잘 수 있다. 그 전에는 안 된다.

그는 순찰방식을 바꿨다. 아파트 쪽 블록을 세 차례에 걸쳐 오락가락하기로 했다. 그렇게 되면 매번 반대편 모퉁이에서 방향을 바꿔야 한다. 또한 매번 블록의 가운데 부근에서 돌아서기로 했다. 그렇게 하면 잠에 빠진 채 걷는 사태를 미연에 방지할 수 있었다. 언제나 아파트 입구를 지켜봐야 하는 것이다. 만일 '친구'가 나오면 틀림없이 그를 목격할 수 있어야 한다.

그는 샌드위치를 마저 먹었다. 그러나 나중을 위해서 브랜디는 조금 남겨두었다. 기온은 영하 5도쯤인 것 같았다. 그는 귀마개를 썼다. 신축성 있는 띠가 달린 헤드폰처럼 머리 전체를 감싸게 되어 있는 경찰식 장비였다. 귀마개는 그의 머리에 편안하게 맞았다. 철제 압박 밴드는 귀에 닿지 않았다. 그것이 귀에 닿았다가는 귀가 머리에서 떨어져 나가는 듯 시릴 것이다.

오른손과 왼손, 그리고 주머니 속의 틈이 도대체 어쨌단 말인가? 델러니는 블랭크가 네 건의 살인사건의 범인이라는 것을 알고 있었다. 의심의 여지가 없었다. 그러나 그에게 필요한 것은 움직일 수 없는 증거였다. 지방검사에게 가지고 가서 기소하기에 부족함이 없는 증거였다. 그것이 핸드리에게 인터뷰를 부탁한 이유였고, 블랭크의 여자친구와 꼬마 소년 토니, 그리고 머튼 부부를 추적하는 이유였다. 그것은 어떤 수사관이라 해도 추적해야만 하는 단서였다. 그것으로 아무런 성과도 얻지 못할 수도 있다. 십중팔구 그럴 것이다. 그러나 그것들 중 하나로 성과를 거둘지도 모른다. 그때는 대니보이를 체포하여 법정에 세울 수 있을 것이다. 그 다음에는…….

델러니는 그 다음 벌어질 일을 정확히 예견할 수 있었다. 블랭크의 영리하고 값비싼 변호사가 나타나 블랭크가 비정상적인 사람이라고 주장하면서 청원을 시작할 것이다.

"이 병자는 아무런 이유 없이 낯선 사람을 넷이나 살해했습니다. 현명하신 재판장님께 묻겠습니다. 그 행위가 정상적인 인간이 할 수 있는 행위라고 보십니까?"

그리하여 댄은 몇 년 동안 알려지지 않은 장소에서 숨어 지내게 될 것이다.

그렇게 되기가 쉬웠다. 델러니는 일이 그렇게 진전되지 않으리라 확신할 수 없었다. 블랭크는 병자다. 거기에는 의심의 여지가 없었다. 이 경우에는 투옥하는 것보다 치료감호가 더 적절한 조처일 것이다. 그러나, 그러나……. 좋다. 그렇다면 내가 원하는 것은 무엇인가 하고 델러니는 자문했다. 이 미치광이가 더 이상 같은 짓을 할 수 없도록 하는 것인가? 아니, 안 된다. 그것만으로는 안 된다. 그 이상의 조처가 필요하다.

그가 아직 잘 알지 못하는 것은 댄의 동기만이 아니었다. 그는 자신의 동기도 알 수 없었다. 동기에 관한 그의 생각은 막연할 따름이었다. 좀 더 깊이 생각해 봐야만 했다. 다만 한 가지는 확실했다. 그는 이제까지 범죄 자체에 지금처럼 친밀감을 느낀 적이 없었다. 앞으로도 그런 일은 없을 것이다. 막연히 그는 댄을 좀 더 깊이 있게 이해할 수 있게 되면 그 자신의 동기 역시 좀 더 명확하게 알 수 있을 것이라고 생각했다.

새벽이 오는 것일까. 하늘이 차츰 밝아오고 있었다. 델러니는 여전히 두 팔을 흔들며 감시를 계속했다. 다리가 떨렸다. 브랜디가 다 떨어졌기 때문이었다. 너무나 추웠다. 그는 블랭크의 문제를, 그리고 자신의 문제를 다시 생각해 보았다.

진실이 서서히 마음속에 떠올랐다. 델러니는 충격을 받지는 않았다. 그렇다. 그것은 델러니의 '진실'이었다. 블랭크는 죽어야 한다. 그것이 델러니의 진실이었다.

대니얼 G. 블랭크의 내면에 있는 것, 그의 내면에 자리 잡고 있는 그것. 델러니가 블랭크를 죽임으로써 블랭크와 더불어 파괴되기를 바라는 그것은 바로 총체적인 악이었다. 그렇지 않은가? 델러니는 그런 생각이 너무도 비합리적이었기 때문에 생각을 계속할 수도 없었고, 집중적으로 파고들 수도 없었다.

그는 다시 하늘을 올려다보았다. 하늘은 다시 어두워져 있었다. 새벽이 오는 것이 아니었다. 착각이었다. 그는 순찰을 계속했다.

두 팔을 양쪽으로 흔들기도 하고, 주먹으로 어깨를 치기도 하고, 땅바닥을 걷어차기도 하면서. 캄캄한 어둠에 몸을 부르르 떨면서.

전화벨이 그를 깨웠다. 델러니는 침대 머리의 시계를 보았다. 11시가 되어가고 있었다. 그는 메리가 왜 아래층에서 전화를 받지 않는지 의아스러웠다. 잠시 후에야 오늘은 메리가 오지 않는 날이라는 것을 깨달았다. 그는 그것을 잊고 대니얼에 대한 감시를 마치고 집에 돌아오자 메리에게 전하는 메모를 부엌 식탁에 남겨두었다. 순찰에서 돌아왔을 때 그는 정말 지쳐 있었다. 몸이 말을 듣지 않을 정도였다. 그러나 지금은 기분이 좋았다. 군대에서 흔히 말하듯 금방 잠들었던 것이다. 그 네 시간의 잠은 여덟 시간의 잠 못지않게 깊고 편안했다.

"에드워드 델러니 지서장입니다."

"핸드립니다. 대니얼 G. 블랭크와 인터뷰할 수 있게 되었습니다."

"잘됐군요. 언제요?"

"크리스마스 이튿날이에요."

"문제는 없었어요?"

"없었어요. 뭐, 문제라고 할 것까지는 없는 일이니까요."

"무슨 일이요?"

"서장님이 하라고 한 그대로 했죠, 뭐. 제이비스 버챔의 홍보부에 연락했더니 그쪽 사람들이 제발 와달라고 애원을 하더군요. 그래서 찾아갔죠. 잘 웃고, 잘 떠드는 사람이었어요. 내가 기자 신분증을 보여줬는데, 그건 볼 생각도 않더라구요. 그 사람은 신문사에다 확인해 보지도 않을 거예요. 누구라도 쉽사리 속여 넘길 수 있는 사람이에요. 자기는 그걸 모르지만 너무나 낙관주의자구요."

"그런데 뭐가 잘못됐다는 거지요?"

"잘못된 건 없다니까요. 그저⋯⋯. 그 사람이 나에게 몇몇 젊은 간부들을 추천해 줬어요. 신속히 승진하고 영리하다는. 그 사람은 제이비스 버챔을 그냥 JB라고 하더군요. IBM이나 GE, GM처럼 말이에요. 그 사람이 네 사람을 추천했는데, 그 안에는 대니얼 G. 블랭크의 이름이 들어 있지 않더란 말입니다."

"기업 경영에 컴퓨터를 이용하는 방법에 능란한 젊은 경영 간부라는 말을 분명히 했는데도 말입니까?"

"물론이죠. 그런데도 블랭크의 이름을 꺼내지 않더라구요. 그것 참 이상하죠? 안 그래요?"

"음, 그런 것 같군요. 그래서 어떻게 했나요?"

"그래서 내가 특별히 앰록 II에 관심이 많다고 했어요. 그 컴퓨터 이름이 블랭크의 기사에 언급되어 있었거든요. 기억나세요?"

"물론이죠. 그랬더니 뭐라고 합디까?"

"그제서야 대니얼 G. 블랭크의 이름을 말하더군요. 내가 블랭크를 인터뷰하겠다고 하니까 동의했습니다. 그런데 그 사람은 내가 블랭크를 인터뷰하는 걸 좋아하지 않더라구요. 틀림없어요."

"그건 아마 개인적인 질투심 같은 것 때문일 겁니다. 알잖소? 기업 내의 정치 같은 거. 어쩌면 그 홍보부장은 블랭크의 성공을 못마땅하게 여기는지도 모르지. 그래서 그가 매스컴을 타는 게 싫은 거겠지."

핸드리는 미심쩍다는 목소리였다.

"그럴 수도 있겠죠. 하지만 내가 받은 느낌은 그런 게 아니었다니까요."

"어떤 느낌이었는데요?"

"그저 근거 없는 추측일 뿐인데요, 뭐."

"얘기해 봐요."

델러니는 참을성 있게 말했다.

"블랭크의 주가가 떨어진 거 아닌지 모르겠어요. 근무 성적이 별로 좋지 않다는 느낌이었어요. 어쩌면 상부에서 그를 제거할 거라는 소문이 나도는지도 모르지요. 그러니까 홍보부로서는 신문에 이 사람이 천재다 뭐 그런 기사가 나오는 게 싫겠지요. 그 기사가 나간 지 1주일쯤 뒤에 JB가 그 사람을 면직시킨다거나 하면 곤란할 거 아닙니까? 미친 소리죠?"

델러니는 곰곰이 생각해 보았다.

"아니, 미친 소리가 아니에요. 사실 그럴 법한 생각이군요. 오늘 나와 점심 같이 할 수 있겠어요?"

"서장님이 사는 거죠?"

"물론이죠."

"그럼 좋아요. 시간과 장소는?"

"전에 같이 식사했던 그 음식점 어때요?"

"좋아요. 거기 맥주 맛이 아주 좋더라구요."

"12시 30분쯤 바에서."

"그래요."

델러니는 면도를 했다. 턱을 면도칼로 긁어 내리면서 그는 핸드리가 받은 인상이 옳을지도 모른다고 생각했다. 블랭크의 그 사소한 취미가 회사에서 근무하는 시간에 어떤 좋지 못한 영향을 끼칠 수도 있었다. 그것은 추측하기 어려운 일은 아니었다. 핸드리가 가져온 자료에 따르면 블랭크는 회사의 보석이었다. 그러나 이제 는 신문사에서 그를 취재하려 해도 회사가 그것을 좋아하지 않는 다는 것이다. 이것은 흥미 있는 일이었다.

비누를 씻어내고 로션을 바르면서 델러니는 핸드리와 점심을 같이 하며 인터뷰에 대비하여 몇 가지 사실을 미리 일러두는 것이 좋겠다는 판단을 내렸다. 인터뷰는 크리스마스 다음 날로 예정되 어 있었다. 그 무렵이면 델러니는 어쩌면 자신이 아는 모든 사항 을 브로턴에게 보고해 버린 뒤일지도 모른다. 그러나 델러니는 일 단 앨린스키가 약속한 스물네 시간이라는 최종 시각 안에 할 수 있는 모든 것을 처리하기로 마음먹었다. 그 시각은 이제 여섯 시 간을 남겨놓고 있었다.

핸드리는 구운 송아지고기와 생맥주를 주문했다. 델러니는 호 밀 하이볼과 스테이크와 콩팥으로 구운 파이를 주문했다.

델러니는 기자에게 말했다.

"할 얘기가 많으니까 당장 얘기를 시작합시다."

핸드리는 멀거니 그를 쳐다보았다.

"도대체 뭐가 그렇게 바쁜 건데요?"

델러니는 영문을 알 수 없었다.

"뭐가 그리 바쁘냐니? 그게 무슨 뜻이죠?"

"우린 여기 앉은 지 겨우 5분밖에 안 됐어요. 그런데 서장님은 벌써 손목시계를 두 번이나 봤고, 불안하게 그릇을 이리저리 밀고 있어요. 전에는 한 번도 이런 적이 없었다구요."

델러니는 웃었다.

"당신이 형사가 되어야겠군요. 당장 나가서 수사를 시작해야 할 사람은 당신이에요."

"사양하겠습니다, 서장님. 형사들은 거짓말을 너무 많이 해요. 게다가 이쪽에서 질문을 하면 대답을 하는 게 아니라 오히려 질문을 해댄다니까. 서장님처럼 말이에요. 안 그래요?"

"내가 언제 대답은 않고 질문을 했다고 그럽니까? 내가 한번이라도 그러는 걸 본 사람 있으면 나와보라고 해요."

핸드리는 갑자기 웃음을 터뜨렸다. 겨우 웃음을 그치자 그는 말했다.

"사무실에서 나오기 직전에 물을 마시다가 친구를 하나 만났어요. 정치부에 근무하는 친구죠. 시청 출입기자구요. 그 친구 말이 어젯밤에 시장 관저에서 굉장한 회의가 있었다고 하더군요. 거물들이 많이 참석했답니다. 그 친구 말로는 부청장 브로턴이 밀려날 거라는 소문이 있대요. 롬바드 작전 실패 때문에요. 그 일에 대해 아시는 거 있어요?"

"없어요."

핸드리는 한숨을 내쉬었다.

"좋아요. 서장님 말대로 합시다. 당장 얘기를 시작해요."

델러니는 팔꿈치로 탁자를 받치고 상체를 기울여 핸드리에게 고개를 내밀고 얘기를 시작했다.

"핸드리 씨, 난 당신을 속이지 않아요. 물론 내가 아직 얘기하지 않은 것도 있지만 그건 얘기할 입장이 못 되기 때문이오. 당신은 내게 큰 도움을 주었습니다. 블랭크와의 이번 인터뷰는 정말

138

중요해요. 당신이 내가 계획적으로 거짓말을 한다고 생각하는 건
싫습니다."

핸드리는 손을 쳐들고 말했다.

"알았어요, 알았어. 서장님을 믿어요. 내 짐작을 말해 볼까요?
서장님이 대니얼 G. 블랭크라는 자와의 인터뷰에서 가장 알아내
고 싶은 것은 그자가 등산가인지 아닌지 하는 것하고 그자가 얼음
도끼를 가졌는지 안 가졌는지 하는 것이지요? 맞지요?"

"그래요."

델러니는 대답했다. 그는 이미 그런 건 알아냈다는 말은 하지
않았다. 델러니는 핸드리가 이번 인터뷰가 중요하다고 믿고 있어
야 한다고 생각했다. 델러니는 얘기를 계속했다.

"물론입니다. 또한 그자가 제이비스 버챔에서 하는 일이 무엇
인지 알고 싶어요. 그의 직책이 무엇인지, 부하 직원이 얼마나 되
는지도 알고 싶어요. 그런 건 인터뷰에 꼭 포함되어야 할 사항 아
닙니까? 안 그랬다가는 그자가 의심을 하게 될 겁니다. 하지만 내
가 가장 알고 싶은 건 그자의 성장과정과 인생 역정을 통해서 파
악할 수 있는 대니얼 G. 블랭크라는 인간 자체요. 알겠습니까?"

"물론입니다."

"할 수 있겠지요? 좋아요. 그럼 내가 블랭크라고 가정합시다.
당신은 날 인터뷰하는 겁니다. 어떻게 시작할 겁니까?"

핸드리는 잠시 생각해 보더니 입을 열었다.

"이사님의 개인적인 성장과정에 대해 얘기해 주시겠습니까?
어디에서 태어나서 어떤 학교를 다녔는지 그런 것들 말입니다."

"무엇 때문에 그런 걸 말해야 합니까? 난 이 인터뷰가 앰록 II

의 설치와 기업 경영에서 컴퓨터가 할 수 있는 역할에 관한 것인
줄로 알고 있는데요."

"물론 그렇습니다. 하지만 경영 간부에 대한 이런 인터뷰에서
는 블랭크 이사님, 늘 몇 가지 개인적인 일들도 포함시키려고 하
고 있습니다. 그러면 기사가 좀 더 살아 있는 것이 되고 읽을거리
도 풍부해지니까요."

델러니는 고개를 끄덕거렸다.

"좋아요, 좋아. 좋은 생각입니다. 바로 그런 식으로 그의 자아
도취를 자극해요. 그 사람 직업이 아니라 그 사람 자체에 대해 알
고 싶어 하는 독자들이 수백만 명이나 있다는 식으로 말입니다."

음식과 마실 것이 왔다. 그들은 먹고 마시기 시작했다. 그러나
델러니는 그 사이에도 쉬려고 하지 않았다. 그는 술을 한 모금 마
신 뒤 말했다.

"여기 내가 알고 싶은 게 있어요. 그가 태어난 곳, 태어난 날짜,
학교와 군 경력, 현직 이전의 직장과 결혼생활. 그래요, 우리 결혼
생활에 대한 연습을 해봅시다. 난 다시 대니얼 G. 블랭크요. 질문
을 해요."

"결혼하셨습니까?"

"이 기사에서 그런 질문이 중요합니까?"

"글쎄요, 이사님이 그 얘기를 하지 않……."

"이혼했습니다. 그건 비밀이랄 것도 없어요."

"알았습니다. 아이는 있습니까?"

"없습니다."

"가까운 장래에 결혼하실 계획은 있습니까?"

"난 정말 이런 게 당신 기사에 무슨 필요가 있다는 건지 모르겠습니다, 핸드리 기자."

"아, 옳으신 말씀입니다. 저도 꼭 필요가 있다고는 생각지 않습니다. 하지만 우리 신문은 여성 독자도 많습니다. 이사님이 생각하는 것보다 훨씬 더 많지요. 그리고 여성 독자들은 바로 그런 문제에 관심을 갖거든요."

델러니는 칭찬해 주었다.

"정말 잘하는군요, 핸드리. 사실은 블랭크에게는 여자친구가 있습니다. 하지만 그자는 그런 얘기는 입 밖에 내지 않을 겁니다. 이제는 그놈의 등산에 관한 질문을 합시다. 어떻게 시작하겠습니까?"

"블랭크 씨, 취미가 있습니까? 우표 수집이라거나 스키라거나 보트 타는 걸 즐긴다거나 새를 관찰한다거나 하는 것 말입니다."

"글쎄요. 난 사실은 등산가입니다. 물론 아마추어지요."

"아, 그거 흥미롭네요. 어디를 등반하십니까?"

"국내에서도 하고 유럽에 가서도 하지요."

"유럽 어디에서요?"

"프랑스와 스위스, 이탈리아와 오스트리아 등지요. 마음 내키는 대로 여행을 많이 다니지는 못합니다. 하지만 어디를 가든지 등산 일정을 꼭 포함시키려고 노력합니다."

"멋진 스포츠지요. 하지만 경비가 많이 들지 않습니까? 제 말은 여행 경비 말입니다. 이건 그저 개인적 호기심으로 묻는 겁니다만, 장비도 많이 필요하지요?"

"아, 그다지 많은 장비가 필요한 건 아닙니다. 물론 겨울철에는 장비가 좀 많아지지요. 배낭, 크램폰, 나일론 밧줄……."

"그리고 얼음도끼도요?"

델러니는 잘라 말했다.

"안 돼요. 그런 말은 하지 말아요. 블랭크가 그 말을 하지 않으면 당신도 그에 대해서는 말하지 말아요. 만일 그자가 범인이라면 그런 말을 하면 즉시 눈치를 챌 겁니다. 그건 내가 원하는 바가 아닙니다. 핸드리, 얼음도끼는 중요한 문젭니다. 하지만 이 인터뷰가 컴퓨터를 잘 다루는 경영 간부에 대한 인터뷰라는 것에 대해 의심을 품게 할지도 모르는 질문은 절대로 하지도 말고 암시하지도 말아요."

"그자가 의심을 품게 되면 내 생명이 위태로워질지 모른다는 뜻입니까?"

델러니는 고개를 끄덕이고 고개를 숙여 음식을 먹기 시작했다.

"바로 그겁니다. 그럴지도 몰라요."

핸드리는 겁나지 않는다는 태도를 꾸미려 노력했다.

"정말 고맙군요, 서장님. 젠장, 기분이 점점 좋아지려고 해요."

"당신은 잘할 겁니다. 인터뷰를 하면서 속기할 거죠?"

"내가 창안한 속기법이 있죠. 아주 짤막해요. 한 마디씩. 나 말고는 아무도 알아보지 못해요. 집이나 사무실로 돌아가자마자 그걸 번역할 겁니다."

"좋아요. 태연히 행동해요. 당신이 하는 걸 보니까 그자의 개인적 내력이나 성장과정을 파고드는 질문을 해도 별 문제는 없을 것 같네요. 등산이나 취미에 관한 질문을 하면서도 마찬가지고. 하지만 얼음도끼나 그자의 이성관계에 대해서는 지나치게 파고들지 말아요. 그자가 스스로 입을 열어 털어놓으면 그야 나쁠 거 없지요. 그렇지 않는 한은 내버려둬요. 그건 내가 나중에 다른 방법으로 알아낼 겁니다."

두 사람은 각기 술을 한 잔씩 더 주문하여 마시고 점심식사를 끝냈다. 두 사람 모두 후식은 생각이 없었다. 그러나 델러니는 에스프레소 커피와 브랜디를 한 잔씩 하자고 고집했다.

"이거 너무 폐를 끼치는 거 아닙니까? 점심 땐 그저 참치 샌드위치나 먹는데."

핸드리는 술잔을 핥으면서 말했다. 델러니는 웃었다.

"나도 마찬가집니다. 아, 그건 그렇고 한두 가지 다른 일이 있어요."

핸드리는 브랜디 잔을 내려놓고 그를 바라보며 고개를 설레설레 저었다.

"정말 끔찍스러운 양반이십니다. 서장님이 왜 브랜디를 마시자고 고집을 부렸는지 이제 알겠군요. '한두 가지 다른 일'이라구요? 블랭크에게 당신이 범인이냐고 묻는 일 같은 겁니까? 아니면 동물원에 가서 내 머리를 사자 아가리 속에 밀어 넣는 일 같은 겁니까?"

"아니, 아니에요. 정말 사소한 일이에요. 먼저 그 사람 왼팔에 무슨 상처가 없는지 확인해 봐요. 팔목이나 팔꿈치에 상처가 있는지 확인해 봐요. 어쩌면 붕대를 감고 있거나 고정장치 같은 걸 하고 있을지도 몰라요."

"무슨 말인지 모르겠네요."

"그저 보라니까. 그게 전부요. 왼팔을 정상적으로 사용하는지

보라는 것뿐입니다. 왼손으로 물건을 집을 수 있는지, 왼손을 책상 아래 감추고 있는지만 보면 되는 겁니다. 그게 다요."

핸드리는 한숨을 내쉬었다.

"좋아요. 살펴보지요. 그 다음은요?"

"그 사람 필적을 구해와요."

핸드리는 충격을 받아 멍청히 델러니를 쳐다보았다.

"이 끔찍스러운 양반아, 도대체 날더러 무슨 수로 그런 걸 구하란 말입니까?"

델러니는 고분고분 대답했다.

"어떻게 할 것인지는 나도 몰라요. 그 사람이 서명한 서류 같은 걸 슬쩍할 수도 있지 않을까요? 아니, 그건 좋지 않겠네. 나도 몰라요. 당신이 생각해 봐요. 당신은 상상력이 풍부하니까. 그 사람이 쓴 것이면 뭐든 상관없어요. 그거면 됩니다. 할 수 있다면 말이지요."

핸드리는 대답하지 않았다. 그들은 브랜디와 커피를 다 마셨다. 델러니가 지불을 하고 그들은 식당에서 나왔다. 길로 나오자 그들은 겨울 바람을 피해 코트의 칼라를 세웠다. 델러니는 핸드리의 팔을 잡고 작은 소리로 말했다.

"우리가 상의한 것들이 나에겐 필요합니다, 핸드리 기자. 정말입니다. 하지만 내가 가장 필요로 하는 건 그 사람의 인상입니다. 당신이 그 사람에게서 받는 인상 말입니다. 당신은 사람들에 대해 민감하지요. 난 알아요. 시인이 되려 했던 사람이 어떻게 사람들에 대해 민감하지 않을 수 있겠습니까? 사람들이 생각하는 것, 느끼는 것, 증오하는 것, 사랑하는 것, 사람의 본질 등등에 대해서 말입니다. 내가 원하는 건 바로 그거요. 그자와 말을 해봐요. 그자를 관찰해요. 그자가 하는 사소한 행동들을 하나도 놓치지 말아요. 손톱을 깨문다거나 코를 주물럭거린다거나 머리칼을 쓰다듬는다거나 안절부절못한다거나 다리를 이쪽저쪽으로 꼬아댄다거나 하는 것 같은 모든 행동 말입니다. 그자를 구경해요. 그자를 파악해요. 그자를 빨아들여 버려요. 그자가 누구인지 무엇인지 완전히 파악해요. 그자를 더 깊이 알고 싶지 않아요? 그자가 두려운지 모욕적인지 재미있는지, 바로 그런 것들이 내가 정말 알고 싶은 겁니다. 그자에 대한 당신의 느낌 말입니다. 알겠어요?"

"알아요."

토머스 핸드리가 대답했다.

집으로 돌아오자마자 델러니는 아내에게 전화를 했다. 바바라는 간밤에 아주 평화롭게 잘 잤으며, 지금은 기분이 아주 좋다고 말했다. 모니카도 병원에 있었다. 그들은 서로 만나는 것을 좋아하는 것 같았다. 바바라는 모니카를 좋아하고 있었다. 델러니는 기쁘다고 말하고 무슨 일이 있더라도 저녁에는 병원에 가겠다고 말했다.

"키스를 보내요."

바바라는 그렇게 말하더니 전화 저편에서 키스 소리를 보내왔다.

"나도 키스를 보내지."

델러니 지서장도 키스를 보냈다. 그런 짓을 그는 싱겁고 우스운 짓이라 생각해 왔다. 그러나 이제는 그렇게 생각되지 않았다. 그것은 감동적이고 의미 있는 행위였다.

그는 립스키에게 전화를 했다. 경비원은 아주 조심스럽게 작은 소리로 말했다.

"뭐 찾아냈어요?"

거의 속삭이는 어조였다. 잠시 동안 델러니는 그것이 무슨 뜻인지를 몰랐다. 잠시 후에야 그는 립스키가 전날 오후에 델러니가 블랭크의 아파트에 침입한 일에 대해 하는 얘기라는 것을 깨달았다.

"아니요. 아무것도 찾아내지 못했어요. 그 여자친구 왔었습니까?"

"못 봤어요."

"내 말 잊지 말아요. 택시의 번호판하고……."

립스키는 다급하게 말했다.

"알아요, 알아. 20달러, 알지요?"

"압니다. 한 가지 더. 대니얼 G. 블랭크의 왼쪽 팔에 무슨 이상이 있습니까? 다쳤어요?"

"며칠 동안 팔을 팔걸이에 받치고 다닙디다."

"그래요?"

"그렇다니까. 내가 물어봤지요. 자기 거실에서 깔개에 걸려 넘어졌다고 하더군요. 바닥이 매끈매끈 미끄럽거든. 넘어져 팔꿈치가 바닥에 부딪혔대요. 얼굴은 유리탁자에 부딪혔고. 얼굴도 긁혔어요."

"아, 대부분의 사고는 집 안에서 벌어진다는 말이 정말 맞는가 보군."

"그래요. 하지만 얼굴에 긁힌 상처는 다 없어졌고, 이제는 팔걸이 같은 건 안 하고 다녀요. 그건 값이 안 나가는 정보인가요?"

"너무 욕심 부리지 마쇼."

델러니는 냉정하게 잘랐다. 립스키는 모욕을 당했다는 듯 반문
했다.

"욕심이라구요? 누가 욕심을 부린단 말이오? 어차피 한 손은
다른 손을 씻어주게 마련 아닙니까? 그런 정도 여유는 있어야지.
안 그래요?"

"내일 다시 전화하죠. 아직 주간 근무요?"

"그래요. 크리스마스까지는. 참, 당신이 거기 들어가 있던 게
한 시간이 넘는다는 거 아쇼? 내가 신호를 보냈는데도……."

델러니는 전화를 끊었다. 립스키의 잔소리를 오래 듣고 있을 시
간이 없었다.

델러니는 핸드리와 한 얘기도, 경비원과 한 얘기도 보고서에 기
록했다. 그가 일부러 누락시킨 단 한 가지는 음식점 바깥 거리에
서 그가 핸드리와 한 마지막 얘기였다. 그 대화는 브로턴에게는
무의미한 것이리라.

기록을 마쳤을 때는 오후 4시가 지나 있었다. 그 모든 수사기록
은 '대니얼 G. 블랭크'라는 자료철에 첨가되었다. 그는 그 두터운
자료철을 다시 볼 수 있게 될까 생각해 보았다. 앨린스키와 '안티
그룹'에게 남은 시간은 이제 두 시간뿐이었다. 델러니는 그들이
연락할 때까지 무슨 일이 벌어졌는지 알려고 들지 않았다. 그는
어쩌면 블랭크의 자료철을 브로턴에게 넘겨줘야 할지도 모른다.
그러나 넘겨주는 방법에 대해서는 마지막 순간이 오기까지는 생
각하지 않기로 했다.

그는 거실로 들어가 구두를 벗고 소파에 누웠다. 긴장을 풀고 재미있었던 일이나 생각하며 눈을 쉬게 할 작정이었다. 그러나 충분히 잠을 자지 못해서 누적된 피로와 점심 때 마신 두 잔의 브랜디가 그를 사로잡았다. 그는 곧 잠에 빠져들어 꿈을 꾸었다. 꿈속에서 그는 벌써 몇 년 전에 심문한 적이 있는, 살인사건으로 피살된 사람의 아내를 보았다. 그 여자는 말했다.

"그이는 제 발로 죽을 데를 찾아간 거나 같아요."

델러니가 무슨 질문을 해도 그녀는 같은 말만을 반복했다.

"그이는 제 발로 죽을 데를 찾아간 거나 같다구요."

잠에서 깨어났을 때 방 안은 어두웠다. 그는 신발을 신고 부엌으로 들어가 전등을 켰다. 벽시계는 7시를 가리키고 있었다. 그렇다면 이제 시간이 지난 것이다. 그는 냉장고를 열었다. 차가운 맥주나 한 캔 마실 작정이었다. 그래야 꿈속에서 본 야릇한 장면이 지워질 것 같았다. 그가 맥주를 찾아서 막 캔을 따려는 순간, 전화벨이 울렸다.

"에드워드 X. 델러니 지서장입니다."

한동안 대꾸가 없었다. 예닐곱 명의 남자들이 큰 소리로 얘기를 나누고, 웃음을 터뜨리고, 고함을 질러대는 소리와 술병과 잔이 부딪치는 소리들이 들렸다. 떠들썩한 파티가 열리고 있는 것 같은 소리였다.

"델러닙니다."

그는 같은 말을 반복했다.

"에드워드?"

토어슨이었다. 그의 음성은 술에 취해 있었다. 그러나 피로감과 행복감이 같이 엿보였다.

"예, 접니다."

"에드워드, 우리가 해냈네. 브로턴을 밀어냈어. 쫓아내버렸어!"

"축하합니다."

델러니는 건조하게 말했다.

"에드워드, 자네는 이제 현직에 복귀해야겠어. 롬바드 작전을 맡아. 자네가 원하는 건 뭐든지, 장비와 대원, 돈까지 뭐든지 지원할 걸세. 말만 해. 뭐든 줄 테니까. 알겠나?"

토어슨은 고함을 질렀다. 델러니는 얼굴을 찌푸리며 전화기를 귀에서 멀리 치웠다. 전화 저편에서 몇몇 사람들의 음성이 똑같이 '알았나?' 하고 고함을 질러댔던 것이다.

"에드워드, 아직 듣고 있나?"

"듣고 있어요."

"알아들었나? 현직에 복귀해야 한단 말이네. 롬바드 작전 수사대의 책임자가 되어주게. 필요한 건 뭐든 다 지원하겠다구. 어떻게 생각하나?"

"좋습니다."

델러니가 대답했다.

"좋다고? 자네 좋다고 했나?"

"그렇습니다."

"좋다고 했어!"

토어슨이 고함을 질렀다. 다시 한 번 델러니는 전화기를 귀에서 떼어냈다. 수많은 음성들이 '좋다고 했어!' 하고 고함을 질러댔다. 그것은 마치 꼬마들의 동창회 같은 모습이었다. 델러니는 그것이 못마땅했다.

"좋아. 잘됐네."

부경감 토어슨은 술 취하지 않은 음성을 내려고 노력하는 듯했다. 그러나 델러니는 그것까지 알 수 있었다. 그것은 술 취한 사람의 음성이었다. 델러니는 냉정히 얘기를 계속했다.

"하지만 제가 작전을 완전히 통솔해야 합니다. 작전 수사대 전체를 말입니다. 수사 보고서는 서면으로는 제출하지 않을 겁니다. 오직 구두로만 보고할 겁니다. 오직 부경감님에게만. 또한……."

"뭐든 하고 싶은 대로 하게, 에드워드."

"기자회견도, 언론사에 보도 자료를 돌리는 것도, 시민들에게 수사과정을 알리는 것도 오직 저만이 할 수 있어야 합니다."

"뭐든 좋다니까, 에드워드. 뭐든 좋아. 그저 빨리 사건을 끝내기만 해주게. 알아들었나? 그 브로턴이라는 자 코앞에 넌 멍청이다 하는 증거를 들이대란 말이네. 그자가 파면되자마자 사흘 안에 자네가 사건을 해결하는 거지. 알겠나? 그자 코를 납작하게 해주게."

델러니가 물었다.

"파면되었다구요? 브로턴이?"

토어슨은 키득거렸다.

"펄리에게 한 짓을 이번에는 그자가 고스란히 당한 거지. 은퇴신청서를 냈네. 멍청한 자식 같으니. 내년에 시장 후보로 나서겠다나."

"브로턴이 말입니까? 확실합니까? 전 이 일을 맡을 겁니다. 하지만 제가 수사권을 완전히 장악하고, 부경감님 한 사람에게만 그

것도 구두 보고만 하고, 대원을 제가 선택하고, 공개할 수사 내용
도 제가 선택하고 결정한다는 조건 아래에서만 수사를 맡을 겁니
다. 아시겠습니까?"

이번에는 다른 음성이 들렸다. 훨씬 조용한 목소리였다.

"델러니 지서장, 부시장 허맨 앨린스키네. 미안하지만, 두 사람
이 하는 얘기를 다른 전화로 듣고 있었네. 지금 우린 축하연을 하
는 중이지."

"소리로 알았습니다."

"내가 보증하지. 자네의 조건은 완전히 받아들여졌네. 자네가
단독으로 수사를 완전히 통제하게 될 걸세. 필요한 것은 뭐든 지
원될 테고 자네를 통해서가 아니라면 신문이건 텔레비전이건 롬
바드 작전 수사대에 관해서는 단 한 줄의 기사도 나가지 않을 걸
세. 됐나?"

"예."

이번에는 토어슨이 흥분한 음성으로 끼어들었다.

"잘됐어! 당장 텔렉스를 쳐야겠네! 기자들에게 알리는 거야. 그
래야 마지막 판 신문에 브로턴이 은퇴하고 자네가 롬바드 작전 수
사대를 맡게 되었다는 것이 알려지게 될 테지. 그것은 괜찮겠나,
에드워드? 그저 짤막한 1단짜리 기사. 괜찮겠지?"

"예."

"자네 조건은 완전히 받아들여졌네. 경찰청장이 오늘 밤에 명
령서에 서명할 걸세."

"제가 롬바드 작전 수사대의 책임을 맡을 거라고 확신하고 계
셨나요?"

델러니가 말하자 토어슨은 웃어댔다.

"아니야. 존슨 경감님도 아니었고. 하지만 앨린스키 부시장님은 확신했다네."

델러니는 놀랐다.

"그래요? 부시장님, 듣고 계십니까?"

"듣고 있네, 서장."

다시 예의 조용한 음성이 들렸다.

"부시장님은 제가 책임을 맡을 거라고 확신하셨습니까?"

"그래. 난 확신했네."

"어떻게요?"

부시장이 반문했다.

"지서장에게는 다른 길이 없지 않나?"

델러니는 조용히 전화를 끊었다.

처음 그가 한 일은 맥주를 마저 마시는 일이었다. 그것은 도움이 되었다. 맥주의 취기 때문도 아니고, 목덜미에 꽉 찬 충격을 가시게 해주었기 때문도 아니었다. 그것은 그가 지금 동의한 일이 얼마나 엄청난 일인지를 깨닫게 해주었다. 갑자기 맡은 일에 대한 엄청난 책임감이 그를 엄습했다. 치밀하게 작은 일 하나하나까지 계획하고 우선 순위를 결정해야 했다. 사태를 일목요연하게 파악하기 위해서는 '급한 일 가운데서도 급한 일'의 순서를 정리하는 것이 최선의 방법이었다. 지금 가장 급한 일은 우선 맥주를 마저 마시는 일이었다.

"지서장에게는 다른 길이 없지 않나?"

부시장은 이렇게 반문했다. 그게 대체 무슨 뜻이었을까?

그는 책상 위의 전등을 켜고 의자에 앉아 안경을 쓴 다음 노란색의 공문서 양식을 꺼내 메모를 시작했다. 네모를 그리고 원을 그리고 줄을 그었다. 개괄적 도표였다. 갑작스럽게 떠오르는 생각들은 화살표나 별표, 나선형으로 표시했다.

급한 일 중에서도 급한 일이라. 그것은 대니얼 G. 블랭크를 스물네 시간 감시하는 일이었다. 도보 감시에는 세 명의 사복 경관이 배치되어야 한다. 또한 각기 2인 1개조가 탑승할 두 대의 일반 차량이 필요하다. 도합 일곱 명이다. 하루 3교대로 감시를 하자면 스물한 명이 필요하다. 그러나 수사를 해본 경험이 조금이라도 있는 지휘자라면 이런 경우에 대원을 단순히 세 배수로 확보하지 않는다. 델러니는 네 배수로 인원을 잡았다. 왜냐하면 대원들이 휴가나 병가, 집안의 급한 일 등으로 결근하는 일이 생기기 때문이었다. 그러니까 대니보이를 감시할 기본적 병력은 스물여덟 명이다. 델러니는 현재 롬바드 작전에 배속된 500명의 병력을 3분의 2 수준으로 감축할 수 있다고 생각한 것은 너무 낙관적인 것이 아니었을까 하는 생각이 들었다.

그것이 제1팀이 할 일이다. 즉 블랭크를 감시하는 외근이다. 제2팀은 내근에 종사해야 한다. 기록을 정리하고, 블랭크를 감시하는 대원들이 무전기로 보내오는 정보를 계속 파악하고 재정리해야 한다. 그러자면 무선통신 체계가 확립되어야 한다. 무전기와 송수신장치가 필요하고, 그것을 설치할 장소가 필요하다. 어딘가에는 설치할 수 있을 것이다. 251번 지서는 안 된다. 델러니는 도르프만 경위에게 이미 신세를 졌다. 그러니까 이번에는 롬바드 작전 수사본부를 251번 지서에서 옮겨갈 것이다. 다른 곳이나 다른

서에 수사본부를 설치할 것이다. 그가 장악할 병력을 따로 분리시
켜야 한다. 그것으로 신문에 수사과정이 누설되는 사태도 방지할
수 있을 것이다.

제3팀은 조사작업을 해야 한다. 혐의자의 개인 이력과 성장과
정, 신용 정도와 은행계좌, 세금과 군 관계 경력 등 그자에 관해
기록된 사항은 그것이 무엇이든 모두 조사하고 종합해야 한다. 그
리고 그자의 친구와 친척, 친지와 사업상의 동료와도 만나서 혐의
자에 관해서 갖가지 사실들을 조사해야 한다. 그러기 위해서는 블
랭크가 눈치 채지 못하도록 위장된 핑계를 만들어둬야 한다.(그러
나 만일 블랭크가 눈치를 챘다 해도 어떻단 말인가? 그 생각은 적어
도 그 순간에는 애매모호한 것이었다. 그리고 델러니의 뇌리를 순간
적으로 스쳐간 것에 불과했다.)

제4팀에서는 혐의자의 말라깽이 여자친구와 꼬마 소년 토니,
그리고 그 밖의 친구들을 조사해야 한다. 이름이 뭐였던가? 머튼
이었던가? 그렇다. '에로티카'를 운영하는 사람들이 그들이다. 또
하나의 팀에 할당할 만한 분량의 일이다.

그것은 조잡하고 잠정적인 구조였다. 그저 개괄적 윤곽에 불과
했다. 그러나 그것이 시작이었다. 델러니는 그 도표를 붙들고 한
시간 가까이 씨름을 했다. 더욱 구체적인 도표를 작성하기 위해
노력했고, 어떤 대원을 어떤 부서에 배치할 것인지를 생각했으며,
자신이 신세를 진 사람들을 어떻게 활용할 것인지 궁리했다. 신세
라. '이거 신세 졌습니다.' '자네 나에게 신세 진 거야.' 그것은 경
찰청과 정치와 사업, 이 분주하고 험악한 세상에 존재하는 온갖
조직의 실핏줄과도 같았다. 그것은 거대한 몸집으로 휘청거리는

세계가 산산조각으로 붕괴되지 않도록 결합시켜 주는 거칠게 반죽된 시멘트 같은 것은 아닐까? 나에게 잘하면 나도 잘하지. 립스키가 뭐라 했던가? "어차피 한 손은 다른 손을 씻어주게 마련 아닙니까? 안 그래요?"

토어슨과 통화를 한 지 한 시간 이상이 흘렀다. 지금쯤이면 텔렉스가 시내의 각 지서와 수사부서, 그리고 모든 직할 단위 부서에 그 소식을 전달했을 것이다. 델러니 지서장은 침실로 가서 옷을 벗고 '매춘부의 샤워'를 했다. 손과 얼굴, 겨드랑이에만 비누칠을 하여 목욕타월로 문질러 씻고, 물기를 닦아낸 후 머리칼을 정성 들여 빗는 것이 그것이었다.

그는 최고의 옷차림을 하기로 했다. 그는 새 제복을 골랐다. 기념식이나 장례식 때 몇 차례 입은 적이 있을 뿐인 새 제복이었다. 그는 어깨를 꼿꼿이 세우고 주름을 세워 상의를 입었다. 제복의 장식물들도 모두 제자리에 온전히 붙어 있는지 확인했다. 옷장 선반에 놓인 비닐 주머니에서 새 모자를 꺼냈다. 그는 옷소매로 모자에 붙은 모표를 닦고, 눈이 모자의 차양에 약간 가려질 정도로 모자를 깊이 눌러 썼다. 제복은 불편했다. 칼라는 너무 딱딱해서 눈이 튀어나올 지경이었다. 어깨도 딱딱했다. 허리도 위태로울 지경으로 너무 죄었다.

그는 아래층의 거울로 자신의 모습을 살펴보았다. 그것은 자아도취 같은 것은 아니었다. 교회나 시나고그, 모스크에 소속된 적이 있는 사람이라면 알지도 모른다. 의상은 여전히 상징적인 역할을 계속하고 있는 것이다. 의상이나 장식이나 깃발은 단순히 그것에 그치는 것이 아니다. 그것은 믿음과 신뢰감을 불러일으킨다.

델러니는 제복 코트는 입지 않기로 했다. 그것까지 입는다면 그것은 지나친 허세가 될지 몰랐다. 그는 서재로 들어가서 대니얼 G. 블랭크의 자료철에서 사진을 꺼내서 그 뒷면에 그자의 주소를 썼다. 이름은 쓰지 않았다. 델러니는 그 사진을 바지 뒷주머니에 넣었다. 안경은 책상 위에 그대로 남겨두었다. 부하들을 지휘해 본 경험이 있는 사람이라면 가능한 한 안경을 쓰지 않는다. 일부러 육체적 약점을 드러낼 필요는 없는 것이다. 우스운 일 같지만 그것이 현명한 행동이었다.

그는 현관문을 잠그고 바로 옆의 251번 지서로 갔다. 텔렉스가 일을 마친 것이 분명했다. 도르프만은 책상 옆에서 팔짱을 끼고 서 있었다. 뭔가를 기다리는 태도임이 역력했다. 그는 델러니를 보자 즉시 앞으로 다가왔다. 그의 뻣뻣이 굳은 얼굴이 허물어지며 웃음이 떠올랐다. 그는 반갑게 손을 내밀었다.

"축하합니다, 서장님."

델러니는 악수를 하며 대답했다.

"고맙네, 경위. 롬바드 작전 수사대를 가능한 한 빨리 이곳에서 옮기겠네. 하루나 이틀 사이에. 그러면 자네는 지서를 되찾게 될 거야."

"고맙습니다, 서장님."

도르프만은 반가워했다.

"그 친구들 어디 있나?"

"수사관 대기실에 있습니다."

"얼마나 되나?"

"서른에서 마흔 명 정도 됩니다. 그 친구들도 소식을 들었습니다. 하지만 뭘 어째야 하는 건지를 모르고 있더군요."

델러니는 고개를 끄덕이고 낡아 삐걱이는 계단을 올라갔다. 서장의 방을 지났다. 불투명한 유리가 끼워진 수사관 대기실의 문은 닫혀 있었다. 안쪽에서는 수많은 사람들이 한꺼번에 떠드는 소리가 들렸다. 요란스럽고 혼란스러운 소리였다. 델러니 지서장은 문을 열고 그 자리에 서 있었다.

대부분은 사복 형사들이었고, 몇몇 사람만이 제복을 입고 있었다. 그들의 머리가 델러니를 향했다. 더 많은 사람들이 고개를 돌렸다. 이윽고 모든 사람들이 델러니를 향해 고개를 돌렸다. 얘기 소리는 중단되었다. 델러니는 그저 그 자리에 우뚝 서서 모자의 차양 밑으로 그들을 바라보고 있기만 했다. 그들도 모두 델러니를 지켜보았다. 몇몇 사람이 서둘러 일어섰다. 그러자 몇몇 사람이 그 뒤를 따라 일어섰다. 다시 몇몇 사람이 그 뒤를 따랐다. 델러니는 꼼짝도 하지 않고 그들을 지켜보았다. 몇몇 사람은 아는 사람들이었다. 그러나 델러니의 무표정한 얼굴은 바뀌지 않았다. 그는 방 안의 모든 대원들이 일어설 때까지, 그들이 모두 입을 다물고 침묵을 지킬 때까지 기다렸다. 그 다음에야 건조한 음성으로 입을 열었다.

"에드워드 X. 델러니 지서장이다. 이제부터 내가 지휘한다. 이 중에 경위는 없나?"

몇몇이 불안한 듯 사방을 둘러보았다. 얼마 후 뒤쪽에서 한 음성이 대답했다.

"없습니다, 서장님. 경위는 없습니다."

"경사는?"

한 사람이 손을 들었다. 흑인이었다. 델러니는 그 사람을 향해 다가갔다. 대원들이 몸을 비켜 길을 내주었다. 델러니는 길을 가로질러 뒤쪽에 서 있는 흑인 경사 앞에 멈춰 섰다. 그 흑인은 작달막한 키에 탄탄한 몸집이었다. 아는 사람이었다. 그는 '팝스'라 불리던, 중세 영문학 교수처럼 보이는 사람이었다. 묘하게도 그는 남들을 가르치는 데 특별한 재주를 지니고 있었다.

"토머스 맥도널드 경사."

델러니는 다른 사람들이 모두 들을 수 있도록 큰 소리로 말했다.

"예, 서장님."

"난 자넬 알고 있네. 전에 같이 일한 적이 있어. 웨스트사이드의 창고를 치는 일이었지. 10년쯤 전이었을 거야."

"아마 15년 전이었을 겁니다, 서장님."

"그랬나? 그때 자네 엉덩이에 총을 한 방 맞았지?"

"방뎅이였습니다, 서장님."

한두 사람이 웃음을 터뜨렸다가 얼른 삼켰다. 델러니는 맥도널드가 시도하는 것이 무엇인지를 알았다. 그래서 그를 격려했다.

"방뎅이였다고? 그 방뎅이 이젠 다 나았을 테지, 경사?"

흑인은 어깨를 으쓱 치켜 올렸다.

"그런데 또 한 방 맞았지 뭡니까, 서장님. 바로 그 방뎅이에요."

그러자 참았던 사람들이 마침내 웃음을 터뜨리고 말았다. 그리하여 방 안의 긴장감이 풀렸다. 델러니는 맥도널드에게 말했다.

"나를 따라오게."

경사는 델러니를 따라 복도로 나갔다. 델러니는 문을 닫았다. 웃음소리와 소음이 차단되었다. 그는 맥도널드를 바라보았다. 맥도널드도 그를 바라보았다. 델러니는 작은 소리로 말했다.

"그건 엉덩이라구."

"그렇습니다, 서장님. 하지만 제 생각엔 방 안이 너무······."

"자네 생각이 뭐였는지는 알아. 자네 생각이 옳았어. 지금부터 내일 아침 8시까지 일할 수 있겠나?"

"해야 한다면요."

"해야 해."

델러니는 블랭크의 사진을 주머니에서 꺼내 맥도널드에게 건네주며 말했다.

"이 사람이네. 그자의 주소는 사진 뒷면에 기재되어 있어. 지금은 그자의 이름은 알 필요 없네. 그곳은 한 블록 크기의 아파트 건물이네. 출입구 로비는 83번가에 있지. 이런 밤 시간에는 아파트 경비원은 한 사람일세. 세 명의 대원을 사복 차림으로 데리고 가서 로비를 감시하게. 이 작자가 나오면 그자를 밀착 미행하게."

"어느 정도로 밀착해야 합니까?"

"충분히."

"만일 이 작자가 눈치 채면요?"

"그 정도까지 밀착할 필요는 없네. 하지만 이 작자를 시야에서 놓쳐서는 안 돼. 단 한순간도. 그 작자가 미행이 있다는 걸 눈치 채게 되면 그건 할 수 없는 일이지. 하지만 난 그렇게 되기를 바라지 않는다네."

"알겠습니다, 서장님. 미친놈입니까?"

"그 비슷하지. 그자에게 조롱거리가 되지 말기 바라네. 그자는 마음씨 좋은 아저씨가 아닐세."

경사는 고개를 끄덕거렸다.

"차는 두 대가 필요하네. 각 차량에 두 사람씩 탑승해. 물론 사복이지. 그 블록 양쪽 끝에 한 대씩 배치하게. 그자가 차량으로 달아날 경우에 대비해서. 그자의 차는 검은색 시보레 콜벳 스팅레이라네. 지하차고에 있지. 택시를 탈지도 몰라. 모두 알아들었나?"

"물론입니다, 서장님."

"셰익스피어와 로더를 아나?"

"그 '금가루 쌍둥이' 말입니까? 로더는 압니다."

"차량 한 대에는 그들을 탑승시키게. 그들이 비번이라면 다른 유능한 대원도 좋지. 그렇게 하면 일곱 명이 되는 거야. 자네가 사복 경관 셋, 정복 경관 셋을 더 지명해서 내일 아침 8시까지 여기 근무하도록 조처하게. 그 밖의 다른 사람들은 귀가시키게. 그러나 내일 아침 8시까지는 이 자리에 와 있어야 한다고 전하게. 전화로 연락이 되는 사람과 전화를 걸어온 사람 모두에게 그렇게 전달하게. 알았나?"

"저는 어떻게 해야 하지요, 서장님?"

"바로 여기서 대기하게. 나는 한 시간쯤 밖에 나갔다가 돌아올 테니, 그 후에 커피를 마시면서 자네 방뎅이에 박혔다는 또 한 개의 탄환에 대해서 상의해 보자구."

"재미있는 밤이 되겠습니다, 서장님."

델러니는 한동안 그를 바라보고 서 있었다. 그들은 같은 해에 경찰청에 들어갔고, 같은 경찰학교에 다녔다. 그런데 델러니는 지서장이고 맥도널드는 경사였다. 그것은 능력의 차이 때문이 아니었다. 델러니는 그것이 무엇 때문인지 입 밖에 내지 않을 것이었

160

다. 맥도널드도 마찬가지였다.

"브로턴이 자네에게 시킨 일이 뭔가?"

델러니가 물었다.

"길바닥의 건달들을 청소하는 일이었습니다."

"젠장."

"제 기분도 바로 그랬습니다."

델러니 지서장이 다시 말했다.

"내가 지시한 일을 모두 처리하게. 한 시간 후에 돌아오지. 그때쯤에는 모든 사람들이 각기 정위치할 수 있도록. 빠를수록 좋겠지. 대원들에게 그 사진을 보여주고 보관은 자네가 하도록. 사진은 그것 한 장뿐이네. 내일 그걸 복사해서 배포할 걸세."

"이놈이 범인입니까, 서장님?"

맥도널드 경사가 물었다. 델러니는 어깨를 으쓱 치켜 올리며 대답했다.

"누가 알겠나?"

델러니는 돌아서서 걸어가기 시작했다. 그가 계단 앞에 당도했을 때 경사가 그를 불렀다.

"서장님."

그가 돌아보자 맥도널드가 말했다.

"서장님과 같이 일하게 되어 기쁩니다."

델러니는 보일 듯 말 듯 미소를 지었으나 대꾸하지는 않았다. 그는 계단을 내려가면서 맥도널드를 길거리의 건달을 청소하는 일에 배치한 브로턴의 멍청함에 대해 개탄했다. 맥도널드를! 경찰청에서 가장 유능한 교사 가운데 한 사람인 그를 그런 일에 배치하다니! 저 마흔 명의 대원들이 모두 불평불만에 차 있다 해도 놀랄 일이 아니었다. 브로턴이 그들에게 너무 많은 일을 맡겨 정신이 없게 만들었기 때문이 아니었다. 그는 저들의 능력과 재능을 잘못 이용하고 있었다. 그런 경우 자신이 하는 일에 열의나 희망을 잃지 않고 오래 버텨낼 수 있는 사람이란 없다. 결국 자기 일에 대한 흥미를 상실하고 만다. 그렇다면 너는 뭐냐, 에드워드? 네 능력과 재능은 뭐냐? 그는 내근 경사의 경례에 손을 들어 답례하며 지서를 나왔다. 그는 자신이 무엇인지 알고 있었다. 그는 경찰이었다.

델러니는 순찰차를 불러 탈 수도 있었으나, 근처에는 차량이 없었다. 그래서 2번로를 걸어 내려가서 택시를 잡아타고 시내로 향했다. 그는 병원으로 들어섰다. 흰색의 벽과 소독약 냄새 속에서도 오늘만은 기분이 나쁘지 않았다. 바바라가 이 소식을 듣는다면!

그는 아내의 병실 문을 열었다. 보조간호사가 침대 옆에 앉아 있었다. 바바라는 잠든 것처럼 보였다. 보조간호사가 그에게 병실 밖으로 나가자는 몸짓을 보내왔다. 델러니는 그녀를 따라 복도로 나섰다.

"부인께서 저녁 내내 고생하셨어요. 진정시키기 위해 두 사람이 매달려야 했어요. 투약도 했구요. 박사님은 이젠 괜찮다고 하시더군요."

그녀가 속삭이듯 들려준 말이었다. 델러니는 추궁했다.

"왜요? 어떻게 된 겁니까? 새로운 약물 때문이었습니까?"

보조간호사는 이렇게 말할 따름이었다.

"박사님께 여쭤보셔야 할 거예요."

델러니는 절망감 속에서도 다시 같은 의구심에 사로잡혔다. 왜 이 사람들은 늘 '박사님'만 들이미는가? 결코 어떤 박사를 구체적으로 지칭하지 않았다. 그저 박사라고 하는 것이다. '기술자와 상의해 봐요.', '건축사와 상의해 봐요.', '변호사하고 상의해 보세요.' 결국 모두 마찬가지로 무의미한 말이었다.

"여기 아내와 잠시 앉아 있겠습니다."

그는 보조간호사에게 말했다. 그녀는 너무 어렸다. 그녀를 비난할 수는 없었다. 그렇다면 누구를 비난해야 하는가? 그녀는 고개를 끄덕거렸다.

"가실 때 저에게 알려주세요. 부인께서 잠드신 상태면 안 그러셔도 되지만."

"아내가 지금 자는 게 아닙니까?"

"아니에요. 눈을 감고 계시지만 깨어 있어요. 도움이 필요하시면 벨을 울리거나 전화를 하세요."

보조간호사는 재빨리 자리를 떠났다. 델러니는 도움이라니, 무슨 도움을 말하는 것인지 의구심을 품지 않을 수 없었다. 그는 여전히 경찰모자를 쓴 채 다시 병실로 들어섰다. 그는 침대가에 의자를 끌어당겨 앉으며 아내의 얼굴을 들여다보았다. 아내는 정말 잠든 사람 같았다. 눈을 감고 있었고 규칙적으로 호흡하고 있었다. 그러나 그가 바라보는 사이에 그녀의 눈꺼풀이 열렸다. 그녀는 천장을 올려다보았다. 그는 조용히 불러보았다.

"여보, 바바라."

아내의 눈이 움직였다. 그러나 그녀는 고개를 돌리지 않았다. 그녀의 눈동자가 움직여 그를 바라보았다. 그것은 그를 보는 것이 아니었다. 그녀의 시선은 그를 무의미하게 관통할 따름이었다.

"여보, 나 에드워드야. 내가 왔어. 당신에게 해줄 말이 많아. 굉장한 일이 벌어졌어."

"허니 번치?"

바바라의 말이었다.

"나 에드워드야. 당신 남편이야. 해야 할 말이 많다니까. 굉장한 일이 벌어졌다구."

"허니 번치?"

바바라가 반복했다. 델러니는 책을 찾았다. 책은 침대 머리맡의 탁자에 있었다. 그는 제목도 보지 않고 맨 위에 놓인 책을 뽑아 아무 곳이나 펼쳤다. 안경을 가지고 있지 않았으므로 팔을 있는 대로 뻗어 책을 멀리 들어야 했다. 다행히 글자는 큼직했고 행과 행 사이도 넓었다.

가장 좋은 제복을 입고 번쩍이는 모자를 쓴 채 앉아서 롬바드 작전 수사대의 대장인 델러니는 책을 읽기 시작했다.

"그날 아침에 허니 번치는 금련화를 꺾었어요. 그래서 처음으로 꽃다발을 만들어 다른 사람에게 주었지요. 그것은 꽃밭에서 할 수 있는 아주 아름다운 체험이었어요. 그때마다 언제나 기분이 좋았으니까요. 처음 만든 꽃다발을 다른 사람에게 주는 것 말이에요. 물론 허니 번치는 꽃다발을 랜카스터 부인에게 드렸지요. 그 작은 노부인은 꽃다발을 집으로 가져가서 물에 담가 될 수 있는 한 오래오래 꽃이 시들지 않게 돌보겠다고 말했답니다. '아주머니 댁에는 꽃밭이 없어요? 아주 작은 꽃밭도 없나요?' 하고 허니 번치는 물어보았어요. 노부인은 서글프게 대답했어요. '손바닥만 한 것도 없단다. 내가 땅을 한 뼘도 가져보지 못한 건 올해가 처음이란다. 그건…….'"

델러니는 시간이 나는 대로 잠을 잤다. 그러나 언제나 잠은 부족했다. 하루에 네 시간 혹은 다섯 시간 정도였다. 놀랍게도 또한 다행스럽게도 그는 그 정도의 수면만으로도 충분히 원기를 회복할 수 있었다. 사흘 사이에 그는 수사대의 조직을 완료했다. 조직은 원활히 작동을 시작했다.

그는 제리 페르난데스 경위를 그가 증오하던 부서에서 뽑아내 대니얼 G. 블랭크를 감시하는 팀의 지휘자로 임명했다. 델러니는 페르난데스가 직접 자신의 부하들을 선택하도록 했다. 이 '투명인간'은 거의 눈물을 흘릴 정도로 고마워했다. 바로 그런 것이야말로 페르난데스가 좋아하는 일이요, 재능을 십분 발휘할 수 있는 일이었다. 콘에드 종합수리회사의 밴을 빌린 것도, 이스트 83번가에서 블랭크가 사는 아파트 건물로 들어가는 도로 일부를 파헤친 것도 바로 페르난데스에게서 나온 생각이었다. 페르난데스의 대원들은 콘에드 종합수리회사의 제복을 입고, 딱딱한 안전모를 쓰고, 도로에 구덩이를 파기 시작했다. 물론 교통은 혼잡해졌다. 그러나 밴에는 통신장비와 무기를 가득 실을 수 있었고, 동시에 페르난데스가 지휘하는 팀의 사령부로 활용될 수 있었다. 델러니는 기뻤다. 교통난 따위는 엿이나 먹으라지!

'미스터 혐의자'를 위해서 델러니는 블랭크가 작년에 저지른 두 건의 폭행사건을 담당했던 1급 수사관 로널드 블랭큰십을 징발했다. 그들 두 사람은 긴밀한 접촉을 유지하면서 활동하여 롬바드 작전 수사대의 사령부를 251번 지서에서 바로 이웃인 델러니 집의 거실로 옮겼다. 거실은 그들이 크게 환영할 정도로 훌륭한 장소는 되지 못했다. 그러나 그런 대로 이점도 있었다. 통신대원들이 전선을 델러니의 집 거실 창문을 통하여 지붕으로 빼내 지서의 지붕에 있는 안테나와 연결할 수 있었던 것이다.

델러니는 '팝스'라고 불리는 수사관 토머스 맥도널드 경사에게는 자료 조사를 담당하는 팀의 지휘를 맡겼다. 맥도널드는 기뻐했다. 그는 여느 사람들이 저녁시간에 8번로의 안마시술소에 들어가 시간을 보내는 것을 좋아하는 것만큼 먼지 낀 서류들을 뒤적이는 것을 좋아하는 사람이었던 것이다. 스물네 시간이 채 지나지 않아 그의 대원들은 대니얼 G. 블랭크에 관해 엄청난 기록을 수집했다. 그리하여 혐의자를 조각내어 분류하기 시작했다.

델러니 수사대장은 이제껏 그를 도와준 아마추어들의 노고에 대해서 고마움을 느꼈다. 그러나 현직에 복귀하여 공식적으로 수사대를 지휘하게 됨으로써 얻은 갖가지 이점과 특권 또한 고마웠다. 게다가 경찰청의 모든 자료를 마음대로 쓸 수 있었고, 인원과 장비와 자금을 무한대로 지원하겠다는 약속까지 받았다.

수사 개시 후 대니얼 G. 블랭크의 전화에 도청장치가 설치되었다. 도청장치는 중앙전화국에 있는 혐의자의 전화선에 설치되었다. 이튿날 찰스 립스키와 연락이 됐다. 블랭크의 흑발 미인이 택시를 타고 그의 아파트에서 떠났다는 것이었다. 립스키는 그 시간과 택시의 번호판을 알려주었다. 델러니는 블랭큰십에게 원하는 바를 설명했다. 그로부터 세 시간 만에 그 번호의 택시를 추적하

여 자동차가 확인되고, 한 형사가 차고지에 파견되어 운전기사가
돌아오기를 기다렸다. 그 형사는 운전기사가 돌아오자 그의 운행
일지를 조사했다. 그리하여 델러니 수사대장은 흑발 미인이 택시
에서 내린 주소를 파악할 수 있었다. 페르난데스의 대원 가운데
한 사람이 가서 그 주소를 조사했다. 이스트엔드로의 한 주택이었
다. 경위와 상의한 뒤에 델러니는 그 집에도 감시를 붙이기로 했
다. 사복 형사 한 사람이 스물네 시간 교대로 감시를 시작했다. 페
르난데스는 2인 1개 조의 형사대를 이웃 사람들에게 파견하여 그
집에 관한 탐문수사를 하는 것이 어떻겠느냐고 제안했다.

델러니는 곰곰이 생각해 보았다.

"그 지역은 고급 주택가야. 거물들이 많이 살고 있네. 분별 있
게 행동하라고 대원들에게 지시하게."

"알겠습니다, 대장님."

"집집마다 하인들이 있을 거야. 멋쟁이 흑인 대원이 있나? 거리
로 흑인 하녀들과 요리사들을 불러낼 수 있을 만한 사람 말이네."

페르난데스는 기분 좋게 소리쳤다.

"있습니다! 덩치 좋고 잘생긴 친구가 하나 있어요. 걸어 다니는
게 아니라 으스대며 활주하는 잡니다. 아주 영리하지요. 우린 그
친구를 '깔끔이'라고 불렀습니다."

델러니는 고개를 끄덕거렸다.

"괜찮을 것 같군. 그자를 풀어서 뭐가 걸리나 찾아보게."

그 다음에야 델러니는 사복으로 갈아입고 블랭크의 아파트로
갔다. 그는 립스키에게 20달러를 건네주었다. 립스키는 거듭 고맙
다고 인사를 했다.

한 시간 뒤에 블랭큰십은 찰스 립스키에 대한 자료를 정리해 왔다. 델러니가 예상한 대로 그에게는 전과가 있었다. 사실상 그는 집행유예 중이었다. 불쾌감을 주는 행위를 한 것에 대해 유죄판결을 받았던 것이다. 그 행위란 이스트 59번가에 주차된 벤틀리 승용차의 보닛에 '의도적으로, 그리고 분명한 악의를 가지고' 소변을 본 것이었다.

크리스토퍼 랭글리는 미국 내에서 서독제 얼음도끼를 판매하는 도매상과 소매상 명단을 완성했다고 보고해 왔다. 델러니는 이제 공식적인 권한을 발동하여 수사 차량을 그에게 보내 그 명단을 받아 수사본부로 가지고 오도록 조처했다. 그 명단은 맥도널드의 팀원 가운데 한 사람에게 맡겨졌다. 조사원은 첫 번째 전화에서 황금을 발견했다는 보고를 했다. 대니얼 G. 블랭크가 5년 전에 코네티컷 주 스탬퍼드에 있는 우편판매사 '알파인 헤이븐'에서 얼음도끼를 구입했다는 것이 확인된 것이다. 한 대원이 즉시 스탬퍼드로 파견되어 대니얼 G. 블랭크에게 우송된 판매전표를 복사했다.

페르난데스의 대원들, 특히 '깔끔이'는 이스트엔드로의 주택가에서 괄목할 만한 활동을 했다. 그들은 그 흑발 미인의 집에 사는 사람들의 이름을 파악했다. 먼저 셀리아 먼포트. 이 여자는 대니얼 G. 블랭크의 애인이다. 앤서니는 셀리아 먼포트의 남동생. 밸린터라는 이 집의 하인은 중년의 나이였다. 그들의 이름이 즉시 맥도널드에게 넘겨졌다. 맥도널드는 이들의 이력을 추적하기 위하여 새로운 수사팀을 조직했다.

크리스마스를 1주일 앞두고 날밤을 새우며 이런 활발한 수사 활동이 전개되는 동안 델러니 수사대장은 시간을 쪼개어 몇 가지 개인적인 업무도 처리했다. 그는 메리에게 일찌감치 크리스마스 선물을 주고, 2주일 동안의 휴가도 주었다. 그 다음 은퇴를 기다리며 제한된 범위 내에서 근무하던 늙은 순찰경관을 불러들였다. 델러니는 그에게 20인분짜리 커피 주전자를 사와서 하루 스물네 시간 동안 부엌에 커피가 떨어지지 않도록 하라고 지시했고, 냉장고에 맥주와 냉동 식품과 치즈를 꽉 채우고, 빵과 과자가 떨어지지 않도록 하라고 지시했다. 그것은 롬바드 작전 수사대원들이 추운 밤에 야간 근무를 나갈 때에 대비한 조처였다. 뿐만 아니라 낮에 보고를 하기 위해 잠시 수사본부에 들를 때라 할지라도 샌드위치와 마실 것 정도는 늘 대접하기 위해서였다.

델러니는 간이침대와 베개, 담요를 충분히 확보하여 거실과 복도와 부엌 등 서재를 제외한 모든 장소에 쌓아두라고 지시했다. 사람들은 항상 그런 침구를 애용했다. 롱아일랜드나 웨스트체스터 같은 먼 곳에 집이 있는 사람들은 이따금 오직 밥을 먹고 겨우 몇 시간 눈을 붙이기 위해 그 먼 집에까지 갔다가 돌아오는 것보다는 아예 본부에서 잠시 눈을 붙이는 것을 더 좋아했다.

또한 델러니는 아마추어 수사팀들에게 전화를 해서 크리스마스 인사와 함께 지금까지 도와준 것에 대해 감사하고, 최대한 공손하고 부드럽게 이제 더 이상 폐를 끼치지 않아도 되겠다는 말을 전했다. 그는 그들의 도움이 '아주 확실한 단서'를 찾는 데 가치를 따질 수 없을 만큼 큰 도움이 되었다고 치하하는 것을 잊지 않았다.

그는 크리스토퍼 랭글리와 캘빈 케이스에게는 전화로 그렇게 인사를 했다. 그리고 모니카 길버트는 점심식사에 초대했다. 그는 모니카가 사건에 대해 알아도 괜찮은 최대한의 범위까지 설명을 해주었다. 부분적으로는 그녀의 도움에 힘입어 살인자를 색출할 수 있었다는 것과 신문쟁이들의 등쌀에 자주 그녀에게 전화를 하거나 만날 수 없었다는 점도 얘기했다. 그녀는 이해하고 공감해 주었다.

"하지만 서장님 자신도 보살펴야겠어요. 너무 지치신 것 같아요."

모니카가 말했다.

"난 기분 좋게 잘 지냅니다. 어린애처럼 잠도 잘 자구요."

"몇 시간이나요?"

"아무튼 충분히 자요."

"식사도 규칙적으로 충분히 하시구요?"

모니카는 역설적으로 물었다. 델러니는 웃었다.

"굶어죽지는 않아요. 다행히 이 사건은 머지 않아 해결될 겁니다. 이런 식으로든 저런 식으로든. 요즘도 집사람을 방문하십니까?"

"거의 매일요. 우린 서로 참 많이 달라요. 하지만 공통점도 많더군요."

"그래요? 그거 잘됐군요. 난 아내에 대해 죄책감을 느낍니다. 여기저기 일이 많아서요. 그저 아내에게 잠시 들러 인사를 할 수 있을 뿐이에요. 하지만 이런 일이야 전에도 많았지요. 집사람도 경찰의 아내라는 것이 어떤 건지는 잘 압니다."

"그래요. 내게 그런 얘기를 하더군요."

170

모니카는 갑자기 서글픈 어조가 되었다. 델러니는 그 말을 듣는 순간 언뜻 통증 같은 것을 느꼈다. 뭔가 해야만 할 일을 하지 않은 듯한, 그래서 후회스러운 기분이었다. 그러나 그것이 무엇인지는 생각이 나지 않았다.

"아내를 문병해 주시고 또 좋아해 주시기까지 하니 정말 고맙습니다. 우리가 이제 할아버지 할머니가 되었다는 걸 말씀드렸던가요?"

"부인께서 얘기해 줬어요. 축하드려요."

"고맙습니다. 아주 못생긴 꼬마 녀석이지요."

"그것도 부인께서 얘기해 줬어요. 하지만 걱정 마세요. 여섯 달만 지나면 그 아이는 정말 귀여워질 테니까요."

"그래야지요."

"선물 보내셨어요?"

"글쎄, 그게……. 아직 못 보냈습니다. 시간이 없었어요. 하지만 엘리자베스와 사위에게 전화는 했지요."

"됐어요. 부인께서 보냈어요. 내가 부인 대신 선물을 골라 부쳤답니다."

"정말 고맙습니다."

델러니는 턱을 문질렀다. 턱이 까실까실한 것이 느껴졌다. 오늘 아침 면도를 하지 않았다는 것을 상기했다. 그건 좋지 않았다. 그는 부하들에게 깨끗하고 단정한 제복을 입은 믿을 만한 지휘관, 느긋하게 잘 살아가는 지휘관으로 보이고 싶었다. 그것은 중요한 일이었다.

모니카는 작은 소리로 정말 걱정스럽게 물었다.

"에드워드, 당신 정말 괜찮으세요?"

"물론이죠. 이런 일을 한두 번 겪은 게 아닙니다."

그는 자신 있게 말했다.

"나한테 화내지 마세요."

"화를 내다뇨? 모니카, 난 정말 괜찮아요. 물론 지금보다 더 자고 더 잘 먹을 수도 있겠지요. 하지만 지금처럼 생활한다고 해서 죽는 건 아닙니다."

"너무너무 지친 것 같아요. 이건 당신에게 중요한 일이에요. 그렇죠?"

"살인자를 잡는 일 말인가요? 물론 중요하죠. 당신에게도 중요한 일 아닙니까? 그자가 당신 남편을 죽였으니까요."

모니카는 델러니의 그런 노골적인 말에 잠시 움츠러들었다. 그녀는 작은 소리로 대답했다.

"그래요. 저에게도 중요해요. 하지만 이 일 때문에 당신이 겪는 고통은 싫어요."

델러니는 모니카가 한 말과 그 말의 의미를 생각하지 않으려고 노력했다. 급한 일 가운데서도 급한 일은 그것이 아니었다.

"이제 가야겠습니다."

그는 계산서를 가져오라는 손짓을 했다.

그 밖에도 델러니는 그 분주한 1주일 동안 시간을 쪼개 두 가지 개인적인 일을 더 처리했다. 그 일이 왜 필요한지 꼭 집어 말할 수는 없었다. 그러나 델러니는 명함집에서 유니버셜 크레디트 유니언이라는 회사에 근무하는 데이비드 맥캔의 명함을 골랐다. 딱딱한 홈부르크 모자와 헐렁헐렁한 일반 코트를 걸친 그는 매디슨로에 자리 잡은, 방향제가 물씬 풍기는 야릇한 가게인 '에로티카'로 들어섰다. 머튼 부부 중 한 사람과 얘기를 나눌 수 있을 거라고 생각했다. 그는 그들 부부가 자신이 그 지역 경찰서의 전직 서장이라는 것을 알지 못하기를 바랐다.

그는 가게 뒤쪽의 사무실에서 그들 부부와 얘기할 수 있었다. 두 사람은 델러니를 알아보지 못했다. 그는 보통의 뉴욕 시민은 사업적 관계로 얽힌 사람들이나 명사들, 지역단체의 임원들이나 사회운동가들은 알아보지만 그 지역의 법과 질서를 지키는 경찰의 지휘관은 알아보지 못한다는 것을 깨달았다. 그의 자존심에 상처를 입히는 깨달음이었다.

그는 모자를 벗고 허리를 굽히며 자신의 가짜 명함을 꺼내 보여주었다. 그는 다소곳한 음성으로 말했다.

"나는 뭘 팔려고 온 사람이 아닙니다. 이것은 그저 관례적인 조사입니다. 대니얼 G. 블랭크 선생님께서 저희에게 대출을 신청했습니다. 두 분을 신원보증인으로 추천하셨지요. 그래서 두 분께서 그분을 아시는지, 그 사실을 확인하기 위해 왔습니다."

플로렌스는 새뮤얼을 돌아보았고, 새뮤얼은 플로렌스를 돌아보았다. 새뮤얼은 거의 화를 내며 말했다.

"물론 압니다. 아주 좋은 친구예요."

그 뒤를 플로렌스가 받았다.

"몇 년 전부터 잘 알고 지내는 분이지요. 같은 아파트에 살아요."

델러니는 고개를 끄덕거렸다.

"아, 그러시군요. 훌륭한 분이라, 이 말씀이지요? 믿을 만하고 정직하고 신뢰할 만한 분입니까?"

"보이스카우트 대원이라고 해도 좋아요. 그런데 도대체 왜 이러는 겁니까?"

새뮤얼이 물었고 플로렌스도 따라 물었다.

"대출이라고 하셨죠? 그런데 무슨 대출인가요? 액수가 얼마나 되는 거예요?"

델러니는 직업적 말투를 흉내 내어 말했다.

"이런 사실은 공개해서는 안 되는 거지만, 좋습니다. 블랭크 선생께서 대출을 요구하신 금액은 상당히 큽니다. 이스트엔드에 있는 저택을 구입하셔야 한다고 하더군요."

머튼 부부는 서로를 돌아보았고, 똑같이 기분 좋은 웃음을 떠올렸다. 델러니는 흥미롭게 그 광경을 지켜보았다. 새뮤얼이 먼저 다리를 치며 소리쳤다.

"셸리아의 집이야! 그 친구가 그 집을 사주려는 거야!"

플로렌스도 팔짱을 끼며 외쳤다.

"바로 그거예요! 이제 정말 두 사람이 합칠 모양이네!"

델러니 대장은 두 사람에게 고개를 숙여 인사하고 새뮤얼의 손에서 명함을 뽑아냈다. 그가 모자를 쓰고 막 사무실에서 나가려는데 새뮤얼이 물었다.

"기다려요, 기다리라니까. 당신이 여기 왔었다는 얘기를 블랭크에게 해도 될까요?"

"조사하러 왔다고 해도 되냐구요. 블랭크에게 알려도 돼요?"

플로렌스도 같은 것을 물었다. 델러니는 미소로 대답했다.

"물론 상관없습니다. 제발 그분에게 이 사실을 알리십시오."

두 번째 방문지에서도 그는 같은 옷을 입고 같은 명함을 사용했다. 그러나 이번에는 사람을 만나기 위해 난방이 너무 심한 대기실에 앉아 꼬박 30분을 기다려야 했다. 이번에 만난 사람은 제이비스 버챔의 인사국장 르네 호배스였다. 호배스는 사무실에서 대기실에 앉아 있는 델러니를 한동안 관찰했는데, 그는 델러니의 옷차림이 마음에 들지 않아 혀를 차다가 대기실로 들어섰다. 그럴만도 했다. 왜냐하면 호배스는 딱딱한 흰색 칼라와 소매 끝동이 달린 붉은색 깅엄 와이셔츠와 검은색 실크 양복을 멋들어지게 차려입고, 검은색 니트 타이를 매고 있었던 것이다. 그 중에서도 델러니의 마음에 든 것은 잔주름이 있는 최고급 사슴가죽 구두였다. 구두에는 번쩍이는 동전무늬까지 아로새겨져 있었다. 완벽했다.

델러니는 이번에도 머튼 부부에게 한 얘기를 거의 그대로 반복했다. 다만 이스트엔드의 주택에 저당을 설정했다는 얘기는 하지 않았다. 그는 대니얼 G. 블랭크가 대출을 신청했는데 데이비드 맥캔("이게 제 명함입니다, 선생님.")과 유니버셜 크레디트 유니언은 대니얼 G. 블랭크가 정말 JB의 직원인지 확인하고 싶다고 말했다.

"맞습니다."

우아한 호배스는 마치 성병균이 묻어 있을지도 모르겠다는 듯한 정 떨어지는 표정으로 델러니의 명함을 집어 들었다. 그는 다시 한 번 확인했다.

"대니얼 G. 블랭크 씨는 현재 우리 회사 직원입니다."

"중요한 직책을 맡고 계십니까?"

"아주 중요한 직책이지요."

"블랭크 선생님의 연봉을 대강 알려달라고 하면 거절하시겠지요?"

"그렇습니다. 거절하겠습니다."

"호배스 씨, 저에게 말씀하시는 모든 사항은 철저히 비밀에 붙쳐질 것입니다. 대니얼 G. 블랭크 씨가 정직하고 믿을 만하고 신뢰할 만한 분입니까?"

호배스의 얼굴이 더욱 일그러졌다.

"맥클로스키 씨, 나는……."

"맥캔입니다."

"맥캔 씨, 우리 회사의 중역들은 모두 정직하고 믿을 만하고 신뢰할 만한 분들입니다."

델러니는 고개를 끄덕이고 모자를 썼다.

"시간을 내주셔서 감사합니다. 저는 다만 업무를 수행하는 것뿐이니 불쾌하게 생각하지는 말아주십시오. 그 점 이해해 주시기 바랍니다."

"물론입니다."

델러니는 나가기 위해 돌아섰다. 그때 오징어 다리처럼 가는 손이 그의 어깨를 약하게 잡았다.

"맥캔 씨."

"예?"

"블랭크 씨가 대출을 신청하셨다고 했지요?"

"그렇습니다."

"금액이 얼마나 됩니까?"

"그걸 말씀드리는 건 금지되어 있습니다. 하지만 선생님께서 제 일을 도와주셨으니까 아주 큰 금액이라는 것만 말씀드리겠습니다."

"그래요? 아……."

호배스는 자신의 구두에 아로새겨진 동전무늬를 내려다보며
중얼거렸다.

"그것 참 이상하네요. 맥캔 씨, 제이비스 버챔은 직원들을 위해
회사에서 직접 대출을 해주는 제도를 시행하고 있습니다. 그 혜택
은 구내식당의 웨이터 조수부터 회장까지 모두 받을 수 있습니다.
무이자로 5000달러까지 몇 년 동안 봉급에서 제하는 식으로 상환
할 수 있지요. 그런데 도대체 왜 블랭크 씨가 회사의 이런 제도를
이용하지 않았을까요?"

델러니는 웃으며 대답했다.

"글쎄요. 아실 만하지 않습니까? 누구나 돈이 궁할 때는 있는
법이죠. 그게 남들에게 알려지는 게 싫었던 모양이지요."

혼란에 빠진 르네 호배스를 남겨두고 델러니 대장은 그 자리를
떠났다. 그는 만일 핸드리의 생각, 즉 회사 내에서 블랭크의 위치
가 위험한 상황이라는 것이 옳다면 그 위치는 이제 더욱 위험해질
것이라고 생각했다.

크리스마스를 앞두고 델러니의 집 거실의 가구들이 한쪽으로
치워지고, 회의용 탁자와 의자들이 들어오고, 간이침대가 설치되
고, 통신기술자들이 장비를 설치하고, 세 대의 전화를 더 가설하
는 사이에도 매일 오후 3시에는 '전투위원회'가 소집되었다. 회의
는 델러니 서장의 서재에서 열렸다. 서재는 문을 닫고 잠가도 다
른 곳을 출입하는 데 지장이 없었다. 참석자는 델러니 대장, 제리
페르난데스 경위, 1급 수사관 로널드 블랭큰십, 수사관 토머스 맥

도널드 경사였다. 술이 보관된 찬장은 개방되었다. 원하는 경우에는 부엌에서 맥주나 커피를 얼마든지 가져올 수도 있었다.

처음 몇 번의 회의에서는 대부분 계획과 조직, 책임 한계, 대원 선출 문제, 그리고 지휘 계통에 관한 문제들이 논의되었다. 그 다음 정보들이 쏟아져 들어오기 시작하면서 그들은 시간을 쪼개어 블랭큰십의 대원들이 만들어낸 '시간표'에 대해서도 토의해야 했다. 그 시간표는 대니얼 G. 블랭크가 하루 스물네 시간을 보내는 방식을 아주 자세하게 도표화한 것이었다. 직장으로 출근하는 시간, 점심을 먹기 위해 나가는 시간, 늘 가는 음식점, 회사로 돌아오는 시간, 퇴근하는 시간, 집에 도착하는 시간, 밤 외출을 위해 집에서 나가는 시간, 가는 장소, 그곳에서 지체하는 시간 등이 세밀히 추적되어 있었다. 그런 식으로 나흘쯤 계속하자 대니얼 G. 블랭크가 시간을 보내는 방식이 거의 정확히 포착되었다. 대니얼 G. 블랭크는 금욕적이고 규칙적인 생활을 하는 인물이었다.

문제들이 떠올랐고 처리되었다. 델러니는 모든 사람들의 의견을 충분히 듣고 토론을 거친 다음 최종적인 결론을 내렸다.

아파트 지배인의 협조를 받아 수사관이 짐꾼이나 경비원으로 위장하여 침투해야 할 것인가? 델러니의 결정은 '아니다.'였다. 신분을 위장한 수사관을 제이비스 버챔에 침투시켜 대니얼 G. 블랭크의 부서에서 최대한 가까운 곳에 둘 것인가? 델러니의 결정은 '그렇다.'였다. 그 일은 페르난데스에게 맡겨졌다. 그는 멋진 말주변을 구사하여 제이비스 버챔의 중역들에게 그럴듯하게 들릴 핑계거리를 만들어야 했다. 이스트엔드의 주택에 사는 사람들, 즉 셀리아 먼포트를 비롯한 세 사람의 시간표도 만들어야 하는가?

델러니의 결정은 '아니다.'였다. 다른 세 사람도 모두 거기 동의했다.

맥도널드는 이렇게 말했다.

"그 집은 정말 괴상망측한 집이에요. 거기 사는 사람들이 어떤 사람들인지를 알아낼 수가 없어요. 밸런터라는 자는 아마 집사인 것 같은데 전과가 있습니다. 어린 소년들을 추행했다고 합니다. 하지만 유죄판결은 받지 않았습니다. 그걸로 끝입니다. 그 이상은 아무것도 알아낼 수가 없었습니다."

페르난데스도 말했다.

"저 역시 마찬가집니다. 귀부인 셀리아 먼포트는 두 번 자살을 기도했다가 머시 성모병원에 입원한 경력이 있습니다. 한 번은 손목을 잘랐고, 또 한 번은 약을 먹었는지 위를 세척해 냈답니다. 다른 병원에도 알아보고는 있습니다만, 아직 분명한 건 없습니다."

블랭큰십이 그 뒤를 이었다.

"이 소년은 동성애자인 것 같습니다. 하지만 누구에게서도 이렇다 할 만한 특징 같은 것은 발견되지 않습니다. 맥도널드 말대로 정말 괴상한 집입니다. 사실은 시간표를 만들 만한 건더기도 없습니다. 그 여자는 들락날락합니다. 밤이고 낮이고 구별이 없어요. 이틀 동안 사라지기도 했습니다. 어디를 갔었는지는 모릅니다. 그 여자에게 미행을 붙이지 않는 한 알 수 없을 겁니다. 어떻습니까, 대장님?"

"그래, 그래. 그대로 계속해."

그대로 계속해. 그대로 계속해. 그들이 늘 델러니에게서 듣는 말이었다. 그들은 그가 하라는 대로 했다. 델러니가 자신들이 하는 일을 알고 있다고 생각했기 때문이었다. 그들은 델러니에게서 확신을 느꼈다. 그리하여 그들이 이대로 계속함으로써 그 미치광이를 사로잡을 수 있고 살인을 중단시킬 수 있으리라는 것에 대해 의심하지 않았다.

대니얼 G. 블랭크. 델러니 서장은 그 이름을 알고 있었다. 이제는 다른 사람들도 그 이름을 알았다. 알아야만 했다. 거리의 감시자들이나 콘에드 종합수리회사의 차량에 몸을 감추고 있는 대원들, 일반 차량에 탑승한 채 아파트 양쪽 모퉁이에서 대기 중인 대원들 사이에서 블랭크의 암호명은 '대니보이'였다. 그들은 대니보이의 사진을 가지고 있었다. 사진을 수백 장이나 복사했다. 그들은 대니보이의 주소를 알았고, 그가 오가는 것을 추적했다. 그러나 그들은 오직 그가 '혐의자'라는 말을 듣고 있을 뿐이었다.

그 주의 어느 날(델러니 대장은 그것이 정확히 언제였는지 나중까지도 기억해 낼 수가 없었다.) 델러니는 첫 번째 기자회견을 계획했다. 회견은 이제는 텅 비어 있는 251번 지서의 수사관 대기실에서 열렸다. 신문사와 잡지사와 방송국 기자들이 몰려들었다. 카메라가 여기저기에서 플래시를 터뜨렸고 조명은 뜨거웠다. 제일 좋은 제복을 골라 입은 델러니는 간밤에 진땀을 흘리며 오랜 시간에 걸쳐 외워둔 짤막한 연설을 했다.

그는 몸을 꼿꼿이 세우고 얼굴에서 비질비질 흘러내리는 진땀이 보이지 않기를 기대하며 연설을 했다.

"에드워드 X. 델러니 대장입니다. 현재 롬바드 작전 수사대를 지휘하고 있습니다. 아시다시피 이 사건은 분명히 상호 관련이 없는 네 사람의 피살자를 낸 살인사건입니다. 그 네 피살자는 프랭크 롬바드, 버나드 길버트, 로저 코프 형사, 그리고 앨버트 파인버그입니다. 지난 며칠 동안 브로턴 부청장이 롬바드 작전 수사대를 지휘하던 기간에 만들어진 각종 자료들을 읽어보았습니다. 그 자료 가운데에는 기소나 유죄판결을 받아낼 수 있을 만한 것이 아무것도 없었습니다. 혐의자가 누구인지에 대한 기초적인 단서 하나도 찾아볼 수 없었습니다. 그 자료는 처음부터 끝까지 완전무결한 실패의 기록이었습니다."

기자들은 놀라 숨을 죽였다. 이윽고 그들의 손이 부지런히 기록을 해 나갔다. 델러니는 표정을 바꾸지 않았다. 그러나 속으로는 웃고 있었다. 브로턴 이놈, 내게 그런 식으로 해대고서도 복수를 당하지 않을 줄 알았더냐? 경찰청은 호의를 베풀고 신세를 갚는 식으로도 운영되지만 원한과 복수를 주고받는 식으로도 운영된다. 시장에 출마한다고? 운이 좋아야 할 거다, 브로턴!

"전 경찰청 부청장 브로턴이 롬바드 작전 수사대를 지휘할 때 만들어진 각종 수사기록이 단 하나의 증거도 확보하지 못했기 때문에 처음부터, 즉 프랭크 롬바드 살인사건에서부터 다시 수사를 하고 있습니다. 희생자가 넷이나 발생한 이 살인사건에 대해 완전히 새로운 수사를 시작할 것입니다. 나는 여러분에게 아무것도 약속할 수 없습니다. 말보다는 행동으로 평가받는 쪽을 택하렵니다. 이것은 살인자를 잡든 아니면 롬바드 작전의 책임자 자리에서 물러나든 첫 번째이자 마지막 기자회견이 될 것입니다. 질문은 받지 않겠습니다."

이 짧막한 회견이 텔레비전 뉴스에 방영되고 나서 한 시간 뒤에 델러니 대장은 집으로 배달된 소포를 받았다. 현관문 밖에 배치되어 있던 경관이(정복 경관이 스물네 시간 경비를 서고 있었다.) 이 소포를 그의 서재로 가지고 들어왔다. 델러니는 미리 배포한 증명서를 제시하지 않는 한 그 누구도 서재 문을 통과할 수 없도록 조처해 두고 있었다. 그 증명서를 소지한 사람은 오직 롬바드 작전 수사대 대원들뿐이었다. 경관은 소포를 델러니의 책상 위에 올려 놓았다.

"설마 폭탄은 아니겠지요, 서장님? 오늘 밤에 텔레비전에 나오셨으니까요."

"글쎄."

델러니는 고개를 끄덕이고 소포를 살폈다. 조심스레 소포를 집어 들고 위아래로 흔들어보기도 하고, 앞뒤로 흔들어보기도 했다. 무엇인가가 흔들렸다. 그는 겁을 먹은 경관에게 말했다.

"폭발물은 아닌 것 같네. 미리 경고해 줘서 고맙군. 이제 자네 위치로 돌아가도 좋아."

"예, 서장님."

젊은 경관은 경례를 붙이고 서재에서 나갔다. 델러니는 그가 멋진 경관이라고 생각했다. 단 하나 흠이 있다면 구레나룻이 너무 길다는 점이었다.

그는 소포를 열었다. 그것은 25년산 브랜디였다. 병 한쪽 옆에 작은 사각봉투가 붙어 있었다. 델러니는 병의 뚜껑을 열고 냄새를 맡아보았다. 급한 일부터 처리하는 것이 순서였다. 그는 먼저 술맛을 본 다음에 사각봉투를 열었다. 카드에는 단 두 단어가 씌어 있었다. '멋졌네. 앨린스키.'

'전투위원회'의 분위기는 크리스마스를 앞둔 사흘 사이에 미세하게 바뀌어갔다. 이제 조직이 원활하고 유기적으로 작동하고 있는 것은 분명했다. 대니보이가 집이나 회사 밖으로 나서는 순간부터 미행자들은 그 움직임을 철저히 감시했다. 블랭큰쉽의 각종 자료와 무선연락은 완벽에 가까웠다. 맥도널드 경사의 대원들이 조사한 대니얼에 관한 기록은 델러니의 서재에 있는 자료 서랍 세 개를 가득 채울 정도가 되었다. 그 안에는 그가 부모의 장례식에 참석하는 것을 거부했다는 이야기와 보스턴에서 사귄 여자친구의 인터뷰가 포함되어 있었다. 이미 다른 남자의 부인이 된 그 여자는 블랭크가 고급 비밀을 취급하는 정부기관에 고용되었다는 거짓말을 믿고 인터뷰에 응하여 대학 시절의 대니얼에 대한 이야기를 들려주었다. 그 여자의 이야기는 대개 대니얼에 관한 악평이었고, 법원에 제출할 수 없는 성격의 내용이었다. 블랭크의 전처는 재혼하여 지금은 유람선을 타고 신혼여행으로 세계일주를 하고 있었다.

크리스마스 직전의 사흘 동안 그런 분위기(델러니는 그 분위기를 느낄 수 있었다.)는 델러니의 보좌관들 사이에 퍼져 나갔다. 그들은 대니얼 G. 블랭크에 관한 엄청난 정보에 파묻혀 있었다. 그것들 대부분은 충격적이고 호색적인 읽을 거리였다. 그러나 그것으로 수사가 진전되었다는 생각은 들지 않았다. 그 사람에게 여자친구가 하나 있다. 그래서 어쨌다는 것인가? 어쩌면 그자는 꼬마 소년과 동침을 하는지도 모른다. 그것은 또 어쨌다는 것인가? 그 사람은 이따금 적당치 않은 시간에 외출하여 길거리를 배회하고, 쇼윈도를 들여다보고, '앵무새'에 들러 술을 한잔 한다. 그것은 또 어쨌다는 것인가?

블랭큰십은 이렇게 말했다.

"그자가 우릴 눈치 챘는지도 몰라. 우리가 매일 밤 자신을 미행하고 있다는 것을 알고 있을지도 모른다구."

페르난데스는 화가 나서 부르짖었다.

"그럴 리가 없어. 절대로 그렇지 않아. 그자는 우리 대원들을 본 적도 없을 거야. 그자에게 우린 존재하지도 않는 사람들이야."

맥도널드는 풀이 죽어 말했다.

"더 이상 할 일이 없어. 우린 그자에 대한 모든 것을 조사해서 파악했어. 그자를 투시할 수 있을 정도야. 출생증명서와 학위, 여권과 은행계좌 등등 뭐든 다 파악했어. 모두 그 자료를 봤잖아. 그 자는 거기 벌거숭이가 되어 나자빠져 있어. 그 기록을 읽어봐. 그러면 그자가 우리 손바닥에 놓여 있다는 걸 알게 될 거야. 그자는 미치광이일지도 모르고, 살인도 할 수 있을지 몰라. 하지만 우리가 지금 갖고 있는 걸로 그자를 법정으로 끌고 간다면? 아아, 천만에. 결코 성공하지 못해."

그런데도 에드워드 X. 델러니 대장은 말하는 것이었다.

"그대로 계속하게."

크리스마스 이브에는 수사대 전체가 다소 이완되었다. 그것은 당연한 일이었다. 대원들은 집으로 돌아가 가족과 함께 크리스마스를 보내기를 원했다. 수사대는 최소 규모로 감축되었다. 근무중인 대원은 대부분 독신이거나 자원자들이었다. 나머지 대원들은 일찍 퇴근하여 집으로 돌아갔다. 델러니는 그 조용한 저녁에 서재에 남아 자신이 처음 만든 대니얼 G. 블랭크에 관한 자료철과 '팝스'와 그 대원들이 모아 들인 각종 자료들을 다시 읽었다. '팝스' 와 그 대원들은 모든 군 관계 기록과 납세 증명을 파헤친 것처럼 보였다.

델러니는 부시장 앨린스키가 보낸 맛있는 브랜디를 한 모금씩 마셔가며 모든 기록을 다시 한 번 읽었다. 그는 부시장에게 고맙다는 전화를 해야 할 것이다. 아니면 고맙다는 감사 엽서라도 보내야 할 것이다. 그러나 앨린스키가 보낸 카드는 서재 구석에 가득 쌓인, 아직 개봉도 하지 않은 다른 크리스마스 카드와 선물상자와 함께 뒤섞여 있었다. 결국에 그는 선물상자들을 살펴보게 될 것이었다. 아니면 아내가 다 나아 기운을 회복하면 기쁨을 맛보도록 그것을 아내에게 맡기는 것이 좋을지도 몰랐다.

그는 브랜디를 마시면서 길고 긴 크리스마스 이브를 보냈다. (매일 열리는 회의는 취소되었다.) 기록을 읽는 동안 델러니의 마음 속에 한 가지 믿음이 더욱 굳게 자리 잡았다. 그것은 대니보이의 정체는 능란한 경관의 수사나 '단서'를 통해서, 또는 그 친구나 연인의 갑작스러운 제보로 밝혀지는 것이 아니라 바로 그 인물의 성격을 통해 밝혀지게 되리라는 믿음이었다.

대니얼 G. 블랭크는 누구인가? 맥도널드는 자료를 보면 그자가 거기 발가벗겨져 나자빠져 있는 걸 볼 수 있다고 했지만, 델러니가 생각하기에는 그렇지 않았다. 거기 있는 것은 그자에 관한 사실들뿐이었다. 그러나 공식적인 문건의 집적에 불과한 사람은 세상에 하나도 없다. 친구들이나 친지들과의 인터뷰와 시간표의 집합이 그 사람 자체는 아니다. 본질적 의문은 여전히 그대로 남아 있었다. 그것은 '대니얼 G. 블랭크는 누구인가?' 라는 의문이었다.

델러니가 블랭크에게 매혹된 것은 그자가 꼭 두 사람처럼 여겨지기 때문이었다. 그자는 냉정하고 고독한 소년이었다. 틀림없이 사랑이 없는 가정에서 자라났을 것이었다. 소년 시절 비행에 가담했다는 기록은 없었다. 블랭크는 조용한 소년이었다. 돌멩이나 수집했을 뿐이었다. 대학에 입학하기 전까지는 여자에 대해 특별한 관심을 나타낸 적도 없었다. 그러다가 갑자기 부모의 장례식에 참석하는 것을 거부한 것이다. 델러니에게 그것은 중요한 요소였다. 어떻게 사람이, 아무리 철이 없다 해도 그런 짓을 할 수 있는가? 거기에는 뭔가 냉혹한 비인간성이 있었다. 그것은 충격적이고 무서운 비인간성이었다.

블랭크는 결혼을 한다. 립스키가 그 여자에 대해 뭐라고 했던가? 금발의 살집 좋은 색골이라고 했던가? 그런데 그 아내와 이혼을 한다. 그리고 남자 같은 몸매의 여자친구와 놀아나고, 어쩌면 소년인 토니와도 놀아나는지도 모른다. 게다가 그 칼같이 정리된 아파트와 거울들, 소독약을 뿌린 듯 청결한 아파트에 감춰진 야한 속옷과 향수가 첨가된 화장지들. 뿐만 아니라 맥도널드가 아주 멋지게 냉소하는 듯한 어조로 써 내려간 보고서에 의하면, 그는 회사에서 신속하게 승진의 사다리를 타고 올라갔다.

델러니는 맥도널드의 부하가 제이비스 버챔에서 블랭크의 직속 상관이었던 로버트 화이트와 인터뷰한 기록을 다시 꺼냈다. 모든 증거와 진술로 미루어볼 때, 그는 바로 블랭크에 의해 칼질을 당해 쫓겨난 인물이었다. 맥도널드의 부하는 그와 인터뷰하기 위해 블랭크가 제이비스 버챔과 경쟁하는 한 회사의 중역으로 채용될 예정이라는 거짓 핑계를 댔다.

로버트 화이트는 이렇게 말했다.

"좋은 친구지요."

(인터뷰를 담당한 형사는 로버트에게는 '술기가 남아 있는 것 같았다.' 라고 썼다.)

"재주도 좋고 상상력도 풍부하고. 어쩌면 상상력이 너무 풍부한 건지도 모르지요. 아무튼 일은 해내니까. 이건 그자에게 유리한 말이지만 하는 겁니다. 그런데 그자에게는 피가 없어요. 알아들어요? 우라질 인간의 체온이 스민 피가 없단 말입니다."

델러니 대장은 천장을 올려다보았다. '우라질 인간의 체온이 스민 피'가 없다. 그것은 무슨 뜻일까? 대니얼 G. 블랭크는 누구인가? 그는 복잡하다. 치욕적이고 동시에 매혹적이다. 용기? 용기가 있다는 것에는 의문의 여지가 없다. 그는 등산도 하고 살인도 한다. 마음씨? 물론 착하다. 다른 사람이 개를 때릴 때 그는 그것을 말렸다. 또한 자신이 죽인 사람들의 유물을 감성적 전리품으로 보관하기도 한다. 재주도 좋고 상상력도 풍부하다? 그렇다. 그의 전 직장의 사장도 그런 말을 했다. 재주도 많고 상상력도 풍부한 나머지 서른 살 난 여자와 동침하면서 동시에 그 여자의 열두 살 난 어린 남동생과도 동침할 정도다. 그러나 델러니는 로버트 화이트가 그 점까지 알고 있지는 못했으리라 생각했다.

댄은 누구인가?

델러니 서장은 손에 브랜디 잔을 쥔 채 책상에서 일어났다. 그가 "자네에게 축배를!"이라고 말하고 막 잔을 입으로 가져가려는데, 서재 문을 노크하는 소리가 들렸다. 그는 침착하게 책상 너머로 돌아가 앉은 다음 대답했다.

"들어와요."

페르난데스가 문을 조금 열고 고개를 내밀었다.

"바쁘십니까, 대장님? 잠시 시간 좀 내주실 수 있습니까?"

델러니는 손짓까지 하며 말했다.

"물론이지, 물론이야. 어서 들어오게. 여기 맛 좋은 브랜디 좀 들게. 자, 들겠나?"

"제가 사양하는 거 보셨습니까?"

페르난데스는 제법 진지한 체하며 말했다. 두 사람은 웃음을 터뜨렸다.

델러니는 회전의자에 앉아 손에 잔을 들고 의자를 앞뒤로 흔들었다. 페르난데스는 가죽소파에 앉았다. 경위는 브랜디를 한 모금씩 마시면서도 입을 열지 않았다. 그는 그 맛에 탄복한 듯 눈동자를 위아래로 굴렸다. 델러니가 말했다.

"벌써 집에 갔을 거라고 생각했는데."

"가려던 길입니다. 뭘 좀 분명히 해둘 게 있어서요."

"내가 이 말은 전에도 한 적이 있다는 걸 알지만 다시 한 번 말하지. 자네 대원들에게 단 한순간도 긴장을 풀어서는 안 된다고 지시하게. 이 작자는 재빠른 원숭이야."

페르난데스는 소파에 앉은 채 상체를 앞으로 기울였다. 그는 브랜디 잔을 손아귀에 움켜쥐며 말했다.

"38구경보다 빠릅니까, 대장님?"

그의 음성이 너무나 작았기 때문에 델러니는 무슨 말을 들었는지 알 수가 없었다.

"뭐라구?"

"그 자식이 38구경 권총보다 빠르냐구요."

페르난데스는 고개를 들어 델러니의 눈을 똑바로 들여다보며 말했다. 델러니는 즉시 일어나 서재의 문을 걸어 잠그고 책상 너머로 돌아왔다. 그는 페르난데스를 바라보며 물었다.

"무슨 생각을 하는 건가?"

"대장님, 우리 벌써 이 일을 얼마나 했습니까? 1주일이 넘었습니다. 이제 열흘이 되어가고 있어요. 우린 일요일부터 대니보이를 여섯 가지 방법으로 감시하고 있지요. 대장님은 이놈을 '혐의자' 라고 부르십니다. 제가 보기에 우리에게는 이놈 말고는 다른 혐의자가 없습니다. 다른 사람에 대해서는 조사도 한 적이 없잖습니까? 우리가 하는 일은 전부 대니얼 G. 블랭크라는 자에 대한 작업입니다."

"그래서?"

"그래서 저는 이렇게 생각했습니다. 어쩌면 대장님께서는 우리가 모르는 어떤 걸 알고 있는지도 모른다구요. 뭔가 아시는 사실을 우리에게는 알려주지 않고 있는지도 모른다구요."

델러니가 입을 열려고 했으나 페르난데스는 손바닥을 펴서 그의 말을 막고 얘기를 계속했다.

"이건 투정이 아닙니다, 대장님. 우리가 알 필요가 없다면 말씀하지 마십시오. 그건 대장님의 권리고 특권이니까요. 그저 저는 그런지도 모르겠다는 생각을 해본 겁니다. 대장님은 이 작자가 범인이라는 확신은 갖고 있는데, 체포할 분명한 증거가 없는 게 아닌가 하구요. 목격자도 없고 증거도 없으니까요. 그 때문에 주저하고 계시는 건 아닌가 하는 생각이 들었습니다. 이유가 뭐든 말입니다.

대장님은 범인이 그자라고 확신하고 계십니다. 틀림없어요!"

델러니는 회전의자에서 앞뒤로 몸을 흔들어댔다.

"생각해 보세. 그저 생각일 뿐이야. 자네가 옳다고 해보세. 하느님이 사과를 만들었다는 것을 확신할 수 있듯이 내가 이자가 범인이라는 걸 확신한다고 하자구. 하지만 우린 그자에게 손을 댈 수가 없어. 자, 그렇다면 자넨 어떻게 하겠나?"

페르난데스는 어깨를 으쓱 치켜 올렸다.

"생각해 보는 겁니다. 그저 생각해 보는 거예요. 만일 그런 상황이라면, 우리가 그자를 범행 현장에서 체포하는 것 말고는 다른 방법이 없지요. 그리고 만일 이자가 대장님께서 말씀하신 것처럼 그렇게 재빠르다면 우리는 그자를 체포하기 전에 또 한 건의 살인을 겪어야겠지요. 그렇지요?"

델러니는 고개를 끄덕거렸다.

"그래. 나도 그런 생각을 했네. 자네의 답은 뭔가?"

페르난데스는 브랜디를 한 모금 꿀꺽 삼키고 고개를 들었다. 그는 작은 소리로 말했다.

"제가 그놈을 잡겠습니다."

델러니는 브랜디 잔을 책상에 올려놓고 잔을 채운 다음, 술병을 들고 페르난데스에게 다가갔다. 그는 페르난데스의 잔에도 브랜디를 따라주고, 회전의자로 돌아와 앉아 술병을 내려놓고 손가락으로 책상을 토닥토닥 두들기기 시작했다. 델러니는 그 손가락을 한동안 바라보다가 물었다.

"자네가? 자네 혼자서 말인가?"

"아닙니다. 저에게 친구가 두 명 있습니다."

델러니는 고개를 들어 그를 바라보며 날카롭게 물었다.

"친구라고? 경찰청에 근무하는 친구인가?"

페르난데스 경위는 놀란 것 같았다.

"물론이죠. 그 밖에 무슨 친구가 또 있겠습니까?"

델러니는 고개를 끄덕였다.

"좋아. 어떻게 할 건가?"

"늘 하던 것처럼요. 그자의 아파트로 찾아가서 겁을 줍니다. 자극시키는 거지요. 그자는 힘으로 우리에게 반항하겠지요. 달아나려고 할지도 모릅니다. 그러면 우리는 그자를 체포할 빌미를 얻게 됩니다. 깨끗하고 간단합니다. 소리 소문도 없이 해치울 수 있습니다."

델러니 서장은 한숨을 쉬며 고개를 저었다.

"그렇게는 안 돼."

"대장님, 이건 한두 번 해본 일이 아닙니다."

델러니는 화를 내며 소리쳤다.

"젠장, 수사 활동에 대해 내게 설명할 생각은 말게. 나도 그런 일이 한두 번 있었던 게 아니라는 건 알아. 하지만 이번에 그런 식으로 했다가는 우리 모두 바보가 될 걸세."

델러니는 의자에서 일어나 제복 상의의 단추를 풀어놓고 바지 뒷주머니에 손을 찔러 넣었다. 그는 서재 안을 서성거리며 페르난데스에게 얘기를 시작했다. 그러는 동안 그는 페르난데스에게는 시선 한 번 주지 않았다.

"경위, 이 작자는 전과나 더러운 경력으로 똥칠된 뒷골목 좀도둑이 아닐세. 그런 자라면 죽건 살건 사람들은 신경도 안 써. 그런

자였다면 데려다가 혼을 내도 별일 없을지도 몰라. 하지만 대니보이는 달라. 그자는 명사야. 부자야. 근사한 아파트에서 살지. 값비싼 차를 타고 다녀. 큰 회사에서 일하고 있네. 친구들도 많지. 영향력이 있는 친구들이야. 그자를 데려다 고생을 시키면 사람들은 의문을 품기 시작해. 그러면 우리는 대답을 하는 수밖에 없어. 만일 그래도 그자를 잡아와야 한다면 우린 확실하게 해내야 해."

페르난데스는 항변하려고 입을 열었으나 델러니는 손을 들어 그의 말을 막고 계속했다.

"잠깐 기다리게. 내 말은 곧 끝나니까. 자네 계획으로 돌아가 볼까? 자네와 자네 친구가 올라가서 그자를 혼낸다. 그럼 그자의 아파트에는 어떻게 들어갈 건가? 블랭크의 아파트 문에는 뉴욕 시 교도소 독방 사동보다 자물쇠가 훨씬 더 많아. 노크를 하면서 '경찰이오.' 하고 말할 건가? 그런다고 그자가 문을 열어 자네를 맞아들일 것 같아? 천만에. 그자는 영리하다니까. 현관문 구멍으로 밖을 내다보면서 자물쇠가 잠긴 문을 사이에 두고 자네 얘기에 답변할 거야."

"수색영장은 어떻습니까?"

페르난데스는 말했으나 델러니는 머리를 저었다.

"안 돼. 그건 잊게나."

"그럼 이건 어떻습니까? 한 사람이 미리 그자의 아파트에 올라가서 그자가 직장에서 퇴근해 돌아오기를 기다립니다. 또 한 사람은 로비에서 기다리고 있다가 그자가 승강기에 올라타면 같이 승강기에 오릅니다. 그렇게 해서 복도 한가운데서 그자를 잡아채는 겁니다."

"그 다음에는 어떻게 할 건데? 복도에서 그자를 붙잡는다는 건가? 그래서 그자가 경찰에게 반항했다고 주장한다고? 누가 그 말을 믿어줄 것 같은가?"

페르난데스는 확신이 없어진 목소리로 말했다.

"대장님 말씀이 옳은 것 같습니다. 하지만 어떻게든지……."

"입 다물고 가만 좀 있게. 생각 좀 해야겠어."

페르난데스 경위는 입을 다물고 브랜디를 한 모금 마셨다. 델러니는 여전히 서재 안을 서성거렸고, 페르난데스는 눈으로 그를 쫓았다. 마침내 델러니가 입을 열었다.

"거기 찰스 립스키라는 경비원이 있네. 그자는 그 건물의 모든 열쇠를 가져올 수 있네. 열쇠는 부지배인 사무실 밖 게시판 부근에 있지. 이 립스키라는 놈에게는 전과가 있어. 사실대로 말하자면 그놈은 지금도 집행유예 중이야. 그러니까 자넨 그자를 주무를 수 있을 거야. 자, 자네는 무전기로 대니보이가 직장에서 떠나 집으로 향했다는 보고를 받는다. 그러면 자네와 자네 친구는 립스키한테서 그 열쇠를 받아 위로 올라가서 대니보이의 아파트 안에 잠입한다. 대니보이가 집에 도착해서 문을 열고 아파트 안으로 들어가면 자네들은 벌써 그 안에 들어가 있게 되는 거지."

"그거 마음에 듭니다."

페르난데스는 싱긋이 웃었다.

"때가 오면 내가 아파트 안의 배치도를 그려주겠네. 어디로 들어가야 하고 어디로 나가야 하는지 그걸 보면 알 거야. 그러면 자네들은……."

페르난데스가 끼어들었다.

"배치도라구요? 서장님께서 그걸 어떻게……. 혹시……."

"어떤 추측도 생각도 하지 말게. 아무튼 때가 되면 자넨 아파트 안의 배치도를 받게 될 거야. 그자가 아파트 안에 들어선 다음에 자네들은 그자 앞에 나타나야 하네. 아니 그자가 아파트 안에 들어서서 문을 모두 잠근 다음에 나타나는 게 더 나을지도 모르지. 그래야 그자가 재빨리 문으로 달아나는 걸 막을 수 있을 테니까. 그자는 틀림없이 집 안으로 들어서면 문을 다시 잠글 거야. 블랭크는 그런 녀석이지. 그때 자네들이 나타나야 해. 그런데 바로 여기서부터가 미묘한 부분이야. 자네 추적이 불가능한 무기 갖고 있는 거 있나?"

"물론입니다. 아무 문제 없지요."

"뭔가?"

"흔한 거죠. 소형 권총입니다."

델러니 서장은 한심하다는 듯 다시 한숨을 길게 내쉬었다. 그는 친절한 어조로 말했다.

"경위, 대니보이는 1년에 5만 5000달러를 벌고 시보레 콜벳 스팅레이를 타고 다니고 실크 속옷을 입는 자야. 자네라면 그런 자가 그런 권총을 갖고 있을 거라고 생각하겠나? 그것 말고 어떤 걸 구할 수 있지?"

'투명인간'은 이를 악물고 잠시 생각에 잠겼다. 마침내 그가 다시 입을 열었다.

"9밀리미터짜리 루거요. 새 제품입니다. 공장에서 나온 그대로죠. 한 번도 사용한 적이 없습니다. 아직도 기름종이에 포장되어 있어요."

"손잡이는?"

"나무입니다."

"그래, 그런 총이라면 대니보이도 가지고 있을 만하군. 하지만 새것은 안 돼. 적어도 탄창 세 개 정도를 완전히 사격한 흔적이 있어야만 해. 가끔 청소한 흔적도 있어야겠고. 그렇게 만들 수 있겠나?"

"간단합니다, 대장님."

"약간 낡은 총처럼 보일 필요가 있네. 하지만 지나치면 안 돼. 손잡이 같은 데 작은 흠집 정도면 충분해. 긁힌 자국 같은 거 말이야. 알아들었나?"

"그자가 그걸 오래 가지고 있었던 것처럼 보이게 말이죠?"

"그래. 등산을 갈 때 그걸 가지고 다니면서 빈 깡통 같은 것에 대고 쏴댄 듯 보이게 말이야. 또 준비할 게 있네. 총이 보관되어 있는 상자나 봉투가 있어야 해. 그 총을 청소하는 데 필요한 도구와 기름에 젖은 수건도 마련하게. 알겠나? 총을 갖고 있으려면 필요한 물건들 말이야. 그런 게 준비되면 나한테 가지고 오게."

"대장님께요?"

"그래, 나한테. 자, 이제 자네와 자네 친구가 그자의 아파트 안으로 들어간다. 문을 잠근다. 그때 자네들은 둘 다 경찰용 권총을 소지하고 있다. 둘 중 한 사람은 그 루거도 가지고 있어야겠지. 탄창도 끼어서. 탄창에는 탄환이 꽉 차 있어야겠고. 대니보이가 아파트로 들어와서 문을 잠그자마자 자네들이 그 앞에 나타나는 거야. 그러고는 그 물건을 보여주는 거지. 잠시도 마음을 놓아서는 안 돼. 그자가 무슨 짓을 저질러도 대적할 수 있는 태세를 철저히 갖추고 있어야 하네."

"걱정 마세요. 그렇게 할 테니까요."

"그자에게는 한 마디도 하지 말게. 단 한 마디도. 그자를 그저 침실 문으로 밀고 가게. 내가 자네에게 배치도를 그려주면 침실이 어디인지 알 수 있을 거야. 이제 자네들이 재빨리 움직여야 할 차례지. 그자가 침실 문가에 닿거나 그 근처에 닿으면 그자를 패. 재빨리 해치워. 틀림없이 자네 둘이 같이 그자를 때려야 해. 이건 중요한 점이네. 둘이 같이 그자를 때려야 한다는 것. 알아듣겠나?"

페르난데스는 음흉하게 미소 지었다.

"대장님은 정말 치밀하십니다."

"그래. 자네들은 재빨리 움직여야 하네. 그자가 기절하면, 다시 한 번 말하지. 틀림없이 기절했다는 걸 확인해야 하네."

경위는 확신에 차서 말했다.

"완전히 정신을 잃을 정도로 충분히 때려눕히겠습니다. 그자는 방바닥에 쓰러지기도 전에 정신을 잃을 겁니다."

"좋아. 그 말을 믿겠네. 그자가 기절하는 순간 자네들 둘 중 한 사람이 그자의 몸뚱이를 그자가 향하고 서 있던 방향으로 돌려 눕혀야 하네. 그리고……."

페르난데스는 델러니의 말을 가로채 빠르게 지껄여댔다.

"반대편 벽에 대고 루거를 두세 발 쏴댑니다. 우리 둘이 서 있던 바로 그 방향으로요."

델러니 서장은 믿음직스럽다는 듯 말했다.

"이제야 알아들었군. 재빨리 해치워야 하네. 누군가가 그 총성을 들었다 할지라도 그저 총성이 들렸다는 것뿐 그전에 무슨 소리가 들렸는지, 그 후에 어떤 소리가 들렸는지 기억이 나지 않도록 해야 해. 착오 없이 해야 한다구. 그자가 기절하자마자 즉시 반대편 벽을 향해 루거를 쏘게."

"알겠습니다. 반대편 벽에 두세 발을 쏜다. 너무 높지 않게. 마치 그자가 우리를 죽이려고 쏜 것처럼 보이도록."

"맞았어. 할 수 있거든 벽의 거울을 몇 장 깨뜨리게. 그 반대편 벽에는 거울이 잔뜩 붙어 있으니까. 그 다음 자네들은 어떻게 할 건가?"

"간단합니다. 루거를 깨끗이 닦아 그자의 손에 쥐어줍니다. 그리고……."

델러니가 주의를 주었다.

"오른손에. 그자는 오른손잡이니까. 그걸 잊으면 안 돼."

"잊지 않겠습니다. 루거를 깨끗이 닦아 그자의 오른손에 쥐어줍니다."

"그렇게 하게. 만일 잘 안 되거든 억지로 쥐어주려고 하지 말게. 기절한 사람의 손에 권총을 쥐어주는 건 생각처럼 쉬운 일이 아니야. 다만 총에 그자의 지문을 몇 개 찍어두기만 하면 돼. 나무 손잡이에 찍힌 지문은 선명하지 않을 거야. 더구나 거기에 체크무늬 같은 것이 패어 있다면 더 선명하지. 그러니까 금속 부분에 지문을 남겨야 하네. 어디든 상관없어. 총은 그자의 오른손 부근에 떨어져 있어도 괜찮아. 하지만 선명한 지문 몇 개는 꼭 필요해. 그 다음은 어떻게 할 건가?"

페르난데스는 곰곰이 생각해 보았다. 그는 브랜디를 한 모금 마시고 대답했다.

"아직도 열쇠가 우리 주머니에 들어 있습니다."

"그렇지. 그러니까 자네 친구는 로비로 내려가 립스키에게 열쇠를 돌려줘야겠지. 그자에게 대니보이의 아파트 문을 열어두라고 하게. 활짝 열어두라는 게 아니라 잠그지 말라는 거야. 자네 친구가 그 일을 하는 동안 자네는 뭘 할 건가?"

"저요? 글쎄요, 저는 아파트 안을 좀……."

"안 돼. 물건은 단 하나도 만지지 말게. 자네가 제일 먼저 할 일은 대니보이의 전화로 내게 전화를 거는 거야. 난 자네 전화를 기다리고 있어야겠지. 전화를 받으면 그 즉시 대원들을 모아 달려가겠네. 하지만 내가 도착하기 전까지는 아무 일도 하지 말게. 의자에 앉지도 마. 그냥 서 있게. 이웃 주민들이 질문을 하면 그냥 자네 신분만 밝히게. 그 사람들에게 경찰이 오는 중이니까 아파트 안으로 들어가지 말라고 명령하게. 자, 내가 대원들과 함께 도착하면 자네는 우리에게 무슨 일이 벌어졌는지 가능한 한 짧막하게 설명하게. 나는 검시관과 과학수사실 등 필요한 곳에 연락을 할걸세. 그 다음 우리는 수색을 시작해야지. 권총 청소도구와 기름 묻은 수건, 남은 루거 탄창 따위는 내가 어딘가에 넣어두겠네. 어떻게 그 일을 처리할지는 아직 모르겠지만 그렇게……."

페르난데스가 물었다.

"대장님이 그 일을 하실 필요가 있습니까? 우리가 그걸 가지고 가서 어딘가 감춰두면 될 거 아닙니까?"

델러니는 음산하게 미소 지었다.

"이런 일을 할 때는 가능한 한 함께 참여하는 게 낫다네. 일종의 보험이지. 대니보이를 기절시킬 때 자네와 친구가 같이 두들겨

198

패야 한다고 강조한 것도 그 때문이야."

페르난데스 경위는 잠시 영문을 알 수 없다는 얼굴이다가 고개를 끄덕였다.

"정말 치밀하십니다, 대장님. 그래야 어느 누구도 입을 열지 않는다는 거군요. 그 사실이 알려지면 모두가 똑같이 처벌을 받는다는 걸 아니까요."

델러니는 웃지도 않고 대답했다.

"그런 셈이지. 서로에 대한 신뢰가 깊어지는 거야. 자, 이제 핑계 댈 얘기를 만들어내야 하네. 롬바드 작전 수사대는 네 건의 살인사건에 사용된 흉기가 얼음도끼라고 판단했지. 그에 관해서는 명백한 증거가 있네. 우리는 251번 지서 관할지역에 사는 주민들 가운데 얼음도끼를 구입한 적이 있는 사람들을 조사했어. 왜냐하면 네 건의 살인이 모두 251번 지서 관할지역에서 발생했기 때문이지. 이 사실을 더 명백히 하기 위해서 자네들에게 얼음도끼 구입자의 이름과 주소를 한둘 알려주지. 대니보이에게 가기 전에 미리 그 사람들을 찾아가서 심문을 해둬. 자네들은 마침내 대니보이를 찾아가서 경찰관이라고 신분을 밝혔어. 대니보이는 자네들을 아파트 안으로 맞아들였네. 자네들은 얼음도끼에 대해 질문을 했어. 그러자 대니보이는 침실에 있다고 하면서 그쪽으로 갔어. 얼음도끼는 사실은 현관 옷장 안에 있다네. 그런데 그자는 침실로 들어가더니 손에 루거를 쥐고 나왔어. 그러고는 자네들에게 쏴댄 거야. 총알은 물론 빗나갔어. 자네들 둘은 그자에게 덤벼들어 그자를 쓰러뜨렸어. 어떻게 들리나?"

페르난데스는 감탄한 얼굴로 고개를 설레설레 저었다.

"대단하십니다, 대장님. 정말 빈틈이 없습니다."

"그리고 만일 운이 좋다면 나는 루거 청소도구와 수건을 거기 어디에 감추는 동안 증거물을 찾아내겠지. 그 증거만 있다면 대니보이가 범인이라는 것이 명약관화해질 테니까. 몇 주일 전만 해도 그 증거는 거기 있었어. 만일 아직 거기 있다면 대니보이가 범인이라는 데에 어느 누구도 더 이상 이의를 댈 수 없지. 만일 이미 그자가 그 물건들을 없애버렸다 해도 상관없어. 그자는 구속될 것이고, 사건은 완전히 해결되는 거지."

"완벽합니다, 서장님."

"아니야. 아직 완벽하지 않네. 몇 가지 허점이 있어. 그걸 조처해야 해. 예를 들면 자네의 그 친구. 내가 그 친구를 직접 만나야겠네."

"대장님께서도 아는 사람입니다."

"롬바드 작전 수사대 소속인가?"

"그렇습니다."

"잘됐군. 그러면 일이 더 쉬워지겠지. 이건 다만 대강의 윤곽에 불과하네, 경위. 계획이 철두철미하게 수립되고 시간이 정해질 때까지 우린 몇 번이고 이 윤곽을 되풀이해서 다듬어야 하네. 어쩌면 우린 어떤 허점은 없는지 실습까지 해봐야 할 거야. 하지만 기본적으로는 이건 논리적이고 성공할 수 있는 계획이네."

"이건 성공할 수밖에 없는 계획입니다, 대장님. 실패할 리가 없어요."

델러니는 음울하게 말했다.

"실패할 수도 있어. 무슨 일에든 실패는 있는 법이네. 하지만 시도해 볼 만한 계획이야."

"그럼 그렇게 하지요, 대장님. 확정하시는 겁니까?"

델러니는 브랜디를 한 모금 삼킨 다음 책상 앞으로 돌아와 앉았다. 그는 의자에서 몸을 꼿꼿이 세운 채 그 커다란 손을 책상 위에 올려놓고 천천히 입을 열었다.

"글쎄. 아직 확정할 수는 없을 것 같네. 이 계획은 내가 택할 수 있는 또 하나의 방침이기도 하지. 그 외에 다른 계획이 많이 있는 것도 아니니까. 하지만 다른 계획도 한 가지 있네. 이 말만은 해두지. 가서 루거를 구해두게. 사격을 하고 닦고 여기저기 홈집도 만들어두게. 그러나 아직은 어느 누구에게도, 자네의 그 친구에게도 말하지 말게. 결정을 하면 그때 알려줄 테니까. 알겠나?"

페르난데스는 고개를 끄덕거렸다.

"알겠습니다. 루거를 구해서 지시하신 대로 하겠습니다. 대장님께서 다시 명령을 내리기 전에는 어느 누구에게도 입 밖에 내지 않겠습니다."

"좋아."

두 사람은 같이 일어섰다. 페르난데스는 손을 내밀었다. 델러니가 그 손을 잡았다. 페르난데스는 심각하게 말했다.

"대장님, 성탄을 축하드립니다. 부인께서 속히 완쾌되시기를 바랍니다."

"고맙네, 경위. 자네와 가족에게도 성탄을 축하하네. 새해에는 모든 일이 자네 뜻대로 이루어지기를 바라겠네. 자네와 같이 일하게 되어 정말 기쁘네."

"고맙습니다, 대장님. 저도 그렇습니다."

델러니는 문을 닫고 서재로 돌아왔다.

그는 새 쿠바산 시가가 있었으면 좋겠다고 생각하며 책상 앞에 앉았다. 그는 페르난데스 경위와 얘기한 계획에 대해 곰곰이 생각해 보았다. 쉽게 성공할 수 있는 계획은 아니었다. 이런 계획은 쉽사리 성공할 수 있는 성격의 것이 아니었다. 언제나 예상치 못한 일이, 상상도 하지 못한 일이 벌어질 가능성이 있었다. 갑자기 비명이 터져 나올 수도 있고, 예기치 못한 손님이 찾아올 수도 있으며, 전화가 걸려올 수도 있었다. 대니보이가 권총을 든 두 경찰관에게 무작정 덤벼들지도 모른다. 그는 그런 미치광이 짓을 서슴없이 저지를 수 있는 인물이었다.

그러나 델러니는 기본적으로 그 계획은 논리적이고 성공할 확률도 높다고 결론을 내렸다. 하나의 해결책이 될 수 있었다. 아직 허점은 많다. 페르난데스가 전화를 하면 어떻게 루거 청소도구와 기름수건을 가지고 아파트로 갈 것인가? 어디(십중팔구 침실이라야 할 것이다.)에 그 물건을 감출 것인가? 전리품들이 서랍 아래쪽에 붙어 있지 않은 경우에는 어떻게 할 것인가? 게다가 신문기자들이나 상관들은 수백 가지 질문을 해댈 것이다. 롬바드 작전 수사대는 무엇을 근거로 네 건의 살인사건에서 사용된 흉기가 얼음도끼였다는 결론을 내렸는가? 어떻게 대니얼 G. 블랭크를 포착했는가? 그런 질문을 수도 없이 해댈 것이다. 그는 그 모든 질문을 예상하고 답을 준비해야 했다.

델러니는 시계를 보았다. 4시 15분경이었다. 길고 긴 오후였다. 그는 한숨을 내쉬며 의자에서 일어나 문을 열고 거실로 갔다. 그는 거기서 서성거리기 시작했다.

거실 한켠에는 두 대의 커다란 무선교신기가 설치되어 있었고 그들은 그 공간을 무선통신실이라고 불렀다. 각 무선교신기 앞에 제복을 입은 경관이 한 사람씩 앉아 있었다. 그들은 책상 위의 마이크를 향하여 엉거주춤 허리를 굽히고 있었다. 그 옆의 별로 크지 않은 탁자 위에는 세 대의 새 전화가 놓여 있었다. 그것을 담당한 정복 경찰은 문고판 소설을 읽고 있었다. 벽을 따라 설치된 간이침대에서는 두 사람이 옷을 벗은 채 자고 있었다. 한 사람은 소리를 내서 코를 골았다. 2급 수사관 새뮤얼 와일딩(그는 블랭큰십의 대원 중 하나였다.)은 카드 탁자에 앉아 도표에 뭔가를 기록하는 중이었다. 델러니는 그에게 손을 들어 올려 하던 일을 계속하도록 했다.

델러니는 무선교신기 앞에 앉아 있는 교환원 뒤에 뒷짐을 진 채 잠시 동안 서 있었다. 그 교환원은 그 때문에 불안감을 느낄 것이라는 생각이 들었다. 그러나 교환원은 적어도 눈에 띄는 반응은 나타내지 않았다.

방 안은 조용했다. 아니, 조용하지는 않았다. 낮게 코를 고는 소리만 제외한다면 조용하다고 할 수 있었다. 늦은 오후의 어둠이 젖혀진 커튼 사이로 스며들었다. 그 저녁 으스름과 함께 스며드는 것이 있었다. 이것이 무엇일까? 달콤함? 델러니 서장은 스스로 자신을 비웃었다. 그러나 그것은 아무튼 뭔가 달콤했다.

제복 바지에 스웨터나 티셔츠를 입고 권총 벨트를 찬 채 책상 앞에 앉아 일을 하는 사람도 있었다. 그 옷은 여름 제복이었다. 그래, 이것이 무엇일까? 델러니는 자문했다. 이 달콤함은 어디에서 나오는 것인가? 그는 일하는 남자들한테서 나오는 것이라고 결론

지었다. 지긋지긋하고 지루한 일을 견뎌내고 있는 남자들로부터 나오는 것이었다. 그것은 동지애였다. 뭐라고 했던가? "친구라고? 경찰청에 근무하는 친구인가? "물론이죠. 그 밖에 무슨 친구가 또 있겠습니까?" 그것은 형제애 같은 것이었다.

카드 탁자 위의 전화벨이 울렸다. 근무 중인 경관이 읽던 책을 내려놓고 전화를 받았다. 그는 전화기에 대고 말했다.

"여기는 바바라."

그들은 무선교신용과 전화통화용으로 가능한 한 단순하고 짤막한 암호를 고안해 냈다. 그것은 대니보이가 엿들을 것이 두려워서가 아니라 종종 경찰의 무선 내용을 엿듣는 단파광들을 피하기 위해서였다.

대니얼 G. 블랭크는 대니보이, 델러니 집인 수사본부는 바바라, 대니얼 G. 블랭크의 아파트는 백악관, 제이비스 버챔 사옥은 공장, 이스트엔드의 주택은 성이라고 불렀다.

불독 하나는 백악관 앞에 자리 잡은 수리회사의 차량을 가리키는 말로 그곳이 페르난데스의 지휘본부였다. 불독 셋, 불독 넷 등은 페르난데스의 감시용 일반 차량과 도보 미행자들이었고, 타이거 하나는 먼포트의 집을 감시하는 대원, 타이거 둘과 타이거 셋은 이웃 사람들로부터 정보를 얻어내는 활동을 하는 대원들이었다.

그 밖의 경우에 롬바드 작전 수사대의 수사관들은 무선교신 때 자신의 실명을 사용했다. 그들은 종종 반복되는 명령을 할 때는 비공식적이고 간단명료한 언어를 썼다.

전화벨이 울렸을 때 전화를 받은 경관은 "여기는 바바라."라고 말했다. 그 다음 그는 잠시 귀를 기울여 듣기만 하다가 와일딩 형사를 돌아보았다.

"공장에 있는 스트라이커입니다. 대니보이는 코트를 입고 모자를 쓰고 있습니다. 곧 나갈 것 같습니다."

스트라이커는 제이비스 버챔에 신분을 위장하고 배치된 형사였다. 그는 블랭크의 부서에서 도표 작성을 했다. 실제로 유능한 직원이기도 했다.

와일딩 형사는 고개를 끄덕거렸다. 그는 무선교신기 앞의 대원을 향했다.

"불독 셋은 대기하라."

그 다음 그는 델러니를 보며 물었다.

"스트라이커에게 퇴근하라고 할까요?"

델러니는 고개를 끄덕였다. 와일딩은 전화를 받은 대원에게 말했다.

"스트라이커에게 퇴근하라고 하게. 크리스마스 다음 날 신고하라고 하고."

전화 담당이 그렇게 반복하더니 싱긋 웃었다. 그는 모든 사람들이 들을 수 있도록 큰 소리로 말했다.

"스트라이커는 퇴근하지 않는답니다. 직원들 파티가 열리는데 거기 참석해야겠답니다."

"그 친구가 우리 경찰청에서 제일 색골일 거야."

누군가의 말이었다. 전화 담당 대원은 수화기를 내려놓았다.

델러니는 미소 지으며 무선교신기를 맡은 대원 쪽으로 허리를 굽혔다. 그 대원은 교신기에 대고 뭔가 말하고 있었다.

"바바라가 불독 셋에게. 감 잡았나?"

"감 잡았다. 감청 좋다."

지리한 음성이었다.

"대니보이가 퇴근하는 길이다."

"알았다."

약 5분 동안 무선교신기에서는 아무런 소리도 흘러나오지 않다가 이윽고 이런 소리가 다시 들려왔다.

"불독 셋이 바바라에게. 포착했다. 46번가를 동쪽에서 다가오고 있다. 노란색 택시다. 번호판은 XB 육십일 대시 사십구 대시 삼 대시 하나."

"XB 육십일 대시 사십구 대시 삼 대시 하나."

"그렇다."

모두가 차분했다. 그저 관례적으로 하던 일을 계속하는 것뿐이었다. 도청은 조심스럽게 계속되고 있었고, 시간표도 철저히 작성되고 있었다. 그러나 아무 일도 벌어지지 않았다.

델러니는 서재로 돌아와 안경을 쓰고 노란 종이를 끌어당겼다. 그는 두 개의 목록을 만들었다. 첫 번째 목록은 다섯 항목으로 구성되어 있었다.

(1) 차고지기
(2) '앵무새'의 바텐더
(3) 립스키
(4) 머튼 부부
(5) 제이비스 버챔의 호배스

두 번째 목록은 거의 한 시간이나 걸려 천천히 작성되었다. 마침내 네 개의 번호가 붙은 항목이 완성되었다.

델러니는 그것을 한쪽으로 치우고 일어나 거실로 나왔다. 그는 곧 새뮤얼 와일딩에게 가서 물었다.

"블랭큰십은 언제 돌아오나?"

"내일 오후에 옵니다, 대장님. 크리스마스 때문에 근무시간을 나눴습니다."

델러니는 고개를 끄덕였다.

"그에게 구두나 문건으로 전달하게. 대니보이의 시간표에 어떤 변화가 포착되면 즉시 나에게 보고하라고. 알겠나?"

"알겠습니다."

"즉시 보고해야 하네."

델러니는 반복 지시하고 부엌으로 들어갔다. 맥도널드 경사의 대원 가운데 한 사람이 근무 중이었다. 그는 델러니를 보자 놀라 벌떡 일어섰다. 델러니는 물었다.

"맥도널드는 언제 돌아오나?"

"내일 오후 4시입니다, 대장님. 크리스마스 때문에……."

"알아, 알아. 근무를 나눴다는 거지. 그에게 전달하게."

경관은 메모지와 연필을 들고 기다렸다. 델러니는 말했다.

"코프 형사의 사진을 구할 것."

"코프요? 죽은 경찰 말입니까?"

델러니는 음울하게 반복했다.

"3급 수사관 로저 코프, 살인사건의 희생자 사진 말이야. 그 사람의 사진이 필요해. 가족과 함께 찍은 사진이면 더 좋아. 코프 가족 모두가 같이 찍은 사진이면 더 좋고. 알아들었지?"

델러니는 그 경관이 쓴 메모를 내려다보았다. 그것은 지렁이가 기어가는 듯한 속기였다.

"자네 속기를 아나?"

"예, 서장님. 속기 강좌를 들었습니다."

"좋아. 아주 가치 있는 기술이지. 나도 속기를 알았으면 좋겠어. 하지만 이제 배우기에는 너무 늙은 것 같아."

델러니는 어떻게 그 사진을 구해야 하는지 설명하려 했다. 맥도널드가 코프 형사와 잘 알고 지내던 사람이나 코프 가족과 친했던 사람을 골라서 그 집에 보내는 것이 가장 좋을 것이다. 그러나 델러니는 그런 설명은 그만두기로 했다. 맥도널드 경사는 나이 든 경관이었다. 스스로도 어떻게 하는 게 좋은지 잘 알 것이었다.

델러니는 서재로 돌아와 문을 닫았다. 시계를 보았다. 7시가 되어가고 있었다. 이제 시간이 된 것이다. 그는 책상 위의 목록을 보며 대니얼 G. 블랭크에게 전화를 걸었다. 신호음이 울리고 또 울렸다. 전화를 받는 사람이 없었다. 그는 거실로 나가서 도청을 담당하는 경관에게 다가갔다.

"대니보이는 백악관에 있지?"

"예, 서장님. 외출하지 않았습니다. 30분쯤 전에 타이거 하나가 전화로 보고했습니다. 공주('공주'란 셀리아 먼포트의 암호명이었다.)가 택시를 타고 성에서 떠났습니다. 그로부터 10분쯤 뒤에 불독 하나로부터 그녀가 백악관에 도착했다는 보고가 있었습니다. 우리가 알기로는 그들 둘은 아직도 백악관에 있습니다."

델러니는 고개를 끄덕였다. 그는 서재로 돌아와 다시 문을 닫았

208

다. 그는 블랭크의 집에 다시 전화를 했다. 받지 않았다. 대니보이와 공주는 지금 섹스를 하고 있는지도 모른다. 그래서 전화를 받지 않는지도 모른다. 어쩌면 크리스마스 이브 파티를 즐기는 중인지도 모른다. 머튼 부부네 집에서? 그럴 수도 있었다. 델러니는 자료 캐비닛에서 머튼 부부에 관한 얄팍한 자료를 꺼냈다. 맥도널드의 대원들이 끌어 모은 자료였다. 머튼네 집 전화번호가 있었다.

델러니는 책상 앞으로 돌아와 머튼네 집에 전화를 했다.

"머튼 씨 댁입니다."

신호음이 일곱 번이나 울린 다음에 여자 음성이 전화를 받았다. 그녀의 음성 너머로 여러 사람들의 요란한 웃음소리와 말소리가 커다랗게 들려왔다. 파티였다. 델러니는 웃지 않았다.

"대니얼 G. 블랭크 씨와 통화하고 싶습니다. 이 번호로 연락을 하면 될 거라는 얘기를 들었습니다. 거기 계십니까?"

그는 천천히, 분명한 어조로 말했다.

"예, 여기 계세요. 잠깐만 기다리세요."

곧 이어 그 여자가 큰 소리로 "대니얼 씨! 전화예요!" 하고 외치는 소리가 들려왔다. 이윽고 저 친숙하고 조심스러운, 의문에 찬 음성이 들려왔다.

"여보세요?"

델러니는 대니보이가 무슨 생각을 하는지 알 수 있었다. 도대체 누가 머튼 부부네 크리스마스 파티에 내가 와 있다는 걸 알고 여기로 전화를 했을까?

"대니얼 G. 블랭크 씨?"

"그렇습니다. 누구시죠?"

"프랭크 롬바드입니다."

전화 저편에서 기묘한 소리가 들렸다. 그것은 신음소리 같기도 하고 비명 같기도 했으며, 순간적으로 숨이 막히는 소리 같기도 했다. 믿을 수 없다는 고통스러운 소리였다.

"누구라고요?"

델러니는 작고 부드러운 목소리로 말했다.

"프랭크 롬바드요. 날 알잖소. 우린 전에 만난 적이 있습니다. 나는 다만 당신에게 크리스마스 인사……"

전화가 끊겼다. 델러니는 그제서야 비로소 빙긋 미소를 지으며 조용히 수화기를 내려놓았다. 그는 코트를 걸치고 모자를 쓰고 어두운 밤 속으로 걸어 나갔다. 아직 영업을 하는 가게를 찾아서 아내에게 선물할 향수를 사기 위해서였다. 그래야 병원에 가서 아내에게 크리스마스 선물을 줄 수 있을 것이었다.

제 9 장

무슨 일인가 벌어지고 있었다. 무슨 일이 벌어지고 있는 것인가? 무슨 일인가…….

대니얼 G. 블랭크는 그 일이 시작된 것은 2주일 전부터였다고 생각했다. 아니면 3주 전부터였는지도 모른다. 정확히 기억해 낼 수가 없었다. 아무튼 그 무렵에 아파트의 차고지기가 그에게 보험회사의 조사원이 와서 그의 차에 대해 이것저것 질문을 하고 갔다는 얘기를 해주었다.

차고지기의 말은 이랬다.

"그 사람 말이 선생님이 무슨 사고를 낸 것 같다고 하더군요. 그렇지만 그 사람은 선생님 차를 한번 보고는 사고를 낸 사람이 선생님은 아니라고 했어요. 제가 먼저 그 사람에게 그렇게 얘기를 해줬거든요. 그 달에 선생님 차는 한 번도 밖에 나간 적이 없다구요."

그때 블랭크는 그저 고개만 끄덕이고 차고지기에게 스팅레이를 세차하고 배터리와 엔진오일, 연료를 점검해 달라고 부탁했다. 그는 보험회사 조사원에 대해서는 더 이상 생각하지 않았다. 그와는 아무런 상관도 없는 일이었으니까.

그러나 얼마 후 밤에 '앵무새'에 들렀을 때 다시 기묘한 일이 벌어졌다. 바텐더가 그에게 브랜디를 가져다 주면서 이름이 대니얼 G. 블랭크인지를 물었던 것이다. 그는 몹시 마음이 뒤숭숭해졌다. 그렇다고 대답하자 그 바텐더는 어떤 사립탐정이 와서 그에 관해 이것저것 질문을 하고 갔다고 말해 주었다. 바텐더는 그 탐정의 이름은 기억하지 못했으나 인상착의는 기억하고 있었다. 걱정이 돼서 블랭크는 차고지기에게 갔다. 차고지기가 설명한 '보험회사 조사원'의 인상착의는 바텐더가 설명한 '사립탐정'의 인상착의와 정확히 일치했다.

그로부터 이틀이 채 지나지 않아 경비원 립스키가 어떤 사람이 나타나 블랭크에 대해 아주 개인적인 것들을 묻고 다닌다는 사실을 알려주었다. 립스키의 말에 따르면, 그 사람은 자기 이름이나 직업을 밝히지 않았다. 그러나 립스키는 그 사람의 인상착의는 설명할 수 있었다.

이 세 사람의 설명으로 블랭크는 그를 추적하고 다니는 남자의 모습을 차츰 그려낼 수 있었다. 그것은 아직 윤곽이라고도 할 수는 없을 정도로 희미한 그림이었다. 목판화처럼 애매모호하고 흐리고 거칠었다. 덩치가 크고 어깨가 앞으로 구부러지고 뚱뚱하다. 딱딱한 홈부르크 모자를 머리에 똑바로 올려놓고 다닌다. 단추가 두 줄 달린 아무 모양도 없는 구닥다리 코트를 입었다.

그 다음에는 플로렌스와 새뮤얼이었다. 그들 부부는 얼굴에 환한 웃음을 짓고는 대출 조사관이 왔다 갔다는 얘기를 했다. 댄, 이 나쁜 친구 같으니. 어째서 친한 친구에게 셀리아 먼포트와 결혼할 생각이라는 얘기를 안 해주는 거야? 더구나 그 집까지 사들일 작정이라면서? 블랭크는 그저 쓸쓸하게 웃기나 하는 수밖에 없었다.

그 다음은 제이비스 버챔의 인사국장 르네 호배스였다. 호배스는 우물쭈물하면서 얘기를 꺼냈기 때문에 블랭크는 한참 후에야 그가 하는 말의 내용을 올바로 알아들었다. 결국 대출 조사관이 와서 몇 가지 질문을 하고 갔다는 것이었다. 호배스는 블랭크가 '굉장히 큰 금액의 대출'을 신청했고, 그 금액은 제이비스 버챔의 직원 대출 상한선을 훨씬 상회하는 금액이라고 확신하고 있었다. 호배스는 그 대출 조사관이 방문했다는 사실을 상관에게 보고해야 한다고 판단했고, 그리하여 상관으로부터 대출금을 신청한 목적이 무엇인지 알아보라는 지시를 받았다는 것이었다.

블랭크는 결국 그 비굴한 인사국장을 몰아낼 수 있었다. 그러나 그 전에 '대출 조사관'의 인상착의를 알아냈다. 같은 사람이었다.

그는 이미 제이비스 버챔에서 해고될 날이 다가오고 있다는 것을 알고 있었다. 그러나 그것은 중요하지 않은 일이었다. 그 가짜 대출 조사관의 방문은 거대한 짐 위에 지푸라기 하나를 더 얹어놓은 정도에 불과했다. 그는 해고되거나 사표를 제출하게 될 것이다. 그리고 아주 두툼한 퇴직금을 받을 것이다. 그것 역시 중요하지 않았다. 그는 지난 몇 달 동안 자신이 일을 제대로 하지 않았다는 것을 잘 알고 있었다. 그는 일에 관심이 없었다. 그것도 중요한 일이 아니었다.

지금 당장 중요한 것은 보험회사 조사원이면서 사설탐정이면서 동시에 대출 조사관인 인물, 세 명이 하나로 합성된 그 인물이었다. 이제 그 사람은 블랭크에게 윤곽이나 희미한 모습 이상의 구체적 의미를 지니고 다가오고 있었다. 그 인물은 뚱뚱하고 강했다. 그 거대한 몸을 이끌고 휘청거리며 걸어 다녔고 분주한 몸짓을 했으며 잠시도 쉬지 않고 사방을 훔쳐본다고 했다. 그자는 누구인가? 딱딱한 홈부르크 모자를 쓰고 싸구려 코트를 입은 하느님인가?

블랭크는 어디를 가든지 그를 찾아 두리번거렸다. 거리에서도 술집에서도 음식점에서도 아파트에 있을 때도 그를 찾았다. 거리에서 그는 다가오는 낯선 사람의 얼굴을 살펴보다가 그 거대한 몸을 웅크리고 다니는 사람이 뒤를 따라오고 있는 것은 아닌지 재빨리 뒤를 돌아보았다. 음식점에서는 남자 화장실에 들어가 이곳저곳을 기웃거리고, 일을 보는 사람들의 얼굴을 살폈고, 변기가 있는 칸막이 안을 조사하기도 했다. '실수'로 주방에 들어가기도 했으며, 공중전화 안을 살피기도 했다. 그자는 어디에 있는가? 집에서는 한밤중에 문을 잠그고, 빗장을 지른 다음 어둠 속에서 잠을 이루지 못한 채 누워 있었다. 온갖 밤의 소음들이 들렸다. 문을 두들기는 소리, 삐걱거리는 소리, 때리는 소리 등등. 그러다가 그는 침대에서 일어나 집 안의 모든 전등을 켜고 그자와 직접 대면하게 되기를 바라면서 아파트 안을 서성거렸다.

마침내 크리스마스 이브가 되었다. 제이비스 버챔에서는 적어도 크리스마스 휴가가 끝나기 전까지는 그를 해고하지 않을 것이 분명했다. 그는 그것을 알고 있었다. 그래서 머튼 부부가 크리스마스 이브 파티에 초대했을 때 기꺼이 승낙할 수 있었다. 그는 셀리아에게 같이 가자고 했다. 그는 술을 좀 마시고, 웃고, 셀리아의 가늘고 뻣뻣한 허리를 끌어안고 시간을 보낼 작정이었다. 그동안에는 그 검고 위협적인 그림자도 그의 뒤를 쫓을 수 없을 것이었다.

그런데 그 전화가 걸려왔다. 그 전화는 그를 뒤흔들었다. 도대체 어떻게, 도대체 어느 누가 지금 머튼 부부네 파티에 그가 와 있다는 것을 알 수 있단 말인가? 그는 조심스럽게, 마치 그것이 폭발물이라도 되는 듯이 조심스럽게 수화기를 들었다. 그러자 부드럽고 느긋한 음성이 말했다.

"프랭크 롬바드요. 날 알잖소? 우린 전에 만난 적이 있습니다. 나는 다만 당신에게 크리스마스 인사……."

블랭크는 그 자리를 빠져나갔다. 셀리아도 잊었다. 어느 누구에게도 작별인사를 하지 않았다. 승강기가 내려오는 시간이 영겁처럼 느껴졌다. 그가 자신의 아파트 안으로 들어가 문을 잠그고 빗장을 걸기까지 다시 영겁의 시간이 걸린 것 같았다. 그리고 그 서랍을 뽑아 밑에 붙어 있는 봉투를 확인해 보기까지 또 영겁의 시간이 걸린 듯 느껴졌다. 그는 서랍을 뒤집어 봉투를 확인했다. 거기 붙은 테이프를 자세히 살펴보았다. 그러나 누가 그것을 만진 흔적은 찾을 수 없었다. 그는 봉투를 열었다. 물건들도 고스란히 들어 있었다. 그는 침대 위에 앉아 뭐가 잘못된 것인지를 생각해 보았다. 그리고 자신이 바지에 오줌을 쌌다는 것을 깨달았다. 많은 양은 아니었다. 그저 몇 방울 찔끔 흘린 것에 불과했다. 그것은 치욕스러운 일이었다.

그는 검은색 벨벳 양복과 흰색 캐시미어 터틀넥 스웨터와 꽃무늬 팬티를 벗어 욕실의 빨래통 속에 쑤셔 넣었다. 비아 베네토 가발도 벗었다. 견딜 수 있는 최대한의 뜨거운 물을 틀어 샤워를 했다. 민머리를 비누로 문지르면서 그는 두피가 꺼끌꺼끌하다는 것을 깨달았다. 또 면도를 할 때가 된 것이다.

블랭크는 몸의 물기를 닦고 화장수와 분을 바르고 가발을 다시 썼다. 두루미가 그려진 실크 가운을 걸쳤다. 그는 맨발로 거실로 나가 보드카를 한 잔 따라 한 모금 마셨다. 마른 양상치 담배에 불을 붙여 물었다.

그제서야 그는 아파트 현관문의 초인종이 벌써 몇 차례나 울리고 있다는 것을 깨달았다. 담배를 끄고 술잔을 비운 다음 문으로 가서 구멍으로 바깥 복도를 내다보았다. 셀리아 먼포트였다. 그는 문을 열었다. 그녀가 들어오자 다시 문을 빈틈없이 잠갔다.

"어디 아픈 거예요, 댄?"

"잠꼬대하는 거야?"

그는 이렇게 반문하고 혼자 웃어댔다. 그 자신의 귀에 그 웃음소리는 황막한 가짜 웃음이었다. 셀리아는 무표정한 얼굴로 물끄러미 그를 바라보았다.

그녀는 거실의 소파에 앉았다. 그는 보르도 포도주병을 따서 그녀의 잔과 자신의 잔에 포도주를 따랐다. 셀리아는 조심스럽게 포도주를 맛보았다.

"아, 좋아요. 먼지처럼 담백해요."

그녀가 말했다.

"아, 그래. 좀 더 사둘 걸 그랬어. 값이 거의 두 배가 됐지. 당신 누군가에게 내 얘기를 한 적 있어?"

"무슨 말이에요, 댄?"

"내가 한 일에 대해서 말이야. 누군가에게 얘기한 적 있어?"

"내가 도대체 왜 그런 짓을 하겠어요?"

셸리아는 검은색 저지 원피스를 입고 있었다. 목덜미까지 가리는 디자인이었다. 소매는 길었다. 원피스는 검은색 비단 이브닝 샌들에까지 흘러내렸다. 목에는 잘 가공된 진주목걸이를 하고 있었다. 목걸이 길이는 거의 2미터쯤 되는 것 같았다. 그 긴 목걸이가 그녀의 목에 몇 번이고 감겨 있어서 그것은 진주로 만든 칼라처럼 보였다. 그 때문일까? 그녀는 목을 꼿꼿이 세우고 턱을 내밀고 앉아 있었다.

처음 셸리아를 만났을 때부터 그랬다. 블랭크는 그런 느낌이 들었다. 결코 이 여자를 알 수 없으리라는 느낌, 눈앞에서 그녀가 사라지자마자 그녀의 생김새를 잊어버리고 말 것이라는 느낌. 지금도 마찬가지였다. 저 길고 검은 머리칼과 지친 듯한 마녀 같은 얼굴, 가늘고 메마른 손과 눈. 눈동자는 회색이던가 푸른색이던가? 입술은 도톰하던가 얇던가? 코는 이집트식이던가 아니면 그저 비죽이 솟아올랐던가? 그리고 저 창백한 표정과 상처 입고 지친 듯한 몸짓, 황폐한 분위기와 푸른 멍이 든 흰 살결. 그 환상들은 어디에서 연유하는 것일까? 그에게 셸리아는 처음 만났을 때와 마찬가지로 지금도 여전히 하나의 신비였다. 그들이 처음 만난 것은 1000년 전이 아니었을까?

셸리아는 소파 위에 꼼짝도 않고 넋이 나간 얼굴로 앉아 포도주를 맛보고 있었다. 블랭크는 그 앞을 왔다 갔다 했다. 그는 자신을 추적하는 사람, 보험 조사원이면서 사설탐정이면서 동시에 대출 조사관인 그 사람과 그 사람이 만난 인물들과 그 사람이 한 질문과 말에 대해 애기하는 동안 잠시도 그녀의 얼굴에서 눈을 떼지 않았다.

너무 성급하게 애기했기 때문에 그는 몇 번이나 침이 튀었다. 입가에 하얀 거품이 모였다. 그는 애기를 하는 동안 셀리아가 다리를 천천히 꼬는 것을 보았다. 그녀는 드레스 속에서 무릎이 아니라 넓적다리 부분이 교차할 정도로 깊이 다리를 꼬았다. 이브닝 샌들을 신은 발이 대롱거렸다. 블랭크가 그녀에게 그동안 벌어졌던 일을 설명하는 사이에 그 발은 위아래로 흔들리기 시작했다. 무릎 밑에 감춰진 한쪽 다리가 처음에는 천천히 우아한 움직임으로 위아래로 출렁거리다가 점점 더 빠르고 힘차게 출렁거렸다. 그녀의 얼굴은 여전히 무표정했다.

셀리아의 발이 위아래로 흔들리고, 기다란 드레스 자락 속에서 그녀의 다리가 위아래로 출렁거리는 것을 보면서 블랭크는 그녀가 소파 위에 앉아서 자위행위를 하고 있다고 생각했다. 드레스 속에 그녀의 벌거숭이 넓적다리가 꽉 밀착되어 있을 것 같았다. 다리가 출렁거리는 속도가 더욱 빨라졌다. 그는 그때 머튼 부부네 집에서 조금 전에 받은 전화에 대해 애기하는 중이었다. 셀리아는 마침내 헐떡거리기 시작했다. 그녀의 눈이 이글거렸고, 목걸이의 진주 같은 땀이 이마와 입술에 송알송알 맺혔다. 셀리아는 두 눈을 감았다. 그녀의 몸 전체가 한순간 뻣뻣이 굳었다. 그는 애기를 중단하고 그녀를 바라보았다. 잠시 후 셀리아는 몸서리를 치더니 이윽고 몸의 힘을 풀고 텅 빈 공허한 눈으로 사방을 둘러보며 꼬았던 다리를 풀었다. 블랭크는 그가 위험에 처했다는 애기를 듣자 그녀가 성적으로 흥분하게 된 것이라고 생각했다. 그 이유는 그로서는 알 수도 없었고, 추측할 수도 없었다.

블랭크가 물었다.

"그 사람 혹시 밸린터가 아닐까?"

셀리아는 포도주를 들이켰다.

"밸린터요? 그 사람이 그걸 어떻게 알겠어요? 게다가 밸린터는 말라깽이에다 허수아비 같잖아요. 당신을 쫓아다니는 사람은 뚱뚱하고 덩치가 크다면서요? 밸린터일 리가 없어요."

"그래. 아닐 거요."

"그 사람, 당신에게 전화한 사람 말이에요. 그자가 어떻게 프랭크 롬바드에 대해서 알까요?"

"모르겠어. 어쩌면 목격자가 있었는지도 몰라. 롬바드나 다른 사람을 죽일 때 말이야. 그 목격자가 나를 집까지 미행해서 내 주소와 이름을 알아낸 건지도 모르지."

"무슨 이유로요?"

"뻔하잖아. 그 사람은 경찰에 신고하지 않았어. 그렇다면 날 위협하려는 거겠지."

"음, 그럴 수도 있겠네요. 겁나요?"

"글쎄. 성가시군."

블랭크는 그처럼 갑자기 머튼네 아파트에서 나온 뒤에 한 일을 얘기했다. 그는 마음을 텅 빈 칠판으로 만들어서 거기 떠오르는 생각을 재빨리 백묵으로 그리듯 정리해 보려고 했던 것이다.

그러자 셀리아는 머리를 흔들며 말했다 이제까지 들어본 적이 없을 정도로 애원하는 어조였다.

"아, 아니에요. 그러지 마세요. 마음을 활짝 열어요. 마음이 얼마든지 확장되도록 열어놓아요. 수백만 가지 생각과 느낌으로, 기억과 두려움으로 산산조각이 나도록 내버려둬요. 그렇게 함으로써 당신은 감각 능력을 찾을 수 있어요. 의식 같은 건 불러일으키려고 하지 마세요. 자연스럽게 피어나도록 내버려둬요. 뭐든지 가능해요. 그걸 잊지 마세요. 뭐든지 가능하다는 걸. 뭔가가 당신에게 나타날 거예요. 뭔가가 나타나서 당신을 추적하는 그 남자와 전화에 대해서 설명해줄 거예요. 마음을 활짝 열어요. 닫지 마세요. 논리 같은 건 아무 도움이 안 돼요. 당신은 더 예민하고 더 감각적이 되어야 해요. 우리 집에 마약이 있어요. 그걸 써볼래요?"

"아니, 됐어."

"좋아요. 하지만 마음을 닫지는 마세요. 자기 자신 속에 묻혀버리지 마세요. 모든 것에 대해 마음을 활짝 열어둬야 해요."

셀리아는 일어서서 포도주병을 집어 들었다.

"침실로 가요. 오늘 밤은 여기서 잘래요."

"내 상태가 별로 안 좋은데."

그녀는 블랭크의 가운 자락 사이로 손을 밀어 넣었다. 그녀의 가늘고 차가운 손가락이 그의 벗은 살결을 쓰다듬었다. 셀리아는 속삭였다.

"서로 장난이나 치며 놀아요."

그들은 그렇게 했다.

크리스마스 다음 날, 델러니 대장은 셔츠 바람으로(계절을 의식

할 수 없을 정도로 따뜻했다. 난방이 너무 잘 되고 있었다.) 서재에
앉아 이번 주 인원과 차량을 배치하는 계획을 짜는 데 골몰했다.
휴가 시즌이 일을 복잡하게 만들었다. 대원들은 가족과 더불어 시
간을 보내기를 원했다. 이해할 수 있는 일이었다. 그러나 그것은
시간표를 새로 짜야 한다는 것을 뜻했다. 모든 사람이 만족할 시
간표를 짠다는 것은 불가능했다.

델러니의 세 지휘관 페르난데스와 맥도널드와 블랭큰십은 각
기 자신의 대원들을 위한 임시시간표를 만들었다. 그러나 거기 청
원과 의문과 요구들이 추가되었다. 근무할 수 있는 대원들, 휴가
를 갔거나 떠날 예정인 대원들, 병가를 낸 대원들과 곤란한 형편
에 처한 대원들과 특별한 청원(페르난데스의 대원 중에 티눈 때문
에 의사의 진찰을 받아야 한다는 사람이 있었다.)이 있는 대원들이
뒤섞인 복잡다단한 사정을 정리하여, 델러니는 롬바드 작전 수사
대의 작동이 가능한 시간표를 다시 짜기 위해 애썼다. 최소한 각
중요 거점은 스물네 시간 감시할 수 있어야 했고, 최후의 순간에
생길 돌발사고에 대비해서 얼마간 여유가 있도록 대원들을 확보
해야 했으며, 무선통신실에는 언제나 몇몇 사람들이 포커라도 하
고 있다가 비상시에 즉시 업무에 임할 수 있도록 해야 했다.

정오 무렵에야 델러니는 겨우 거칠게나마 대강의 시간표를 만
들어냈다. 그 시간표가 필요로 하는 인원 수를 계산해 본 델러니
는 충격을 받았다. 뉴욕 시가 대니얼 G. 블랭크의 움직임을 감시
하기 위해 엄청난 예산을 소모하고 있다는 것을 발견했던 것이다.
그러나 그는 그런 것 때문에 마음이 불편하지는 않았다. 뉴욕은
이보다 훨씬 터무니없는 일에 이보다 훨씬 많은 예산을 낭비하고

있었으니까. 델러니 대장이 걱정하는 것은 토어슨이나 존슨 같은 이들이 이처럼 무한대의 인원과 장비를 쓰면서도 성과를 못 내냐고 아우성을 치기 시작할 날이 머지않았다는 것이었다. 머지않아 그들은 재촉하기 시작할 것이다. 아마도 다음 주쯤에는.

델러니는 윗도리를 걸치고 사복 코트를 입었다. 모자까지 쓰고 나서 그는 현관문 바로 안쪽 복도에 놓인 카드 탁자에서 출입하는 사람들을 통제하는 정복 경관에게 갔다. 델러니는 그에게 행선지를 일러주고 어디로 전화를 하면 자신과 통화가 가능한지를 말해준 다음 밖으로 나섰다. 그는 집 밖에 세워둔, 경찰 마크가 없는 위장 순찰차에 올랐다. 그 차로 델러니는 병원에 갔다. 또 한 번 규칙을 어긴 셈이었다. 그러나 적어도 그것으로 그 차에 타고 있던 두 형사는 한자리에 앉아 기다려야만 하는 지루한 업무로부터 잠시 해방될 수 있었다.

바바라의 상태는 좋지 않았다. 그녀는 델러니의 질문에 간단히 몇 마디로 대답하며 희미한 미소를 지을 뿐이었다. 델러니는 바바라의 식사 시중을 든 다음 그녀 옆에 한 시간가량 앉아 있었다. 책을 읽어주겠다고 하자 그녀는 고개를 저었다. 그래서 그는 아무 말 없이 꼼짝도 하지 않고 그저 앉아 있기만 했다. 그는 옆에 이렇게 앉아 있는 것이 바바라의 마음을 조금이나마 편안하게 해주기를 바랐다. 그는 아내의 병이 얼마나 오래 끌 것인지, 이 병이 어떤 식으로 끝장이 날 것인지 감히 생각도 하고 싶지 않았다.

델러니는 택시를 타고 집으로 돌아왔다. 근무 중인 정복 경관이 그를 알아보고 즉시 경례를 붙였음에도 불구하고 그는 현관문에 들어서자 규칙에 따라 롬바드 작전 증명서를 제시했다. 그는 배가

고팠다. 샌드위치와 차디찬 맥주가 마시고 싶었다. 그러나 부엌은 십여 명의 사람들로 붐비고 있었다. 그들은 점심시간 동안 커피와 맥주, 치즈와 차가운 고기를 먹으며 휴식을 취하고 있었다. 한 사람이 1달러씩 내서 마련한 것들이었다.

부엌에 배치한 늙은 정복 경관이 델러니가 부엌으로 들어가려다 돌아서서 서재로 가는 것을 보았다. 그가 서재로 들어간 지 몇 분쯤 지났을 때 노크 소리가 들렸다. 늙은 경관이 맥주와 햄을 넣은 호밀 샌드위치를 가지고 들어왔다. 델러니는 미소로 감사의 뜻을 전했다. 그것은 델러니가 원하던 바로 그것이었다.

한 시간쯤 뒤에 순찰경관이 노크하고 들어와 블랭큰십의 전갈을 전했다. 잠시 거실로 나와달라는 것이었다. 델러니는 일어나 경관을 따라 나갔다. 블랭큰십은 무선교신기 앞에서 그날 대니얼 G. 블랭크의 활동시간표를 들여다보고 있었다. 델러니가 오자 그는 몸을 돌렸다.

"대장님, 대니보이의 활동이 시간표에서 어긋나는 양상이 보이면 즉시 알려달라고 하셨죠? 이걸 좀 보십시오."

델러니는 블랭큰십이 손가락으로 가리키는 도표를 따라 시선을 옮겼다.

"오늘 아침에 대니보이가 백악관에서 나온 시간은 9시 10분입니다. 불독 하나가 포착했어요. 9시 10분은 정상적인 시간입니다. 그는 늘 9시 15분을 전후해서 집에서 출발했습니다. 몇 분의 오차는 있었지만요. 그런데 오늘 아침에는 출근을 하지 않았습니다. 불독 하나의 보고에 따르면 그자는 나오다 돌아서서 곧장 백악관으로 들어가 버렸다는 겁니다. 그로부터 거의 한 시간이 지난 뒤에 그자는 갑자기 다시 나왔습니다. 이것은 그자가 뭔가를 깜빡 잊었기 때문에 집으로 돌아간 것이 아니었다는 것을 입증하는 것이죠. 그렇죠? 아무튼 한 시간쯤 뒤에 나온 그자는 택시를 잡아탔습니다. 여기 보세요. 거의 10시가 다 된 시각입니다. 불독 둘이 그자를 미행했습니다. 그는 이번에도 공장으로 가지 않았습니다. 그가 탄 택시는 거의 45분 동안이나 센트럴파크 주위를 빙글빙글 돌았습니다. 택시비는 생각지도 않고 도대체 무슨 짓을 한 걸까요? 그러다 마침내 그는 공장에 갔습니다. 스트라이커가 보고한 바에 따르면, 그자가 회사에 나타난 시각은 11시경이었습니다. 두 시간이나 지각을 한 셈이지요. 대장님, 제 생각엔 이것은 그저 사소한 일에 불과할 겁니다. 무엇보다도 오늘은 크리스마스 다음 날이니까요. 대니보이도 아마 일할 마음이 들지 않았던 모양이지요. 하지만 대장님께 알리기는 해야 한다고 생각했습니다."

델러니는 생각에 잠긴 채 대답했다.

"잘했네. 정말 잘 알려줬어. 이건 아주 흥미로운 일이군."

"그렇습니까? 이제 여기 오셔서 이 얘기를 들어주십시오. 이건 스트라이커가 보낸 내용입니다. 30분쯤 전에 녹음된 겁니다. 제가 이 자리에 없어서 직접 스트라이커와 통화하지는 못했습니다. 그러자 스트라이커가 교환원에게 녹음했다가 저에게 전하라고 했다고 합니다. 켜주게, 알."

전화기 앞에 앉아 있던 경관 중 한 사람이 녹음기를 켰다. 방 안에 있던 다른 사람들은 소리를 죽이고 그 녹음기에 귀를 기울였다.

"공장의 스트라이커입니다. 지금 막 점심식사를 하고 돌아오는 길입니다. 동료 여직원과 같이 점심을 먹었어요. 좀 말랐지만 꽤 정열적인 여자로 대니보이 부서의 접수계에서 일합니다. 점심을 먹으면서 대니보이를 화제에 올렸지요. 그 사람 오늘 두 시간이나 지각을 했거든요. 그랬더니 그녀가 이런 말을 하더군요. 나와 만나기 직전에 여자 화장실에서 클리크 부인과 얘기를 나눴다구요. 철자는 C-L-E-E-K입니다. 대니보이의 비서지요. 과부로 이름은 마사나 마가렛일 겁니다. 30대 중반의 백인여성으로 신장은 160센티미터 정도에 체중은 50킬로그램 정도. 짙은 갈색 머리칼에 명랑한 표정, 겉에 드러난 부위에는 흉터 같은 건 없고 늘 안경을 쓰고 다니는 여잡니다. 화장실에서 클리크 부인이 이런 말을 했답니다. 대니보이가 오늘은 정말 이상하다구요. 편지도 읽으려 하지 않고 서명도 하려 하지 않는다는 겁니다. 아무것도 읽으려고 하지 않았답니다. 아마 별일 아니겠지요. 하지만 일단 보고는 하는 게 낫겠다는 생각이 들어서요. 만일 이것이 중요하다면 알려주십시오. 클리크 부인에게 뭔가 더 알아낼 수 있을 겁니다. 그 여자는 굶주려 있거든요. 진담입니다. 멋진 깔치예요. 더 알아낼 게 있으면 연락 주세요. 공장에서 스트라이커였습니다. 이상."

녹음기가 멈춘 뒤에도 한동안 침묵이 흘렀다. 그러다가 누군가가 웃음을 터뜨렸다. 또 다른 사람이 작은 소리로 속삭였다.

"저놈의 스트라이커. 늘 생각하는 게 여자뿐이라니까."

델러니 대장은 특정한 사람이 아니라 그들 모두에게 말했다.

"그런지도 모르지만 근무는 충실히 하고 있군."

델러니는 블랭큰십에게 돌아섰다.

"스트라이커에게 연락하게. 여자한테 정보를 더 캐내서 바로

225

보고하라고 지시하게."

"알겠습니다, 대장님."

델러니는 무거운 머리를 꼿꼿이 세우고, 손은 바지 뒷주머니에 찌르고 천천히 걸어 서재로 돌아왔다. 대니보이가 시간표에 어긋나는 행동을 했다는 점과 직장에서 기이한 행동을 한 것은 그에게 그날의 가장 좋은 소식이었다.

그가 시도한 조치들이 효과를 나타내기 시작하는 것인지도 모른다. 틀림없이 효과를 나타낼 것이었다.

그는 아홉 가지 목록을 적은 노란 메모지를 찾았다. 그것은 자물쇠가 채워진 맨 윗서랍에는 없었다. 자료철에도 없었다. 어디에 있을까? 기억력은 날이 갈수록 악화되고 있었다. 결국 그는 그 목록을 책상 위 깔판 아래, 인원을 재조정하기 위해 궁리하던 메모지 옆에서 찾아냈다. 그 목록을 살펴보기 전에 그는 먼저 스트라이커의 이름을 작전목록에 추가해 넣었다.

델러니는 안경을 쓰고 그 계획표를 차근차근 살펴보았다. 먼저 첫 번째 목록의 여섯 항목을 세밀히 조사했다. 차고지기, '앵무새'의 바텐더, 립스키, '에로티카'의 머튼 부부, 공장 방문, 롬바드의 크리스마스 이브의 전화. 일곱 번째 항목은 '모니카, 블랭크에게 전화'였다. 델러니는 회전의자에 깊숙이 들어앉아 천장을 올려다보며 이 일을 어떻게 처리하는 것이 최상일지 궁리했다.

여전히 그가 할 말과 그녀가 할 말을 궁리하고 있을 때 현관 경관이 노크를 했다. 그러나 그는 델러니가 "들어와요!" 하고 고함을 치기 전까지 안으로 들어오지 않았다. 현관을 지키는 경관은 토머스 핸드리라는 기자가 찾아왔다고 말했다. 델러니는 고개를 끄덕였다.

"들어오라고 하게. 출입 통제 경관에게 기자가 들어오고 나가는 시각을 정확히 기록하라고 지시하고."

델러니는 얼음을 가져오기 위해 부엌으로 갔다. 그가 서재로 돌아왔을 때 핸드리는 책상 앞에 서 있었다. 델러니는 반갑게 웃었다.

"와줘서 고맙습니다. 미리 표시해 뒀지요. '크리스마스 이틀날에 핸드리 기자, 블랭크 인터뷰 예정'이라고 말입니다."

핸드리는 가죽소파에 앉았다가 즉시 일어나더니 양복 상의 안주머니에서 접은 종이 두 장을 꺼내 델러니의 책상 위에 던졌다. 핸드리는 다시 의자에 앉았다.

"그 친구의 갖가지 배경입니다. 그 사람의 직업과 산업에 응용되는 컴퓨터의 중요성에 관한 견해, 이제까지의 이력, 사적인 인생 역정 등이지요. 하지만 대장님도 지금쯤은 이런 건 다 알고 계실 테지요."

델러니 대장은 두 페이지의 자료를 재빨리 훑어보았다.

"대부분은 갖고 있는 것들이군요. 하지만 여기 몇 가지 중요한 요소가 있습니다. 더 추적해 볼 만한 몇 가지 단서가 있군요."

"그러니까 내 인터뷰는 그저 시간 낭비에 불과했다는 겁니까?"

델러니는 한숨을 내쉬었다.

"핸드리 기자, 당신에게 인터뷰를 부탁할 때만 해도 난 혼자서 일하고 있었어요. 그땐 내가 현직에 복귀해서 엄청난 병력과 장비의 지원을 받으며 수사를 하게 되리라고는 생각도 하지 못했지요. 뿐만 아니라 이 친구의 배경 같은 건 처음부터 그다지 중요한 것이 아니었습니다. 이건 그 식당에서도 한 얘기지요. 내가 원한 것은 당신이 그자에 대해 어떤 인상을 받았는가 하는 것입니다. 당신은 예민하고 지적인 사람입니다. 내가 그자를 직접 인터뷰할 수 없기 때문에 당신에게 그자를 만나 어떤 느낌을 받았는지를 말해 달라고 부탁한 겁니다. 그것이 중요한 겁니다. 자, 이제 모두 얘기해 주시오. 어떻게 인터뷰가 진행되었는지, 당신이 어떤 질문을 하고 그자가 어떤 대답을 했는지 모두 다 말입니다."

핸드리는 한숨을 길게 내쉬고 얘기를 시작했다. 델러니는 한 마디도 끼어들지 않고 몸을 앞으로 기울인 채 낮은 목소리를 열심히 들었다.

신문기자의 얘기는 막힘없이 간결하게 계속되었다. 핸드리가 도착한 시각은 오후 1시 30분. 제이비스 버챔의 홍보부장과 미리 인터뷰를 약속한 정확한 시각이었다. 그러나 블랭크는 거의 30분이나 핸드리를 기다리게 했다. 블랭크의 비서가 두 차례나 재촉을 한 다음에야 핸드리는 블랭크의 집무실로 들어가도 좋다는 허락을 받았다.

대니얼 G. 블랭크는 예의 바르게 행동했다. 그러나 그는 냉정했고, 어딘가 넋을 놓고 있는 듯한 모습이었다. 또 뭔가 의심스러워하기도 했다. 그는 핸드리의 기자 신분증을 보여달라고 요구했고, 핸드리가 신분증을 건네주자 그것을 찬찬히 살펴보았다. 그것은 자기 회사의 홍보부장이 주선한 인터뷰에 임한 기업 간부의 행동으로는 기이했다. 그러나 블랭크는 제이비스 버챔의 경영에서 앰록 II가 하는 역할에 대해 길지만 명쾌하게 설명했다. 자신의 개인적 배경에 대해서는 조심스러워했고, 쉽게 털어놓으려 하지 않았으며, 이따금 핸드리에게 그런 질문이 이런 인터뷰와 무슨 상관이 있느냐고 묻기도 했다. 핸드리가 알아낼 수 있었던 것은 블랭크가 이혼을 했고, 아이는 없으며, 결혼할 생각이 아직 없다는 것 정도였다. 블랭크는 독신으로 살아가고 있고 그런 삶이 그런 대로 즐겁다고 말했으며, 제이비스 버챔에서 최선을 다해 근무하는 것 이상의 야심 같은 것은 없다고 말했다.

델러니는 고개를 끄덕였다.

"훌륭합니다. 블랭크가 '어딘가 넋을 놓고 있는' 것 같았다고 했지요? 그 표현이 멋지군요. 그게 정확히 무슨 뜻입니까?"

"군대생활 해봤습니까, 대장님?"

"물론입니다. 5년 동안 복무했지요."

"전 해병대에서 4년 복무했습니다. 그러면 대장님도 '허공을 응시한다.'는 말을 아시지요?"

"물론입니다. 초점이 없이 그저 바라보는 거 말이지요?"

"그렇습니다. 블랭크가 바로 그랬습니다. 적어도 나와 인터뷰를 할 때는요. 그 사람은 나를 바라봅니다. 하지만 그 사람의 시선은 나를 지나쳐 넘어가서 어딘가 먼 곳에 닿아 있었습니다. 그 사람이 도대체 어디에 초점을 맞추고 있는지 나로서는 알 수가 없었지요. 대부분의 경영 간부들은 이를 드러내고 활짝 웃고, 진심인 듯이 악수를 나누고, 상대의 눈을 똑바로 쳐다보는 법이거든요. 이쪽에서야 당연히 그 사람이 자기 시선을 유쾌하게 마주 바라보고 있다고 생각하게 마련이지요. 하지만 이 블랭크라는 사람은 어딘가 멀리 떨어져 있었어요. 그 자리가 아닌 어딘가에. 그게 어딘지는 모르겠습니다."

델러니는 재빨리 기록을 하면서 말했다.

229

"좋아요, 좋아. 그 밖에는? 육체적 특이점이나 습관은요? 그 사람도 당신처럼 손톱을 물어뜯지 않던가요?"

"그런 건 없었습니다. 그런데 그 사람 가발을 쓰고 있었어요. 알고 있었습니까?"

델러니는 깜짝 놀랐다는 듯 대답했다.

"아뇨. 가발이라구요? 겨우 30대 중반인데. 틀림없이 가발이던가요?"

핸드리는 기분이 좋아져서 자신 있게 대답했다.

"틀림없어요. 가발을 제대로 쓰고 있지도 않더라구요. 게다가 내가 그걸 알든지 말든지 신경도 쓰지 않는 것 같았어요. 몇 번이나 가발 밑으로 손가락을 밀어 넣고 머리를 긁적대더라구요. 뭐 중요한 정보가 되겠어요?"

"음, 그럴지도 모르지요. 옷은 어떻게 입었던가요?"

"보수적이고 우아한 차림이라는 말이 적당할 겁니다. 잘 재단된 검은색 양복, 흰색 와이셔츠, 빳빳한 칼라. 줄무늬 넥타이. 유난스럽게 반짝이지 않는 검은 구두."

"당신 형사를 능가하겠군요."

"전에도 그런 얘기를 한 적이 있지요."

"숨결에서 술 냄새 같은 건?"

"없었어요. 그런데 향수를 많이 뿌린 모양입니다. 아니면 면도 후 로션을 너무 많이 발랐거나."

"음, 그럴지도 모르지요. 자위행위를 하지는 않습디까?"

"뭐라구요?"

"그자가 혼자 제 몸뚱이를 애무하지는 않더냐구요."

"맙소사, 아니에요! 대장님, 미쳤군요."

"위축되고 야위었다는 느낌은 안 들었습니까? 근래 들어 제대로 먹지 못한 것처럼."

"제가 보기에는 그런 것 같지는 않았습니다. 글쎄요······."

"뭐요?"

"그 사람 눈 밑에 그늘이 있더군요. 살이 늘어져 있고. 잠을 제대로 못 잔 사람처럼요. 하지만 그 외의 부분은 팽팽했어요. 정말 잘생긴 사람이더군요. 악수할 때 보니 힘도 좋아 보였고, 손바닥이 보송보송했어요. 내가 보기엔 아주 건강한 사람 같았어요. 사무실에서 나오기 직전에, 그러니까 우리가 둘 다 서 있을 때 그가 나에게 앰록 II로 만든 소책자를 한 권 줬어요. 내가 그걸 떨어뜨렸는데, 그 사람이 재빨리 허리를 굽히더니 그게 바닥에 떨어지기도 전에 받더군요. 행동이 민첩했어요."

델러니는 음울한 얼굴로 고개를 끄덕였다.

"그럴 거요. 민첩하지요. 좋습니다. 모두 아주 흥미진진하고 가치 있는 정보군요. 자, 이제 그자에 대한 당신의 생각이나 느낌을 들어봅시다."

"한잔 해도 됩니까?"

"물론이죠. 직접 골라서 마셔요."

토머스 핸드리는 스카치와 얼음을 준비하며 말했다.

"수수께끼 같았습니다. 이것도 아니고 저것도 아닌 그런 느낌. 그 사람은 A에서 B로 가는 중이거나 A에서 Z로 가는 중인 회색인 같았습니다. 좀 이상하게 들리겠지만요."

"계속해요."

"살아 있지 않은 것같이 보였어요. 거기 앉아 있지도 않은 것 같았다는 겁니다. 내가 받은 느낌은 허공을 떠도는 것 같다는 것 이었어요. 어딘가 다른 곳에 가 있었어요. 어딘지는 누가 알겠어 요? 허공을 응시하던 그 눈빛 하며. 그 사람은 제이비스 버챔이나 앰록 II에 대해 더 이상 아무런 관심도 없었어요. 눈곱만큼도 관심 이 없더라구요. 그저 움직이고 있을 뿐이었어요. 인터뷰가 신문에 나온다는 것에 대해서도 전혀 신경도 쓰지 않았구요. 그 사람이 어떤 생각을 하고 있는지 알아낼 수가 없었습니다. 그 사람은 길 을 잃었어요. 떠돌고 있어요. 아까도 한 얘기지만, 그 친구는 풍선 이에요! 닻을 잃었습니다. 정말 수수께끼 같은 사람이에요. 하지 만 흥미로워요. 그 수수께끼를 풀 수가 없으니까요."

핸드리는 오랫동안 말을 않고 있다가 물었다.

"대장님은 풀 수 있습니까?"

델러니는 생각에 잠겨 천천히 대답했다.

"풀어가는 중입니다. 풀기 시작하는 중이지요."

다시 한동안 침묵이 계속되었다. 핸드리는 술을 마셨고 델러 니는 맞은편 벽의 한 점을 바라보았다. 이윽고 핸드리가 다시 물 었다.

"그 친구가 범인인가요? 그렇죠? 의심의 여지가 없는 거죠?"

델러니는 한숨을 내쉬었다.

"그래요. 그자가 범인입니다. 의심의 여지가 없어요."

핸드리는 뜻밖에도 아주 쾌활한 어조로 말했다.

"좋아요, 됐어요."

그는 잔을 비우고 소파에서 일어나 문으로 걸어갔다. 그는 손잡이를 잡았다가 돌아서서 델러니를 바라보며 건조하게 말했다.

"그자를 체포하는 현장에 있고 싶어요."

"좋아요."

델러니가 대답하자 핸드리는 고개를 끄덕이고 돌아섰다가 다시 또 돌아섰다. 그는 대수롭지 않다는 듯 말했다.

"아, 하나 더 있군요. 그 사람 필적을 가지고 왔습니다."

그는 델러니의 책상 앞으로 걸어와서 사진을 책상 위에 던졌다. 델러니는 그 사진을 집어 들었다. 핸드리가 신문사의 자료철에서 복사해 주었던 블랭크의 사진으로 지금은 수백 장이나 복사되어 롬바드 작전 수사대의 모든 대원들이 지니고 있는 바로 그 사진이었다. 델러니는 그 사진의 뒷면을 보았다. 거기에 촉이 부드러운 펜으로 쓴 글귀가 있었다.

'행운을 빕니다. 대니얼 G. 블랭크.'

"이걸 어떻게 구했습니까?"

"그 사람 자만심을 좀 자극했지요. 내가 인터뷰한 유명인사들의 사진과 자필 서명을 모은다고 말입니다. 그랬더니 그걸 써주더군요."

"잘했습니다. 도와줘서 고맙습니다."

핸드리가 떠난 뒤 델러니는 그 필적을 오랫동안 노려보았다. '행운을 빕니다. 대니얼 G. 블랭크.' 그는 서명 위에 손가락을 대고 가볍게 문질렀다. 그러자 블랭크에게 훨씬 더 가까워진 느낌이 들었다.

델러니는 오랫동안 그 필적을 노려보았다. 그는 그 필적 너머에 있는 것을 투시하고 싶었다. 그때 핸드리가 반쯤 열어둔 채 나간 문으로 토머스 맥도널드 경사가 그 거대한 몸집을 옆으로 하여 서재 안으로 한 발자국만 들어서서 거기 멈춰 섰다.

"방해됐습니까, 대장님?"

"아니야, 아니야. 어서 들어오게. 뭔가?"

작달막하고 펑퍼짐한 몸집의 맥도널드 형사는 델러니의 책상 앞으로 다가왔다.

"로저 코프의 사진을 구해오라고 하셨지요? 피살된 형사 말입니다. 이거면 되겠습니까?"

그는 델러니에게 흰색 카드 한 장을 내밀었다. 옆으로 펼치게 만든 카드였다. 앞 페이지에는 황금색 글씨가 씌어져 있었다. '성탄 축하드립니다.' 안쪽 페이지 귀퉁이에는 역시 같은 황금색으로 '코프 가족 올림.'이라고 씌어 있었다. 그 오른쪽에는 로저 코프 가족의 사진이 칼라로 인쇄되어 있었다. 로저 코프와 그의 아내, 그리고 세 명의 아이들이었다. 그들은 크리스마스 트리 앞에서 카메라를 너무 의식한 미소 띤 얼굴로 포즈를 취하고 있었다. 죽은 형사는 팔로 아내의 어깨를 끌어안고 있었다. 좋은 사진이라고는 할 수 없었다. 1년쯤 전에 아마추어가 찍은 사진을 조잡하게 인쇄한 카드였다. 색은 이미 날아가는 중이었다. 한 아이의 얼굴은 희미했다. 그러나 코프 가족 모두가 있었다.

맥도널드는 건조한 음성으로 말했다.

"구할 수 있는 건 그것뿐이었습니다. 한 달쯤 전에 100장 정도를 만들었다고 합니다. 하지만 코프 부인은 올해 그걸 아무 데도 부치지 못했을 겁니다. 이거면 됩니까?"

"좋아. 됐네."

맥도널드가 막 돌아서서 나가려는데 델러니가 그를 다시 불러 세웠다.

"잠깐만. 한두 가지 더 있네. 경찰청에서 가장 훌륭한 필적 전문가가 누구지?"

맥도널드는 잠시 생각했다. 그의 행동은 침착했고 몸집은 단단했다. 콩고의 민속가면이나 피카소의 그림 속 인물 같은 모습이었다.

"필적이라……. 그건 윌로우입니다. 윌리엄 윌로우. 계급은 경위죠. 지금 도심지역에서 근무합니다."

"그 사람과 일해 본 적 있나?"

"2년쯤 전에요. 위조복권 사건 때문이었지요. 좋은 친굽니다. 성미가 급해요. 하지만 유능합니다. 그 친구도 물론 이 사건을 압니다."

"그 사람을 여기로 데려올 수 있겠나? 급할 건 없어. 그 사람이 시간을 낼 수 있을 때 아무 때나."

"전화하겠습니다."

"좋아. 내일이나 모레쯤이면 좋겠지."

"알겠습니다. 또 하나는 뭡니까?"

"뭐라구?"

"한두 가지 일이라고 하셔서요."

"아, 그래. 대니보이의 전화를 도청하는 팀을 지휘하는 사람이 누군가?"

"접니다, 대장님. 페르난데스가 그렇게 하자고 했습니다. 사실 도청팀은 페르난데스의 부하들이에요. 그런데 페르난데스가 제게 맡아달라고 했습니다. 일이 너무 많은 게 사실이거든요. 도청팀은 한자리에 앉아서 지루하게 시간을 보내고 있습니다. 지긋지긋해서 몸살이 날 지경이지요. 대니보이는 1주일에 전화를 한두 번밖에 안 합니다. 늘 성의 공주에게 하지요. 아니면 머튼 부부에게 하든지요. 걸려오는 전화도 별로 없어요. 그러니까 도청팀이 뭐 할 일이 있어야지요."

델러니는 고개를 끄덕거렸다.

"아, 그랬군. 경사, 내 말 좀 들어보게. 대니보이가 전화를 하거나 받을 때 삑삑거리는 소리나 딸각거리는 소리를 낼 수 있겠나?"

맥도널드는 즉시 그 말을 알아들었다.

"전화가 도청되고 있다는 것을 알아차리거나 의심하도록 말입니까?"

"그래."

"물론입니다. 어려울 거 없습니다. 삐걱거리는 소리나 달각거리는 소리, 메아리나 쉬 하는 소리 뭐든 할 수 있어요. 그자가 알도록 말입니다."

"좋아."

맥도널드는 머릿속으로 궁리를 하면서 델러니를 한동안 바라보고 있다가 작은 소리로 입을 열었다.

"그자에게 겁을 주려는 겁니까, 대장님?"

델러니는 두 손으로 책상을 누르며 그 커다란 머리를 숙이고 맥도널드를 바라보았다.

"겁을 주려는 게 아니야. 난 그자를 찢어버릴 거야. 그자를 완전히 찢어버릴 거야. 반동강이 나서 피를 줄줄 흘릴 때까지. 벌써 그렇게 되어가고 있어. 난 알고 있네. 경사, 자네한테 뭔가 중대한 것이 임박하고 있다는 걸 알게 되면 어떻게 되나?"

"입 안이 마릅니다."

델러니는 고개를 끄덕였다.

"난 겨드랑이에 땀이 찬다네. 지금도 겨드랑이에서 낡은 하수구처럼 땀이 흘러내리고 있어. 난 이 작자를 벼랑으로 밀어낼 거야. 벼랑에서 떨어뜨릴 거야. 이자가 떨어지는 걸 구경할 걸세."

맥도널드의 냉정한 표정은 바뀌지 않았다.

"대장님은 이자가 자살할 거라고 생각하십니까?"

"자살을 한다……."

델러니는 생각에 잠겨 중얼거렸다. 갑자기 그 순간 그가 희망하던 일이 시작되었다. 그는 대니얼 G. 블랭크였다. 블랭크의 몸 깊숙이 침투해 들어가 있었다. 그리하여 향수가 섞인 오일로 몸뚱이를 부드럽게 맛사지하고 있었고, 향이 첨가된 파우더를 몸에 뿌리고 있었다. 실크 속옷을 입고, 멋진 가발을 쓰고, 소년 같은 몸매의 여자와 동침하고, 진짜 소년을 추행하고, 밤이면 거리로 나와 그 자신으로부터 탈출할 수 있도록 도와줄 사람, 그 자신이 누구이고 그 자신의 의미가 무엇인지를 발견하고 느낄 수 있도록 도와줄 사람을 찾아 헤매 다니고 있었다.

"자살이라……."

델러니는 중얼거렸다. 너무나 작은 소리였기 때문에 맥도널드에게는 거의 들리지 않았다. 델러니는 희미한 미소를 지으며 계속 중얼댔다.

"아니야. 총이나 약은 안 돼. 투신자살 같은 것도 안 돼."

그는 맥도널드가 그것이 가벼운 농담이라고 생각할 거라고 추측했다. 투신자살. 스스로 몸을 창문 밖으로 내던진다. 그리하여 저 아래 콘크리트 바닥에 곤죽이 되어 나자빠진다.

"아니야. 그자는 자살 같은 건 하지 않아. 아무리 압박이 가해져도. 그건 그자의 스타일이 아니야. 그자는 위험을 좋아하거든. 그자는 등산가니까. 그자는 위험에 빠질수록 초인적인 힘을 발휘할 수 있어. 압박? 그건 그자에게 샴페인 같은 거야."

"그럼 그는 어떻게 할까요, 서장님?"

델러니는 기묘하게 마치 변명이라도 하는 듯한 어조로 말했다.

"난 달아날 거야. 달아나야 해."

크리스마스가 지난 지 이틀째 되는 날, 대니얼 G. 블랭크는 최악의 행동을 저질렀다. 그것이 불합리하다는 것을 뻔히 알면서도 그런 짓을 하기로 마음먹었다는 것이 최악이었다. 그것이 불합리하다는 것을 알면서도 중단할 수 없었다는 것이 최악이었다.

예를 들면 전날 아침 그는 평소처럼 출근하는 것이 불가능했다. 그는 거실에 똑바로 앉아 있었다. 옷은 이미 제이비스 버챔에 출근할 때 으레 입는 것으로 갈아입었다. 9시에서 11시 사이에 그는 적어도 의자에서 세 번은 일어나 현관문으로 가서 그 문이 잘 잠겨 있는지를 확인했다. 문은 잘 잠겨 있었다. 그는 문이 틀림없이 잠겨 있다는 것을 너무나 잘 알고 있었다. 그런데도 확인하지 않을 수 없었다. 세 번씩이나.

그 다음 갑자기 아파트 안을 분주히 돌아다니며 옷장 문을 있는 대로 활짝 열어젖히고, 옷걸이에 걸린 옷들 사이로 팔을 밀어 넣어 휘둘러댔다. 아무도 숨어 있지 않았다. 이런 식의 행동이 얼마나 어리석은 짓인지를 알면서도 그렇게 하지 않을 수가 없었다.

블랭크는 술을 따랐다. 아침부터 술이라니. 그러나 술을 마시면 좀 나아질지도 모른다는 생각이 들었던 것이다. 그는 라임을 자르기 위해 칼을 집었다. 그러나 칼날을 본 순간 그것을 싱크대에 떨어뜨리고 말았다. 어떤 유혹을 느꼈기 때문은 아니었다. 전혀 그렇지 않았다. 다만 그걸 손에 들고 있기가 싫은 것뿐이었다. 그는 손을 눈으로 가져가서 눈물을 닦았다. 아니 닦은 것 같았다.

또 샌들은 어떻게 된 것인가? 그것도 이상했다. 그는 제화점에서 맞춘 가죽끈으로 엮은 샌들을 갖고 있었다. 아직도 그는 그리니치빌리지에 있는 그 제화점과 그의 맨발을 흰 종이 위에 올려놓고 발의 윤곽을 그리던 중국인 소녀를 기억하고 있었다. 그는 밤에 혼자 있을 때면 그 샌들을 종종 신고 지냈다. 가죽끈은 충분히 넉넉해서 버클을 채우고 풀지 않고 편하게 신고 벗을 수 있었다. 벌써 몇 년 동안이나 그런 식으로 샌들을 신고 벗었다. 그런데 그날 아침 그 샌들의 버클이 풀려 있었던 것이다. 침대 바로 옆에 놓여 있던 샌들의 버클이 완전히 풀려 있었다. 누가 그런 짓을 한 것일까?

시간도 그랬다. 도대체 그의 시간 감각이 어떻게 된 것일까? 10분쯤 지났을 것이라고 생각하고 시계를 보면 한 시간이 흘러 있었다. 한 시간쯤 지났을 것이라고 생각하고 확인해 보면 겨우 20분이 흘렀을 뿐이었다. 무슨 일이 벌어지고 있는 것일까?

성기는 또 어떻게 된 것일까? 물론 그것은 그의 상상에 불과했다. 그러나 성기가 그의 사타구니 속으로 파고들 정도로 쪼그라든 것만 같았다. 기묘한 일이었다. 그는 잠자리에서 일어난 직후 30분 동안 하던 운동을 중단했다. 그는 둔해진 것 같았고, 갇힌 듯한 느낌이 들었다.

비록 사소한 일들이라고는 하지만 그 밖에 다른 일도 있었다.

이 방에 있다가 저 방으로 들어간다. 그러나 그 방에 들어선 순간 그는 왜 그 방에 온 것인지를 잊는다.

텔레비전 연속극에서 전화벨이 울리면 그는 전화를 받기 위해 자신의 전화를 집어 들었다.

출근한 뒤에도 제대로 되는 일이 없었다. 일을 처리할 수가 없었기 때문이 아니었다. 그의 사고는 논리적이고 명석했다. 그러나 도대체 그 일에 무슨 의미가 있단 말인가?

정오가 다가올 무렵, 클리크 부인은 블랭크의 집무실에 들어섰다가 그가 책상 위에 고개를 숙이고 엎어져 두 손으로 머리를 끌어안고 우는 것을 발견했다. 동정심으로 그녀의 눈이 금방 붉게 물들었다.

"블랭크 이사님, 무슨 일이세요?"

"별것 아닙니다."

블랭크는 숨이 막힌 소리를 냈다. 그는 입에서 나오는 대로 말했다.

"가족 중에 누가 죽었습니다."

그러나 사실 그가 운 이유는 이런 것이었다. 미친 사람들은 자신이 미쳤다는 것을 알까? 그들은 자신이 비정상적으로 행동한다는 것을 알면서도 어쩔 수 없이 그런 행동을 계속하는 게 아닐까?

이런 생각이 그를 울게 했다.

"아, 그랬군요. 정말 안됐어요."

클리크 부인은 그를 위로했다.

그는 집으로 돌아왔다. 어느 누구에게도 폐를 끼치지 않고 정확하고 똑바른 걸음으로. 술집 출구의 문틀에 부딪히지 않고 술집에서 나와 인도를 따라 천천히, 주의 깊게 걸어서 비틀거리지않고 집으로 돌아온 주정뱅이처럼. 블랭크는 자신이 자랑스러웠다.

아직 초저녁이었다. 6시쯤 되었을까? 어쩌면 8시쯤 되었는지도 모른다. 그러나 그는 손목시계를 보고 싶지 않았다. 자신의 시간 감각을 믿을 수가 없었다. 어쩌면 그의 시간 감각에 문제가 있는 것이 아닌지도 모른다. 그의 손목시계가 제멋대로 가고 있는 탓인지도 모른다. 아니면 시간 자체가 제멋대로 가고 있거나.

블랭크는 전화를 집어 들었다. 다이얼을 돌리기 전에 뭔가 이상한 메아리 소리 같은 것이 들렸다. 신호음이 울렸다. 누군가가 전화를 받았다. 바로 그때 날카롭게 지글거리는 소리가 두 번 들렸다.

"먼포스 양 댁입니다요."

밸린터의 음성이 들렸다.

"대니얼 G. 블랭크요. 먼포트 양 계신가?"

"예, 선생님. 제가 지금……."

그때 다시 작은 삐걱이는 소리가 들렸다. 쉿쉿 하는 소리도 들렸다. 그는 즉시 전화를 끊어버렸다. 맙소사! 이제야 깨닫다니! 그는 즉시 아파트에서 나왔다. 몇 시나 되었을까? 그런 것은 더 이상 상관이 없었다.

그는 셀리아에게 절망적으로 소리쳤다.

"그놈이 내 전화를 도청하고 있어! 그 소리를 들었다고! 틀림없이 들었다니까!"

그들은 셀리아네 저택 꼭대기의 그 더러운 방에 들어와 있었다. 도시의 소음이 희미하게 들려왔다. 블랭크는 셀리아의 충고를 따라 행동했다고 말했다. 마음을 열어 본능과 원시적 공포심과 열정이 멋대로 스며들도록 방치했다고 말했다. 그는 자신이 어떻게 이상하고 비합리적인 행동을 했는지와 어떻게 규칙적인 생활방식에서 이탈했는지를 얘기했고, 그녀에게 전화를 했을 때 들려온 삐걱이고 달각거리고 쉿쉿 하는 소리와 메아리 같은 것에 대해서도 얘기했다.

"내가 미쳐가는 것 같아?"

그는 물었다. 셀리아의 대답은 조용하고 현명하기까지 했다.

"아니에요. 그렇게 생각하지 않아요. 내 생각엔 당신은 내가 처음 알던 때부터 변하기 시작했어요. 그래서 오늘의 당신으로 변화되어 온 거예요. 앞으로 어떤 변화가 있을지는 당신도 나도 확실히 알지 못해요. 하지만 그런 변화와 성장이 고통스럽고, 아마도 두렵기까지 하리라는 것은 충분히 이해할 수 있어요. 탐험을, 등산을 하고 있는 거예요. 어딘가를 향해서요. 어딘가를. 잠시 당신을 추적하는 사람이나 전화 같은 건 잊으세요. 이런 고통이나 혼란에 대해 어떻게 할 방도가 없으니까요. 댄, 당신은 다시 태어나는 거예요. 당신은 지금 탄생의 고통을 다시 겪고 있는 거예요. 따뜻하고 안전한 자궁으로부터 낯선 세상으로 나오는 중이에요. 놀랍게도 당신은 지금까지 그 통증을 잘 견뎌냈어요. 앞으로도 그럴 수 있을 거예요."

늘 그렇듯이 셀리아의 속삭임은 그에게 위로가 되었다. 다시 자신감이 생겼다. 블랭크는 마치 그녀가 그의 이마를 쓰다듬기라도 한 것처럼 마음이 놓였다. 셀리아의 말은 정말 일리가 있었다. 그가 셀리아를 만난 뒤부터 변한 것은 사실이었다. 물론 살인 역시 그 변화 중 한 가지였다. 셀리아가 그걸 부정한다는 것은 잘못된 일이었다. 그러나 살인은 그의 내면에서 발생하는 엄청난 기념비적 변화의 한 가지 결과일 뿐 원인은 아니었다. 그것은 표면을 뚫고 돌출되어 나온 뜨겁고 격정적인 물거품에 불과했다.

두 사람은 열정보다는 부드러움으로, 즐거움보다는 따뜻함으로 천천히 사랑을 시작했다. 오렌지색 불빛 아래에서 블랭크는 처음으로 셀리아 옆에 바짝 다가가서 그녀를 현미경으로 보듯 자세히 관찰했다.

그는 셀리아의 눈에 키스했다. 그 눈을 빨아들이고 싶었다. 그리하여 굴처럼 삼키고 싶었다. 눈물로 양념이 된 그 눈을 먹고 싶었다.

"어서 들어와요."

셀리아는 갑자기 말하더니 똑바로 누워 두 다리를 넓게 벌렸다. 그녀는 두 팔과 다리로 그의 몸을 감싸 안고 마치 처음으로 사랑을 하는 듯이 신음했다.

그러나 거기에는 사랑이 없었다. 견딜 수 없을 만큼 진한 슬픔이, 슬픔의 달콤함이 있을 따름이었다. 사랑의 행위를 하는 중에도 블랭크는 이것이 헤어짐으로 인한 슬픔이라는 것을 알 수 있었다. 그들은 다시는 이렇게 섹스를 할 수 없을 것이다. 그들은 둘

다 그것을 알고 있었다.

셀리아는 불타는 듯한 눈을 반쯤 뜨고 그를 바라보았다. 그는 셀리아도 그와 같은 것을, 그러니까 헤어짐으로 인한 절망감을 맛보고 있으리라고 생각했다. 바로 그 순간 블랭크는 셀리아가 무의식 중에 한 말을 알아들었다. 그녀는 블랭크를 배신했던 것이다.

그러나 블랭크는 미소 짓고, 미소 짓고, 또 미소 지으며 그녀의 다문 입에 키스를 하고 집에서 나왔다. 그는 택시를 탔다. 어둠이 두려웠기 때문이었다.

그날이 블랭크에게는 헤어짐과 좌절의 날이었다면 델러니에게는 만남과 승리의 날이었다. 그는 아직 감히 자신 있게 확신할 수는 없는 형편이었다. 두 손에 승리를 거머쥐기까지는 그럴 수 없는 일이었다. 그래도 승리가 다가오고 있다는 것을 느낄 수는 있었다.

그날 아침에는 명령서와 보고서, 영수증 등의 문건을 처리하는 작업을 했다. 그 다음에는 병원으로 가서 바바라 옆에 앉아 《허니번치: 처음 가진 작은 정원》을 한동안 읽어주었다. 그리고 웨스트 사이드의 프랑스 식당에 가서 아주 맛있는 음식을 먹었다. 독한 부르고뉴 포도주도 반 병이나 마셨다. 계산을 하고 밖으로 나오다가 그는 바에서 버찌 술도 한 병 샀다. 기분이 좋았다.

기분이 좋았다. 모든 것이 다 좋았다. 그가 집에 돌아와 얼마 지나지 않을 때 블랭큰십이 들어와서 대니보이의 시간표를 보여주었다. 정말 묘한 시간표였다. 공장에 출근한 시간이 오전 11시 30분이었다. 점심은 먹지 않았다. 부둣가를 따라 오랫동안 지그재 그로 산보를 했다. 거의 한 시간 동안이나 선창가에 앉아 있었다. 대니보이를 미행하던 대원의 말에 따르면, 그는 물 위에 떠다니는 쓰레기를 그저 쳐다보고만 있었다.

스트라이커는 이런 보고를 했다. 그는 클리크 부인을 데리고 점심을 먹으러 갔다. 그 여자는 대니보이가 사무실에서 우는 것을 봤다고 말했다. 대니보이는 가족 중에 누가 죽었다고 말했다고 한다. 대니보이가 공장에 돌아온 시각은 오후 2시 3분이었다.

델러니 서장은 그것을 블랭큰십에게 돌려주며 고개를 끄덕거렸다.

"좋아. 계속하게. 페르난데스는 돌아왔나?"

"4시에 들어옵니다."

"잠깐 나에게 들르라고 말해 줄 수 있겠나?"

블랭큰십이 나간 뒤에 델러니는 서재의 문을 닫고 고개를 숙인 채 방 안을 서성거리기 시작했다. '가족 중에 죽은 사람이 있다.' 좋은 핑계였다. 그는 잠시 서성거리던 것을 중단하고 모니카에게 전화를 걸어 그날 저녁에 잠시 방문해도 괜찮은지 물었다. 그녀는 집에서 같이 저녁식사를 하자고 초대했으나 델러니는 사양했다. 그는 7시에 모니카의 집으로 찾아가기로 약속했다. 그는 모니카에게 몇 분이면 된다고 말했고, 모니카는 이유도 묻지 않았다. 그녀는 아이들이 방학 중이어서 늘 집에 있기 때문에 바바라를 자주 문병하지 못했다고 설명했다. 그러나 내일 오후에는 문병을 갈 생각이라는 말도 했다. 그는 고맙다고 말했다.

델러니는 몇 가지 방법과 가능성에 대해 궁리하며 방 안을 좀더 서성거렸다. 그는 무선통제실로 가서 블랭큰십에게 네 대의 차량을 더 마련해 두라고 지시했다. 순찰차 두 대와 위장 순찰차 두 대에 각각 두 사람씩 태우고 대기하라는 명령이었다. 그는 그러기 위해서는 인원이 보충되어야 한다는 점에 대해서는 생각하고 싶지 않았다. 다시 서재로 돌아온 그는 계속해서 서성거렸다. 마땅히 취해야 하는 조처를 하지 않은 것이 있는가? 그런 일은 생각나지 않았다. 물론 그가 고려에 넣지 않은 문제들도 있을 것이 분명했다. 그런 것에 대해서는 어쩔 도리가 없었다.

그는 종이를 꺼내 계획을 작성했다. 그리고 최종적인 세 개의 항목 옆에 대강의 시간표를 만들었다. 제리 페르난데스 경위가 노크를 하고 들어왔을 때, 그는 아직도 그 시간표를 붙들고 씨름을 하고 있었다.

"부르셨습니까, 대장님?"

"잠깐이면 돼, 경위. 오래 걸리지 않아. 어떻게 되어가나?"

"잘 되고 있습니다. 뭔가 시작되고 있다는 느낌이 듭니다. 어째서 그런 느낌이 드는지는 묻지 마십시오. 그저 느낌이니까요."

"그 느낌이 정확하기를 바라네. 자네에게 더 지시할 일이 있어. 대원이 몇 명 더 필요해. 어디서든지 차출해 오게. 지휘자가 항의하거든 내게 연락하라고 말하게. 여자야. 이름은 모니카 길버트. 여기 주소와 전화번호가 있어. 남편이 피살된 직후 그 집 바깥에 경호원이 배치돼 있었으니까 그 여자의 사진이나 그 여자에 대한 보고서는 어딘가에서 구할 수 있을 거야. 그 여자 집의 전화를 스물네 시간 내내 도청해. 위장 순찰차 한 대에 두 사람을 탑승시켜서 그 여자 집 앞에 주차시켜 둬. 정복 경관 두 명은 집 바로 앞에 배치하고. 여자에게는 어린 딸이 둘 있네. 그 여자가 딸들과 함께

외출하는 경우에는 한 사람은 그 여자를 미행하고 다른 한 사람은
아이들을 보게. 알겠나?"

"알겠습니다, 대장님. 밀착 미행입니까?"

"붙어 다니게. 거의 닿을 만큼."

"대니보이가 무슨 짓을 저지를 것 같습니까?"

"아니. 그런 건 아니야. 여자와 아이들을 보호해야겠다는 생각
이 들었네. 스물네 시간 내내. 처리할 수 있겠나?"

"간단합니다, 대장님. 당장 조처하겠습니다."

"좋아. 오늘 밤 8시부터 시작하게. 그전에는 움직이지 말고."

페르난데스는 고개를 끄덕였다.

"그런데 대장님."

"뭔가?"

"루거는 벌써 준비했습니다."

"좋아. 문제가 있나?"

"없습니다, 전혀."

"그 때문에 자네 주머닛돈이 나간 거 아닌가?"

페르난데스는 믿을 수 없다는 듯 델러니를 바라보았다.

"돈이라구요? 무슨 돈이요? 어떤 친구에게 신세 좀 진 것뿐
이죠."

델러니는 고개를 끄덕였다. 페르난데스는 문을 열고 나가려고
했다. 그런데 그 앞에 한 사람이 이제 막 문에 노크를 하기 위해
주먹을 쥐고 서 있었다. 그 사람이 페르난데스에게 물었다.

"델러니 대장님이십니까?"

경위는 고개를 저으며 손으로 등 뒤의 델러니를 가리키고는 들

어온 사람의 옆으로 비켜 나갔다.

"내가 에드워드 X. 델러니 수사대장이오."

"윌리엄 윌로우 경위입니다. 저와 상의하실 말씀이 있다는 얘기를 들었습니다."

델러니는 의자에서 일어섰다.

"아, 그래. 들어와 문을 닫게, 경위. 와줘서 고맙네. 거기 앉게나. 맥도널드 경사가 자네가 이 분야에서 최고 전문가라고 하더군."

"정확한 견해입니다."

윌로우는 달콤한 웃음을 떠올리며 대답했다. 델러니도 웃음을 터뜨렸다.

"한잔 할까? 뭘로 하겠나?"

"셰리주 있습니까, 대장님?"

"물론이네. 중간 맛으로. 그거면 되겠나?"

"좋습니다. 감사합니다."

델러니는 술을 따르면서 필적 전문가를 살펴보았다. 좀 괴짜 같았다. 털 뽑힌 닭 같은 피부에 생김새도 그랬다. 털이 잔뜩 달린 무거운 트위드 양복을 걸치고 있었다. 어찌 그렇게 가냘픈 어깨에 그 무거운 옷을 걸치고 다니는지 모를 일이었다. 무릎 위에는 플레이드 모자가 놓여 있었고, 발목까지 올라오는 짙은 갈색 스웨이드 부츠를 신고 있었다. 마름모무늬가 있는 양말을 신었고, 산뜻한 체크무늬 셔츠에 면 넥타이를 매듭을 큼직하게 해서 매고 있었다. 기묘한 차림새였다.

그러나 그의 눈은 금방 씻은 듯 맑고 생생하고 예리했다. 델러니가 내미는 잔을 받아드는 그의 움직임은 단정하고 정확했다.

"대장님의 건강을 빕니다."

경위는 잔을 들어 올려 한 모금을 맛보고는 중얼거렸다.

"하비스로군요."

"그래."

"아주 좋은 셰리죠. 좀 더 일찍 오려고 했습니다, 대장님. 하지만 법정에 가 있었어요."

"상관없네 급한 일은 아니니까."

"무슨 일인데요?"

델러니는 책상 서랍을 열어 토머스 핸드리가 가져다 준 사진을 윌로우에게 내밀었다. 뒷면에 '행운을 빕니다. 대니얼 G. 블랭크.' 라는 글귀가 있는 사진이었다.

"이런 필적을 가진 남자에 대해 해줄 수 있는 얘기가 뭔가?"

윌리엄 윌로우 경위는 그것을 쳐다보지 않았다. 그 대신 그는 충격을 받은 듯 델러니를 쳐다보았다.

"아, 이런! 대장님, 무슨 실수가 있었던 모양입니다. 저는 필적 전문가가 아니라 QD 전문가입니다."

잠시 대화가 끊겼다. 델러니가 물었다.

"QD 전문가라는 게 뭔가?"

"문건 조사지요. 제 업무는 위조된 문건이나 위조된 것으로 추정되는 문건을 다른 문건과 대조하는 것입니다."

"알겠네. 그럼 필적 전문가는 뭔가?"

"사람의 필적을 보고 그 사람의 성격과 특징, 심지어는 육체적 정신적 질병까지도 알아낼 수 있다고 주장하는 사람들이지요."

"'주장한다'고? 경위는 필적 전문가의 그런 말을 믿지 않는 모양이군."

윌로우는 다시 그 달콤한 웃음을 떠올렸다.

"그보다는 그런 주장에 대해 회의적이라는 정도로 해두는 게 낫겠습니다. 전 그 사람들의 말을 믿는 것도 아니고 믿지 않는 것도 아닙니다."

델러니는 윌로우의 술잔이 비어 있는 것을 보았다. 그는 일어나 잔을 채워준 다음 술병을 윌로우 옆에 놓인 작은 탁자에 놓아주었다. 델러니는 책상 앞으로 돌아와 앉아 윌로우를 음울한 얼굴로 바라보았다.

"하지만 경위도 그 필적 전문가들의 이론이나 실제에는 밝을 테지?"

"그야 물론입니다, 대장님. 필적분석에 관련된 저술은 그것이 어디에서 나온 책이건, 좋은 내용이건 나쁜 내용이건 다 읽었습니다."

델러니는 고개를 끄덕이고 몸을 회전의자에 깊숙이 밀어 넣고 앉으며 두 손을 깍지 껴 배 위에 놓았다. 그는 꿈꾸는 것 같은 어조로 말했다.

"윌로우 경위, 한 가지 특별한 부탁을 해야겠네. 지금부터 자네는 문건 조사 전문가가 아니라 필적 전문가로서 행동해 주기를 바라네. 이 필적을 필적 전문가들이 하는 것처럼 분석해 주게. 내가 원하는 건 자네의 견해일세. 그 견해에 대해 법정에 나와 증언을 하는 일 같은 건 없을 거야. 이건 비공식적인 일이니까. 다만 경위의 생각을 알고 싶은 것뿐이네. 물론 경위를 필적 전문가로 가정하고 하는 말이지. 경위의 견해는 이 방 밖으로는 절대로 새어 나가지 않을 걸세."

윌로우는 즉시 대답했다.

"알겠습니다. 기꺼이 하겠습니다."

윌로우는 안주머니에서 아주 기묘하게 생긴 안경을 꺼냈다. 꼭 대기에 또 한 쌍의 렌즈가 달려 있는 것으로 의사가 진찰할 때 쓰는 안경과 흡사했다. 경위는 안경을 쓰더니 위에 달린 렌즈를 밑으로 내렸다. 그는 블랭크의 필적을 눈앞으로 바짝 가지고 갔다. 사진이 코에 닿을 정도였다. 그는 즉시 입을 열고 말하기 시작했다.

"음, 안됐지만 섬세한 뉘앙스 같은 것은 없어요. 음, 아하, 음. 아주 재미있는데요. 대장님, 이 사람 변비에 걸리지 않았습니까?"

"잘 모르겠는데."

윌로우는 여전히 블랭크의 필적을 파고들듯 들여다보며 말했다.

"음, 아, 이걸 보세요. 제 말을 믿을 수 있으시겠어요? 아하, 아파요. 아파요, 아파. 그리고 이건 멋진 대문자로군요. 정말 멋져요. 이 사람은 미국 중부, 그러니까 오하이오나 인디애나, 아이오와쯤의 중소 도시에서 자랐군요. 그렇지요?"

"그렇다네."

"마흔 살쯤 되었구요?"

"30대 중반이네."

"좋아요. 그럴 수 있겠네요. 패머 방식이에요. 아직도 어떤 학교에서는 그 필법을 가르치지요. 맙소사, 이걸 좀 보세요. 정말 재미있는데요."

윌로우는 갑자기 안경을 벗더니 반쯤 일어서서 델러니의 책상에 대니얼 G. 블랭크의 사진을 올려놓았다. 그는 자신의 자리로 돌아가 셰리주를 한 잔 더 따랐다. 그리고 빠르게 말하기 시작했다.

"정신분열입니다. 한편으로는 예술적이고 감각적이고 상상력이 풍부하고 마음씨 착하고 감수성이 예민하고 외향적이고 열심히 가치를 추구하고 동정적이고 자비심도 있습니다. 대문자는 거의 예술 작품입니다. 멋지고 아름다워요. 그러나 소문자들의 경우에는 빈틈없고 냉정하고 철저하게 통제되어 있습니다. 기계적인 정신입니다. 질서정연하고 훈련되어 있고 무자비하고 감정도 없고 비인간적이고 죽어 있습니다. 아주 조화하기 힘든 양면이죠."

"이 사람이 미쳤다는 건가?"

"그렇지는 않습니다. 하지만 분열되어 가고 있습니다."

"왜 그렇게 말하는 거지?"

"이 사람의 필적이 분열되어 있습니다. 촉이 부드러운 펜 글씨만을 봐도 알 수 있어요. 글자와 글자 사이에 펜이 지나간 흔적이 희미합니다. 어떤 글자 사이에는 흔적 자체가 전혀 없어요. 이 사람의 서명을 보세요. 그건 어떤 사람이든 가장 멋지게 물 흐르듯이 자연스럽게 쓸 수 있는 법입니다. 그런데 이 사람은 비틀거리고 있어요. 이 사람은 자신이 누구인지를 모르고 있습니다."

델러니 대장은 친절하게도 이렇게 말했다.

"정말 고맙군, 윌로우 경위. 거기 앉아서 술을 마저 마시면서 필적 감정에 대해 좀 더 얘기해 주게. 물론 필적 전문가로서 말이네. 아주 흥미진진하군."

"물론이죠. 재미있습니다."

그날 저녁 델러니는 시간표를 보기 위해 거실로 들어갔다. 대니보이는 오후 2시 3분에 백악관으로 돌아왔다. 5시 28분에 성의 공주에게 전화를 해서 몇 마디 말을 주고받은 다음 갑자기 전화를 끊었다. 5시 47분에 택시를 타고 성으로 갔다. 불독 셋의 보고에 따르면 대니보이는 그 시각까지도 성에 있었다.

델러니는 전화가 놓인 탁자 앞으로 갔다.

"5시 28분 대니보이의 통화 녹음했나?"

"예, 서장님. 도청 담당 대원들이 테이프를 가져다 주었습니다. 들어보시겠습니까?"

"그러지."

델러니는 대니얼 G. 블랭크가 밸린터와 하는 얘기를 들었다. 그들이 도청장치를 통해서 흘려 넣은 딸깍이는 소리와 삐걱이는 소리와 메아리 같은 소리도 들었다. 블랭크가 얘기를 하다 말고 갑자기 전화를 끊자 델러니는 빙긋 미소 지었다.

"완벽해."

그는 모니카와 만나 할 일을 미리 세부적인 것까지 주의 깊게 계획했다. 심지어는 코트를 입고 있어야 한다는 것까지 생각해 두었다. 그래야만 모니카는 그가 바빠서 잠시밖에 머무를 수 없다고, 남편의 살인범을 잡기 위해 애쓰고 있다고 믿게 될 것이다.

그러나 델러니가 저녁 7시에 모니카의 집에 도착했을 때 아이들은 잠옷을 입은 채로 자지 않고 있어서 아이들과 놀아주지 않을 수 없었고, 아이들의 크리스마스 선물을 같이 구경하지 않을 수 없었고, 커피 한 잔을 마시지 않을 수 없었다. 분위기는 편안하고 따뜻하고 느긋하고 평화로웠다. 그의 의도와는 완전히 빗나가고 만 것이다. 모니카가 아이들을 침대에 눕히자 그는 기뻤다.

델러니는 거실로 돌아와서 소파에 앉아 미리 준비해 온 종이를 한 장 꺼냈다. 그는 얘기를 하면서 그 종이를 모니카에게 보여줄 생각이었다.

모니카는 돌아와 델러니를 보고 깜짝 놀랐다.

"무슨 일이세요, 에드워드? 긴장하신 것 같아요."

"살인범은 대니얼 G. 블랭크입니다. 의심의 여지가 없어요. 그 자가 당신 남편을 죽이고, 롬바드와 코프를 죽이고, 파인버그를 죽였습니다. 그자는 미쳤습니다. 정신병자지요."

"언제 체포하실 거예요?"

"체포하지 않을 겁니다. 법정에 내놓을 증거가 없습니다. 그를 체포해도 한 시간도 지나지 않아 석방되고 말 겁니다."

"믿을 수가 없어요."

"사실입니다. 우린 그자를 매 순간 감시하고 있습니다. 그래서 어쩌면 우리는 살인을 하려는 현장에서 그자를 체포할 수 있을지 도 모릅니다. 하지만 그건 너무 위험합니다."

델러니는 블랭크를 잡기 위해 이제까지 해온 일들을 설명했다. 그가 크리스마스 이브에 프랭크 롬바드라면서 블랭크에게 전화를 했다는 얘기를 하자 모니카의 얼굴은 창백하게 질렸다.

"에드워드, 그럴 수가!"

그녀는 숨이 막힌 듯했다.

"예, 그렇게 했습니다. 그게 효과를 나타냈지요. 그자는 이제 찢기고 있습니다. 며칠 더 압력을 가하면 완전히 찢겨 나가고 맙 니다. 그런데 당신이 좀 해주실 일이 있습니다."

델러니는 자신이 쓴 대화가 기록된 종이를 내밀었다.

"지금 그자에게 전화를 해서 왜 남편을 죽였는지를 추궁하십시오."

델러니를 바라보는 모니카의 얼굴은 충격과 공포로 질려 있었다.

"에드워드, 난 못 해요."

델러니는 조용히 말했다.

"할 수 있어요. 몇 마디만 하면 됩니다. 여기 당신을 위해서 내가 다 써왔어요. 당신이 할 일은 이걸 읽는 것뿐입니다. 당신이 전화하는 동안 난 바로 여기 이 자리에 앉아 있을 겁니다. 원하신다면 그동안 손을 잡아드리지요. 금세 끝나는 일입니다. 할 수 있어요."

"할 수 없어요! 못 해요!"

모니카는 고개를 돌리고 두 손으로 얼굴을 가렸다. 그녀는 흐느끼는 음성으로 말했다.

"제발 그런 말씀 그만 하세요. 부탁이에요. 난 못 해요."

"그자가 당신 남편을 죽였습니다."

델러니는 조용히 말했다.

"하지만 만일 그 사람이……."

"다른 무고한 사람들도 죽였습니다. 머리를 깨뜨렸어요. 작은 손도끼로 말입니다. 그 사람들 머리가 깨져서 길바닥에 뇌수가 흘렀어요."

"에드워드, 제발……."

"당신은 복수를 원한다고 했잖습니까? '복수예요.'라고 말했지요. '도움이 되는 일이라면 뭐든 다 하겠어요.'라고도 말했습니다.

'타자도 치고 심부름도 하고 커피도 끓이겠어요.' 하고 말했잖습니까. 그게 당신이 그때 나에게 한 말입니다. 내가 원하는 건 전화로 말을 몇 마디 하는 것뿐입니다. 당신 남편을 그처럼 잔인하게 죽인 도살자에게 말입니다."

"그자가 날 추적할 거예요. 아이들이 다칠 거라구요."

"아닙니다. 그자는 여자나 아이에게는 손을 대지 않아요. 뿐만 아니라 당신은 철저히 보호받을 겁니다. 그자가 만일 해치고 싶다 해도 당신에게는 접근도 못 할 겁니다. 접근하려고 시도조차 하지 않겠지만. 모니카, 해주시겠지요?"

"왜 내가 해야 하죠? 왜 꼭 내가 해야 하느냐구요. 여자 경찰을 불러서 시켜도……"

"그래서 그자에게 전화를 해서 내가 모니카다 하고 말하게 하라구요? 그렇게 해도 당신이나 아이들이 덜 위험한 것은 결코 아닙니다. 또 나는 경찰청 사람들이 이 일을 알기를 바라지 않습니다."

모니카는 주먹으로 입을 가리고 고개를 흔들었다. 그녀의 눈이 눈물로 젖었다. 그녀는 들릴 듯 말 듯한 소리로 말했다.

"뭐든 다 하겠어요. 이것만 빼구요. 제발요. 전 못 해요."

델러니는 일어서서 그녀를 내려다보았다. 그의 얼굴이 흉하게 일그러졌다.

"이런 일은 경찰이나 하라는 겁니까?"

그의 음성은 만일 그 자신이 듣는다 해도 자신의 것이라 믿기 어려울 만큼 격정적이었다.

"세상의 쓰레기나 구토물, 피 같은 걸 치우는 일은 경찰들이나 하라 이겁니다? 당신 손은 더럽히지 않겠다는 건가요? 그런 일은 다 경찰에게 떠맡기겠다는 거 아닙니까? 그런 짓을 하는 사람들이 누구든 알고 싶지도 않다는 겁니까?"

"에드워드, 이건 너무 잔인해요. 그걸 모르세요? 당신이 지금 하는 일은 그자가 저지른 일보다 더 나빠요. 그 사람은 병 때문에 자신도 어쩔 수 없어서 살인을 했어요. 하지만 당신은 그 사람을 천천히 죽이고 있어요. 의도적으로요. 당신이 하는 일이 어떤 건지 잘 알면서요. 모든 걸 철저히 계획해서 조금씩 조금씩……."

갑자기 델러니는 그녀 곁으로 가서 그녀의 어깨를 감싸안고 그녀의 귀에 속삭였다.

"내 말 들어보세요. 당신 남편은 유대인이었어요. 당신도 유대인이죠. 그렇지요? 마지막으로 피살된 파인버그도 유대인이었어요. 피살자들 중에 두 명, 50퍼센트가 유대인이었어요. 당신은 이 살인자가 더욱 날뛰어서 당신네 동족을 더 죽이기를 바라는 겁니까? 당신이 원하는 건……."

모니카는 그의 팔을 뿌리치고 상체를 틀더니 그의 뺨을 후려쳤다. 그 힘이 너무나 강했기 때문에 델러니의 고개가 한쪽으로 돌아갔다. 그는 잠시 동안 눈을 뜰 수가 없었다. 그녀는 델러니에게 침을 뱉었다.

"비열한 사람! 당신같이 비열한 사람은 난생 처음이에요!"

델러니는 벌떡 일어서서 그녀를 내려다보며 부르짖었다.

"아, 그렇군요. 비열하다구요. 그렇습니다. 그리고 그 대니얼 G. 블랭크는 병에 걸린 불쌍한 친구지요. 그렇지요? 맞나요? 당신 남편의 머리를 깨뜨렸는데도 말입니다. 그러니 사건이 일어난 날을 '착한 블랭크의 주일'이라고 명명해야겠네요. 그렇지 않습니까? 하지만 내 말을 들어요. 내 말 좀 들어보라구요! 그자는 죽은 놈입니다. 알았어요? 대니얼 G. 블랭크는 벌써 시체예요. 이미 시체라구요. 당신은 법이 금지한다고 해서 그자가 멋대로 걸어 다니는 것을 내가 그냥 두고 볼 거라고 생각합니까? 내가 그저 어깨나 으쓱하고 간단히 포기하고 돌아설 것 같아요? 내가 약속하리다. 그놈은 죽었어요! 그자가 나에게서 벗어날 길은 없어요! 절대 없어요! 만일 내가 한낮에 5번로 대로상에서 내 권총으로 그놈을 쏘는 수밖에 없다고 한다면 난 그렇게 할 겁니다! 난 한다구요! 그리고 그 자리에 서서 경찰들이 와서 날 체포하기를 기다릴 겁니다. 상관없어요! 그놈은 죽었어요! 내 말 못 알아들어요? 당신이 날 도와주지 않는다 해도 난 다른 방법으로 할 거란 말입니다. 당신이 어떻게 하든 상관없어요! 아무 상관도 없어요. 그자는 죽었어요. 그자는 벌써 죽은 놈이란 말입니다."

델러니는 분노로 치를 떨며 그 자리에 서 있었다. 그는 입을 크게 벌리고 심호흡을 하려고 했다. 모니카는 겁을 먹은 듯이 그를 올려다보았다.

"그 사람에게 무슨 말을 하라는 거예요?"

모니카는 작은 소리로 물었다. 델러니는 그녀가 앉은 소파 옆에 앉았다. 모니카는 수화기를 잡았다. 델러니는 그녀의 남은 한 손을 잡고 귀를 수화기에 바짝 갖다 댔다. 전화 저쪽에서 블랭크가 하는 말을 들어야 했다. 그가 쓴 종이는 모니카의 무릎에 놓였다.

블랭크는 조심스러운 음성이었다.

"여보세요?"

"대니얼 G. 블랭크 씨?"

모니카가 물었다. 종이에 씌어 있는 글귀를 읽는 것이었다. 그녀의 음성은 조금씩 떨리고 있었다.

"그렇습니다. 누구시지요?"

"저는 모니카 길버트예요. 죽은 버나드 길버트의 미망인이에요. 블랭크 씨, 왜 버니를 죽였어요? 내 아이들과 나는……."

그러나 모니카는 얘기를 계속할 수 없었다. 블랭크의 발광한 듯한 고함소리가 그녀의 말을 막았다. 그것은 공포와 절망감에 사로잡힌 부르짖음이었다. 델러니도 모니카도 깜짝 놀랐다. 전화기에서 들리는 울부짖는 소리는 너무나 커서 귀가 아플 정도였다. 그들의 가슴과 영혼을 뒤흔들어 온몸이 부들부들 떨릴 정도로 그 울부짖음은 고통스러웠다. 곧 이어 거칠게 수화기를 동댕이치는 소리가 들렸다.

델러니는 모니카의 떨리는 손에서 수화기를 빼앗아 전화통 위에 올려놓았다. 그는 일어나서 코트를 입고 단추를 채운 다음 모자를 집어 들었다.

"됐습니다. 잘하셨습니다."

모니카는 그를 바라보며 중얼거렸다.

"당신은 무서운 사람이에요. 당신 같은 사람은 처음이에요."

"제가요? 무섭고 비열하고……. 하루 저녁에 잘도 변하는군요. 글쎄요. 나는 경찰에 불과합니다."

"다시는 당신을 만나고 싶지 않아요. 영원히요."

델러니는 슬픈 어조로 말했다.

"알겠습니다. 안녕히 주무십시오. 고맙습니다."

모니카의 아파트 문 앞에는 두 명의 정복 경관이 배치되어 있었다. 델러니는 신분증을 제시하고 그들이 명령을 충실히 이행하는지를 확인해 보았다. 두 사람 모두 블랭크의 사진을 지니고 있었다. 집 밖 거리에는 위장 순찰차에 두 사람의 사복 형사가 타고 있었다. 그들 가운데 하나가 그를 알아보고 손을 들어 인사를 했다. 페르난데스가 정확히 일을 처리한 것이다. 그는 이런 식의 업무에는 빈틈이 없는 사람이었다.

델러니 대장은 코트 주머니에 손을 찌르고 자신이 모니카에게 한 짓을 생각하지 않으려고 노력하면서 블랭크의 아파트까지 걸어갔다. 그는 로비로 들어갔다. 다행히 립스키는 비번이었다. 그는 경비원에게 말했다.

"대니얼 G. 블랭크 씨에게 편지를 가지고 왔습니다. 이걸 그분 우편함에 넣어주시겠습니까? 급할 건 없습니다. 블랭크 씨가 내일 이 편지를 봐도 상관없으니까요."

델러니는 경비원에게 소액의 팁과 더불어 로저 코프 가족의 크리스마스 카드가 들어 있는, 대니얼 G. 블랭크의 주소가 적힌 흰 봉투를 넘겨주었다.

모니카 길버트로부터 전화를 받은 블랭크는 수화기를 떨어뜨리고 아파트 안의 이 방 저 방을 헤매고 다녔다. 울부짖음은 그의 목구멍에 걸려 더 이상 터져 나오지 않았다. 그는 울부짖음을 뱉어낼 수도 없고 삼킬 수도 없었다. 이윽고 그 울부짖음이 신음소리와 구역질로, 기침과 눈물로 변해서 터져 나왔다. 그는 침실로 들어가서 이마를 전신거울에 대고 자신의 낯설고 일그러지고 붕괴된 얼굴을 들여다보았다.

마음이 웬만큼 진정되자 그가 내지른 비명을 이웃 사람들이 들었을지도 모른다는 생각이 들었다. 그는 곧장 침실로 들어갔다. 침실에도 전화는 있었다. 그는 셀리아에게 전화를 하여 '왜 날 배신하는 거지?' 하고 따질 생각이었다. 그러나 전화에서는 이상한 소리만이 들릴 따름이었다. 그제서야 그는 거실에 있는 전화의 수화기를 떨어뜨린 채 버려두었다는 것을 상기했다. 그는 전화를 끊고 거실로 나와 수화기를 제자리에 올려놓았다. 그러나 셀리아에게 전화를 하는 일은 그만두기로 했다. 그 여자가 할 말이 무엇이 있겠는가.

블랭크는 이제껏 한 번도 이런 혼란을 경험한 적이 없었다. 그는 생존 본능을 발휘하여 옷을 벗고, 창문과 문의 잠금장치를 살펴본 뒤 전등을 끄고, 벌거벗은 채 침대로 기어들었다. 그는 몸뚱이에 실크 시트와 담요가 친친 감기도록 앞뒤로 몸을 뒤척거렸다.

마음이 뒤숭숭해서 밤새도록 한잠도 이루지 못한 채 어둠 속을 바라보며 어떻게 된 일인지를 생각하게 될 것이었다. 그러나 이상한 일이었다. 그는 즉시 잠들었다. 길고, 꿈도 없는 잠이었다. 잠이라기보다는 차라리 혼수상태였다. 무겁고 침울한 잠이었다. 그가 잠에서 깨어난 시각은 다음 날 오전 7시 18분이었다. 피곤했고, 얼굴은 부어 있었다. 눈이 떠지지 않았다. 그는 자신이 밤새도록 울었다는 것을 깨달았다.

그러나 간밤의 공포는 사라지고 무감각함이 대신 자리 잡았다. 아무것도 생각할 수가 없는 상태였다. 목욕을 하고, 면도를 하고,

옷을 입고, 아침을 먹는 동안에도 그는 아무것도 생각하지 않았다. 그는 자신이 그런 상태라는 것을 깨달았다. 마치 너무 일에 시달린 두뇌가 '됐어! 이제 충분해!' 하고 선언하고는 어떤 공포나 희망도, 열정이나 전망도, 끈기도 모두 거부하는 것 같았다. 그의 몸까지도 침체상태에 들어간 것 같았다. 맥박은 평소보다 느리게 뛰는 것 같았고, 손발도 맥없이 늘어지는 것 같았다. 출근하기 위해 옷을 갈아입은 다음 그는 마치 큐 사인이 떨어지기를 기다리는 배우처럼 거실에 조용히 앉아 있었다. 그는 거울이 붙어 있는 벽을 바라보았다. 자신이 그저 존재한다는 사실이, 숨을 쉬고 있다는 사실이 만족스러웠다.

전화벨이 두 번, 한 시간 정도의 간격을 두고 울렸다. 그러나 그는 전화를 받지 않았다. 회사에서 온 전화일 수도 있었다. 아니면 셀리아가 전화를 한 것인지도 모른다. 아니면, 아니면 또 다른 누구겠지. 그러나 그는 전화를 받지 않았다. 꼼짝도 하지 않고 고집스럽게 앉아 있었다. 그의 눈동자만이 벽에 붙은 거울을 따라 움직였다. 그에게는 이런 평화로운 시간이 필요했다. 조용하고 아무것도 생각하지 않는 시간이 필요했다. 어쩌면 그는 소파에 앉은 채 기절이라도 했던 것인지도 모른다. 그러나 그런 것은 중요하지 않았다.

블랭크가 소파에서 일어난 시간은 오후였다. 그는 시계를 보았다. 오후 2시 18분인 것 같았다. 그럴 수도 있었다. 그는 그 사실을 기꺼이 받아들였다. 그는 막연하게 밖으로 나가야 한다고, 산책이라도 하면서 신선한 공기를 마셔야 한다고 생각했다.

그러나 그는 로비까지 내려갈 수 있었을 뿐이었다. 그는 우편함

앞을 걸어 지나갔다. 우편물이 들어 있었다. 그러나 그는 신경 쓰지 않았다. 아마 늦게야 도착한 크리스마스 카드이리라. 어쩌면 계산서일지도 모르지. 그리고 어쩌면……. 그런 것은 생각할 가치도 없었다. 길다가 올해 크리스마스 카드를 보냈던가? 기억이 나지 않았다. 그는 그녀에게 카드를 보내지 않았다. 그것만은 확실했다.

찰스 립스키가 그를 막았다. 그는 명랑하게 말했다.

"편지가 와 있습니다, 블랭크 선생님. 우편함에 들어 있어요."

립스키는 카운터 뒤로 들어갔다.

그때 블랭크는 갑자기 경비원들에게 크리스마스 때 아무것도 선물하지 않았다는 것을 상기했다. 차고지기에게도 아무것도 주지 않았다. 세탁부에게도 마찬가지였다. 아니, 선물을 주었던가? 셀리아에게 크리스마스 선물을 주었던가? 기억이 나지 않았다. 왜 그녀가 자신을 배신했을까?

그는 립스키가 손에 쥐어준 평범한 흰 봉투를 내려다보았다. '대니얼 G. 블랭크 귀하.' 그것은 이름이었다. 그것은 기억이 났다. 돌연 그는 짧은 산책을 지금은 가지 않는 것이 낫겠다고 결정했다. 적어도 지금 당장은 나가지 않는 편이 나을 것 같았다. 아니, 절대로 나가지 않을 것이다. 그는 자신이 앞으로 절대로 산보 같은 것은 나가지 않으리라는 것을 알았다.

"고맙네."

그는 립스키에게 말했다. 그것은 우스운 이름이었다. 립스키라. 블랭크는 돌아서서 승강기를 향했다. 아직도 그는 무감각상태에서 꿈속처럼 움직이고 있었다. 무릎은 물처럼 흘러내릴 듯했다.

승강기가 빨리 내려오지 않는다면 몸이 금방이라도 로비에 깔린 검은 털투성이 카펫 속으로 녹아내릴 것 같았다. 그는 심호흡을 했다. 다행히 승강기가 내려왔다.

문을 잠그고 빗장을 걸자 그는 문에 기대서서 천천히 그 흰 봉투를 열었다. 코프 가족이 보낸 크리스마스 카드였다. 아, 그래. 왜 그녀는 나를 배반했을까? 도대체 어떤 이유가 있었을까? 그가 이제껏 한 모든 행동은 사실 그녀의 부드러운 재촉과 현명한 인도로 이루어진 일이 아니던가?

블랭크는 곧장 침실로 가서 서랍을 빼냈다. 그는 서랍을 침대 위에 뒤집어놓고, 테이프로 붙인 봉투를 떼어냈다. 봉투를 열었다. 전리품이라니. 이것은 어리석은 실수였다고 그는 막연하게 생각했다. 그러나 이것 때문에 뭐가 잘못된 일은 없었다. 전리품은 그 자리에 그대로 남아 있었다. 아무도 그것을 가져가지 않았다. 아무도 그것을 보지 못했다.

그는 부엌에서 커다란 가위를 가지고 와서 롬바드의 운전면허증을 잘라버렸다. 길버트의 신분증도 자르고, 코프의 신분증도 자르고, 파인버그의 장미 꽃잎도 갈가리 조각을 내버렸다. 그는 자르고 자르고 또 잘랐다. 그는 그것들을 모두 화장실로 가지고 가서 변기에 처넣고 물을 내렸다. 그는 그것들이 모두 사라지는 것을 지켜보고서도 두 차례 더 물을 내렸다.

이제 남은 것은 3급 수사관 로저 코프의 배지뿐이었다. 블랭크는 침대 끝에 걸터앉아 손바닥에 그것을 올려놓고 위아래로 올렸다 내렸다 하며 그것을 어떻게 없애버릴 것인지를 막연히 생각해 보았다. 쓰레기 소각로에 던져버릴까? 그러나 이것은 타지 않을

지도 모른다. 긁히고 더럽혀지기는 하겠지만 그것을 발견하는 사람은 뭔가 이상하다는 생각을 할 것이다. 창문 밖으로 던져버려? 바보 같은 짓이었다. 강물 속에 빠뜨리는 것이 최상이었다. 그러나 그렇게 멀리까지 걸어갈 수 있을까? 누군가가 볼지도 모르는 일 아닌가. 가장 단순한 방법이 최선이었다. 그 배지를 작은 갈색 봉투에 넣어 두 블록쯤 걸어가서 길 구석의 작은 쓰레기통에 던져버리는 것이다. 그러면 시 청소과에서 그 쓰레기통을 치우고 쓰레기는 거대한 괴물 같은 트럭의 짐칸에 던져질 것이다. 그렇게 되면 배지는 커피찌꺼기나 자몽 껍질 따위와 뒤섞여 결국에는 브루클린의 쓰레기 처리장에 던져지거나 쓰레기 매립장에 파묻히게 될 것이다. 완벽했다. 블랭크는 작은 소리로 키들키들 웃었다.

그는 장갑을 끼고 기름수건으로 그 배지를 닦아 갈색 봉투 안에 그것을 넣었다. 그는 톱코트를 걸치고 봉투를 오른쪽 주머니에 넣었다. 왼손을 왼쪽 주머니 틈에 집어넣고 얼음도끼를 코트 자락 밑에 감춰 쥐었다. 그는 왜 그것을 가지고 가는 것인지 스스로도 뚜렷이 알지 못했다.

블랭크는 3번로를 따라 걷다가 남쪽으로 방향을 바꿨다. 그 블록 중간쯤에서 그는 다음 모퉁이에 작은 쓰레기통이 서 있는 것을 발견하고 걸음을 멈췄다. 그는 쇼윈도를 들여다보았다. 지팡이와 의족, 휠체어와 보철장비, 탈장대와 붕대, 비상용 산소통과 소변기 세트 등이 가득 들어차 있었다. 그는 태연히 그 쇼윈도로부터 멀어지면서 거리를 위아래로 살펴보았다. 정복 경찰관은 보이지 않았다. 순찰차도 없었다. 경찰이 사용한다는 위장 순찰차도 없는 것 같았다. 사복 형사처럼 보이는 사람도 없었다. 맨해튼 거리의 평범한 행인들뿐이었다. 가정주부들, 경영자들, 히피와 창녀와 사기꾼과 성직자들, 거리의 물결에 휩쓸려 헤엄쳐 다니는 도시의 군중뿐이었다.

블랭크는 재빨리 구석에 놓인 쓰레기통으로 다가가서 주머니에서 코프 형사의 배지를 담은 갈색 봉투를 꺼내 쓰레기통에 던졌다. 쓰레기통 안에는 그가 버린 봉투와 똑같은 갈색 봉투들과 신문지들, 죽은 쥐새끼, 그리고 살아 있는 이 도시의 더러운 쓰레기들이 들어차 있었다. 그는 재빨리 사방을 둘러보았다. 아무도 그를 보고 있지 않았다. 사람들은 각기 제 할 일을 하느라고 분주할 따름이었다.

블랭크는 재빨리 돌아서서 웃으면서 빠른 걸음으로 집으로 돌아왔다. 너무도 간단하고 너무도 쉬운 방법이 아닌가.

그가 아파트로 들어서자 전화벨이 울렸다. 그는 전화를 받지 않고 그대로 내버려두었다. 그는 톱코트를 벗고 얼음도끼를 제자리에 보관했다. 그 다음 보드카로 멋진 칵테일을 만들어 콧노래를 부르면서 열심히 휘저었다. 가능한 한 차갑게 만들어야 했다. 그는 술잔을 들고 거실로 돌아와 소파에 길게 누워 가슴에 술잔을 올려놓고 다시 그녀가 그를 배신한 이유가 무엇일까를 생각해 보았다.

얼마나 지났을까. 그가 술을 몇 모금 마시고 아직도 혼수상태에서 흐느적대고 있을 때, 마치 오랫동안 물속에 잠긴 채 감춰져 있다가 파도에 떠밀려, 혹은 대포의 굉음에 흔들리거나 태풍에 휩쓸려 수면 위로 떠오른 것처럼 전화벨이 다시 울렸다. 그는 즉시 일어났다. 술잔을 칵테일 탁자 위에 조심스럽게 올려놓고 부엌으로 들어가서 칼을 하나 골라 들었다. 면도날처럼 날카로운, 편한 손잡이가 달린 15센티미터 길이의 칼이었다.

이상하게도 칼을 쥐어도 이제는 조금도 불안하지 않았다. 좋은 감촉이었다. 그는 거의 뛰듯이 거실로 돌아와서 상체를 조금 숙이고 그 날카롭고 편안한 칼로 전화통과 수화기를 연결하는 비비 꼬인 줄을 단번에 잘라버렸다. 그는 줄에 매달려 대롱거리는 잘린 수화기를 한쪽으로 치워버렸다.

그것으로 그는 자신과 저 바깥 세상이 연결되어 있던 끈을 잘라버렸고 자유로워졌다. 그는 그것을 느낄 수 있었다. 모든 사태로부터, 세계로부터, 모든 현실로부터 그는 자유로웠다.

델러니는 불편한 기분으로 잠에서 깨어났다. 무엇인가를 놓쳤다는 느낌에 사로잡혔다. 뭔가 너무도 분명한 것을 간과해 버려 그로 인해 대니보이가 저 무수한 감시자들 틈을 뚫고 유럽으로 탈출해 버리거나, 도심의 익명성 속으로 스며들어 버리거나, 혹은 다시 살인을 저지르게 되고야 말 것 같았다. 델러니는 다시 한 번 조직을 점검해 보았다. 더 철저한 감시 체제는 만들어질 수 없었다.

그러나 그는 아침식사를 할 때까지도 기분이 찜찜했다. 부엌에서 커피를 한 잔 따라서 무선통제실로, 식당으로, 복도로 돌아다녔다. 그동안에 그는 새로운 뭔가를 의식하기에 이르렀다. 간이침대에서 속옷만 입고 자는 대원이 하나도 없었다. 모든 대원들이 일어나서 옷을 차려입고 있었다. 그가 현재 서 있는 위치에도 세 대원이 총을 차고 있었다.

롬바드 작전 수사대에 소속된 대부분의 대원들은 형사들이었고, 그래서 경찰용 특수 38구경 권총을 지니고 있었다. 357매그넘을 가지고 있거나 45구경 권총을 가진 운 좋은 사람도 몇 있었다. 어떤 사람들은 총기를 둘이나 가지고 있기도 했다. 어떤 사람은 엉덩이에 총을 찼고, 어떤 사람은 허리에 찼다. 여분의 권총띠를 마련하여 32구경을 등에 차고 다니는 사람도 하나 있었다. 어떤 사람은 소형 22구경을 바짓자락 속 종아리에 차고 다니기도 했다.

델러니는 대원들이 그런 식으로 경찰의 공식 화기가 아닌 무기를 드러내놓고 다니는 것에 대해 반대할 생각은 없었다. 다음 문이 열리는 순간 죽음에 직면할지도 모르는 임무를 맡은 이들이었으므로 가장 믿음직스러운 화기를 골라 지니고 다니는 것은 자연스러운 일이었다. 델러니는 송곳이나 청동제 주먹 보조대, 심지어는 칼을 지니고 다니는 대원이 있다는 것도 알고 있었다. 모두 상관없는 일이었다. 그들은 자신의 안전을 도모할 수단을 강구할 자격이 있었고, 그 수단이 통용이 되는지 안 되는지 알아볼 자격도 있었다.

그러나 이상한 것은 그들이 마치 오랜 감시 활동이 이제 막을 내릴 때가 되었다는 것을 짐작이라도 한 것처럼 지금 그런 무기를 준비하고 있다는 점이었다. 델러니는 그들이 어떤 생각을 하고 있는지를 알 수 있었고, 그가 스쳐 지날 때 불안한 눈빛으로 그를 쳐다보며 대원들이 작은 소리로 어떤 얘기를 나누는지를 짐작할 수 있었다.

우선 그들은 어리석은 사람들이 아니었다. 어리석은 사람이었다면 순찰경관에서 형사 직위로 승진할 수 없었을 것이다. 델러니 대장이 롬바드 작전의 지휘권을 넘겨받은 이래 다른 혐의자에 대한 수사 활동은 모두 중단되고, 오직 대니얼 G. 블랭크에 대한 감시만이 강화되었다. 대원들은 자기들이 알지 못하는 어떤 것을 델러니는 알고 있다는 것을 곧 짐작했다. 대니보이가 그들의 목표였다. 델러니는 확실하지 않은 상태에서 말을 앞세우기에는 너무 늙고 너무 경험이 많은 경찰이었다. 그 점을 그들도 알고 있었다.

그 와중에 델러니가 코프 형사의 사진을 준비하라는 지시를 했다는 말이 나돌았다. 그리고 전화도청을 맡은 대원들로부터 테이프를 얻어서 모니카가 대니보이에게 어떤 전화를 했는지를 알게 되었다. 특별 경호원들과 감시 차량이 길버트의 미망인과 아이들을 보호하기 위해 배치되었다는 것도 알게 되었다. 이런 모든 사실들이 길고 지루한 감시를 계속하는 동안, 길고 긴 순찰을 계속하는 동안 대원들 사이에서 거듭 논의되었던 것이다. 그리하여 그들은 이제 모두 앞으로 다가올 일을 알고 있었다. 혹은 적어도 추측할 수는 있었다. 델러니는 차라리 이제까지 그것을 비밀로 붙여둘 수 있었다는 것이 놀라운 일이라는 점을 깨달았다. 그렇다. 그것은 그의 책임이었다. 그 혼자만의 책임이었다. 만일 계획이 실패한다면 그로 인해 욕을 먹을 사람은 단 한 사람뿐이어야 했다. 만일 실패한다면.

대니보이의 움직임에 관해서는 아무런 보고도 없었다. 오전 9시가 지났다. 9시 15분이 지나고, 30분이 지나고, 45분이 지나고, 10시가 되었다. 그때까지도 대니보이에 관해서는 아무런 보고가 없었다. 처음 감시 체제가 확립되었을 때 그들은 블랭크의 아파트 건물에 뒷문이 있다는 것을 발견했다. 거의 사용되지 않는, 82번가의 인도로 통하게 되어 있는 용원(傭員)용 출입구였다. 위장 순찰차에 탑승한 한 사람의 대원이 거기 배치되었다. 그는 15분마다 상황을 보고하라는 지시를 받았다. 이 감시 차량은 '불독 열'이라고 명명되었다. 그러나 흔히 '열'이라 불렸다. 지금 델러니는 무선 통제실을 오락가락하면서 그 '열'과 백악관 앞 도로에 자리 잡은 콘에드 종합수리회사 차량에 배치된 불독 하나가 보내오는 보고를 듣고 있었다.

10시 15분이 되었다. 여전히 아무 변화가 없었다. 10시 30분이 되었다. 아무 변화도 없었다. 10시 45분이 지나도 대니보이는 움직이지 않았다. 11시가 지나고, 11시 15분이 지나고, 11시 30분이 지났다. 12시가 되기 직전에 델러니는 서재로 가서 블랭크의 아파트에 전화를 했다. 신호음이 울리고 또 울렸으나 블랭크는 전화를 받지 않았다. 그는 전화를 끊었다. 걱정이 되었다.

델러니는 택시를 타고 병원으로 갔다. 바바라는 반쯤 혼수상태였는데 음식을 거부했다. 그래서 그는 절망적인 기분으로 아내의 병약한 손을 잡고 침대 옆에 앉아 있었다. 그 사이에도 그는 만일 오늘 내내 블랭크가 나타나지 않는 경우에 어떻게 해야 할 것인지를 생각했다.

블랭크는 거기 앉아 있으면서도 다만 전화를 받지 않는 것인지도 모른다고 생각했다. 어쩌면 감시망을 뚫고 탈출한 것인지도, 오래전에 멀리 사라졌는지도 몰랐다. 혹은 코프 가족의 사진을 받은 다음 목을 베고 번쩍이는 방바닥에 피를 철철 흘리며 쓰러져 있는지도 모른다. 델러니는 맥도널드 경사에게 대니보이는 결코 자살하지 않을 것이라고 말했지만, 그것은 그의 행동 양식과 확률에 의한 추리일 따름이었다. 확률이 확실한 것이 못 된다는 것을 델러니처럼 잘 아는 사람은 없었다.

델러니는 오후 1시가 지난 직후 집으로 돌아왔다. 불독 열과 불독 하나가 조금 전 보고를 해왔다고 했다. 대니보이는 아무런 움직임도 없다는 것이었다. 델러니는 공장의 스트라이커에게 연락하도록 지시했다. 블랭크는 직장에 출근하지 않았다는 보고가 들어왔다. 델러니는 서재로 돌아가서 다시 한 번 블랭크의 아파트에 전화를 했다. 이번에도 전화를 받는 사람은 없었다.

이 무렵에 그는 의식하지도 못하고 대원들에게 자신의 기분을 얘기했다. 이제 그 방 안에서 손을 주머니에 찌르고 고개를 숙인 채 서성거리는 사람은 그 하나만이 아니었다. 대원들이 일부러 얼굴에 아무런 표정도 짓지 않으려고 노력한다는 것을 델러니는 알았다. 또한 그가 두려워하는 바로 그것을 그들 역시 두려워하고 있다는 것 또한 알았다. 그들의 새가 날아가 버렸는지도 몰랐다.

2시 무렵, 델러니는 돌발 사태에 대비한 계획을 세웠다. 만일 앞으로 한 시간이 지나도록, 즉 오후 3시가 되도록 대니보이가 나타나지 않는다면 그는 어떤 사람이 익명으로 대니얼 G. 블랭크에 대해 공격을 가하겠다고 위협해 왔다는 거짓 핑계를 대고 정복 경찰관을 백악관에 보낼 예정이었다. 순찰경관은 경비원을 데리고 블랭크의 아파트에 가서 안의 동정에 귀를 기울인다. 만일 안에서 블랭크가 움직이는 인기척이 들리면, 혹은 그들이 초인종을 울렸을 때 블랭크가 거기 대답하면 그들은 실수였다고 말하고 아파트 앞을 떠난다. 만일 안에서 인기척이 들리지 않는다면, 또한 그들이 초인종을 울려도 블랭크가 대답하지 않는다면 경관은 경비원이나 지배인에게 요구하여 마스터키로 블랭크의 아파트 문을 열

271

고 들어가 '아무런 이상이 없는지'를 확인한다.

그것은 보잘것없는 계획이었다. 델러니 자신이 생각해 봐도 그랬다. 허점이 수백 개나 있었다. 이것 때문에 작전 자체가 위험해질지도 몰랐다. 그러나 그것은 델러니가 생각해 낼 수 있는 최선의 계획이었다. 그렇게 해야만 했다. 만일 대니보이가 탈출한 지 이미 오랜 시간이 지났다면, 혹은 그가 죽었다면 그들은 멍청히 빈 구멍을 들여다보고 있는 셈이었다. 그런 일이 있어서는 안 된다. 그는 정확히 오후 3시가 되면 명령을 내릴 작정이었다.

2시 48분에 그는 무선통제실에 있었다. 무선교신기의 스피커 하나가 갑자기 삑삑거리는 소리를 토해냈다. 이윽고 그 소음이 사라지면서 목소리가 들렸다.

"여기는 불독 하나, 바바라 나와라."

"감 잡았다, 불독 하나."

승리감에 찬 음성이 흘러나왔다.

"여기는 페르난데스. 대니보이가 밖으로 나왔다."

무선통제실 안에 있던 사람들 사이에서 안도의 한숨이 흘러나왔다. 델러니는 자신 역시 길게 한숨을 내쉬고 있다는 것을 깨달았다.

"어떤 옷을 입었나?"

델러니가 물었다. 통신 담당이 델러니의 말을 마이크에 대고 반복했다. 그러나 페르난데스는 이미 델러니의 말소리를 듣고 대답을 시작하고 있었다.

"검은색 톱코트. 모자는 안 썼다. 두 손은 주머니에 찔렀다. 택시를 기다리는 것 같지는 않다. 서쪽으로 걷고 있다. 산책을 나가는 것 같다. 불독 셋을 그에게 붙이겠다. 그 밖에도 다른 두 대원을 붙여 도보로 멀리서 미행하게 하겠다. 르몰 경관은 불독 스물, 산체스 경관은 불독 마흔으로 명명한다. 알았나?"

"르몰은 불독 스물, 산체스는 불독 마흔."

"됐다. 본부에서는 가능한 한 신속히 그들로부터 무선 보고를 받게 될 것이다. 대니보이는 2번로로 접근하고 있다. 아직도 서쪽을 향하고 있다. 이상 교신 끝."

델러니는 무선교신기 옆에 서 있었다. 무선통제실의 다른 대원들도 가까이 다가와 고개를 숙이고 스피커를 향해 귀를 기울였다.

거의 5분이 지나도록 침묵이 흘렀다. 한 대원이 기침을 터뜨렸다가 미안하다는 얼굴로 다른 대원들의 눈치를 보았다. 그때 거의 속삭임 같은 것이 스피커에서 흘러나왔다.

"여기는 불독 스물, 바바라 나와라. 바바라, 내 말 들리나?"

"소리는 작지만 감은 좋다, 르몰."

"대니보이는 83번가의 2번로와 3번로 사이에 있다. 서쪽을 향하고 있다. 이상 교신 끝."

그것은 여자의 음성이었다. 델러니는 블랭큰십에게 물었다.

"르몰이 누군가?"

"여경 마사 르몰입니다. 가정주부로 위장하고 있습니다. 쇼핑백이니 뭐니 그런 걸 들고 있을 겁니다."

델러니는 무슨 말을 하려고 입을 열었으나 그때 다시 스피커에서 말소리가 흘러나왔다.

"여기는 불독 마흔. 바바라 나와라. 감 잡았나?"

"감 잡았다, 마흔. 좋다. 그자는 어디 있나?"

"3번로에서 남쪽으로 방향을 바꾸었다. 이상 교신 끝."

블랭큰십은 이번에는 질문도 받기 전에 델러니를 향해 돌아섰다.

"불독 마흔은 2급 형사인 레이먼 산체스입니다. 정통파 유대교 랍비처럼 차려입고 있습니다."

그리하여 블랭크가 그 갈색 봉투를 쓰레기통 안에 버렸을 때 그 가정주부는 그로부터 약 6미터 후방에서 그 광경을 목격했고, 랍비는 길을 건너면서 그것을 보았다. 그들 두 사람은 대니보이가 아파트로 돌아가는 것을 그림자처럼 뒤따랐다. 그가 아파트에 도착했을 무렵에는 그들 둘이 대니보이가 어떤 물건을 쓰레기통에 유기했다는 사실을 보고한 지 이미 오래였다. 그들은 그 쓰레기통의 위치를 정확히 보고했다.(82번가와 3번로 모퉁이, 북서쪽 구석이었다.) 그리하여 델러니의 지시로 블랭큰십이 위장 순찰차를 타고 그곳으로 달려가 쓰레기통을 통째로 가지고 델러니의 집으로 돌아왔다. 델러니는 대니보이가 얼음도끼를 유기했을 거라고 생각했다.

두 명의 사복 형사가 그 쓰레기통을 부엌으로 끌고 왔을 때, 부엌에는 최소한 스무 명의 대원이 북적거리고 있었다.

"난 오래전부터 네 경력이 결국에는 쓰레기 청소부로 끝장날 거라고 알고 있었어, 타미."

누군가가 말하자 몇몇 사람들이 긴장한 채로 웃음을 터뜨렸다. 델러니가 명령했다.

"쓰레기통을 쏟아내. 천천히. 그런 다음 쓰레기를 바닥에 늘어놔. 신문지 한 장도 그냥 버리지 말고 펼쳐보게. 봉투 안도 하나하나 모조리 조사하고."

두 형사가 장갑을 꼈다. 그들은 구겨진 봉투와 얌전히 포장된 봉투를 펼치기 시작했고, 죽은 쥐를 (꼬리를 대롱대롱 붙잡아서) 꺼내놓았으며 흩어진 쓰레기와 피에 젖은 수건을 꺼내놓았다. 악취가 풍겼으나 부엌에서 나가는 사람은 하나도 없었다. 그들 모두에게서 나는 냄새도 쓰레기 냄새와 별로 다를 바가 없었던 것이다.

조사는 천천히 10분가량 계속되었다. 봉투 안의 물건들을 바닥에 쏟아놓고, 밀봉된 봉투는 열어서 내용물을 꺼내놓았다. 그때 한 형사가 팔을 뻗어 작은 갈색 봉투를 열고 안을 들여다보았다.

"하느님 맙소사!"

기다리던 사람들은 아무 말도 하지 않았다. 다만 그들은 쓰레기를 향해서 더 가까이 다가왔을 뿐이었다. 델러니 대장은 부엌 식탁에 넓적다리가 밀착될 정도로 앞으로 다가갔다. 그 형사가 봉투 아래를 집고 식탁 위에 내용물을 쏟았다. 그것은 경찰관의 배지였다.

부엌 안에 신음소리와 숨 막히는 소리 같은 것과 분노와 공포감 같은 것이 차올랐다. 그들은 모두 그 물건을 노려보고 있었다.

누군가가 분노에 차서 소리쳤다.

"그건 코프의 배지야! 난 코프하고 같은 조였어. 저건 코프의 번호야. 내가 알아."

다른 누군가가 부르짖었다.

"그 더러운 개자식!"

다른 누군가가 계속해서 중얼거렸다.

"개자식! 개자식!"

또 한 사람은 이렇게 말했다.

"당장 가서 그놈을 체포합시다. 가서 죽여버리자구!"

델러니는 허리를 굽히고 그 배지를 내려다보았다. 무슨 일이 벌어진 것인지 상상하는 것은 어렵지 않았다. 블랭크는 증거물을 모조리 파괴해 버린 것이다. 신분증과 장미 꽃잎은 변기 속에 들어갔거나 소각로에 던져졌을 것이다. 그러나 이 배지는 금속이었다. 그리하여 그는 그것을 버리는 것이 좋은 방법이라고 생각했던 것이다. 하지만 그건 영리하지 못한 짓이었어, 대니보이.

"그자를 죽여버리자구!"

다른 한 사람이 더 큰 소리로 외쳤다.

또 하나의 문제가 있었다. 그것은 대니얼 G. 블랭크가 범인이 분명하다는 사실을 델러니가 혼자의 마음속에만 묻어둔 채 어느 누구에게도 공개하지 않은 이유 가운데 하나였다. 그는 이런 문제에 직면하는 것을 피하고 싶었다. 그는 한 사람의 경찰이 피살되고 나면 다른 모든 경찰은 마치 시칠리아 마피아처럼 되고 만다는 것을 알고 있었다. 그런 일이 벌어지는 것을 그는 본 적이 있었다. 한 순찰경관이 총격을 받아 피살되었다. 그러자 그의 지서는 즉시 시 전역에서 몰려든 경찰들로 발 디딜 틈이 없을 지경이 되었다. 그들은 재킷이나 양복을 입고, 배지는 윗도리 안에 감추고 비번인데도 근무를 하겠다고 나섰다. 뭐든 할 일 없습니까? 무슨 일이든 할 일을 주십시오.

그것은 분노와 공포, 슬픔과 격정의 혼돈이었다. 그런 것은 그 조직에 속하지 않는 한 이해할 수 없는 감정이었다. 그것은 형제

애이기 때문이었다. 이런 경우에는 부패한 경찰이건 멍청한 경찰이건 겁쟁이 경찰이건 아무 차이도 없었다. 그가 경찰인 한 어떤 경찰이 피살되었다 해도 격분하게 마련이었다. 그 사실을 견딜 수가 없는 것이다.

에드워드 X. 델러니 수사대장은 혼자서 곰곰이 생각해 보았다. 문제는 그 자신이 피살된 경찰의 배지를 내려다보면서도 다른 경찰들이 지금 느끼는 것과 같은 감정적 요소를 결부시키지 않은 채 이 모든 사태를 이지적인 수준에서 이해할 수 있다는 점이었다. 그것은 그가 분노한 사람들과는 다른 각도에서 사물을 판별하기 때문이 아니었다. 그것은 분명했다. 그는 모든 살인범들이 정의의 심판을 받도록 만들어야 했다. 정상인이든 정신병자든, 대통령을 암살했든, 아이를 지붕에서 내던졌든, 선술집에서 주정뱅이를 칼질하여 죽였든 그것은 상관없었다. 그의 형제애는 훨씬 더 위험하고 훨씬 더 크고 훨씬 더 넓고 훨씬 더 강해서 모든 사람을 포함했다.

그러나 동시에 그는 피를 요구하는 사람들에게 둘러싸여 있었다. 그가 할 말은 오직 한 가지, '좋다. 가서 그자를 잡아라.' 뿐임을 알고 있었다. 그렇게 되면 그들은 그와 함께 블랭크의 아파트 문을 부수고 우르르 몰려들어 가게 될 것이요, 블랭크의 몸뚱이는 수백 개의 총알로 산산조각이 나서 어둠 속에 흩어지고 말 것이었다.

델러니 서장은 고개를 들고 그를 둘러싼 얼어붙고 일그러지고 뒤틀린 얼굴들을 둘러보았다. 그는 될 수 있는 한 아무런 감정도 드러내지 않기 위해 노력하며 말했다.

"이 일은 내 방식대로 처리하겠네. 블랭큰십, 저 배지를 치우게. 이 쓰레기도 모두 치우고. 쓰레기통은 제자리에 갖다 두고. 나머지 대원들 모두 정위치하게."

델러니는 서재로 들어가서 문을 닫았다. 그는 책상 앞에 앉아 꼼짝도 않고 바깥에 귀를 기울였다. 불평을 하는 소리, 발을 옮기는 소리들이 들렸다. 그는 이제 스물네 시간이 남아 있을 뿐이라고 계산했다. 더 이상의 시간 여유는 없었다. 그 시간이 지나면 어떤 흥분한 경찰 한 사람이 블랭크 앞에 나타나 그에게 총알을 퍼붓고 말 것이다. 그것은 그가 모니카에게 해버리겠다고 말한 바로 그 행위였다. 그러나 델러니의 동기와 그 흥분한 경관의 동기는 같지 않았다.

오후 7시 30분 무렵, 델러니는 따뜻하게 옷을 차려입고 집을 나섰다. 대원의 출입을 통제하는 경관에게 병원에 간다는 말을 남겼다. 그러나 병원에 가는 대신 매일 계속되는 불시사찰에 나섰다. 그는 근무 중인 대원들이 이 불시사찰에 대해 이미 짐작하고 있다는 것을 알고 있었다. 그는 대원들이 그것을 알기를 원했다. 그는 걷기로 했다. 오늘 너무 오랫동안 집 안에서 앉은 채로 지냈으니까. 그는 이스트엔드를 향해서 활기차게 걸어갔다. 그는 성을 감시하는 대원인 타이거 하나가 게으름을 피우지 않고, 정위치에 근무 중임을 확인했다. 그것은 그와 타이거 하나 사이의 일종의 게임이었다. 자신을 드러내지 않고 타이거 하나를 포착해야만 했다. 오늘 밤에는 그가 이겼다. 그는 어깨를 구부리고 인도 쪽을 바라보며, 다리를 절룩이는 시늉을 하며 알은체를 하지 않고 타이거 하나 곁을 스쳐 지났다. 자, 적어도 저 대원은 근무 중이었다. 성

앞을 지나며 델러니는 타이거 하나가 어딘가에서 뜨거운 커피 잔을 움켜쥐거나 좀 더 독한 것을 한잔 걸치느라고 너무 많은 시간을 정위치에서 이탈해 있지 않기를 바랐다.

델러니는 백악관으로 걸어가 길 건너편에서 블랭크의 아파트를 올려다보았다. 다행히도 대니보이는 그날 밤 집 안에 머물러 있었다. 델러니는 그 아파트를 오랫동안 올려다보고 있었다. 다시 한 번 그는 당장 뛰어 올라가 초인종을 누르고 싶은 불합리하고 성급한 욕구를 느꼈다.

"나는 뉴욕 경찰청의 에드워드 X. 델러니 대장이다. 당신에게 할 말이 있다."

미친 짓이었다. 블랭크는 그를 들어오게 하지도 않을 것이다. 그러나 델러니가 진정으로 원하는 것은 그것뿐이었다. 얘기를 하고 싶었다. 그는 블랭크를 체포하고 싶지도 않았고, 그를 죽이고 싶지도 않았다. 그저 얘기를 하고 싶을 뿐이었다. 그리하여 어쩌면 이해할 수 있게 될지도 모른다. 그러나 그것은 가능성이 없는 희망이었다. 상상이나 할 수 있을 뿐이었다.

그는 콘에드 종합수리회사 차량의 문을 노크했다. 문은 잠겨 있지 않았다. 문이 조심스럽게 열렸다. 문을 연 대원은 델러니를 알아보자 문을 활짝 열어젖히고 엉거주춤한 동작으로 경례를 붙였다. 델러니는 차 안으로 들어섰다. 그가 들어서자 문이 잠겼다. 은폐된 문에 설치된 망원경 앞에 한 대원이 앉아 있었다. 또 한 대원은 무선교신기 앞에서 근무 중이었다. 3인 3교대였다. 길바닥에 뚫은 구덩이에 있는 대원과 기타 다른 대원들까지 계산하면 불독 하나에는 약 스무 명이 배치되어 있었다.

"어떻게 되어가나?"

델러니가 물었다. 그들은 잘되고 있다고 대답했다. 그는 차 안을 둘러보았다. 임시로 만든 곤로와 커피포트, 어디선가 구해온 소형 냉장고 등이 있었다.

"자세를 편히 하게."

델러니가 말했다.

그들은 모두 고개를 끄덕였다. 델러니는 그들에게 새해 인사를 했다. 다시 밖으로 나온 그는 이스트 83번가 포장도로 위에 뚫린 구덩이 앞에 잠시 멈춰 섰다. 구덩이 속에 난방 파이프와 하수도관, 전화 선로 등이 보였다. 그 안에는 종합수리회사 직원의 옷을 입은 대원이 안전모를 쓰고, 소형 무선교신기를 착용하고 앉아 있었다. 그는 델러니를 알아보자 안전모와 교신기를 벗었다.

"아직 중국까지는 못 팠나?"

델러니는 구덩이 벽면에 기대서 있는 삽을 가리키며 물었다. 그 대원은 흑인이었다.

"이제 다 파갑니다, 대장님. 거의 다 팠어요. 조금씩 접근 중입니다."

"주민들 불평이 많지?"

"아, 수도 없습니다. 가장 넉넉한 게 불평입니다. 불평이 부족할 염려는 절대로 없습니다."

델러니는 미소 지었다.

"수고하게. 새해 복 많이 받게나."

"대장님께서도 새해 복 많이 받으십시오. 많이 많이요."

델러니는 서쪽을 향해 걸었다. 그는 자신에 대해 불평을 하고 있었다. 그는 이런 식의 일에 서툴렀다. 부하들과 비공식적인 화법으로 얘기를 주고받는 것은 아무리 노력해도 능란해지지 않았다. 태연하고 느긋하고 여유만만하게 해보려 했으나 잘 되지 않았다.

그 가운데 한 가지 문제가 '쇠심줄'로서의 그의 명성이었다. 부하들은 그에게서 뭔가를 감지했다. 경찰들은 각기 영웅주의와 현실, 어리석음과 두려움의 경계가 어디까지인지를 스스로 결정해야만 했다. 도박을 하듯 양단간에 어떤 결정을 내려야 할 경우가 있었다. 이런 경우 원리원칙대로 행동하면 결국 한 경찰관의 장례식에 참석하기에 이른다. 그는 가장 좋은 제복을 입고 흰 장갑을 낀다. 그러나 모든 상황이 희생을 요구하는 것은 아니다. 어떤 상황은 이성적 반응을 요구한다. 어떤 상황은 항복을 요구한다. 각 경찰관마다 자신의 한계가 있고 스스로가 자신의 한계를 설정하는 것이다.

부하들이 느끼는 것은 델러니의 한계가 그들 자신이 설정한 한계보다 훨씬 더 좁고 훨씬 더 엄격하다는 점이었다. 그런 것을 지칭하는 단어가 없다는 것은 안타까운 일이었다. 그것은 아마 경찰정신이나 경찰성, 경찰주의라고나 할 수 있을지 모른다. '군인정신'이라는 말이 가장 비슷한 말일 것이다. 그러나 그것으로도 델러니의 그런 면모를 다 포괄할 수는 없었다. 경찰이 된다는 것이 의미하는 어떤 특별한 요소를 지칭할 수 있는 특별한 단어가 필요했다.

델러니의 부하들이 느끼는 것은 그가 바로 이런 특별한 요소를 거의 두려운 수준까지 지니고 있다는 점이었다. 그가 부하들과 결코 동등한 수준에서 의사소통을 할 수 없는 이유도 바로 거기 있었다. 그는 뼛속까지 타고난 경찰관이었다. 그리하여 부하들에게는 어떤 다른 새로운 단어 같은 것은 필요치 않았다. 그저 델러니라는 사람은 자신이 아무런 주저도 없이 역경에 뛰어드는 것과 똑같이 부하들 역시 역경으로 집어던지는 사람이라는 것을 이해하는 것으로 충분했다.

델러니가 꽃집에 들어선 것은 가게 문이 막 닫힐 무렵이었다. 가게에서는 그를 들여보내지 않으려 했다. 그러나 그는 지금 당장 필요한 것이 아니라 내일 아침에 배달하면 된다고 말하고 겨우 안으로 들어섰다. 그는 원하는 것을 정확히 설명했다. 기다란 상자에 줄기가 긴 장미를 꼭 한 송이만, 푸른 잎은 떼고 꽃만 포장하여 내일 아침 9시 정각에 배달해 달라고 했다.

점원은 놀랐다.

"한 송이만 배달하시겠다구요? 아, 이런 경우에는 요금이 더 비싸지는데요."

"물론 그렇겠지요. 이해합니다. 비용은 지불하겠습니다. 대신 내일 아침에 이 꽃을 정확히 배달해 주십시오."

"카드를 동봉하시겠습니까, 손님?"

"그러지요."

델러니는 작은 카드를 썼다.

'안녕하십니까, 댄? 여기 당신이 없애버린 장미를 한 송이 보냅니다.'

델러니는 카드에 '앨버트 파인버그'라고 서명하고 봉투를 봉한 다음 겉봉에 대니얼 G. 블랭크의 이름과 주소를 썼다.

"내일 아침 9시 정각에 정확히 배달해 주셔야 합니다."

"물론입니다, 손님. 틀림없이 그렇게 하겠습니다. 한 송이 장미에 이렇게 많은 돈을 쓰시다니, 무슨 감상적인 이유라도 있는 모양이지요?"

에드워드 X. 델러니 수사대장은 미소 지으며 대답했다.

"그렇습니다. 아주 특별한 이유가 있지요."

이튿날, 잠에서 깨어나 말똥말똥한 눈으로 천장을 바라보고 있던 델러니는 침대에서 기어 나와 참으로 오랜만에 무릎을 꿇고 기도를 올렸다. 아내 바바라를 위해서, 이미 돌아가신 부모님을 위해서, 그리고 모든 죽은 이들과 연약하고 유혹에 빠지기 쉬운 사람들을 위해서 그는 기도를 드렸다. 대니얼 G. 블랭크를 죽이는 일을 허락해 달라는 기도 따위는 하지 않았다. 그런 것은 하느님께 부탁할 종류의 일이 아니었다.

그는 샤워를 하고 면도를 하고 낡은 제복을 입었다. 너무 오래되어 그 제복은 빛을 반사할 정도로 여기저기가 번들거렸다. 그는 또한 38구경 리볼버에 탄환을 채우고 권총 벨트를 찼다. 그것은 오늘 총이 꼭 필요하다는 판단이 섰기 때문은 아니었다. 그가 믿는 또 하나의 미신 같은 것이었다. 사려 깊게 만반의 준비를 해두면 사건 해결을 앞당길 수 있다는 믿음이었다.

델러니는 아래층으로 내려가서 커피를 마셨다. 근무 중이던 대원들은 그가 낡은 제복을 입고 권총을 찼다는 것을 곧 알아차렸다. 물론 그에 관해 입을 여는 사람은 아무도 없었다. 그러나 몇몇은 자신의 총을 점검했고, 한 사람은 어깨걸이식 권총 벨트를 꺼내서 가슴에 버클을 채웠다.

페르난데스는 부엌에서 커피와 대니시 빵을 먹고 있었다. 델러니는 그를 한쪽으로 데리고 갔다.

"경위, 여기 일이 끝나면 불독 하나에게 가서 지시가 있을 때까지 대기하게. 알겠나?"

"알겠습니다, 대장님."

"부하들에게 꽃집에서 배달이 올 테니 잘 살펴보라고 일러 두게. 배달부가 오면 그 즉시 나에게 알리고."

페르난데스는 쾌활하게 고개를 끄덕거렸다.

"알았습니다. 배달부가 오는 즉시 알려드리겠습니다. 무슨 일을 준비하셨군요, 대장님?"

델러니는 대답하지 않았다. 그는 커피를 들고 무선통제실로 갔다. 커피를 기다란 탁자에 올려놓고 서재로 돌아가서 거기 있던 회전의자를 밀고 무선통제실로 되돌아왔다. 그는 회전의자를 무선교신기 바로 앞에 놓고 통신원들을 마주 보고 앉았다.

아침 내내 델러니는 그곳에 앉아 있었다. 세 잔의 블랙커피를 마시고 이탈리아식 빵 한 덩이를 샐러드도 없이 그냥 뜯어 먹었다. 불독 하나와 불독 열로부터 15분마다 교신이 왔다. 대니보이는 움직이지 않고 있었다. 9시 20분에 스트라이커가 공장에서 보고했다. 대니보이가 출근하지 않았다는 내용이었다. 몇 분 뒤 불독 하나가 다시 무선교신을 해왔다. 페르난데스가 말했다.

"델러니 대장님께 보고하라. 기다란 꽃상자를 든 소년이 지금 막 백악관으로 들어섰다."

델러니는 그 말을 들었다. 가능한 한 실패의 확률을 최소로 줄이기 위해 그는 즉시 서재로 가서 그 꽃집의 전화번호를 찾아 전화를 했다. 그는 장미가 배달되었는지를 문의했다. 꽃집에서는 배달원이 이미 떠났으며 지금쯤 도착했을 것이라고 확인해 주었다. 델러니는 만족스러운 기분으로 무선통제실의 책상 앞으로 돌아왔다. 그곳에서 대기 중이던 대원들도 페르난데스의 보고를 듣기는 했으나 그것이 무엇을 뜻하는지는 알지 못했다.

맥도널드 경사가 델러니의 의자 앞으로 다가와 속삭이는 소리로 물었다.

"위장한 수사관입니까, 대장님?"

"두고 보게, 두고 봐. 의자를 이리 당겨오게, 경사. 몇 시간 동안 내 곁에 바짝 붙어 앉아 있게."

"예, 대장님."

그 흑인 경사는 등받이가 딱딱한 의자를 끌고 와 델러니의 오른쪽 조금 뒤에 놓고 앉았다. 금속테 안경을 쓴 그의 얼굴은 무표정했다.

그렇게 그들은 기다렸다. 그렇게 그들 모두는 앉아서 기다렸다. 방 안은 정적에 묻혔다. 밖에서 청소 트럭이 지나가고, 항공기가 머리 위로 날아가고, 멀리에서 사이렌과 뱃고동이 울리는 소리가 들렸다. 15분마다 규칙적으로 불독 하나와 불독 열이 보고를 했다. 지루한 시간이었다. 그러나 아직도 대니보이는 움직이지 않고 있었다. 델러니는 재빨리 병원에 다녀올까 하는 생각을 하고 있었다.

바로 그때, 정오를 조금 넘긴 시각에 무선기에서 삑삑거리는 소리가 났다. 기다리던 그들은 모두 감전이라도 된 듯 깜짝 놀랐다. 불독 하나였다.

"그자가 나오고 있다! 물건을 들고 있다. 뒤따라 나오는 경비원도 뭘 갖고 있다. 윗도리, 배낭. 또 있다. 밧줄과 구두."

델러니가 소리쳤다.

"하느님 맙소사, 페르난데스를 연결해."

"여기는 불독 하나. 검은 톱코트를 입었다. 모자는 쓰지 않았다. 왼손은 코트 주머니에 찌르고 오른손은 그저 흔들리고 있다. 장갑은 안 꼈다. 배낭과 밧줄 한 뭉치, 무슨 곡괭이 같은 것이 달린 철제 물건, 무거운 부츠와 실로 뜬 모자를 들었다."

델러니가 소리쳤다.

"얼음도끼 아닌가?"

그러자 교신 담당이 반복했다.

"불독 하나, 그자가 든 게 얼음도끼 아닌가?"

"그런 건 보이지 않는다. 차고에서 검은색 콜벳이 나오고 있다. 대니보이의 차다."

델러니는 몸을 돌려 맥도널드 경사를 향했다.

"잡았어."

맥도널드는 고개를 끄덕거리며 말했다.

"그렇습니다. 달아나려는 겁니다."

페르난데스의 목소리가 무선교신기에서 다시 흘러나왔다.

"대니보이가 물건들을 차 안에 싣고 있다. 대니보이의 왼손은 아직 톱코트 주머니에 꽂혀 있다. 오른손으로 물건을 싣고 있다."

델러니가 맥도널드에게 말했다.

"위장 차량 두 대에 세 명씩 탑승시켜서 시동 걸고 대기시킨 다음 여기로 돌아오게."

페르난데스가 다시 말했다.

"대니보이가 차에 올랐다. 다음 행동을 명령 바란다."

델러니가 소리쳤다.

"불독 하나는 불독 둘과 합세하고 계속 보고하라."

"알았다. 이상 교신 끝."

델러니는 방 안을 둘러보았다. 맥도널드 경사가 안으로 들어오고 있었다.

"차가 준비되었습니다. 대장님."

"수색대 하나, 수색대 둘이라고 부르지. 우리 둘이 출동하면 내가 하나를, 자네는 둘을 맡기로 하지. 내가 여기 머무는 경우에는 자네가 둘을 다 맡게."

맥도널드는 고개를 끄덕거렸다. 그는 안경을 벗었다.

페르난데스의 목소리가 다시 들렸다.

"여기는 불독 둘. 바바라 나와라. 대니보이는 블록을 한 바퀴 돌고 있다. 성으로 향하는 것 같다. 이상 교신 끝."

델러니가 직접 지시했다.

"타이거 하나, 대기하라. 불독 셋을 성으로 보내라."

"여기는 불독 둘. 성이다. 대니보이는 성 앞에서 차를 세웠다. 우리는 남쪽 모퉁이로 돌아간다. 대니보이는 차에서 내리고 있다. 여전히 왼손을 코트 주머니에 찌르고 있다. 오른손에는 아무것도 들지 않았다. 짐은 아직 차 안에 있다."

"바바라 나와라. 여기는 불독 셋."

교신 담당이 대답했다.

"감 잡았다."

"위치를 잡았다. 대니보이는 성의 문으로 가고 있다. 초인종을 누르고 있다."

델러니가 끼어들었다.

"타이거 하나는 어디 있나?"

"타이거는 불독 둘과 함께 있다. 대니보이는 주차 금지구역에 차를 세웠다. 우리는 그를 잡을 수 있다."

델러니가 단호하게 말했다.

"안 돼."

교신 담당이 반복했다.

"안 된다."

"불독 둘. 그럴 거라고 생각했다. 젠장. 저걸, 저걸 좀. 여기는 불독 둘, 불독 둘. 바바라 나와라."

"계속하라, 불독 둘."

"뭔가 이상한 낌새가 있다. 대니보이가 초인종을 누르고 안으로 들어갔는데도 문이 여전히 열려 있다. 여기에서는 문 안이 보이지 않는다. 직접 가서 보고 오겠다."

델러니가 지시했다.

"기다리라고 해."

"기다려라, 불독 둘."

"불독 셋에게 우리와 불독 둘과의 교신 내용을 들었는지 물어보게."

"불독 셋 나와라. 여기는 바바라. 불독 둘과의 교신 내용을 들었나?"

"여기는 불독 셋. 들었다."

델러니가 지시했다.

"불독 둘, 들어라. 성 앞을 지나는 길로 걸어가라. 타이거 하나는 페르난데스를 보호하라. 무전기가 발각되지 않도록 조심하라."

"여기는 불독 둘. 알았다. 출발하겠다."

"여기는 불독 셋. 알았다. 페르난데스는 불독 둘에서 나왔다. 타이거 하나도 나왔다. 도로 반대편으로 길을 건너고 있다."

델러니가 다급하게 말했다.

"기다려. 타이거 하나는 무전기를 점검하라."

"여기는 타이거 하나. 잡음이 많지만 들리기는 한다."

델러니는 교신 담당에게 말했다.

"그에게 페르난데스를 엄호하라고 하게."

"타이거 하나, 페르난데스의 움직임을 보고 그를 엄호하라."

"알았다."

델러니는 불독 셋을 불렀다.

"여기는 불록 셋. 그들은 둘 다 이쪽으로 건너오고 있다. 페르난데스는 성문 안을 보면서 성 앞을 지났다. 타이거 하나는 길 건너편에 있다. 움직이지 않고 있다. 페르난데스는 길을 건너 이쪽으로 다가오고 있다. 무전기를 사용할 모양이다. 신사숙녀 여러분, 중계방송을 페르난데스 경위에게로 넘기겠습니다."

델러니가 굳은 얼굴로 말했다.

"이 친구 이름을 기록해 두게."

"여기는 불독 셋, 나는 페르난데스다. 대장님 계신가?"

"여기 있다. 어떻게 된 건가, 경위?"

"뭔가 이상합니다, 반장님. 성문이 반쯤 열려 있습니다. 뭔가 문에 걸려 있는 것 같습니다. 사람의 다리 같습니다.

"사람의 다리?"

"무릎 아랫부분 같습니다. 다리가 문에 걸려 있는 것 같아요. 더 가까이 가서 관찰해 볼까요?"

"타이거 하나는 어디 있나?"

"저와 같이 있습니다."

"둘 다 불독 둘로 돌아가서, 타이거 하나는 길 건너에서 자네를 보호하고, 경위는 가까이 접근해서 살펴보게. 타이거 하나에게 계속해서 보고하라고 지시하게. 알겠나?

"알았습니다."

"경위."

"예?"

"그자는 동작이 재빠르네."

페르난데스가 웃음소리를 냈다.

"그런 생각은 두 번도 마십시오, 대장님."

"여기는 타이거 하나. 우리는 남쪽으로 천천히 걷고 있다. 페르난데스는 길 건너편에 있다."

"총을 뽑았나?"

교신 담당이 반복했다.

"총을 뽑았나, 타이거 하나?"

"15분 전부터 총을 뽑아 들고 있다. 페르난데스는 성으로 다가가고 있다. 걸음이 더 느려졌다. 걸음을 멈췄다. 지금 페르난데스는 한쪽 무릎을 꿇었다. 신발끈을 매는 척하고 있다. 그는 성문 쪽을 보고 있다. 그는······. 아, 하느님!"

대니얼 G. 블랭크는 기묘한 기분으로 잠에서 깨어났다. 그는 꿈에서 일어난 우스꽝스러운 일 때문에 웃어댔다. 그는 창문 쪽을 내다보았다. 오늘은 날씨가 좋을 것 같았다. 그는 셀리아의 집으로 가서 그녀를 죽일 수도 있다는 생각을 했다. 립스키를, 밸린터를, '앵무새'의 바텐더를 죽일 수도 있다는 생각도 했다. 그는 수많은 사람들을 죽일 수 있다고 생각했다. 그것은 그의 기분 여하에 달린 일이었다. 오늘은 바로 그런 날씨였다.

마치 발사되는 로켓처럼 시작된 하루였다. 머뭇거리는 듯, 거의 꼼짝도 하지 않는 듯 보이다가 움직이기 시작하자 갑자기 하늘로 치솟아 오른 그런 날이었다. 그렇게 그날 아침은 시작되었다. 적어도 그가 지상의 중력권에서 벗어나 완전히 자유로워질 때까지는 그렇게 진행되었다. 그가 하지 못할 일이란 아무것도 없었다. 그는 그런 기분을 느끼던 때를 상기했다. 그것은 그가 몇 주일 전, 몇 달 전, 몇 년 전 '악마의 바늘'에 올라갔을 때였다.

그렇다. '악마의 바늘'로 돌아가자. 다시 그 황홀감을 맛보자. 동절기에는 공원이 폐쇄되었다. 그러나 공원 출입을 막는 것은 쇠사슬로 얽은 장애물뿐이었다. 녹슨 자물쇠 정도는 얼음도끼로 간단히 깨뜨릴 수 있을 것이다. 그는 얼음도끼로 무엇이든 깨뜨릴 수 있었다.

블랭크는 주의 깊게 샤워를 하고 옷을 갈아입었다. 그는 여전히 영원히 계속될 것만 같은 황홀감에 취해 있었다.

그리하여 현관문의 초인종이 울렸을 때에도 그는 전혀 놀라지 않았다.

"누구십니까?"

"선물입니다, 블랭크 씨."

문 바깥에서 발자국 소리가 멀어졌다. 블랭크는 몇 분 동안 더 기다렸다가 문을 열었다. 훌쭉한 꽃상자였다. 그는 그것을 집어 들고 문을 다시 잠갔다. 상자를 거실로 가지고 와서 내려다보았다. 그러나 이해할 수가 없었다.

블랭크는 상자 안에 들어 있는 한 송이의 붉은 장미를 이해할 수 없었다. 거기 동봉된 카드도 이해할 수 없었다. 앨버트 파인버그라니? 파인버그? 앨버트 파인버그가 누구란 말인가? 그제서야 그는 저 마지막 죽음을 상기했다. 그것이 그리웠다. 그 친밀감, 그 포옹, 그의 얼굴에 쏟아지던 뜨거운 호흡, 열정적인 헐떡임. 그리고 파인버그는 또 한 송이의 장미를 보냈다! 얼마나 사랑스러운가. 그는 꽃 향기를 맡았다. 부드러운 꽃잎으로 뺨을 간지렵혔다. 그러다가 돌연 꽃을 움켜쥐고 짓이겨버렸다. 손을 다시 펴자 꽃송이는 그가 바라보는 사이에 천천히 꾸물거리며 원래의 모습으로 펴졌다. 움켜쥐기 이전처럼 활짝 피어났고 사랑스러웠다.

그는 꿈꾸듯 장미를 쓰다듬으며 아파트 안을 서성거렸다. 그는 꽃잎을 하나 떼어 입에 넣고 씹어먹었다. 그것은 부드럽고 축축했다. 장미 특유의 향과 맛이 입 안에 가득했다. 그는 고개를 끄덕이고 웃으며 꽃술까지 입에 넣고 꿀꺽 삼켰다.

그는 복도의 옷장에서 등산장비들을 꺼냈다. 얼음도끼와 배낭, 나일론 밧줄과 등산화, 크램폰과 등산복, 실로 뜬 등산모 등을 모두 꺼냈다. 그는 샌드위치와 보온병을 생각해 보았다. 그러나 음식이나 음료수를 가지고 뭘 하겠는가? 그는 이미 그런 것을 초월한 존재였다. 그는 세계의 중력권 밖에 위치하고 있었다. 그곳에서는 굶주림 같은 것은 존재하지 않았다.

그는 자신이 얼마나 정확하게 움직일 수 있었는지를 행복감에 잠겨 생각했다. 그는 차를 꺼내라고 차고에 전화를 했고 근무 중이던 립스키에게 전화를 걸어 장비를 내리는 것을 도와달라고 청했다. 그는 그런 일을 하는 동안 내내 미소 짓고 있었다. 날씨는 청명하고 눈부셨다. 블랭크 자신도 그랬다. 그는 빛나는 태양 속에 들어와 있었다. 양수로 가득 찬 태반 안에 들어와 있었다. 그것들과 하나였다. 그는 콧노래로 명랑한 곡조를 흥얼거렸다.

밸린터가 문을 열고 "죄송합니다요, 선생님. 지금 먼포스 양께서는 집에 안 계신……." 하고 말하는 순간 그는 밸린터의 얼굴에 주먹을 날렸다. 주먹이 코를 깨뜨리는 감촉이 느껴졌다. 피가 보였다. 주먹에 피가 묻어 흘러내렸다. 그 다음 블랭크는 현관문 안으로 발자국을 넓게 옮겨 들어섰다. 그리고 깜짝 놀라 있는 밸린터를 다시 한 번 내리쳤다. 이번에 그의 주먹은 밸린터의 목젖을 가격했다. 밸린터의 눈알이 안쪽으로 말려들더니 그 자리에 나동그라졌다.

그리하여 대니얼 G. 블랭크는 간단히 집 안으로 들어섰다. 그는 아직도 그 명랑한 곡조를 콧소리로 흥얼거리고 있었다. 이것이 무슨 곡일까? 그것은 초기 미국 민요였다. 제목은 기억이 나지 않았다. 그는 계단을 정확하게 걸어 올라갔다. 얼음도끼는 이제 밖으로 드러나 있었다. 그는 도끼를 오른손으로 바꿔 쥐었다. 그는 맨 처음 셀리아를 따라 이 계단을 올라가던 날을 생각했다. 셀리아는 걸음을 멈추고 돌아서 그에게 키스했다. 아랫배와 사타구니 사이 어딘가에 부드럽고 따뜻한 것을 애타게 갈망하는 것이 자리잡고 있었다. 거기 어딘가에……. 왜 그녀가 나를 배반했을까?

블랭크가 그 방의 문 앞에 당도하기도 전에 앤서니가 벌거숭이 몸으로 뛰쳐나오더니, 공포에 질린 눈으로 블랭크를 한번 쏘아보고는 두 팔을 휘저으며 아래층으로 내달았다. 어려서 아직 온전히 모습을 갖추지 못한 벌거숭이 몸뚱이가 뛰어 내려가는 것을 보자 블랭크의 머릿속에는 네이팜탄에 그을린 베트남 소녀가 벌거숭이 몸으로 공포와 고통에 질려 달아나고, 달아나고, 또 달아나는 광경이 떠올랐다.

셀리아가 서 있었다. 그녀 역시 벌거숭이였다. 그녀가 말했다.

"자."

그녀의 얼굴에 기묘한 표정이 떠올랐다. 그것은 공포와 승리감이 뒤섞인 표정이었다.

블랭크는 셀리아를 내리치고, 내리치고, 또 내리쳤다. 그가 그녀를 내리친 순간, 그녀의 얼굴에서는 공포감이 사라졌다. 오직 승리감만이, 확신만이 남았다. 이것이 바로 이 여자가 원하던 것일까? 블랭크는 궁금했다. 그는 셀리아의 몸뚱이를 마구 내리쳤다. 이것이 바로 그 이유였단 말인가. 그녀가 나를 조종한 이유, 그녀가 나를 배반한 이유가 바로 이것이란 말인가. 나는 그것을 미리 깨달았어야 했다. 블랭크는 셀리아가 이미 숨이 끊어지고 나서도 한참 동안, 그리하여 도끼질 소리가 더 이상 울리지 않고 축축한 것을 내리치는 소리로 변할 때까지 셀리아를 내리치고 또 내리쳤다.

그때 어디선가 비명소리가 들렸다. 그는 얼음도끼를 왼손으로 바꿔 쥐고 코트 자락 속에 감췄다. 그는 방에서 뛰쳐나왔다. 계단을 뛰어 내려갔다. 쓰러진 밸린터를 넘어섰다. 환하고, 예리하고, 청명한 바깥으로 나왔다. 비명소리가 그 뒤를 쫓아왔다. 비명소리, 비명소리, 비명소리가……

무선통제실 안에 대기 중이던 사람들은 모두 벌떡 일어나 있었다. 새하얗게 질린 타이거 하나가 외치는 소리가 들렸고, 멀리에서 비명소리가 들렸다.

"페르난데스가……"

총성이 울렸다. 차가 급출발하는 소리가 났다. 타이어가 길바닥과 거칠게 마찰하는 소리가 들렸고, 엔진의 기계음이 들렸다. 타이거 하나와의 교신이 갑작스럽게 끊겼다.

델러니 대장은 거의 30초 동안 꼼짝도 않고 고개를 숙이고 손을 엉덩이에 걸친 채, 눈을 깜빡이고 입술을 빨며 서 있었다. 방 안의 대원들은 모두 그를 바라보며 기다리고 있었다.

델러니는 망설이고 있지 않았다. 그는 계획을 세우고 있었다. 그는 과거 이보다 더 복잡하고 기괴한 사건을 처리한 적도 있었다. 육감과 경험만으로도 충분히 처리할 수 있는 일이었다. 그러나 그는 잠시 동안 사태를 충분히 생각해 본다면 훨씬 도움이 될 것이라고 판단했다. 그래야 사태를 정리하고 순서를 결정할 수 있었고, 그것이 최선이었다. 급한 일 중에서도 급한 일을 먼저 처리해야 하는 것이다.

그는 고개를 들고 맥도널드를 주목했다. 그는 손을 들어 어깨 너머를 가리키며 냉정한 음성으로 말했다.

"경사, 출발해. 차량 두 대를 모두 가지고 사이렌을 울리면서 가게. 난 여기 있겠네. 가능한 한 빨리 보고하게."

맥도널드는 돌아섰다. 델러니는 그가 문고리를 잡기 전에 그의 팔을 다시 붙잡았다.

"바깥 화장실에 가면 세면대 밑에 깨끗한 종이타월이 있네. 한 묶음 가져가게."

맥도널드는 고개를 끄덕이고 나갔다.

델러니는 방 한가운데로 돌아와 멈춰 섰다. 그는 두 명의 무선 교신기 담당과 두 명의 전화 담당에게 명령을 내렸다.

"불독 둘. 정위치하여 지원 활동에 임하라. 불독 셋. 대니보이를 체포하라. 최대한 조심하라."

그 두 대의 차는 즉각 대답했다. 무전기를 통해서 총성과 욕설, 고함소리들이 흘러나왔다.

"시 무선통신본부에 연락해서 롬바드 작전 수사대의 활동을 최우선적으로 지원하라고 하게. 네 대의 차를 조지 워싱턴 다리로 나가는 도로에 보내서 통과하는 차량을 검문하도록. 검은 시보레 콜벳을 찾아 억류하라고 해. 그들에게 대니보이의 차량번호와 대니보이의 인상착의를 알려줘. 최대한 조심하라고 경고하고. 무장까지 한 극도로 위험한 자라는 것을 알려주게."

"자네하고 자네. 대원을 이끌고 조지 워싱턴 다리로 가게. 사이렌을 울리고 경고등을 켜고 달리게. 대니보이의 사진을 한 묶음 가지고 가서 거기 배치된 사람들에게 나눠 주게."

"시 무선통신본부에 연락해서 병력 지원을 요청하게. 구급차도. 지급으로. 성의 주소도 알려주고."

"부경감 토어슨에게 그자가 도주하고 있으며 계속 보고하겠다고 전하게."

"강력범죄 수사반에 연락해서 성에서 범죄가 발생했으며, 긴급 상황이니 롬바드 작전 수사대를 지원하라고 하게."

"불독 열, 차와 함께 바바라로 귀환하라."

"불독 하나, 백악관을 봉쇄하라. 21층 H호실이다. 쥐새끼 한 마리도 통과시키지 마라."

"스트라이커, 대니보이의 집무실을 봉쇄하라. 어느 누구를 막론하고 들어가게 해서도 나오게 해서도 안 된다."

"자네하고 자네는 공장으로 가서 스트라이커를 지원하게. 불독 열의 차를 이용해. 곧 도착할 테니까."

"특별 기동반에 중무장 차량 세 대를 긴급 요청하게. 방탄조끼를 착용하고 소총과 최루탄 등으로 무장할 것. 저격수 세 사람을 지원하고 차량 한 대에 완전무장한 대원이 한 사람씩 탑승할 것. 가능한 한 빨리 이곳으로 달려올 것. 아, 탐조등이 설치된 차도 요청하게."

"자네하고 자네는 조사를 위해서 머튼 부부를 연행하게. 매디슨로에 있는 '에로티카'에 가보도록."

"자네는 공장에 가서 클리크 부인을 데려오게. 자네는 3번로에 있는 '앵무새'의 주인을 데려오고. 자네는 찰스 립스키를 데려오게. 그자는 백악관의 경비원이네. 그들 모두를 데려와서 조사하겠네."

"모든 지서에 비상을 발령하라고 시 무선통신본부에 전하게. 그들 모두에게 대니보이의 인상착의와 차종을 알려줘. 사진도 보내. 여러 건의 살인을 저지른 범인이라는 점을 주지시키게. 최대한 조심할 것. 무장하고 있고, 극히 위험한 자라는 점을 알리게. 각 서의 지휘자에게 즉각 연락하도록."

델러니는 잠시 명령 내리는 것을 중지하고 심호흡을 했다. 그는 사방을 둘러보았다. 명령을 받은 대원들이 무기를 점검하고 코트와 모자를 착용하고 밖으로 나가자 이제 방은 거의 비어 있었다.

무선교신기가 삐삑거렸다.

"여기는 수색대 하나, 바바라 나와라."

"말하라. 수색대 하나."

"맥도널드다. 현 위치는 성 밖이다. 페르난데스가 당했다. 출혈이 심하다. 타이거 하나도 당했다. 의식을 잃었다. 다리가 부러진 것 같다. 불독 셋은 대니보이를 추격하고 있다. 불독 둘과 수색대 둘은 도로를 봉쇄하고 있다. 지원 병력을 보내라. 나는 지금 성으로 들어간다."

델러니는 그 내용을 다 들은 다음 다시 명령을 내렸다.

"시 무선통신본부, 반복한다. 최대한 빨리 구급차를 보내라. 경찰관 둘이 부상당했다."

전화를 담당한 대원이 말했다.

"대장님, 토어슨 부경감님 전화입니다."

"경찰관 둘이 당했다고 전하고 나중에 전화하겠다고 하게. 모니카를 보호 중인 대원들과 차를 이곳으로 철수시켜. 대니보이 전화와 모니카 전화를 도청하던 대원들도 철수시켜. 그들에게 모든 장비를 깨끗이 치우고 흔적을 남기지 말라고 해."

"여기는 수색대 하나, 바바라 나와라."

"여기는 바바라. 수색대 하나, 말하라."

"여기는 맥도널드. 피살자가 있다. 흑발의 백인여자, 30대 초반에 신장은 162에서 165센티미터 정도. 체중은 50킬로그램 정도. 두 개골이 날아갔다. 공주의 인상착의와 흡사하다. 백인소년은 히스테리 증상을 보이고 있다. 앤서니 먼포트의 인상착의와 흡사하다. 60대로 보이는 백인남성은 의식을 잃었다. 밸린터의 인상착의와 흡사하다. 코가 깨지고 얼굴에 부상을 당했다. 호흡이 곤란한 상태다. 구급차와 의사가 필요하다. 페르난데스는 살아 있다. 그러나 출혈이 심하다. 출혈을 막을 수가 없다. 구급차는 안 오는가? 빨리 와야 한다. 부탁이다. 타이거 하나는 오른쪽 다리와 팔이 부러졌다. 구급차와 의사가 필요하다. 즉시 필요하다."

델러니는 심호흡을 하고 다시 명령을 시작했다.

"시 통신본부에 연락해. 다시 한 번 반복한다. 지금으로 구급차를 보내라. 한 사람이 피살당했고, 세 사람이 부상당했으며, 한 사람은 히스테리에 빠졌다. 구급차와 의사가 필요하다. 긴급한 상황이다."

"강력범죄 수사반, 다시 한 번 반복한다. 긴급 상황이다. 병력을 지원하라. 통신본부에서 연락받은 차가 조지 워싱턴 다리에 배치되었나?"

"차량은 정위치했습니다, 대장님. 그러나 대니보이는 보이지 않습니다."

"사진을 가지고 간 우리 대원들은?"

"아직 도착하지 않았습니다."

"불독 셋으로부터 연락은?"

"아직 없습니다, 대장님."

"계속 연락해 보게."

블랭큰십이 손에 들고 있던 수첩을 내려다보며 델러니 서장에게 다가왔다. 그는 상황을 기록하고 있었다. 델러니는 블랭큰십의 손이 가늘게 떨리는 것을 보았다. 그러나 그의 목소리는 떨리지 않았다. 그는 조용히 물었다.

"상황 보고드릴까요, 대장님?"

델러니는 고마웠다.

"계산하고 있었나? 잘했네. 그래, 우리에게 남은 병력이 얼마나 되지?"

"위장 차량 한 대와 대원 네 사람뿐입니다. 하지만 철수한 인원이 곧 도착할 겁니다. 옆 서에서 도르프만 경위가 정복 경관 두 사람을 보냈습니다. 또 경관을 태운 차량을 서 앞에 대기시켰답니다. 필요한 경우 즉시 출동할 수 있습니다. 특별 기동대에서 출발한 세 대의 차량은 지금 오는 중입니다."

한 통신원이 말했다.

"다리에는 대니보이가 나타나지 않았습니다. 차량이 밀리기 시작합니다."

그때 다른 무선통신원이 부르짖었다.

"뭡니까? 뭐요? 크게, 크게 말하라. 안 들린다!"

그제서야 무선교신기의 스피커에서 갈라지고 지친 음성이 흘러나왔다.

"바바라. 여기는 불독 셋. 사고가······. 그놈을 놓쳤다······."

델러니는 무선교신기의 마이크에 대고 외쳤다.

"어디야? 이런 젠장, 정신 차려! 거기가 어디야? 어디에서 그 자를 놓쳤나?"

"노스브로드웨이, 브로드웨이 95······. 부상당했다······."

델러니는 대원을 가리키며 지시했다.

"자네하고 자네, 즉시 밖의 차량을 타고 브로드웨이 95번가 모퉁이로 가게. 도착 즉시 보고하고. 자네는 당장 시 통신본부로 달려가서 최대한 신속하게 차량과 구급차를 동원하게. 경찰관이 부상당했다고 말하고 지급으로!"

"여기는 수색대 하나, 바바라 나와라."

"여기는 바바라, 말하라."

"여기는 맥도널드. 구급차가 한 대 도착했다. 페르난데스는 무사하다. 출혈이 심하지만 견뎌낼 수 있을 것 같다. 의사가 응급처치를 끝냈다. 종이타월 고맙습니다, 대장님. 또 한 대의 구급차가 도착하고 있다. 강력범죄 수사반 차량이 도착했다. 차들이······."

델러니는 말을 가로챘다.

"경사, 잠깐만."

그러고는 델러니는 다른 무선통신원에게 물었다.

"다리의 차량들과 교신했나?"

"예, 대장님. 사진이 도착했습니다. 그러나 대니보이는 보이지 않습니다."

델러니는 다시 첫 번째 무선교신기로 향했다.

"계속하라, 경사."

"사태가 정리되기 시작했다. 페르난데스와 타이거 하나는 병원으로 출발했다. 대충 파악한 대로 정황을 설명하겠다. 대니보이는 성에서 뛰쳐나와 페르난데스가 막 허리를 펴는 순간 도끼로 그의 머리를 내리쳤다. 페르난데스는 뒤로 물러나서 왼쪽 어깨로 공격을 받아 넘기려고 했다. 어깨와 등에 도끼가 찍혔다. 목덜미 부근까지 길게 상처를 입었다. 대니보이는 도끼를 뽑아내고 즉시 차에 올랐다. 타이거 하나가 길 건너편의 차에서 뛰쳐나와서 달리면서 사격을 했다. 차에 두 발을 맞췄다. 한 발은 앞유리창 왼쪽에 맞았다. 그러나 대니보이는 다치지 않은 것이 분명하다고 한다. 대니보이는 타이거 하나를 들이받고 달아났다. 이 모든 일이 너무나 순식간에 벌어졌다. 불독 둘이나 셋에 있던 대원들이 입을 딱 벌리고 있는 사이에 끝나버렸다."

델러니는 한숨을 내쉬었다.

"정위치하여 대기하라. 특별 기동반을 지원하라. 증언이 끝날 때까지 소년과 밸린터에게 경호를 붙여라."

"알았다. 수색대 하나, 이상 교신 끝."

"다리에서는 연락 없나?"

델러니는 다른 무선통신원에게 물었다.

"없습니다, 대장님. 차량이 밀립니다."

"델러니 대장님, 특별 기동대의 차량이 밖에 도착했습니다."

"좋아. 기다리라고 해. 블랭큰십, 서재로 잠시 들어가세."

그들은 서재로 들어갔다. 델러니는 문을 닫았다. 그는 이곳저곳을 뒤적거리다가 뉴욕 시와 뉴욕 주의 지도를 찾아냈다. 그는 책상 위에 지도를 펼쳐놓고 탁상 전등을 켰다. 두 사람은 책상 위로 몸을 숙였다. 델러니는 손가락으로 이스트엔드로를 짚었다.

"그놈은 여기에서 출발해서 북쪽으로 갔어. 왼쪽으로 방향을 틀어 86번가로 들어섰지. 그게 내 생각이야. 오른쪽으로 틀어서 지금 만신창이가 되어버린 불독 셋을 밀어붙였어. 젠장, 내가 그들을 너무 믿었던 것일까?"

"불독 셋을 대기시켰을 때, 우린 두 번째로 총성과 비명소리를 들었습니다."

블랭큰십이 환기시켰다.

"그래. 아마 그들이 총격을 가했겠지. 아무튼 대니보이는 서쪽으로 향했어."

"조지 워싱턴 다리로요?"

"그래."

델러니는 대답한 다음 말을 중단했다. 만일 블랭큰십이 델러니에게 차량을 보내 조지 워싱턴 다리를 봉쇄한 까닭을 묻고 싶었다면 지금이야말로 기회였다. 그러나 블랭큰십은 매우 영리했기 때문에 그런 질문은 하지 않았다. 그는 침묵을 지켰다.

델러니는 굵은 손가락으로 계속해서 지도를 짚어 나갔다.

"그러니까 지금 그자는 센트럴파크에 있어. 내 생각에 그놈은 남쪽으로 방향을 틀어서 트래버스 3번로로 가다가 86번가에서 웨스트사이드로 건너가서 브로드웨이로 간 거야. 불독 셋은 대니보이가 북쪽으로 갔다고 했어. 아마 그자는 왼편으로 틀어서 96번가에서 웨스트사이드 드라이브로 진입했을 거야."

"계속 북쪽으로 가서 웨스트사이드 드라이브로 진입했을지도 모릅니다. 또 브로드웨이로나 리버사이드 드라이브를 통해서도 조지 워싱턴 다리로 갈 수 있습니다."

델러니 서장은 투덜거렸다.

"젠장, 그놈은 수백만 가지 짓을 저지를 수 있으니까."

모든 경관들과 마찬가지로 그는 예견할 수 없는 일에 쫓기고 있었다. 근무시간 중에 먹구름이 끼어 근무를 힘들게 만들고 꿈을 더럽힐 가능성은 얼마든지 있었다. 모든 경찰은 그런 가능성과 더불어 살아가야만 했다. 멍청하고 둔한 죄수가 갑자기 칼을 뽑아들 수도 있고, 통상적인 검문을 하면서 문을 노크했다가 장총 세례를 받을 수도 있었으며, 지붕에서 쏘아대는 탄환 세례를 받을 수도 있었다. 예상할 수 없는 일투성이였다. 그것을 대적하는 길은 오직 확률에 근거하여 살아가는 길, 운을 믿는 길뿐이었고 만일 필요하다면 기도를 하는 길밖에 없었다.

"우리는 근본적인 선택을 해야 해."

델러니가 말하자 블랭큰십은 그가 '나는' 이 아니라 '우리는' 이라고 말했다는 점을 놓치지 않았다. 그는 내심 탄복했다. 델러니라는 사람은 잔꾀도 많은 사람이었다.

"우리는 다섯 개 주에 비상령을 발동시키고 이 자리에 버티고 앉아 누군가가 대니보이를 체포하기를 기다릴 수도 있어. 아니면 우리가 직접 뛰쳐나가 우리가 싼 똥을 치울 수도 있지."

"그자가 어디로 가고 있다고 생각하십니까, 대장님?"

델러니는 즉시 대답했다.

"칠턴. 오렌지카운티에 있는 작은 마을이지. 강에서 16킬로미터 정도 떨어져 있네. 어딘지 보여주지."

그는 뉴욕 주의 지도를 펼쳐 가죽소파 위에 놓고 탁상 전등의 목을 그쪽으로 기울였다. 그는 손가락으로 지도를 짚으며 말했다.

"여기야. 마운틴빌 바로 남쪽이고 육군사관학교 서쪽이지 이 작은 녹색 점 보이나? 이것이 칠턴 주립공원이네. 블랭크는 그곳으로 등산을 하러 가곤 하지. 그자는 등산가야."

델러니는 눈을 감고 잠시 수백만 년 전에 대니보이의 차 안에서 본 지도에 표시되어 있던 길을 기억해 내려고 노력했다. 다시 한번, 블랭큰십은 델러니에게 질문하고 싶은 것을 꾹 눌러 참고 침묵을 지켰다. 델러니가 눈을 떴다. 그는 블랭큰십을 노려보았다. 델러니는 자신의 기억력에 축복을 보내며 말했다.

"조지 워싱턴 다리를 건너 뉴저지 주로 들어간다. 4번 도로에서 그 다음은 70번 도로. 다시 뉴욕으로 들어온다. 맨해튼과 서편 근처다. 그리고 고속도로로 진입하여 30번 도로로 방향을 바꿔 마운틴빌로 들어선다. 그 다음에 남쪽으로 방향을 바꿔 칠턴으로 가는 거다. 공원은 칠턴에서 겨우 몇 킬로미터 거리지."

블랭큰십은 부르짖었다.

"뉴저지라구요? 맙소사. 대장님, 뉴저지에 비상을 거는 게 낫겠습니다."

델러니는 고개를 저었다.

"아무 소용없어. 다리는 대니보이가 거기 닿기 전에 봉쇄되었어. 그자는 다리를 통과하지 못했을 거야. 절대 불가능해. 거기 몰린 차들의 행렬을 생각해 보게. 아니야, 그자는 그 다리로 들어서지 않고 그 앞 도로를 통과했어. 그렇지 않았다면 벌써 우리에게 포착되었을 거야. 그러나 그자는 아직도 칠턴을 향하고 있네. 난 그렇게 믿어. 그렇게 믿어야 해. 조지 워싱턴 다리 북쪽으로 다리를 건널 수 있는 방법은 뭐가 있을까?"

"그자가 헨드 허드슨 파크웨이로 진입했다고 보면 어떨까요? 96번가를 통해서요. 어떻습니까, 대장님?"

"그랬을 거야."

"그자는 조지 워싱턴 다리를 향했습니다. 그러나 다리가 봉쇄된 것을 목격했습니다."

"또는 검문 때문에 차량이 혼잡한 것을 보았거나."

"또는 차량이 밀린 것만 보고 길을 바꿨는지도 모릅니다. 그래서 그는 헨리 허드슨 파크웨이를 계속 따라갔습니다. 북쪽으로요. 맙소사, 그자는 지금도 별로 멀지 않은 곳에 있습니다. 어쩌면 여기 이 다리를 건너 스퓨튼더빌로 들어갔는지도 모릅니다. 혹은 아직도 북쪽을 향해 달리고 있다면, 영커스쯤에 있는지도 모르지요."

"그 다음 강을 건널 수 있는 곳이 어디지?"

"태판지 다립니다. 여기요. 태리타운에서 사우스나이액으로 가는 길목입니다."

"우리가 그곳을 봉쇄하면 어떨까?"

"그러면 그자가 강을 건너기 위해 계속 북쪽으로 올라갈 거라는 뜻입니까? 강을 건널 수 있는 다음 지점은 베어마운틴 다리입니다. 아직도 칠턴 남쪽입니다."

"우리가 베어마운틴 다리도 봉쇄하면?"

"그렇게 되면 그자는 뉴버그비컨 다리까지 가야 합니다. 그렇게 되면 칠턴 북쪽이 됩니다."

델러니는 두 손을 허리에 받치고 가슴속 깊이 숨을 들이마셨다.

그는 서재 안을 서성거리기 시작했다. 그는 블랭큰십에게라기보
다는 혼잣말처럼 얘기를 시작했다.

"우린 올버니에 이르기까지 모든 다리를 봉쇄할 수 있어. 그렇
게 하면 그자를 강의 동쪽에 묶어둘 수 있네. 그러나 무엇 때문에
그렇게 해야 한단 말이지? 나는 그자가 가장 안전한 장소로 가도
록 내버려두고 싶어. 그자는 칠턴을 향하고 있네. 칠턴은 안전하
다고 생각하는 거야. 거기라면 혼자 있을 수 있으니까. 우리가 그
길을 봉쇄하면 그는 그저 계속해서 달아날 걸세. 그동안 무슨 짓
을 저지를지 그것은 하느님만이 아시겠지."

블랭큰십은 거의 심약하게 들릴 정도로 작은 소리로 말했다.

"하지만 그자가 조지 워싱턴 다리를 건너갔을 가능성이 전혀
없다고 할 수는 없습니다, 대장님. 뉴저지에 비상을 걸어야 하지
않을까요?"

"엿 먹으라고 해."

"FBI에 알리지 않으실 겁니까?"

"그놈들도 엿 먹으라고 해."

"뉴욕 주 경찰에도 연락하지 않으실 겁니까?"

"그 돌대가리들한테? 그 한심한 꼴들 하며. 경위는 그 풋내기
들이 내 사건에 참견하게 내가 내버려둘 것 같나? 그래서 그놈들
이 잘난 체하는 꼴을 봐야 한단 말인가? 쓸데없는 소리. 이놈은
내 거야. 메모지 가진 거 있나?"

"예, 대장님. 여기 있습니다."

"메모를 좀 해주게. 아니지. 잠깐만 기다려."

델러니 수사대장은 서재의 문을 활짝 열어젖혔다. 사람들이 늘

어나 있었다. 철수 명령을 받은 대원들이 귀환해 있었다. 델러니는 눈에 띄는 첫 번째 대원을 지목했다.

"자네, 이리 오게."

"저 말입니까, 대장님?"

델러니는 그 대원의 팔을 잡고 서재 안으로 끌고 들어와 문을 거칠게 닫았다.

"이름이 뭔가?"

"제이비스입니다, 대장님. 존 제이비스요. 2급 형삽니다."

"제이비스 형사, 나는 지금 1급 형사 로널드 블랭큰십에게 명령을 내릴 예정이네. 나는 자네가 내 명령을 듣고 있기를 바라네. 그리하여 만일 경찰청에서 청문회가 열리는 경우 자네가 지금 보고 들은 것을 그대로 정직하게 증언해 주기를 바라는 것일세."

제이비스의 얼굴이 창백하게 질렸다.

"그러실 필요 없습니다, 대장님."

블랭큰십이 말했다. 델러니는 유난스럽게 친근한 미소로 그를 바라보았다.

"나도 필요치 않다는 건 알아. 하지만 선택을 해야 하네. 만일 그 결정이 성공하면 그건 좋은 일이지. 하지만 실패하면 그때 다치는 건 날세. 나 자신을 묶는 거나 마찬가지야. 좋아, 시작하지. 메모하게. 제이비스, 잘 듣게나. 시 무선통신본부에 알리게. 뉴저지 주 경찰과 FBI, 뉴욕 주 경찰에 도망자 대니보이에 관한 비상을 발령하라. 그자의 인상착의와 차량에 관한 모든 정보를 제공하라. 사진도 제공하라. 질문이 있거든 대기하라고 지시하라. 최대한 조심하라고 알려라. 그자가 여러 차례 살인을 저지른 범인이라는 점을 알려라. 무장하고 있으며 극히 위험한 자라는 것도 알려라. 다 적었나?"

"예, 대장님."

"총비상이다. 도망자는 어디에라도 나타날 수 있다. 적었나?"

"예, 대장님."

"태리타운과 베어마운틴, 비컨 경찰서에 전화 연락을 취하라. 총비상이다. 그러나 혐의자를 막거나 방해하지 말라고 지시하라. 그자가 달아나도록 그냥 두라고 전하라. 만일 그자가 관할 교량을 통과하면 우리에게 즉시 연락하라. 그자가 강을 건너도록 방치하되, 우리에게 즉시 알리라고 전달하라. 그자가 경찰관을 살해한 자라는 사실도 전달하라. 받아 적었나?"

블랭큰십은 부지런히 써 내려가며 대답했다.

"예, 대장님. 만일 그자가 태판지나 베어마운틴, 혹은 뉴버그비컨 다리를 통과하려고 시도하면, 다리를 통과하는 것은 방치하되 잘 감시하고 즉시 우리에게 보고하라는 거지요? 맞습니까?"

"그렇지."

델러니는 대답하고 나서 제이비스를 돌아보았다.

"자네도 다 들었나?"

"예, 대장님."

델러니는 고개를 끄덕였다.

"좋아. 밖에 나가 대기하게."

제이비스가 나가고 문이 닫히자 블랭큰십은 다시 말했다.

"그렇게까지 하실 필요는 없었습니다, 대장님."

"그만두게."

"대장님께서 직접 추적하실 겁니까?"

"그렇다네."

"제가 모시고 가도 됩니까?"

"아닐세. 경위는 여기 있어줘야 해. 지금 얘기한 대로 각처에 비상을 발령하게. 나는 특별 기동대의 차량 세 대를 가지고 출발하겠네. 대원들을 좀 더 확보하고. 무전기 통신범위가 어느 정도 되는지 잘 모르겠군. 만일 무전이 끊기면 전화로 연락을 취하지. 여기로 전화하겠네."

델러니는 책상 위의 전화를 손으로 잡으며 얘기를 계속했다.

"여기에도 대원을 배치하게. 이 전화로는 외부와 통화하지 말도록. 그 점을 모든 대원들에게 분명히 지시하게. 내가 계속 전화를 할 테니까. 경위는 태리타운과 베어마운틴, 비컨과 연락을 취해서 상황을 점검하고 그자가 어디로 건너갔는지를 확인하게. 알겠나?"

블랭큰십은 여전히 메모를 계속하며 대답했다.

"예, 대장님, 다 적었습니다."

"맥도널드를 바바라로 귀환시켜서 자네들 둘은 즉시 문건작업을 시작하게. 자네가 계획과 인원과 차량 등에 관련되는 문건을 맡게. 맥도널드는 우리가 잡아들인 사람들에 관한 심문과 조서를 작성하도록 하고. 모든 일을 깨끗이 처리하게. 맥도널드가 할 일을 잘 알 거야."

"예, 대장님."

"토어슨 부경감이 연락하면 내가 대니보이를 추적하러 나갔고, 가능한 빨리 연락을 취하겠다고 하더라고 전하게."

블랭큰십이 고개를 들어 그를 바라보며 물었다.

"병원에는 제가 전화할까요? 부인께 말입니다."

델러니는 놀라 그를 바라보았다. 시간이 얼마나 흘렀던가. 델러니는 조용히 말했다.

"그래 주게. 고맙네. 그리고 페르난데스와 타이거 하나, 불독 셋의 상태를 확인하게. 내가 여기로 전화를 해서 상황을 점검하도록 하지. 가만있자, 그 밖에 다른 일은 없나? 질문은?"

"같이 가면 안 될까요, 대장님?"

에드워드 X. 델러니 수사대장은 이렇게 대답했다.

"다음 번에. 당장 가서 비상을 발령하게."

블랭큰십이 나가고 문이 닫히자마자 델러니는 수화기를 들었다. 그는 전화국에 연락하여 뉴욕 주 칠턴에 있는 경찰서의 번호를 물었다. 칠턴 경찰서와 통화하는 데는 시간이 걸렸으나 그는 초조해 하지 않았다. 만일 그의 생각이 옳다면 시간 같은 것은 문제가 되지 않았다. 그리고 만일 그의 생각이 틀렸다면 시간 같은 것은 더 더욱 문제될 게 없었다.

이윽고 딸깍거리는 소리가 나더니 마침내 전화를 받았다.

"칠턴 경찰섭니다. 무엇을 도와드릴까요?"

"서장님과 얘기할 수 있습니까?"

걸걸한 웃음소리가 터져 나왔다.

"서장님이요? 그게 아마 나인 것 같은데요? 포리스트 서장입니다. 무얼 도와드릴까요?"

"뉴욕 경찰청의 에드워드 X. 델러니 수사대장입니다. 전 지금……"

포리스트 서장은 소리쳤다.

"그렇습니까! 야아, 굉장하군요. 거기 날씬 어떻습니까?"

"좋습니다. 불평할 게 없는 날씨지요. 좀 춥긴 하지만 아주 청명합니다."

"여기도 마찬가집니다. 라디오 기상예보에서 앞으로 한 주일 동안은 이런 날씨가 계속될 거라고 합니다."

"서장님, 신세를 질 일이 있습니다."

"좋습니다. 그럴 거라고 생각했습니다."

델러니는 잠깐 기가 질렸다. 이 친구는 순진한 시골뜨기가 아닌 것 같았다. 델러니는 빠른 어조로 말했다.

"도망 중인 사람을 잡아야 합니다. 다섯 명이나 죽였지요. 피살자 중에는 경찰도 한 사람 있습니다. 얼음도끼가 흉깁니다. 콜벳을 타고 있고, 방향은……."

"와와, 와아! 도시 사람들은 정말 말이 빠르군요! 도대체 무슨 말인지 알아들을 수가 없어요. 좀 천천히 말해 봐요. 발음도 좀 정확히 하고."

델러니는 하라는 대로 천천히 다시 말했다.

"도망 중인 범인을 잡아야 합니다. 다섯 명을 죽인 살인범입니다. 피살자 중에는 뉴욕 시의 형사도 한 사람 있습니다. 그자는 얼음도끼로 사람의 머리를 깨서 죽였습니다."

"등산가입니까?"

델러니는 포리스트 서장이 제법 영리한 사람이라는 생각이 들었다.

"그렇습니다. 가능성이 희박하긴 하지만, 그자가 칠턴 주립공

312

원으로 향했을 거라고 생각합니다. 그곳은 서장님네 서에서 가까운 거리지요?"

"그렇지요. 마을에서 3킬로미터 정도 떨어진 거리에 있지요. 그 자가 여기로 오고 있다고 생각하는 이유는 뭡니까?"

"글쎄요. 얘기하자면 깁니다. 아무튼 그자는 그곳으로 종종 등산을 갔습니다. 그 바위 이름이 그……."

"'악마의 바늘' 말이군요."

"그렇습니다. 그자는 여러 번 거기 올라간 적이 있습니다. 그래서……."

"공원은 겨울에는 폐쇄되는데요."

"그래도 공원에 들어가려면 어떻게 해야 합니까, 서장님?"

"공원은 작습니다. 아디론댁하고는 다릅니다. 전혀 딴판이죠. 공원 입구 문에 쇠사슬이 쳐져 있고 자물쇠가 있습니다. 자물쇠를 부수고 쇠사슬을 넘어 들어가겠지요. 간단한 일입니다. 당신의 그 도망자 말입니다. 그놈 미쳤습니까?"

"그렇습니다."

"그렇다면 아마 문을 부수겠군요. 좋아요, 대장님. 어떻게 도와드릴까요?"

"서장님의 부하 한 사람을 그곳으로 보내주세요. 감시를 위해서요. 아시겠지요? 만일 이 미치광이가 나타나거든 막지 말고 그저 감시만 해주셨으면 합니다. 그자가 무슨 짓을 하는지 어디로 가는지 그저 관찰해 주십시오. 그자를 잡으려는 행동은 결코 하지 마세요. 제가 원하는 것은 한 가지, 그자가 그곳에 있는가 확인하는 것뿐입니다."

포리스트 서장은 중얼거렸다.

"아아, 무슨 말인지 알았습니다. 뉴욕 주에는 연락했습니까?"

"지금 비상이 발령 중입니다."

"아, 그렇군요. 아무튼 여긴 대장님 관할지역은 아니지요. 그렇지 않습니까, 대장님?"

이런 영리한 놈 하고 델러니는 절망스럽게 생각했다. 그러나 그는 대답했다.

"그렇지요."

"그런데 부하를 열 명쯤 데리고 올 거라 이거지요?"

"글쎄요. 만일 그게 도움이 된다면……."

"아, 그러시군요. 공원의 출입문을 그저 관찰하기만 하라는 말씀이신데……. 당연히 그 미친놈의 눈에는 띄지 말아야겠지요? 그 미치광이가 뭘 하는지 어딜 가는지만 지켜봐라, 이거지요?"

델러니는 대답했다.

"바로 그겁니다. 서장님의 부하를 보낼 수만 있다면……."

전화 저편에서 아무 대답이 없었다. 침묵이 너무 오래 계속되었기 때문에 델러니는 초조해서 다시 불러보았다.

"여보세요, 여보세요? 듣고 있습니까?"

"아, 듣고 있어요. 하지만 수사대장님, 부하 한 사람을 보내라고 하시면 전 이런 말씀을 드릴 수밖에 없겠네요. 여긴 부하 같은 건 없어요. 나 혼자뿐입니다. 포리스트 서장뿐이에요. 칠턴 경찰서는 그래요. 사람이 하나밖에 없는 지서에 근무하는 사람이 서장이라는 게 좀 우습게 들릴지 모르지만 그게 사실입니다. 나도 큰 도시의 서장이 어떤지는 압니다."

"우습다는 생각은 안 합니다. 장소가 다르면 명칭도 습관도 다른 법이니까요. 그렇다 하여 한쪽이 다른 한쪽보다 우월하다거나 낮다고는 할 수 없는 노릇이지요."

포리스트 서장은 중얼거렸다.

"좋아요. 대장님은 진짜 사나이 같군요. 지금 부하들을 데리고 이리 오세요. 그동안 나는 공원에 가서 뭐가 보이는지 알아보지요. 어차피 다른 할 일도 없었으니까요."

"고맙습니다. 하지만 시간이 좀 걸릴 겁니다."

델러니가 말했다. 걸걸한 목소리가 웃음을 터뜨렸다.

"시간이라구요? 대장님, 여기에는 시간이 너무나 흔합니다."

델러니는 전화를 한 통 더 했다. 핸드리를 찾았으나 자리에 없었다. 그래서 델러니는 메모를 남겼다. '작전 개시. 블랭크의 도주로 추적 중. 토어슨에게 연락 바람. 델러니.' 그렇게 빚을 갚은 다음 델러니는 권총 벨트를 차고 딱딱한 칼라를 채웠다. 그는 무선통신실로 들어가 세 명의 대원을 지목했다. 그들은 모두 집 밖에서 대기 중이던 무장 차량에 탑승했다.

폐부 속으로 호흡되어 들어오는 공기는 아직도 마치 고급 진처럼 서늘했다. 대니얼 G. 블랭크는 셀리아네 집 안의 계단을 뛰어내려와 쓰러져 있던 밸린터를 타고 넘어 겨울 햇빛 속으로 나섰다. 뒤에서 날카로운 비명이 그의 뒤를 쫓아오는 것을 그는 느끼고 있었다.

한 남자가 계단과 그의 차 사이의 인도에 허리를 굽히고 앉아 있었다. 그 남자는 블랭크가 다가오는 것을 발견했다. 그의 얼굴에 격렬한 증오가 떠오르면서 일그러졌다. 그 남자는 굽혔던 무릎을 펴고 일어섰다. 그와 동시에 한 손이 상의 속으로 들어가는 것을 블랭크는 보았다. 블랭크는 이 남자가 자신을 증오한다는 것을, 그리고 자신을 죽이려 한다는 것을 깨달았다.

블랭크는 계단을 달려 내려가면서 재빨리 오른손으로 도끼를 바꿔 쥐고 그 남자를 내리쳤다. 남자의 몸놀림은 재빨랐다. 그리하여 도끼는 남자의 머리에 박히는 대신 어깨에 박혔다. 그래도 그 남자는 고꾸라졌다. 블랭크는 도끼를 뽑아내고 차 안으로 달려 들어갔다. 그때 길 건너편에서 누군가가 고함을 지르는 소리가 들렸다. 또 한 남자가 오가는 차량 사이를 헤치고 팔을 들고 그를 가리키며 달려오고 있었다. 다음 순간 빛과 함께 예리한 폭발이 있었고, 무엇인가가 차의 몸체를 파고들었다. 차의 앞 유리창 왼쪽에 구멍이 뚫렸다. 그 순간 그는 뺨에 바람이 스쳐가는 것을 느꼈다. 그것은 천사의 키스처럼 가벼웠다.

그 남자는 차 앞에 있었다. 차 옆으로 덤벼들어 문을 열거나 다시 그놈의 요란한 손가락으로 그를 겨냥할 작정인 것 같았다. 블랭크는 그 남자의 시커먼 얼굴에서 분노와 공포가 뒤섞인 표정을 보았다. 다른 방법이 없었다. 오직 액셀러레이터를 밟아 그 남자를 쓰러뜨리는 길뿐이었다. 블랭크는 그렇게 했다. 그 남자의 몸뚱이를 차가 받을 때 쿵하는 울림이 있었고, 그 남자의 몸뚱이가 허공으로 떠올랐으나 블랭크는 뒤도 돌아보지 않았다.

그는 왼쪽으로 방향을 틀어 96번가로 진입했다. 거기에 세워져 있는 두 대의 차에서 세 남자가 급히 뛰쳐나오는 것이 보였다. 다시 총성이 들리고 고함소리가 들렸다. 그러나 그때쯤에 그의 차는 벌써 86번가를 빠른 속도로 달려가고 있었다. 여기저기에서 경적이 요란하게 울리는 소리가 들렸다. 그가 붉은 신호를 무시하고 우측통행도 무시하고 함부로 달리자 다른 차들이 충돌을 피하기 위해 급히 브레이크를 밟았다. 그 모든 것이 멋지고 아름다웠다. 왜냐하면 전화선을 끊으면서 그는 세계와 그 자신이 연결되어 있던 선을 잘라냈기 때문이었다. 그리하여 이제 그는 혼자였다. 완전히 혼자였다. 어느 누구도 그에게 손을 댈 수 없었다. 결코 그런 일은 벌어지지 않을 것이다.

그는 트래버스 3번로를 통하여 센트럴파크를 가로지르고, 우회전을 하여 브로드웨이로 진입했다. 북쪽으로 96번가를 향해 달리다 좌회전을 해서 헨리 허드슨 파크웨이로 들어섰다. 그 도로는 대부분의 사람들이 웨스트사이드 드라이브라 부르는 길이었다. 그는 콧노래를 흥얼거리며 북쪽으로 달려갔다. 다른 차량들의 흐름을 따라 더 빠르지도 않고 더 느리지도 않게 달렸다. 너무도 간단히 탈출했다는 사실이 즐거워서 그는 웃음을 터뜨렸다. 어느 누구도 나에게 손을 댈 수 없다. 요란하게 사이렌을 울리며 추격하던 두 대의 경찰차도 나를 잡지 못했고 죽이지도 못했다. 내가 이 청명하고 활기찬, 새로운 날을 즐기는 것을 막지 못했다.

그러나 다리에는 소동이 벌어져 있었다. 교통사고라도 난 것인지 모를 일이었다. 차량들이 밀려 있었다. 그래서 그는 그저 파크웨이를 계속해서 달리기로 했다. 북쪽으로 달릴수록 교통량이 적어졌다. 그는 노래를 흥얼거렸다. 이 곡이 뭐더라? 아침부터 흥얼거리던 바로 그 곡이었다. 그는 운전대를 잡은 손으로 탁탁 박자까지 맞췄다.

영커스의 북쪽에서 그는 길 가장자리에 차를 세우고 지도를 펼쳤다. 그는 파크웨이를 통해서 고속도로로 진입할 수 있었다. 태판지 다리를 건너 사우스나이액으로 갈 수도 있었다. 팰리세이즈 인터스테이트를 돌아 32번 도로를 타면 된다. 그 길이 마운틴빌로 그를 데려다 줄 것이다. 그 다음에 남쪽으로 방향을 바꿔 달리면 칠턴이었다. 간단하다. 그리고 멋지다. 오늘은 모든 일이 간단하고 멋지기만 했다.

블랭크가 지도를 접고 있을 때 한 대의 경찰차가 달려오더니 길 가장자리에 멈췄다. 운전석 옆에 앉은 경찰관이 고개를 내밀더니 손가락으로 북쪽을 가리켰다. 블랭크는 고개를 끄덕이고 차에 올라탄 다음 그 경찰차 뒤를 따라가기 시작했다. 그러나 경찰차가 시야에서 사라질 때까지 속도를 계속해서 낮췄다. 마침내 경찰차는 희미해지다가 보이지 않게 되었다. 그 경찰관은 창에 난 탄환 구멍도 보지 못했다!

아무 문제도 없다. 전혀 아무런 문제도 없다. 태판지로 진입하는 길에는 돈을 지불해야 하는 톨게이트도 없었다. 만일 블랭크가 동쪽으로 되돌아간다면, 그는 물론 톨게이트에서 돈을 내야 할 것이다. 그러나 블랭크는 돌아갈 생각 따위는 없었다. 그는 규정 속도보다 약간 더 높은 속도를 일정하게 유지하며 달렸다. 미처 깨닫기도 전에 그는 칠턴으로 들어섰다가 칠턴을 벗어나 이제는 공원으로 향하고 있었다. 자갈이 덮인 그 도로 위에는 차라고는 오직 그의 차 한 대뿐이었다. 사방 천지에 다른 사람은 아무도 없었다. 멋졌다.

블랭크는 칠턴 주립공원 입구로 통하는 비포장도로로 들어섰다. 멀리 입구가 보였다. 차에서 내려, 얼음도끼를 꺼내 자물쇠를 부수는 것이 우스운 짓으로 여겨졌다. 그리하여 그는 시속 80킬로미터 정도까지 액셀러레이터를 밟았다. 차가 문을 들이받았다. 그 순간 그는 팔을 들어 눈을 가렸다. 차는 간단히 출입문을 쓰러뜨렸다. 출입문 양쪽 기둥이 쓰러졌다. 대니얼 G. 블랭크는 브레이크를 밟았다. 그는 공원 안에 들어와 있었다. 차에서 내려 몸의 근육을 푸는 운동을 하며 사방을 둘러보았다. 사람은 전혀 눈에 띄지 않았다. 그저 겨울 풍경만이 펼쳐져 있었다. 벌거벗은 검은 나무들, 그 위에 펼쳐진 푸른 하늘. 청명하고 신선했다. 산들바람은 마치 포도주 같았고, 태양은 은은하게 반짝이는 조금 낡은 동전 같았다.

천천히 그는 등산화를 신고 방풍재킷을 입었다. 검은 구두와 톱코트는 벗어서 차 안에 던져버렸다. 그것들은 이제 더 이상 필요치 않았다. 마지막 순간에 그는 공식적인 자리일 때 착용하던 '아이비 리그'도 벗어 차 안에 던졌다. 그리고 털실로 짠 등산모를 머리에 뒤집어썼다.

블랭크는 등산장비를 '악마의 바늘'로 운반했다. 도보로 10분이 채 걸리지 않았다. 숲과 바위를 지나면 그만이었다. 발 아래에 다시 바위를 맛본다는 것이 즐거웠다. 그것은 도시의 콘크리트와는 다른 맛이었다. 포장된 도로는 진짜 세계 위에 덧씌워진 가림막이었고, 진짜 세계를 차단하는 물질이었다. 그러나 여기에서는 진짜 벌거숭이 바위 위에 설 수 있고 지구의 등뼈 위에 올라설 수 있었다. 발 아래서 지구가 움직이는 것을 느낄 수 있었다. 더욱 진정한 세계에 가까워지는 것이었다.

침니의 입구에서 그는 등산용 허리띠를 차고, 나일론 밧줄의 한쪽 끝을 매고, 밧줄묶음을 주의 깊게 풀어 내린 다음 나머지 등산 장비들(배낭과 크램폰, 여분의 스웨터와 얼음도끼)을 밧줄의 다른 한쪽 끝에 묶었다. 그 다음에야 표면이 거칠거칠한 장갑을 꼈다.

블랭크는 천천히 침니를 기어오르기 시작했다. 근육이 약해진 게 아닐까 하는 생각이 들었다. 그러나 등반은 어렵지 않게 진행되었다. 그는 몸을 굽혀 위로 기어오르는 동안 여유를 되찾았다. 블랭크는 곧 거기 박힌 피톤을 찾아내어 거머쥐었다. 그리하여 몸을 평평한 바위톱 위에 끌어올렸다. 그는 잠시 심호흡을 하며 쉬다가 몸을 일으켜 밧줄에 묶인 나머지 장비를 끌어올렸다. 등산용 허리띠를 풀고, 그는 모든 것을 한 덩이로 쌓아놓았다. 그는 허리에 손을 받치고 몸을 꼿꼿이 펴 어깨를 뒤로 젖히며 대기를 가슴 깊이 들이마셨다. 그는 사방을 둘러보았다.

색다른 광경이었다. 이런 높이에서 이제껏 한 번도 본 적이 없는 겨울 풍경이었다. 강철판 위에 새겨놓은 풍경 같았다. 우뚝우뚝 서 있는 검은 나무들, 여기저기 얼어붙은 눈더미들, 그림자와 번쩍이는 광선들. 모든 것이 검거나 회색이거나 갈색이었고, 그러다가 갑자기 섬광처럼 새하얀 색깔이 도드라졌다. 멀리 칠턴의 주택가 지붕들이 보였다. 그 너머로 강이 거울처럼 반짝이며 흘러갔다. 어쩌면 호수인지도 모른다. 그러나 물결이 움직이고 있었다. 그렇다. 그는 깨달았다. 그것은 천천히 흘러 바다로, 더 넓은 세계로, 온갖 곳으로 가고 있었다.

블랭크는 양상치 담배를 한 개비 꺼내 불을 붙이고 입에 물었다. 연기가 흩날리다가 대기 속으로 사라지는 것을 바라보았다.

강은 바다와 하나가 된다. 연기는 대기와 하나가 된다. 모든 사물들이 다른 사물들과 하나가 된다. 다른 사물 속으로 스며든다. 물이 땅이 되고 땅은 물이 된다. 연기는 대기로, 대기는 연기로 화한다. 어째서 그 여자는 승리의 미소를 지었을까? 이제 블랭크는 그에 대해 생각해 볼 수 있었다.

그는 벌거숭이 바위 위에 무릎을 굽히고 앉아 얼굴을 무릎에 올려놓았다. 재킷의 단추를 풀고 장갑을 벗었다. 셔츠의 단추도 풀고, 손을 밀어 넣어 자신의 가슴을 만졌다. 셀리아의 가슴은 그의 가슴만큼이나 평평했다. 그는 자신의 가슴을 쓰다듬으며 생각에 잠겼다. 그의 도끼가 두개골을 파고드는 순간 셀리아는 행복했을 것이다. 행복하고말고. 그 여자는 확신을 원했다. 그 여자가 블랭크에게 한 모든 말들. 그것들은 그녀가 얼마나 애타게 절대성을 희구했는지를 입증한다. 그녀는 그 예민하고 민첩한 지적 능력을 동원하여 너무도 오랜 세월 동안 그것을 추구해 온 나머지 지쳐버렸다. 그렇다. 셀리아의 마음은 너무나 꾸밈이 없고 모든 사물을 너무도 예민하게 의식하고 있었기 때문에, 그것은 마치 훤히 드러난 상처와도 같이 고통스러웠을 것이다. 그리하여 셀리아는 한 가지 계획을 세우고, 그 계획에 그를 끌어들였다. 그를 재촉하고, 그리하여 마침내 그를 배반했다. 그것이 어떻게 끝장이 날 것인지를 셀리아는 처음부터 알고 있었다. 셀리아는 그것을 원하고 있었고, 그렇게 되었던 것이다.

블랭크는 오랫동안 거기 앉아 있었다. 하늘이 차츰 흐릿해지면서 오후가 찾아왔다. 그는 그에게 벌어진 일들을 꿈꾸듯이 생각해 보았다. 그가 저지른 일들이 후회스럽지는 않았다. 서글픈 즐거움 같은 기분이었다. 그는 알고 있기 때문이었다. 셀리아가 그녀의 마지막 진실을 찾아냈다는 것을. 그리고 그 역시 자신의 마지막 진실을 발견하게 되리라는 것을. 그러니까 그들은 둘 다……. 그때 차의 엔진 소리가 들렸다. 차의 문이 닫히는 소리도 들렸다. 블랭크는 엉금엉금 기어 '악마의 바늘' 벼랑 끝으로 가서 아래쪽을 내려다보았다.

그들은 칠턴에서 자갈이 깔린 도로를 따라 달리다가 '칠턴 주립공원 2킬로미터'라는 이정표를 보았고, 그곳에서부터 비포장도로로 들어서서 계속 달렸다. 그들은 담 바깥에 차를 세웠다. 출입구 양쪽 기둥이 무너져 있었다. 안에 블랭크의 차가 세워져 있었다. 갈색 방풍재킷의 깃을 올린 거대한 몸집의 남자가 그 차에 기대서서 그들이 탄 차가 다가오는 것을 지켜보고 있었다. 보닛 위에 여섯 개들이 맥주가 놓여 있는 것이 보였다. 그 남자는 맥주를 조금씩 마시고 있었다.

델러니 대장은 차에서 내려 모자를 바로 쓰고 옷차림을 가다듬었다. 그는 신분증을 꺼내며 무너진 출입구를 통과하여 블랭크의 차로 다가갔다. 다가가는 동안 그는 거대한 몸집의 남자를 신속하게 훑어보았다. 신장이 적어도 193센티미터는 되어 보였다. 아니 몸을 꼿꼿이 세우면 195나 197센티미터쯤 될 것 같았다. 체중은 적어도 115킬로그램, 아니 그 이상일 것 같았다. 그리고 그 무게의 대부분은 아마 그의 어마어마한 복부가 차지할 것 같았다. 허리가 아마 70인치 정도는 되지 않을까? 그 남자는 낡은 방풍재킷과 때묻은 골덴 바지를 입고 있었다. 고무밑창이 달린 노란색 작업화는 발목까지 올라오는 장화였고, 검은 털이 달린 군용모자 같은 것을 쓰고 있었다. 목에는 1차 세계대전 때 육군에서 사용하던 야전 망원경 비슷한 것이 가죽끈으로 걸려 있었다. 허리에는 단추로 풀었다 맸다 할 수 있는 권총 벨트 겸 허리띠를 차고 있었는데, 거기 매달린 총은 델러니로서는 한 번도 본 적이 없는 큼직한 것이었다. 그 권총 벨트는 평생 동안 그것만 차고 지낸 것이 아닌가 싶을 정도로 땀과 때에 찌들어 있었다. 그 사람의 가슴에는 별인지 태양인지 알아보기 힘든 배지가 붙어 있었다.

"포리스트 서장이십니까?"

델러니는 그에게 다가가 물었다.

"그렇습니다."

"뉴욕 경찰청 에드워드 X. 델러니 수사대장입니다."

델러니는 신분증을 꺼내 내밀었다. 포리스트는 피크닉 햄 못지 않게 크고 피크닉 햄과 비슷한 색깔의 손으로 그것을 받아들고 자세히 살펴보았다. 그는 델러니에게 신분증을 돌려주고 나서 손을 내밀었다.

"에블린 포리스트 서장이외다. 서로 잘 협조해 보도록 하지요, 대장님. 혹시 남자 이름이 '에블린'이라니, 이상하다고 생각하실지 모릅니다만……."

"아닙니다. 그런 생각은 하지 않았습니다. 제 부친의 존함은 마리온이었어요. 하지만 그런 건 중요할 것 없잖습니까? 안 그래요?"

"물론이지요. 대장님이 그렇게 생각하신다면이야 물론이지요."

"그 작자가 여기 온 것 같군요."

델러니는 주차된 차의 지붕을 치며 말했다. 포리스트는 고개를 끄덕거렸다.

"그렇습니다. 도착했지요. 여기 맥주가 좀 있습니다. 한잔 하시겠다면."

"물론입니다. 고맙습니다."

포리스트는 맥주 한 캔을 집어 마개를 따 델러니에게 내밀었다. 두 사람은 맥주 캔을 들어 올려 부딪는 시늉을 하고 마시기 시작했다. 델러니는 맥주의 상표를 보았다.

"이런 상표는 처음 봅니다. 맛이 좋군요. 에일 맥주 같아요."

"그렇지요? 이 지방 제품이지요. 뉴욕 시 지역에는 들어가지 않습니다. 만드는 대로 모두 곧장 팔리거든요."

델러니는 포리스트가 옛날 탐정 같은 모습이라는 생각이 들었다. 피부는 불그스레했고, 여기저기 주름살이 있었으며, 겹쳐진 살이 늘어져 있었다. 그러나 눈빛만은 놀라울 만큼 젊고 부드럽고 개방적이었다. 흰자위도 맑았다. 한 40여 년 전, 그러니까 맥주가 그를 삼켜서 여기저기 군살이 찌고 행동이 둔해지기 전에는 제법 그럴듯한 젊은이였을 것이다.

"이걸 보십쇼, 대장님. 대장님 부하들이 제법 해냈더군요."

포리스트의 말이었다. 그는 차체에 뚫린 총탄 구멍과 왼쪽 차창에 뚫린 총탄 구멍을 가리켰다.

"여기로 뚫고 나왔어요."

포리스트는 앞 유리창의 총탄 구멍을 가리켰다. 그 구멍을 중심으로 유리창은 방사선으로 금이 가 있었다. 델러니는 몸을 굽히고 그 총탄 구멍을 통하여 다른 쪽 총탄 구멍을 들여다보았다.

"맙소사, 만일 그자가 운전석에 앉아 있었다면 머리가 날아갔어야 정상인데. 이런 각도로 사격이 되었으니 말입니다. 이 작자는 악마가 보살펴주는 모양이군요."

포리스트는 고개를 끄덕거렸다.

"그래요. 그런 놈들이 있지요. 자, 내 말 좀 들어주쇼, 대장. 난 그자가 도착하기 30분 전에 여기 도착했어요. 숲 속의 자갈길에 차를 세워두었지요. 공원으로 들어오는 모퉁이를 돌아서기 전에 말입니다. 뭐 썩 훌륭하게 은폐된 곳은 아니지만 저 녀석은 공원 입구를 찾느라고 오른쪽만 보며 달려왔을 테니 그 차를 보지는 못했을 겁니다."

"그럴듯하군요."

"그럼요. 그자가 나타났을 때 난 차에서 내려서 대장님이 맛이 좋다고 한 바로 이 맥주를 마시고 있었습니다. 그 녀석은 비포장 도로를 달려와서 공원의 출입문이 잠겨 있는 것을 발견하고는 속력을 높여 곧장 받아버리더군요. 뜨거운 칼로 버터를 가르듯이 문은 박살이 나버립디다. 그 녀석은 차에서 내려 몸을 풀면서 사방을 둘러보더군요. 녀석을 망원경으로 살펴보았지요. 잘생긴 녀석입디다."

"잘생겼지요."

"옷을 갈아입더군요. 등산복이랑 등산화랑, 뭐 그런 걸로. 그런데 차 안으로 고개를 밀어 넣었을 때는 머리칼이 있었는데 뺄 때 보니까 민머리더라구요. 그래서 깜짝 놀랐어요."

"그자는 가발을 씁니다."

"그렇더라구요. 나중에 차 안을 들여다보니까 가발이 있습디다. 꼭 죽은 쥐새끼 같더군요. 그 녀석 코트하고 구두도 있지요. 아무튼 가발을 벗어 던진 다음 녀석은 모자를 쓰고 장비를 챙기더니 '악마의 바늘'로 출발했어요. 난 그 뒤에 길로 나와서 공원 안으로 들어왔지요."

"그자가 당신을 보았습니까?"

그는 놀랐다는 듯 델러니를 돌아보았다.

"날 보다뇨? 천만에요. 아직은 제법 움직임이 민첩합니다. 그리고 이 주변 지형은 내 손바닥처럼 훤하구요. 그 녀석은 날 못 봤어요. 아무튼 녀석은 '악마의 바늘' 밑에 도착하자 밧줄에다가 허리띠와 나머지 장비들을 매고 침니 안으로 올라갔습니다. 제법 능숙하더군요. 잠시 후에 그 녀석이 밧줄을 잡아당겨 장비들을 끌어올리는 것이 보입디다. 그러더니 그 녀석 모습이 '악마의 바늘' 꼭대기에 나타났어요. 몇 초밖에 안 보였지만 지금 녀석은 저 꼭대기에 있습니다. 대장님. 그건 틀림없어요."

"그 작자의 짐 중에 음식도 있던가요? 캔 음식 같은 거나 뭐든 먹을 게 있었습니까?"

"없었던 것 같긴 한데 확실하진 않습니다. 배낭을 가지고 있으니 그 안에 음식이나 마실 걸 넣어두었는지도 모르지요."

"그렇겠군요."

"대장님."

"왜요?"

"대장님이 주경찰에 비상을 발령했다고 했지요? 주경찰에서 이 지역 서장과 보안관들 모두에게 비상을 발령했어요. 여기로 오는 길에 무선으로 그것을 들었습니다. 하지만 거기에는 칠턴이니

뭐니 하는 얘기는 없었습니다."

"아, 그들에게는 칠턴에 대해 얘기하지 않았습니다. 이건 추리에 불과했으니까요. 어쩌면 허탕이나 치게 될지도 모르는 일에 사람들이 몽땅 동원되어 허둥거리는 꼴을 보고 싶지 않았으니까요."

포리스트는 한동안 델러니를 지켜보고 있다가 부드러운 어조로 말했다.

"난 대장님이 주경찰들하고 어떤 싸움을 하는지는 모릅니다. 알고 싶지도 않구요. 나도 그 작자들이 거만하기만 하다는 건 알아요. 하지만 이 사건이 처리된 다음을 생각해 봅시다. 당신은 고향으로 돌아갈 거 아뇨? 그런데 여긴 내 고향이란 말입니다. 난 매주 한 번씩은 주경찰들을 만나야 한다구요. 그런데 그 친구들이 발광한 살인자가 우리 지역 안에 들어와 있다는 걸 내가 뻔히 알면서도 보고하지 않았다는 걸 알게 되면, 난 아마 졸경을 면치 못할 겁니다. 아십니까? 진짜 졸경 말입니다."

델러니는 고개를 숙이고 발을 질질 끌며 서성거렸다. 흙먼지가 그의 구두 위에 새하얗게 뒤덮였다. 그는 마침내 중얼거렸다.

"서장님 말이 옳은 것 같습니다. 이건 다만……."

델러니는 말꼬리를 감췄다. 다시 포리스트가 부드럽게 말했다.

"난 대장보다 훨씬 오랫동안 경찰 일을 해온 사람입니다. 사람을 추적한다는 게 어떤 건지 잘 알지요. 한 사람을 오랫동안 추적해서 마침내 쥐구멍에 몰아넣는다는 게 뭔지 잘 안다구요. 그자를 다른 사람에게 넘겨주기는 당연히 싫지요. 스스로 잡고 싶은 건 당연한 일입니다."

델러니는 하릴없이 고개를 끄덕거렸다.

"그래요. 그 비슷합니다."

"하지만 대장, 이 일을 내 시각에서 한번 봐주쇼. 난 주경찰에 연락을 해야 한단 말입니다. 난 아무튼 연락을 할 거란 말이죠. 하지만 먼저 대장이 연락하라고 말해 주기를 바랍니다."

"좋습니다. 이해합니다. 어디서 연락하면 됩니까?"

"내 차에 무전기가 있어요. 그걸로 그들과 통화할 수 있습니다. 곧 돌아오지요."

포리스트는 비포장도로를 따라 사라졌다. 나이와 체중에 비하면 그의 움직임은 매우 활발하고 민첩했다. 델러니는 블랭크의 차 옆에 서서 차창 안을 들여다보았다. 구두와 가발이 보였다. 그것들은 벌써 죽은 사람이 남긴 유물과도 같은 꼴이었다.

델러니는 대니얼 G. 블랭크를 이처럼 사로잡은 것에 대해서 환희를 느끼는 것이 당연했다. 그러나 그렇지 않았다. 뭔가 비참한 기분이었다. 그것은 어쩌면 그날 아침 그가 몹시 흥분했던 것과 비교할 때, 얻은 결과가 아직은 보잘것없는 것이기 때문인지도 몰랐다. 그러나 그것만이 아니었다. 이 비참한 기분은 이제 다가올 일에 대한 것이었다.

델러니는 혼자 중얼거렸다.

"일을 끝내야 한다. 일을 끝내야 해."

델러니는 이 일의 결말이 어떨지 생각하지 않기로 했다. 그는 육군 소령이 그에게 해준 말을 상기했다.

"최상의 병사는 생각하지 않는 병사다."

포리스트 서장은 낡고 헐어빠진 고물 스테이션 왜건을 타고 덜거덕거리며 망가진 출입구로 들어왔다. 그 낡은 차의 차체에는 붉은색으로 '칠턴 경찰서'라고 씌어 있었다. 스테이션 왜건이 블랭크의 차 옆에 멎었다. 포리스트가 델러니에게 말했다.

"그 사람들도 출발했어요. 한 20분쯤 있으면 여기 도착할 겁니다."

그는 투덜거리기도 하고 숨을 몰아쉬기도 하면서 어렵게 차에서 내렸다. 그는 차 안으로 팔을 뻗더니 여섯 캔짜리 맥주 두 팩을 꺼내 델러니에게 내밀었다.

"부하들에게도 좀 주쇼. 기다리는 동안 마시라고."

"정말 고맙습니다. 아주 친절하시군요, 서장님. 마실 것이 충분합니다."

포리스트는 배를 출렁거리며 웃어댔다.

"걱정 마십쇼."

델러니는 미소 짓고는 맥주를 가지고 자신이 타고 온 차로 갔다. 그는 대원들에게 말했다.

"나와서 목이나 좀 축이지. 좀 기다려야 할 것 같네. 주경찰들이 오는 중이야. 여기 맥주는 칠턴 경찰서 포리스트 서장이 주는 거라네."

대원들은 기꺼이 차에서 내려 맥주를 집어 들었다. 델러니는 포리스트에게 돌아가서 물었다.

"'악마의 바늘'을 좀 더 가까이에서 볼 수 있습니까?"

"물론입니다."

"저격수도 왔는데, 그 친구들을 어디에 배치해야 '악마의 바늘'의 출입구와 꼭대기를 철저히 통제할 수 있을지 알고 싶습니다. 필요할 경우에 대비해야지요."

"아, 그렇군요. 도망자가 무장하고 있습니까, 대장?"

"내가 알기로는 얼음도끼뿐입니다. 총은 있는지 없는지 확실히 몰라요. 꼭 같이 갈 필요는 없습니다. 길만 가르쳐주세요. 혼자 가 볼 테니까."

포리스트 서장은 투덜거리듯 말했다.

"젠장, 그런 말 마쇼. 어찌 잘 나가다가 그런 엉뚱한 소릴 하쇼?"

포리스트는 가볍고 활발한 걸음으로 앞장섰다. 델러니는 그 뒤를 따랐다. 그들은 벌거숭이 나무들이 늘어선 숲 사이로 구불구불한 오솔길을 따라 걸어갔다.

곧 그들은 돌출된 바위 위에 도착했다. 포리스트 서장은 한 번도 미끌어지지 않고 편안하게 걷고 있었으나, 델러니 서장은 구두가 바위 표면에서 미끌어지는 바람에 비틀거렸다. 포리스트는 마치 다부진 발레리노처럼 발밑을 내려다보지도 않고 민첩하고 날렵하게 걸어가 '악마의 바늘' 아래 도착했다. 델러니는 숨을 헐떡거리며 겨우 거기 도착했다. 포리스트는 권총 벨트의 단추를 열었다가 땀에 젖은 벨트 밑으로 옷을 쑤셔 넣고는 다시 단추를 채웠다.

델러니는 그 권총 벨트를 내려다보며 물었다. 한 전문가가 다른 한 전문가에게 하는 질문이었다.

"가지고 다니는 게 뭡니까?"

"콜트 44구경입니다. 23센티미터짜리 총신이 달렸어요. 원래는 아버지 물건이죠. 아버지도 경찰이었거든. 공이를 바꾸고 손잡이 한쪽을 바꾸기는 했지만 아직 쓸 만해요. 멋진 물건이지요."

델러니는 고개를 끄덕이고 마지못해 '악마의 바늘' 꼭대기 쪽으로 고개를 돌렸다. 그는 천천히 고개를 들었다. 바위는 점점 더 날카로워지며 하늘을 향해 곤두서 있었다. 바위 여기저기에서 돌비늘과 스며 나온 물기들이 오후의 햇살을 받아 번쩍거렸다. 여기저기 이끼가 돋아나 있었다. 풍화 작용으로 닳고 닳은 바위 표면은 매끄러웠다. 그러나 마치 그 바위의 핏줄인 것처럼 길고 짧은 균열이 바위 전체에 뒤덮여 있었다.

델러니는 바위 꼭대기를 흘겨보았다. 대니얼 G. 블랭크가 그 위에 있다는 것이 이상하게 느껴졌다. 그것은 가깝고도 먼 거리였다. 아니 멀다고 해야 할까. 델러니는 중얼거렸다.

"한 24미터는 되겠군요?"

"20에서 22미터 정도죠."

포리스트 서장이 대답했다.

그 바위는 위아래로 길게 갈라져 있었다. 델러니 서장은 미치광이의 세계가 갑자기 너무나 친밀하게 느껴졌다. 어떤 이유에서인지 그는 창이나 담장으로 가로막힌 연인을 떠올렸다. 한 쌍의 연인이 있다. 두 연인 사이를 남자와 여자들이, 낯선 사람들이 가로막고 있다. 장소는 거리나 버스, 또는 식당이다. 전통의 벽이, 혹은 공포가 두 사람 사이를 가로막고 있다. 두 연인은 서로를 아주 가까운 거리에서 바라보면서도 결코 가까이 다가갈 수 없다.

"안으로 들어가 봅시다."

델러니는 갈라진 목소리로 말하고 조심스럽게 바위틈에 난 수직의 균열, 즉 침니 속으로 들어섰다. 오래 묵은 습기 냄새가 풍겼다. 바위 그림자 속은 소름 끼칠 정도로 추웠다. 그는 고개를 젖혔다. 멀리 위쪽에 조각난 하늘이 보였다.

"한 사람이 겨우 기어올라 갈 수 있는 공간이지요."

포리스트 서장이 말했다. 그의 음성은 굴 안에 메아리쳐서 뜻밖에도 너무 큰 소리를 냈다. 그는 계속해서 말했다.

"등과 발을 이용해서 버티며 올라가는 겁니다. 그 다음에는 무릎과 두 손으로 침니 양쪽을 버티면서 올라가지요. 지금은 그 작자가 저 위에 올라가 있으니까 그가 거부하는 경우에는 어느 누구도 거기 올라갈 수 없습니다."

"올라가 본 적 있습니까?"

포리스트는 작은 소리로 웃었다.

"물론입니다. 수도 없이 올라가 봤지요. 하지만 그건 내 배에 살이 이렇게 오르기 전, 벌써 오래전 얘기요."

"위에 올라가면 어떻게 생겼습니까?"

"2인용 침대 정도의 넓이지요. 평평합니다. 하지만 남쪽으로 약간 경사져 있습니다. 군데군데 구멍이 있고 빤질빤질해요. 얕은 공동도 여기저기 있고. 전망이 훌륭합니다."

그들은 밖으로 나왔다. 델러니는 다시 한 번 위를 올려다보았다.

"20에서 22미터라구요?"

"그쯤 됩니다."

"고속도로 관리본부에 가서 초고층 사다리를 가지고 올 수 있을 겁니다. 아니면 뉴욕 소방서에 가서 고층 빌딩 소화용 사다리를 가지고 오거나. 그건 30미터 정도는 거뜬히 올라갈 수 있지요. 그런데 트럭을 가까이 접근시킬 방법이 없군요. 오솔길을 지나 저 바위를 가로질러 트럭을 몰고 올 방법이 없단 말입니다. 도로를 닦지 않는 한 불가능해요. 도로를 닦으려면 한 달은 걸릴 테고."

그들은 한동안 아무 말도 하지 않았다. 델러니가 다시 입을 열었다.

"헬리콥터는 어떨까요?"

포리스트가 고개를 끄덕였다.

"그거면 될 겁니다. 돌풍으로 범인을 꼼짝 못하게 할 수 있을 거요. 그놈의 하향 돌풍이라는 것이 종잡을 수 없는 것이긴 하지만 아무튼 범인을 제압할 수는 있을 겁니다."

"제압할 수 있겠지요. 혹은 전투기를 불러다가 저놈의 바윗덩이와 함께 범인을 날려버리라고 하거나."

다시 두 사람은 한동안 침묵을 지켰다. 포리스트가 조용히 말했다.

"너무 초조해 하지 마쇼."

"아니, 초조하지 않습니다. 서장님은 초조한가요?"

"아닙니다. 통 속에 들어 있는 물고기 한 마리를 쏘는 데 초조해 할 필요 없죠."

"돌아갑시다."

돌아오는 길에 그들은 저격수를 배치할 만한 장소를 물색했다. 전나무 숲 속이 적당할 것 같았다. 전나무 숲을 은폐물로 이용할 수 있을 듯했다. 또한 그곳에서는 바위 속으로 통하는 굴과 '악마의 바늘' 꼭대기를 훤히 바라볼 수 있었고, 저격을 방해할 만한 물건도 없었다.

주경찰은 아직 도착하지 않았다. 델러니의 대원들은 차 안팎에서 어슬렁거리며 맥주를 마시고 있었다. 세 명의 저격수는 그들과 조금 떨어진 곳에서 케이스에 든 장총을 둘러메고 작은 소리로 얘기를 나누고 있었다.

"전화를 좀 하고 싶은데, 칠턴까지 들어가야 합니까?"

"그럴 필요 없습니다. 바로 저기 있어요."

포리스트는 공원 경비원의 오두막집을 가리켰다. 자갈길도로에서 오두막집까지 목제 전주가 늘어서 있었고, 그것을 통해 전화선이 연결되어 있었다.

"전화는 겨울 동안에도 연결됩니다. 고속도로 제설 인부들이 이용하기도 하고 이른 봄에 공원에 오는 야영객들이 이용하기도 하지요."

그들은 오두막집으로 걸어가 포치에 올라섰다. 문에는 묵직한 자물쇠가 채워져 있었다.

"열쇠 있어요?"

"물론이죠."

포리스트의 대답이었다. 그는 권총 벨트에서 그 거대한 총을 꺼냈다.

"조금만 뒤로 물러서요."

델러니는 다급히 몇 걸음 뒤로 물러섰다. 포리스트 서장은 자물쇠에 총격을 가했다. 델러니는 포리스트가 자물쇠 몸체가 아니라 자물쇠 고리를 겨냥했다는 것을 알았다. 자물쇠 몸체에 총을 쏴봐야 쉽게 부서질 자물쇠가 아니었던 것이다. 델러니는 차츰 이 늙은 서장에게 감탄하기 시작하고 있었다. 총성은 엄청나게 커 사방으로 메아리치며 휘돌았다. 델러니의 대원들이 불안한 듯 일어섰다. 비포장도로 옆의 덤불에서 두 마리의 갈색 새가 황급한 비명을 지르며 날아올라 사라졌다.

포리스트가 문을 밀어 열었다. 오두막 안에서는 먼지와 곰팡이 냄새가 풍겼다. 나무 받침이 달린 구식 전화가 벽에 달라붙어 있었다. 손잡이를 돌려야 통화를 할 수 있는 물건이었다. 델러니는 놀랐다.

"이런 물건은 못 본 지 벌써 몇 년 된 것 같습니다."

"여기엔 아직 몇 개 있습니다. 교환원의 이름은 뮤리얼이지요. 그 여자에게 내가 여기 와 있다는 말도 해줘요. 그동안 나한테 온 전화가 있었을지도 모르니까."

포리스트는 델러니를 거기 남겨두고 밖으로 나갔다.

델러니는 손잡이를 돌렸다. 뮤리얼은 다행히 곧 나왔다. 델러니는 자신의 신분을 밝히고 포리스트의 말을 전했다. 뮤리얼이 말했다.

"예, 서장님 부인께서 저녁식사를 같이 할 수 있는지 알고 싶어하시더군요. 서장님께 전해주세요."

"그러지요."

"거기 어떤 살인범이 있나요?"

그녀는 겁이 나는 어조였다.

"그렇다고 할 수 있습니다. 뉴욕 시에 전화할 수 있습니까?"

"물론이죠. 전화도 안 통하는 곳인 줄 아셨어요?"

델러니는 먼저 블랭큰십에게 전화를 해서 가능한 한 짤막하게 현재의 상황을 알리고, 즉시 부경감 토어슨에게 전화를 걸어 현상황을 보고하라고 지시했다.

그 다음 병원의 바바라에게 전화했다. 고통스러운 통화였다. 아내는 울고 있었는데, 델러니는 그 원인을 알 수 없었다. 마침내 한 간호사가 전화를 받더니 부인이 히스테리 상태에 빠져 있다고 알려주었다. 전화를 계속할 수 없을 것 같다는 것이었다. 델러니는 어찌 할 바를 모른 채 겁이 나서 전화를 끊었다.

그 다음은 샌포드 퍼거슨 박사와 통화를 했다.

"델러니야."

"델러니! 축하해! 그놈을 잡았다는 얘기 들었어."

"정확히는 그게 아니야. 그놈은 바위 꼭대기에 있어. 우린 그자를 잡을 수가 없어."

"바위 꼭대기라니?"

"20에서 22미터쯤 되는 높이야. 박사, 음식과 물을 섭취하지 않고 사람이 어느 정도 살아 있을 수 있나?"

"음식이나 물 없이? 아마 열흘은 살걸. 어쩌면 그보다 못 살지도 모르고."

"열흘? 그게 다야?"

"그렇다니까. 음식은 중요하지 않아. 하지만 물이 중요해. 탈수증이 문제야."

"얼마나 있으면 탈수증이 오는데?"

"아마 24시간 정도?"

"그 다음에는 어떻게 되지?"

"자네가 기대하는 일이지. 신체조직이 위축되고 체력이 약화돼. 신장 기능에 이상이 오고 관절에는 통증이 오지. 하지만 그 무렵에는 희생자는 그런 일에 별로 개의치 않게 되어버려. 심리적 증상 가운데 하나가 바로 의지력 상실이거든. 권태감이 오는 거야. 그러다가 죽음이 찾아오지. 체중이 4분의 1이나 5분의 1가량 줄어. 현기증이 오고. 자율 근육 활동에 이상이 오고, 허약증이 오고, 시력이 상실되어 희미하게밖에는 보이지 않게 되는 거야. 3일이 지난 뒤부터는 아마 환각을 보게 될 거야. 방광이 망가지고. 죽음 직전의 상황이 되면 배가 부풀어 올라. 별로 추천할 만한 죽음의 방식이 아니야. 그런데 무슨 일인데? 델러니, 그런 일이 벌어진다는 거야?"

"아직은 몰라. 도와줘서 고마워."

델러니는 전화를 끊고 이번에는 모니카에게 전화를 했다. 그러나 그녀는 델러니의 목소리를 알아듣자마자 전화를 끊어버렸다. 델러니는 또 전화를 하지는 않았다.

그는 오두막의 포치로 나와 포리스트에게 말했다.

"부인께서 저녁식사를 같이 하실 건지 물어보더랍니다, 서장."

포리스트는 고개를 끄덕거렸다.

"그거야 아직은 나로서도 알 수 없는 노릇이고. 알게 되거든 전화를 해줘야지요. 대장, 그런데 왜……."

그는 갑자기 말을 멈추고 고개를 틀었다.

"사이렌 소립니다. 빠르게 오고 있군요. 아마 주경찰일 겁니다."

그로부터 5초 정도가 지난 뒤에야 델러니는 비로소 사이렌 소리를 들었다. 마침내 두 대의 차가 공원 입구의 모퉁이를 돌아 나타나더니 담 밖에서 멈춰 섰다. 사이렌 소리도 천천히 잦아들었다. 한 대에 네 사람씩 타고 있었고, 그 뒤를 따라 나타난 것은 낡은 포드 세단이었다. 세단의 차체에는 '오렌지카운티 경찰서' 라고 씌어 있었다. 그 차에는 한 사람이 타고 있었다.

델러니는 포치에서 내려섰다. 여덟 명의 남자들이 때 낀 권총 벨트에 손을 댄 채 뛰어내렸다.

"멋지군."

델러니는 말했다. 어깨보다 허리가 더 굵직한 한 남자가 출입구를 넘어 그들에게 다가왔다. 포리스트 서장이 중얼거렸다.

"곰 스모키가 나타나셨네 그려."

델러니는 신분증을 꺼내 들고 다가오는 경찰관을 지켜보았다. 그 남자는 뉴욕 주경찰청의 회색 겨울 제복을 입고 있었다. 권총 벨트가 흐릿하게 번쩍거렸다. 그의 머리에 똑바로 씌워져 있는 것은 테가 넓고 빳빳하고 딱딱한 카우보이 모자였다. 그는 턱을 치켜들고, 좁은 어깨를 뒤로 젖히고, 새가슴을 쑥 내밀고 다가왔다. 그는 델러니와 포리스트 앞에 멈춰 서자 무표정한 얼굴로 그들을 바라보았다. 그는 포리스트를 향해 고개를 까딱하더니 델러니를 돌아보며 힐문했다.

"당신은 누구요?"

델러니는 잠시 그를 건너다보고 있다가 들고 있던 신분증을 내밀었다.

"뉴욕 경찰청의 에드워드 X. 델러니 수사대장입니다. 당신은 누구십니까?"

"뉴욕 주경찰청의 버트램 스니드 서장입니다."

"그걸 내가 어떻게 알 수 있지요?"

"이런 젠장, 그럼 내가 뭘로 보입니까?"

"아, 당신은 경찰처럼 보입니다. 그야 의심의 여지도 없지요.

경찰 제복을 입고 있으니까요. 그러나 성 발렌타인 데이의 학살도 경찰 제복을 입은 네 남자가 저지른 건 아시겠지요? 경찰 제복만으로는 아무것도 알 수 없는 일 아닙니까? 내 신분증은 여기 있어요. 당신 신분증은 어디 있습니까?"

스니드는 입을 딱 벌렸다가 갑자기 이 부딪는 소리를 내며 입을 다물었다. 그는 윗도리의 단추를 풀더니 신분증을 꺼냈고, 두 사람은 신분증을 교환했다.

그들은 서로의 신분증을 살폈다. 델러니는 자신의 대원들과 스니드의 대원들이 슬금슬금 몸을 움직이는 것을 깨달았다. 그들은 이제 격돌이 벌어질 것 같은 낌새를 눈치 챘던 것이다. 그런 구경거리를 놓칠 수는 없는 일이었다.

스니드와 델러니는 각기 자신의 신분증을 돌려받았다. 스니드가 뻣뻣하게 말했다.

"대장, 우린 지금 관할 문제에 직면했습니다."

"아, 그래요? 우리 문제가 그거요?"

델러니가 물었다.

"그래요. 이 공원은 주의 재산입니다. 그러니까 뉴욕 주경찰조직의 보호 아래 있다, 이 말입니다. 당신은 관할권을 침범했어요."

델러니 서장은 신분증을 집어넣고 옷차림을 똑바로 한 다음 모자를 벗었다. 그는 미소 지으며 말했다.

"당신 말이 옳습니다. 내 대원들을 데리고 당장 떠나지요. 만나서 반가웠소, 서장. 그리고 포리스트 서장님도요. 안녕히 계십시오."

델러니가 막 돌아서려 할 때 스니드가 그를 불렀다.

"이것 보시오, 잠깐만 기다려요."

델러니는 멈춰 섰다.

"뭡니까?"

"여기에 무슨 문제가 있는 거요?"

델러니는 간단히 대답했다.

"모르시오? 관할권의 문제가 있는 거지요. 조금 전 당신이 말한 것처럼."

"아니 그게 아니라, 우리가 잡은 게 뭐냔 말입니다. 그 도망자가 지금 어디에 있지요?"

"아, 그 친구 말이군요. 그 친구는 저 '악마의 바늘' 꼭대기에 앉아 있어요."

포리스트 서장은 주머니에서 성냥갑을 꺼내 성냥 한 개비를 뽑아내어 황이 붙어 있지 않은 한쪽 끝을 입에 물었다. 그는 성냥개비를 물어뜯으며 두 사람을 지켜보았다. 그의 뚱뚱한 얼굴에 흥미진진하다는 표정이 떠올랐다.

"저 바위 위에 앉아 있다는 말입니까? 빌어먹을, 그게 전부요? 우리 경찰청에는 훌륭한 등산가들이 있어요. 몇 명을 보내서 그놈을 사로잡아야겠군요."

델러니는 이미 돌아서서 몇 걸음을 걸어갔다. 그러다가 그는 갑자기 발을 멈추고 허리에 손을 갖다 대더니 돌아섰다. 그는 스니드에게 가까이 다가가서 지극히 침착한 어조로 말했다.

"이 돌대가리, 새대가리, 멍청이 같은 친구야. 당신에게 전권이 있다니까 난 대원들을 데리고 당장 떠나지. 당신이 밥을 하건 죽을 쑤건 내 알 바 아니니까, 이 멍청이. 그러나 당신이 그 멍청함 때문에 용감한 경찰을 죽음으로 내몰려고 하는 판이니 한마디 하지 않을 수가 없군. 당신 아직까지 이곳 지형지물도 살펴보지 않은 거요? 저긴 한 사람이 겨우 기어올라 갈 수 있는 그런 곳이요. 당신이 부하들을 올려 보낸다면 올라가는 족족 그 사람들 머리가 부서질 거요. 당신이 원하는 게 그런 거요?"

델러니가 말하는 사이에 스니드의 붉은 얼굴이 새하얗게 질렸다. 그 얼굴은 곧 이어 시뻘겋게 달아올랐다. 마치 립스틱이라도 발라놓은 듯했다. 그의 손이 부들부들 떨리기 시작했다. 사람들은 모두 말 한 마디 못 한 채 얼어붙어 있었다. 그때 방해자가 나타났다. 한 대의 묵직한 밴이 자갈길로 들어서서 공원 입구에 모습을 나타냈던 것이다. 그들은 모두 고개를 돌려 그것을 바라보았다. 전국 방송망을 가진 방송국의 텔레비전 중계 차량이었다. 그 차가 공원 입구에 멈추는 것을 그들은 바라보았다. 차에서 사람들이 뛰어내리더니 곧 장비를 끌어내리기 시작했다. 스니드는 델러니에게 돌아섰다. 그는 승리감에 도취된 듯 이렇게 말했다.

"좋소. 그럼 내 부하들을 올려 보내지 않기로 하지. 대신 내일 아침 눈 뜨자마자 헬리콥터를 출동시켜서 그놈을 저 위에서 끌어내겠소. 텔레비전 카메라가 그걸 찍으면 아주 대단한 그림이 되겠지."

델러니는 고개를 끄덕거렸다.

"아, 그렇겠군요. 대단한 그림이 될 거요. 물론이죠. 저 사람은 지금은 그저 혐의자에 불과한데 말입니다. 저 사람이 어디 기소라도 된 줄 아쇼? 아직 구속영장도 없는 단계요. 그런데 헬기를 띄워 저 사람을 갈아버리겠단 말이오? 신문의 표제가 벌써 보이는 듯합니다. '경찰, 혐의자를 기관총으로 위협하다.' 당신네 경찰서의 이미지가 참 좋아질 거요. 멋진 홍보로군. 더구나 애티카 사건까지 있었으니 말이오."

마지막 말을 들은 스니드 서장은 뻣뻣이 굳어버렸다. 그는 숨도 쉬지 못하고 꼼짝도 못한 채 델러니를 바라보고만 있었다. 그러거나 말거나 델러니는 얘기를 계속했다.

"또 한 가지 알려드릴까? 새벽 무렵이 되면 텔레비전 중계 차량이 두 대쯤 더 나타날 거요. 게다가 신문과 잡지사에서 기자들과 사진기자들이 떼로 몰려들겠지. 라디오에서는 벌써 이 사건이 방송되기 시작했으니까. 당신이 지금 당장 서둘러서 여기에 이르는 도로를 봉쇄하지 않는다면 내일 아침쯤에는 수백 수천의 건달들에다가 미치광이들이 여기를 빽빽이 에워싸고 말 거요. 손에 닭튀김 도시락까지 싸들고 마누라에다 애새끼들까지 데리고 여기로 소풍을 나올 거란 말이오. 저 사람을 죽이는 광경을 구경하기 위해서요. 알아들었어요? 플로이드 콜린스 사건 때 동굴에 사람들이 몰려들었던 것처럼 말이오."

"지금 당장 전화를 해야겠소."

스니드 서장은 목쉰 소리로 부르짖더니 다급히 사방을 둘러보았다. 포리스트 서장이 손가락으로 어깨 너머의 오두막을 가리켰다. 스니드는 황급히 오두막으로 달려가며 델러니에게 외쳤다.

"여기서 잠깐만 기다리쇼. 꼭 기다려요."

스니드는 포치로 올라서서 부서진 자물쇠를 발견하더니 소리쳤다.

"이걸 누가 이 모양으로 만들었지?"

"나요."

포리스트가 대답했다.

"주의 재산을 이 꼴로 만들다니."

스니드는 안으로 들어갔다. 포리스트가 중얼거렸다.

"오 주여, 제 수난의 날은 언제나 끝이 날까요?"

델러니는 고개를 숙이고 작은 소리로 말했다.

"저 사람에게 아까 그런 식으로 말해서는 안 되는 거였는데. 더구나 부하들 앞에서는 말입니다."

포리스트는 여전히 성냥개비를 물어뜯으며 대꾸했다.

"글쎄요. 그럴까요, 대장님? 난 그보다 더한 욕도 잔뜩 들어봤지요. 게다가 당신이 한 말은 저 사람 부하들이 벌써 몇 년 동안이나 저 사람에 대해 한 말이기도 하죠. 물론 부하들끼리 있을 때만 나온 얘기였지만."

"누구에게 전화를 하는 걸까요?"

"누구에게 전화하는지는 뻔하죠. 새뮤얼 밴즈 총경입니다. 그사람이 스니드의 상관이거든요."

"그 사람은 어떤 사람입니까?"

"샘 말입니까? 저 친구와는 달라요. 아주 엄격한 사람입니다. 채찍처럼 날카로워요. 경찰 관계 일에 정통하고. 샘은 우드스턱 근처 출신이에요. 그 사람 부친을 내가 압니다. 하이 밴즈는 이 지역에서 가장 맛 좋은 사과 브랜디를 만들 줄 알았어요. 하지만 샘은 그런 걸로 자기가 남의 입에 오르내리는 걸 싫어합니다. 곰 스모키가 상황을 설명하면 샘은 귀 기울여 들을 겁니다. 스니드가 대장이 여기 와 있다고 불평하면 샘은 도망자를 기관총으로 갈겨

버리는 문제에 대해서 대장이 한 얘기를 고스란히 반복할 것이 틀림없어요. 샘은 또 이대로 뒀다가는 내일쯤 군중들이 몰려들 테니까 길을 봉쇄해야 한다는 얘기도 할 겁니다. 스니드는 당신이 그런 얘기를 했다는 것까지 보고할 거요. 그자는 그런 걸 감추는 게 자신에게 이득이 된다는 것도 모를 만큼 멍청하니까. 그러면 아마 샘은 잠시 생각해 보다가 이렇게 말할 거요. '스니드, 이 멍청한 돌대가리야, 당장 나가서 뉴욕 시에서 왔다는 경찰에게 말해. 최대한 공손하게 말하라구. 알아들어? 내가 거기 도착할 때까지 기다려달라고 말이야. 그때까지 무슨 일을 어떻게 해야 할지 가르쳐 달라고 말해. 알아들었나? 내가 거기 도착했을 때 자네가 일을 너무 고약하게 망쳐놓지만 않는다면 자넨 여생을 편안히 살게 될지도 몰라. 꼭 그렇다는 게 아니라 그럴지도 모른다는 거야. 알아듣나, 멍청이?' 잠깐만 두고 봐요. 내 말이 맞는지 틀리는지."

잠시 후 스니드 서장은 장갑을 벗으며 오두막에서 나왔다. 그의 얼굴은 아직도 창백했다. 마치 이제 막 사타구니를 무릎으로 걷어채인 듯 힘없는 발걸음이었다. 그는 이쪽으로 다가오며 수줍은 듯 미소를 지었다.

"여보시오, 대장. 우리가 이 일에 대해 서로 협조하지 못할 이유가 없는 것 같군요."

그러자 뜻밖에도 포리스트가 갑자기 부르짖었다.

"협조라구요! 아, 바로 그런 게 세상을 올바르게 움직이는 거죠!"

그들은 같이 일을 시작했다. 그리하여 자정 무렵에는 그들이 요청한 인력과 장비가 아직 도착하지 않았는데도 제법 많은 일을 뜻대로 해낼 수 있었다. 적어도 그들은 최적의 계획을 세워 그에 따라 움직였고 계획을 개선시켜 나갔다.

그들이 맨 먼저 처리한 일은 장총과 권총으로 무장한 4인 1개조의 순찰팀을 '악마의 바늘' 아래 배치한 것이었다. 순찰팀은 네 시간 근무하고 여덟 시간 휴식을 취하도록 배려되었다.

델러니의 저격수들은 전나무 숲 속에 배치되었다. 그들은 담요를 깔고 그 위에 앉아 대기했다. 저격수들은 망원경을 착용하고 검은 스웨터와 바지와 상의를 입었으며 역시 검은 양말과 구두를 신었고, 손에 꼭 맞는 검은 장갑을 꼈다.

경찰차들이 '악마의 바늘'에 최대한 접근하여 배치되었다. 차들은 헤드라이트를 있는 대로 다 켜서 현장을 밝혔다. 그림자를 지우기 위해서 최대한의 이동형 탐조등도 배치했다. 델러니는 특수 기동대와 발전 차량, 그리고 강력한 탐조장비를 불러들였다. 탐조장비에 가장 긴 케이블을 연결하여 '악마의 바늘'이 사방에서 환히 밝혀지도록 탐조등이 설치되었다.

스니드 서장은 야전 무선통신장비를 가져왔다. 지방 전력사업소는 임시전선을 설치했다. 지방 전화국에서는 임시전화를 가설하고 신문기자들을 위해서는 임시로 유료전화를 설치했다.

새뮤얼 밴즈 총경은 아직 현장에는 모습을 나타내지 않았다. 그러나 델러니 수사대장은 전화로 그와 얘기를 할 수 있었다. 밴즈는 지극히 냉정하고 사무적이었다. 그는 순찰 계획을 재조정하고, 가능한 한 빠른 시간 안에 스무 명의 병력을 증파해 주겠다고 약속했다. 또한 도로를 봉쇄하는 일도 해주었다. 그는 새벽까지는 칠턴 지역이 완전히 봉쇄되기를 기대하고 있었다.

델러니와 밴즈 총경은 다음과 같은 몇 가지 기본 원칙에 합의했다. 델러니는 현장 지휘관으로 활동한다. 스니드는 델러니의 부관으로 활동한다. 그러나 기자회견 때는 이 작전이 뉴욕 주경찰청과 뉴욕 시경찰청의 '합동작전'으로 지칭되어야 하고, 새뮤얼 밴즈가 명목상의 지휘자로 명시되어야 한다. 기자들에게 공개하는 모든 자료는 쌍방이 합의해야 한다. 쌍방의 대표자가 같이 참석하지 않는 한 어떠한 기자회견이나 인터뷰도 해서는 안 된다.

합의하기 전에 델러니는 토어슨 부경감에게 전화하여 현재의 상황을 설명하고, 주경찰과 구두로 합의한 내용을 설명했다. 토어슨은 곧 전화를 해주겠다고 말했다. 델러니는 토어슨이 부시장 앨린스키와 상의하려는 것이라고 생각했다. 어쨌건 토어슨은 곧 전화를 걸어 주경찰과 그렇게 합의해도 좋다고 알려주었다.

에블린 포리스트 서장이 없었더라면 그와 같은 합의는 이루어질 수 없었을 것이었다. 그 사람은 전혀 흥분하지 않았고 서두르지도 않았다. 말을 할 때는 아주 간단명료했다. 그러면서도 거의 기적에 가까울 정도로 능률적으로 활약했다. 그는 지방경찰 간부들을 효과적으로 배치하고, 전화국이 인원을 효과적으로 배분하여 활용할 수 있도록 조처했다.

고속도로 인부들을 동원하여 폐쇄되었던 공원의 샘물을 다시 공급하고, 두 개의 간이화장실을 설치한 것도 포리스트였다. 또한 크리스마스 휴가에 들어간 칠턴 고등학교의 체육관을 개방하여 '악마의 바늘'에 동원된 경찰들이 숙소로 사용할 수 있도록 배려했다. 간이침대와 매트리스, 베개와 담요가 주방위군에서 운반되어 왔다. 포리스트는 심지어 칠턴의 재해본부까지 움직였다. 그들은 차의 양쪽 난간을 바깥쪽으로 내려서 카운터처럼 사용할 수 있는 구호 차량까지 동원했다. 그 차량이 공원 안으로 들어와서 스물네 시간 내내 뜨거운 커피와 도넛을 제공했다. 그 차량에서 일하는 사람들은 여성 자원봉사자들이었다.

포리스트 서장은 델러니 수사대장에게 자신의 집에 가서 쉬라고 권했으나 델러니는 주방위군이 공원 경비원의 오두막에 설치한 간이시설을 이용하겠다고 고집했다. 그러나 밤 공기는 예상을 훨씬 뛰어넘을 정도로 추웠기 때문에 그는 포리스트가 빌려준 코트를 입어야 했다. 그것은 정말 놀라운 옷이었다! 청어 가시 같은 회색 무늬가 있는 트위드코트였다. 너구리털과 해리(海狸) 가죽으로 만든 널찍한 칼라가 붙어 있었다. 코트는 델러니의 발목까지 내려오는 길이였고, 소매는 손등을 덮었다. 옷이 너무나 무거워서 어깨가 굽을 지경이었으나 한번 입자 벗고 싶지 않을 만큼 따뜻했다.

"우리 아버지 옷이요. 1901년에 필라델피아에서 만들어졌지요. 요즘은 돈을 아무리 줘도 못 구해요."

포리스트는 자랑스럽게 말했다.

그렇게 그들은 열심히 작업을 계속했다. 델러니는 한순간, 그들 모두가 웃음거리가 되고 말지도 모른다는 공포심에 사로잡히기도 했다. 만일 대니얼 G. 블랭크가 어떻게 해서인지는 모르나 '악마의 바늘'에서 내려와 이미 어둠 속으로 달아났다면 어찌 할 것인가? 그러나 델러니는 그런 생각을 머리에서 몰아냈다.

해가 떨어진 직후부터 그들은 범인에게 한 시간에 한 번씩 마이크를 통해 방송을 시작했다.

"대니얼 G. 블랭크, 우리는 경찰이다. 너는 포위되었다. 탈출 가능성은 없다. 조용히 내려오면 해치지 않겠다. 너는 공정한 재판을 받을 것이고, 법적인 자문도 받을 수 있다. 지금 당장 내려와서 목숨을 구하라. 대니얼 블랭크, 지금 내려오면 결코 다치지 않을 것이다. 탈출 가능성은 전혀 없다."

"저게 무슨 효과가 있을 것 같소, 대장?"

포리스트가 델러니에게 물었다.

"없어요."

포리스트는 한숨을 내쉬었다.

"그렇다 해도 저 친구가 잠을 자기 어렵게 만들기에는 충분하겠군요."

밤 11시 30분이 되자 델러니는 뼈마디가 쑤시는 듯한 피로감을 느꼈다. 그는 무엇보다도 뜨거운 물로 샤워를 하고 몇 시간 동안 푹 자고 싶었다. 그는 옷을 벗지도 않은 채 차디찬 간이침대에 누웠다. 잠시 눈을 붙이기 위해서였다. 그러나 눈을 감을 수가 없었다. 의식은 또렷해지고 머리는 분주히 움직였으며 신경은 팽팽하게 긴장했다. 그는 몸을 일으켜 그 기찬 코트를 걸치고 포치로 걸어 나왔다.

아직도 많은 사람들이 일을 하고 있었다. 형사들과 경찰들, 전기와 전화를 가설하는 사람들, 고속도로 인부들, 신문기자들과 텔레비전 방송국의 기술자들이었다. 델러니는 기둥에 기대서서 그들을 물끄러미 바라보았다. 그들은 약간의 시차를 두고 무심한 태도를 가장한 채 자신들이 움직이는 것을 지켜보는 사람은 없는지 눈치를 보면서, 죄의식을 가지고 뒤를 돌아다보며 하나둘 사라지고 있었다. 델러니는 그들이 무슨 짓을 하는 것인지 알았다. 그들은 '악마의 바늘'을 올려다보기 위해서 바위 밑으로 가고 있었다.

델러니 자신도 의지에 반하여 그들과 똑같은 짓을 했다. 그는 바위의 지반이 허용하는 최대한의 지점까지 접근하여 그 거대한 그림자 속에 몸을 감추었다. 그곳에서는 느릿느릿 원을 그리는 순찰대원들이 보이고, 손에 장총을 들고 담요 위에 끈질기게 앉아 있는 저격수들이 보였다. 사방에 구경하기 위해 몰려든 사람들이 있었다. 그들은 머리를 뒤로 젖히고, 입을 벌리고, 눈을 치켜뜨고 서 있었다.

'악마의 바늘'은 갖가지 조명을 받아 창백하게 반짝이며 그 거대한 덩치를 드러내고 있었다. 그것은 마치 불쑥 솟아난 유령 같았다. 델러니 서장도 고개를 뒤로 젖히고, 입을 딱 벌리고, 눈을 치켜떴다. 그 바위 위로 영원의 어둠 속을 정해진 길을 따라 도는 별들이 희미하게 빛났다.

델러니는 현기증을 느꼈다. 그것은 육체적 증상이라기보다는 정신적 증상이었다. 그는 자신이 하는 일에 대한 확신이 흔들리는 것을 느꼈다. 그것은 이제껏 한 번도 체험한 적 없는 강한 의구심이었다. 그의 인생 자체가 경솔하고 아무런 목적도 없는 듯 여겨졌다. 모든 사물이 뒤얽혔다. 아내는 죽어가고 있었고, '악마의 바늘'은 무너지고 있었다. 모니카는 그를 증오했다. 그리고 그 사람, 저 위에 있는 그 사람, 그는……. 그는 알고 있었다. 그렇다. 에드워드 X. 델러니 수사내장은 그 남자는 그것을 알고 있다고 생각했다. 만일 모른다 해도 그 남자는 그 깨달음을 향해 뚜렷한 목적을 가지고, 즐거운 마음으로 접근해 가고 있었다.

델러니는 누군가가 가까이 다가오는 것을 느꼈다. 사람의 말소리도 들렸다. 토머스 핸드리 기자였다.

"최대한 빨리 온 겁니다. 알려줘서 고맙습니다. 그 소식을 듣자마자 곧바로 달려왔어요. 숙소는 칠턴 북쪽의 모텔에 정했구요. 괜찮아요, 서장님?"

델러니는 고개를 끄덕거렸다.

"그럼요. 괜찮고말고요."

핸드리는 돌아서서 '악마의 바늘'을 돌아보았다. 다른 사람들처럼 그 역시 고개를 뒤로 젖히고, 입을 딱 벌리고, 눈을 치켜떴다.

그때 갑자기 경고 방송이 흘러나왔다. 이제 자정이었다.

경고 방송이 끝났다. 구경하던 사람들은 눈을 들어 위쪽을 살펴보았다. '악마의 바늘' 위에서는 아무런 움직임도 없었다. 핸드리가 작은 소리로 물었다.

"내려오지 않겠죠?"

"그래요. 내려오지 않아요."

델러니는 기묘한 어조로 대답했다.

'악마의 바늘'에서 맞는 첫 번째 아침이었다. 밤새 꿈을 꾼 것 같은 느낌이 들었다. 누군가가 "대니얼 블랭크…… 대니얼 블랭크……." 하고 그를 불렀다는 것이 생각났다. 어쩌면 그것은 어머니였는지도 모른다. 어머니는 늘 그를 부를 때 성과 이름을 모두 불렀다.

"대니얼 블랭크, 숙제 다 했니?"

"대니얼 블랭크, 가게에 다녀오렴."

"대니얼 블랭크, 손은 깨끗이 씻었니?"

그것은 기묘한 일이었다. 그것이 기묘한 일이었다는 것을 블랭크는 처음으로 깨달았다. 어머니는 그를 블랭크나 댄, 혹은 아들아 하고 부른 적이 한 번도 없었다.

그는 손목시계를 보았다. 11시 43분이었다. 터무니없었다. 해는 금방 떠오르기 시작했던 것이다. 그는 다시 한 번 시계를 찬찬히 내려다보았다. 긴 바늘이 정지되어 있었다. 시계에 태엽을 감는 것을 잊었던 것이다. 그렇다면 지금 태엽을 감아도 그만이었다. 시간은 적당히 맞추면 된다. 그러나 시간은 더 이상 그에게 중요하지 않았다. 그는 손목시계를 풀어 벼랑 아래로 던져버렸다.

블랭크는 배낭 안을 뒤졌다. 샌드위치와 보온병을 가지고 오지 않았다는 것을 발견했을 때도 그는 실망하지 않았다. 그것도 중요치 않은 일이었다.

그는 옷을 모두 입은 채, '악마의 바늘'에서 밑으로 굴러 떨어지지 않기 위해서 뾰족한 쪽을 위쪽으로 하여 크램폰으로 늑골 아래를 받치고 잤다. 그는 몸부림을 치며 몸을 일으켰다. 어깨와 엉덩이 부분이 뻣뻣했다. 밑에서 보이지 않도록 그는 바위 한가운데에서 일어섰다. 몸을 쭉 펴고 맨손체조를 했다. 손을 허리에 대고 옆구리를 이쪽저쪽으로 구부리고, 다음에는 앞으로 엎드려 얼음처럼 차가운 바위에 손바닥을 대고 무릎을 꼿꼿이 하여 팔굽혀펴기를 했다. 그 다음에는 대강 시간을 계산하여 제자리뛰기를 약 5분 동안 했다.

운동을 마쳤을 무렵에는 가슴이 답답할 정도로 숨이 헐떡거렸다. 무릎이 떨렸다. 체력이 몹시 약해져 있다는 것을 인정하지 않을 수 없었다. 그는 매일 한 시간씩은 맨손체조를 하고 심호흡을 하기로 마음먹었다. 그때 다시 그의 이름을 부르는 소리가 들렸다. 그는 납작하게 엎드려 조심스럽게 '악마의 바늘' 끝으로 기어 갔다.

그렇다. 그들이 그의 이름을 불러대고 있었다. 그에게 내려오라고, 내려오면 해치지 않겠다고 약속하고 있었다. 그러나 블랭크는 그런 일에는 관심도 없었다. 그는 다만 아래쪽에 수많은 사람들과 차량들이 붐비는 것을 보고 깜짝 놀랐다. 공원 경비원의 오두막 부근은 봉쇄되어 있었는데, 그 부근에 특히 많은 사람들이 모여 있었다. 모든 사람들이 분주히 무슨 일인가를 하고 있었다. 그는 '악마의 바늘' 바로 아래쪽을 내려다보았다. 무장한 사람들이 '악마의 바늘' 밑을 돌고 있었다. 그러나 그들이 블랭크가 다른 사람들을 해칠까 봐 보호하려는 것인지, 다른 사람들이 블랭크를 해칠까 봐 보호하려는 것인지는 짐작도 할 수 없었다.

블랭크는 소변을 보고 싶었다. 그는 소변이 바위 끝으로 흘러내리지 않도록 몸을 눕히고 소변을 봤다. 소변은 많이 나오지 않았다. 우유처럼 하얀 빛이었다. 전혀 노랗지 않았다. 내장이 묵지근하고 불편했다. 대변을 보는 것은 쉬운 일이 아니었다. 대변을 어떻게 처리할 것이며 어떻게 자신의 몸을 닦을 것인지 막막했다. 그래서 그는 대변을 참기로 하고, 바위 한가운데로 돌아가 바위를 등지고 누워 떠오르는 해를 바라보았다.

블랭크는 그렇게 누워 생각하다가 곧 내려가지 않기로, 그곳에서 죽기로 결심했다. 그는 본능적으로 그런 생각을 떠올렸고, 더 이상 생각할 것도 없이 그 결정을 받아들였다. 죽음을 강요당한 것은 아니었다. 이제라도 원하기만 하면 밑으로 내려갈 수 있었다. 그러나 그는 내려가지 않을 것이었다. 이곳이 마음에 들었다. 이곳은 거의 졸음이 올 듯 평온했다. 안전했다. 그것이 중요했다. 그에게는 얼음도끼가 있었다. 그를 체포하기 위해 이곳으로 올라오는 사람은 누가 됐건 간단히 머리를 깨버릴 수 있었다. 그러나 대니얼 G. 블랭크가 자고 있을 때 어느 누가 소리 하나 내지 않고 조용히 기어올라 와 그를 죽여버린다면 어찌 할 것인가?

블랭크는 그런 일은 일어나지 않을 것이라고 생각했다. 누가 한밤중에 이곳에 감히 기어올라 올 생각을 하겠는가? 그러나 만일의 사태에 대비해서 그는 얼음도끼를 망치처럼 휘둘러, 침니에서 '악마의 바늘' 정상으로 올라오기 위해서 두 손으로 거머쥐고 몸뚱이를 지탱해야 하는 마지막 피톤 두 개를 내리치기 시작했다. 그 일을 하는 데는 오랜 시간이 걸렸다. 피톤을 뽑아낸 다음에는 한동안 쉬어야 했다. 기운을 회복하자 그는 피톤을 바위 위로 비스듬히 굴렸다. 그것이 벼랑 아래로 떨어지는 것을 그는 지켜보았다.

그때 그들이 다시 블랭크의 이름을 불러대기 시작했다. 그것은 어마어마하게 커다란 기계음으로 울려 퍼졌다. "대니얼 블랭크, 대니얼 블랭크." 그는 저들이 그런 짓을 그만두기를 바랐다. 잠깐 동안 그는 고함을 질러 그만두라고 할까 생각해 보았다. 그러나 그들은 그의 요구를 들어주지 않을 것이었다. 그런 짓은 그의 환상을 깨뜨렸고, 그의 고적한 영역을 침입했다. 그는 고독을 즐기고 있었다. 이 고독감은 고요하고 완벽해야만 했다.

블랭크는 몸을 굴려 엎드렸다. 태양이 높이 떠오르자 바위 위는 차츰 따뜻해졌다. 그의 눈 바로 밑에, 아주 가까이에 바위의 표면이 있었다. 그토록 오랜 세월 동안 등산을 하고 돌을 수집해 왔건만, 그는 이런 식으로 돌을 바라본 적이 없었다. 닳아서 반짝거리는 돌의 표면 속을 들여다본 적이 없었고, 그리하여 돌의 정수를 꿰뚫어본 적도 없었다. 그제서야 그는 돌이 무엇인지를 알 수 있었다. 그 자신의 몸뚱이는 무엇인지, 겨울 나무와 타오르는 태양은 무엇인지를 알 수 있었다. 그것은 들리지 않는 멜로디에 맞춰 순간 순간마다 변하는 움직임으로 영원히 춤을 추고 있는, 온갖 색깔의, 수백만의, 무한의 조각들이었다.

잠시 동안 이 조각들이 컴퓨터의 메모리칩과 흡사할지도 모른다는 생각이 들었다. 형태가 필요하면 형태를 갖추고, 문제를 해결하며, 의미 있는 답변을 만들어내는 것이다. 그러나 이것은 그에게는 너무도 해결이 간단한 문제였다. 만일 우주 컴퓨터가 존재한다면, 누가 그것을 프로그램했으며 누가 질문을 입력하고 누가 대답을 요구할 것인가? 어떤 대답을 할 것인가? 무슨 질문을 할 것인가?

블랭크는 잠시 졸다가 금속성의 외침 때문에 깨어났다. "대니얼 블랭크, 대니얼 블랭크." 그 금속성의 외침은 그에게 그 자신이 누구인지를 잊지 말라고 강요했다.

셀리아는 그것이 무엇이었든지 간에 확실한 것을 찾아냈다. 블랭크는 세상의 모든 사람들은 각기 나름의 확실한 것을 찾아 헤매고 있다고 생각했다. 어쩌면 찾아낸 사람도 있을 것이다. 혹은 찾기가 힘들어 좀 못한 것으로 만족하는 사람도 있을 것이다. 그러나 중요한 것은, 중요한 것은……. 도대체 중요한 것이 뭐란 말인가? 그것은 바로 여기에 있었다. 그는 바로 그것을 생각하고 있었다. 그러나 그것은 다음 순간 사라지고 없었다.

내장에 갑자기 쥐어뜯는 듯한 날카로운 통증이 왔다. 그는 벌떡 일어나 앉았다. 겁이 났다. 숨이 막혔다. 그는 복부를 부드럽게 문질렀다. 차츰 통증이 가라앉았다. 그러나 여전히 복부에는 뭔가 뻣뻣한 느낌이 남아 있었다. 거기에는 무엇인가가 있었다. 그의 내부에 무엇인가가 있었다. 마침내 그는 잠들었다. 멀리 유령 같은 소리가 "대니얼 블랭크, 대니얼 블랭크." 하고 불러대는 소리를 들으며. 그는 어쩌면 그것은 그의 상상에 불과한 것인지도 모른다고 생각했다. 이제 그 목소리는 고성으로, 거의 여성적인 높고 날카로운 소리로 들려왔다. 그의 이름을 발음하는 음성은 사랑스럽고 아름다웠다. 누군가 그를 사랑하는 사람이 그의 이름을 부르고 있었다.

오늘이 이틀째던가 사흘째던가? 글쎄. 그러나 상관없었다. 헬리콥터가 나타났다. 헬기는 가까이 날아와 머뭇거리다가 그의 성 주위를 기우뚱거리며 회전했다. 블랭크는 무릎을 세우고 팔짱을 끼고 고개를 숙이고 있다가 고개를 들어 그것을 노려보았다. 그는 저들이 그에게 총을 쏘거나 폭탄을 떨어뜨릴 것이라고 생각했다. 그는 꿈을 꾸며 끈질기게 기다렸다. 그러나 그들은 낮게 떠서 그의 주위를 빙글빙글 서너 차례 회전할 따름이었다. 그는 헬기 창가의 흰 얼굴들을 보았다. 그 얼굴들은 그를 내려다보고 있었다. 블랭크는 다시 고개를 숙였다.

어느 날 아침(그것이 언제였던가?) 그는 대변이 급하다는 것을 깨달았다. 이제 참을 수가 없었다. 그는 기운이 전혀 없는 손가락으로 허리띠를 더듬어 다급히 버클을 풀고 바지를 내렸다. 그러나 꽃무늬 팬티를 내릴 만한 시간이 없었다. 그는 그대로 배설을 하고 말았다. 팬티가 못 쓰게 되었다. 고통스러웠다. 그는 바지를 벗었다. 물론 바지를 벗기 전에 등산화를 벗어야 했다. 그 다음 그는 팬티를 벗어 던져버렸다.

그는 자신의 배설물을 신기한 듯 살펴보았다. 그것은 작고 검은, 구슬처럼 둥근 덩어리였다. 그는 손가락으로 그것들을 하나하나 굴렸다. 그것들은 바위 위를 떼구르르 굴러 벼랑 아래로 떨어졌다. 그는 옷을 입을 기운이 남아 있지 않았다. 그러나 양말과 윗도리와 셔츠를 벗을 수는 있었다. 그는 벌거숭이가 되었다. 허약한 몸뚱이를 태양 아래 드러내놓았다.

블랭크는 이제 목이 마르지 않았다. 배가 고프지도 않았다. 가장 놀라운 일은 춥지도 않다는 점이었다. 오직 끝없이 졸릴 따름이었다. 그것은 온몸을 더듬어 내리는 따뜻한 졸음이었다. 나흘째, 아니면 닷새째의 낮이 다 가도록 그는 자고 또 잤다. 자신이 그처럼 잠을 자고 있다는 것을 그는 충분히 의식할 수 있었다. 그는 더 이상 잠을 자는 상태를 깨어 있는 상태와 구별할 수 없었다. 잠과 깨어남의 구별은 너무도 모호해서 더 이상 물과 기름처럼 구별될 수 있는 것이 아니었다. 잠도 깨어남도 하나의 흐름이었다. 아무런 냄새도 없는, 그저 이리저리 흘러 다니는 회색의 물질이었다.

낮이 흘러가고 밤이 흘러갔다. 블랭크는 그렇게 생각했다. 그러나 낮은 언제 끝나고 밤은 언제 시작되었는지를, 밤은 언제 끝나고 낮은 언제 시작되었는지를 블랭크는 알지 못했다. 낮과 어둠, 그 모든 경계가 사라져버렸다. 그 모든 것들이 아무런 냄새도 나지 않는 회색의 물결이 되었다. 그것은 따뜻한 우윳빛의, 냄새 없는 흐름이었다. 그것은 넓고 잔잔하고 끝이 없는 바다였다. 그는 다시 기운을 차리고 일어나서 사방을 흘러넘치는 그 은빛 강을 단 한 번만이라도 더 볼 수 있었으면 하고 희망했다.

그러나 블랭크는 일어설 수가 없었다. 눈과 코와 입에서 흘러내리는 가늘고 끈적거리는 액체를 닦을 기운도 남아 있지 않았다. 손을 들어 몸 위에 올려놓으면 흐물흐물한 젖꼭지와 불거져 나온 관절과 주름살과 긁힌 피부가 늘어진 것이 느껴졌다. 통증은 사라졌다. 의지력도 사라져가고 있었다. 그러나 블랭크는 의지력만은 악착같이 붙들고 늘어졌다. 조금이라도 더 말을 듣지 않는 두뇌를 움직여 생각을 계속하고 싶었다.

"대니얼 블랭크, 대니얼 블랭크."

그 목소리는 유혹적이었다. 그는 그것이 누구인지 알 수 있었다.

이틀째 되는 날, 뉴욕 시의 한 신문사가 상업용 헬리콥터를 띄웠다. 그들은 헬기를 '악마의 바늘' 꼭대기로 날려 바위 위에 무릎을 세우고 앉아 있는 대니얼 블랭크의 사진을 여러 장 찍었다. 그 사진 중 한 장이 그 신문의 1면을 장식했다. 대니얼 G. 블랭크가 고개를 들고 회전하는 헬기를 노려보고 있는 사진이었다.

델러니는 공중에서 지형을 관측할 수 있다는 생각을 미리 하지 못했던 것을 후회했다. 그는 새뮤얼 밴즈 총경과 상의 끝에 '악마의 바늘' 위로 상업용 항공기를 띄우는 것을 전면 금지시켰다. 기자들에게는 경비행기나 헬기가 접근하면 대니얼 G. 블랭크가 자살충동을 느낄지도 모르고, 헬기의 하향 돌풍으로 그가 벼랑 밑으로 떨어질지도 모른다는 핑계를 둘러댔다.

사실 델러니 대장은 그 유명한 사진이 게재되자 안도의 한숨을 내쉬었다. 대니보이가 저 위에 있다는 것을 의심의 여지없이 확인할 수 있었기 때문이었다. 동시에 밴즈와의 협력으로 델러니는 하루에 세 번 뉴욕 주경찰청의 헬기가 '악마의 바늘' 상공을 비행하도록 조처했다. 현장을 항공 촬영했다. 공군 기술자들이 사진의 각 부분을 엄청난 비율로 확대하여 분석했다. 음식이나 음료수는 어디에서도 발견되지 않았다. 날이 갈수록 블랭크는 더욱 많은 시간을 바위 위에 누워서 하늘을 바라보며 보냈다. 그가 육체적으로 탈진하고 있는 것은 분명해 보였다.

델러니는 첫 번째 비행에 동승하기 위해 포리스트 서장, 스니드 서장과 함께 같은 차를 타고 북쪽으로 달려갔다. 뉴버그 인근의 공군 비행장에서는 새뮤얼 밴즈 총경이 그들을 기다리고 있었다. 총경은 그의 목소리와 똑같은 사람이었다. 엄격하고 빈틈없고 조급했다. 그의 태도는 냉정했고, 모두로부터 거리를 두었으며, 몸짓은 빠르고 절도 있었다. 그는 공식적인 예의를 갖추는 데는 전혀 시간을 소비하지 않고, 그저 그들을 재촉하여 기다리던 헬기에 올라탔다.

남쪽으로 가는 짧은 비행시간 동안 그는 오직 델러니에게만 말을 걸었다. 델러니는 밴즈 총경이 주경찰의 의사를 만나보았고, 그리하여 델러니가 아는 모든 사실을 이미 알고 있다는 것을 발견했다. 즉 음식도 음료수도 없이는 대니얼 G. 블랭크가 오직 열흘 정도만 살 수 있다는 것이었다. 편차는 하루이틀 정도였다. 그것은 등반에 앞선 그의 신체적 조건과 자연상태에서 어느 정도나 활동해 왔는지에 달려 있었다. 밴즈 총경 역시 델러니와 마찬가지로 매일매일 광범위한 기상 자료를 받아보고 있었다. 대강은 맑은 날씨가 예상되었다. 기온은 차츰 내려갈 것으로 관측되었다. 북서부 캐나다 지역에서 저기압이 발달하고 있었고, 그것은 머지않아 이곳에도 영향을 미칠 것으로 예상되고 있었다.

'악마의 바늘'이 시야에 들어올 무렵, 그들은 앞으로 취할 수 있는 조처에 대해 논의하고 있었다. 헬기가 낮게 하강하며 원을 그리기 시작했다. 그들의 논의는 중단되었다. 그들은 창 밖으로 바위 위를 내려다보았다. 헬기 조종사가 문을 열고 경찰 카메라 기사가 광각 렌즈 카메라를 내밀자 헬기 안은 갑자기 몹시 추워졌다.

델러니 대장은 대니얼 G. 블랭크의 둥지가 너무나 작다는 것에 충격을 받았다. 포리스트는 2인용 침대 크기라고 말했다. 그러나 공중에서 내려다보니 도대체 저런 좁은 곳에서 블랭크가 어떻게 벼랑 밑으로 굴러 떨어지거나 미끄러지지 않고 한 시간 이상을 버틸 수 있는 것인지 의아스러울 정도였다.

헬기가 원을 그리며 하강했다. 카메라 기사는 부지런히 사진을 찍었다. 델러니는 외경을 느꼈다. 그는 재빨리 다른 사람들을 훑어보았다. 그들 역시 같은 기분이라는 것을 짐작할 수 있었다. 이런 높이에서, '악마의 바늘'을 포위한 수많은 사람들을 아래 두고 바위 위에 올라앉아 있는 대니얼 G. 블랭크를 바라보면서 델러니는 그의 엄숙한 고독에 대해 경이로움을 품지 않을 수 없었다. 그러나 어떻게 저 사람이 그런 것을 견뎌낼 수 있는지 이해할 수가 없었다.

블랭크가 도주할 장소로 택한 그곳은 하늘 높이 솟아오른 바위

359

기둥 위였다. 그곳은 높이 때문에 위험한 것만이 아니었다. 그곳은 동시에 완전무결하게 고립된 장소이기도 했다. 그는 의식적으로 자신을 삶과 살아 있는 세계로부터 철저히 고립시켰다. 블랭크는 바위 위에 앉아 있는 것처럼 보이지 않았다. 허공을 떠다니는 듯 보였다. 그는 어디에도 붙들려 매이지 않은 채 허공을 흐르고 있는 듯 보였다.

델러니가 이런 느낌을 받은 것은 생애를 통틀어 몇 번 되지 않았다. 한 번은 유대인 포로 수용소에 들어갔다가 막대기처럼 뼈만 앙상히 남은 사람들을 목격했을 때였다. 한 번은 이제 막 자신의 어머니와 아내와 세 아이들을 부엌칼로 죽인 남자의 피에 젖은, 부들부들 떨리는 손에서 그 부엌칼을 빼앗아 들었을 때였다. 마지막 한 번은 자신의 머리를 벽에 부딪혀 깨뜨리려고 몸부림치는 미친 여자를 진정시켰을 때였다. 그리고 이제 여기 블랭크 앞에서 델러니는 다시 같은 기분을 느끼고 있었다.

무서운 것은 그 광기였다. 닻을 잃고 함부로 떠도는 그 광기가 무서운 것이다. 그것은 문명이나 문화로 순치되고 가려지긴 했으나 여전히 사람의 깊고 은밀한 곳에 감춰진 원시적 공포였다. 그것이 수백만 년의 옷을 벗어 던지고 "이거 봐." 하며 불쑥 자기의 존재를 드러내는 것이다. 그것은 암흑이었다.

나중에 공군 기술자들의 짤막한 분석과 함께 항공 사진이 배달되었을 때, 델러니는 그것들 중에서 한 장을 골라 오두막의 바깥벽에 붙여놓았다. 그 사진은 주변 사람들의 많은 관심을 불러일으켰다. 델러니는 당연한 일이라고 생각했다. 그들 역시 델러니와 마찬가지로 도망자가 정말 저 바위 벼랑 위에 있는지 의구심을 품

360

었을 것이었다. 또 사람이란 의식적으로 희생자가 그런 모습이기를 바라는 것인지도 모른다. 희생자란 마땅히 그런 모습이어야 한다고 믿는 것인지도 모른다.

델러니 수사대장은 그 밖에도 그곳에 근무 중인 사람들에게서 몇 가지 다른 특징을 발견했다. 그들은 너무나 말이 없었다. 이런 식의 업무에 동원된 경찰들 사이에서 흔히 발견되는 떠들썩한 대화나 자랑, 농담 따위를 주고받는 사람이 없었다. 근무시간이 끝나도 고등학교의 체육관에 마련된 따뜻한 기숙사로 돌아가기 위해 서두르는 사람이 없었다. 예외 없이 그들은 머뭇거리면서 다시 한 번 '악마의 바늘' 아래로 다가가서 서성거렸고, 입을 벌리고 거기 혼자 누워 있는 보이지 않는 남자를 보기 위해 위쪽을 쳐다보곤 했다.

델러니는 핸드리와 이런 점에 대해 얘기한 적이 있었다. 핸드리는 경비를 서는 대원들이 돌려보내는 구경꾼들 가운데 몇몇을 골라 인터뷰를 하기 위해서 봉쇄선 밖으로 나갔다가 돌아오는 길이었다.

그는 고개를 설레설레 저으며 말했다.

"믿기 어려우실 겁니다. 서장님. 수백 대의 차들이 몰려들었어요. 전국 방방곡곡에서 몰려온 것 같아요. 오하이오에서 온 한 가족을 만나 얘기해 봤지요. 왜 이렇게 먼 거리까지 왔는지, 무엇을 보게 되리라 기대하는지 물었습니다."

"뭐라고 대답합디까?"

"남자 말이 1주일 동안 휴가를 얻었대요. 그 기간이면 디즈니랜드에 가기에는 충분한 기간이 못 되더라는 겁니다. 그래서 아이들을 데리고 이곳으로 오기로 결정했대요."

이제 수사 인력은 충분히 조직되어 있었다. 매일 등사기로 찍어
낸 계획표에 따라 규칙적으로 교대가 이루어졌다. 하루 스물네 시
간 동안 모든 지점에 대원을 배치하기에 충분할 정도로 인원이 넉
넉했다. 거대한 탐조등과 발전기 트럭이 뉴욕 시에서 동원되어 왔
다. 그리하여 '악마의 바늘'은 스물네 시간 내내 훤한 조명으로 새
하얗게 비춰지고 있었다.

델러니 대장의 오두막에는 이제 프로판가스 난로가 설치되었
고, 오두막의 카운터에는 커다란 무선교신기가 설치되었다. 무선
통신원들은 별로 할 일이 많지 않았기 때문에 시간을 보내기 위해
서 스티커와 타이머, 테이프 등을 이용하여 자동으로 작동하는 장
비를 만들어냈다. 그리하여 한 시간마다 한 번씩 "대니얼 블랭크,
대니얼 블랭크 내려와라." 하는 방송이 자동적으로 반복되었다.
그러나 그것은 아무런 효과도 없었다. 그것이 효력을 나타내리라
기대하는 사람은 이제 하나도 없었다.

매일 아침 포리스트 서장은 칠턴 우체국에 접수된 우편물을 여
러 상자 가지고 나타났다. 델러니 대장은 그 편지를 읽느라고 몇
시간씩을 소비했다. 그 편지들 가운데 몇몇에는 대니얼 블랭크에
게 보내는 돈이 들어 있었다. 델러니로서는 어째서 사람들이 그에
게 돈을 보내는 것인지 도저히 이해할 수가 없었다. 게다가 깜짝
놀랄 만큼 많은 여자들이 블랭크에게 청혼을 했다. 그런 청혼 편
지 가운데에는 편지를 쓴 사람의 누드 사진이 동봉되어 있는 경우
도 있었다. 그러나 각 지역에서 보내오는 대부분의 편지들은 블랭
크를 잡는 방법을 제안하는 내용이었다. 네 대의 헬기를 동원한

다. 네 대의 헬기가 각기 거대한 화물용 그물의 네 귀퉁이 하나씩을 운반한다. 그물을 '악마의 바늘' 꼭대기에 떨어뜨린다. 많은 수의 '신심이 깊은 신자들'을 동원하여 하느님께 그를 내려 보내달라고 기도를 드린다. 거대한 전기풍차를 세워서 바람으로 그를 날려 떨어뜨린다. 가장 그럴듯하고 분명한 해결방안이 있었는데, 그것은 그들이 이미 거부한 해결책이었다. 그것은 전투기나 헬기를 동원하여 그자를 죽이자는 것이었다. 델러니를 유혹한 해결방안도 한 가지 있었다. 그것은 최루탄을 '악마의 바늘' 꼭대기에 발사하여 블랭크가 정신을 잃으면 방독면을 쓴 등산가들을 올려 보내 잡아 내리는 것이었다.

그날 밤, 델러니는 혼자서 서성거리면서 저격수 가운데 한 사람과 최루탄을 발사하는 문제를 상의할 것인가 말 것인가를 놓고 궁리를 거듭했다. 그는 '악마의 바늘'로 향하는, 이제는 길이 나버린 풀밭을 지나 한쪽으로 방향을 바꿔 저격수들이 배치된 지점으로 갔다. 창백한 얼굴을 한 세 명의 저격수들은 전보다는 나은 조건에서 근무 중이었다. 그들은 의자가 붙어 있는 피크닉 테이블을 끌어다 놓고 있었다. 어디에선가 모래 주머니(델러니는 틀림없이 포리스트 서장이 도와주었을 것이라고 생각했다.)까지 운반해 와서 그 위에 장총을 기대놓고 있었다. 근처의 나무에 군용 천막을 설치하여 이제 저격수들은 바람을 맞지 않고 앉아서 쉴 수 있었다.

저격수 한 사람이 다가오는 델러니를 목격했다.

"안녕하십니까, 대장님?"

"자네들도 괜찮은가? 어떤가?"

"조용합니다."

델러니는 저격수들은 다른 대원들과 그다지 잘 어울리지 못한다는 것을 알고 있었다. 그들은 사람을 목매다는 교수인이나 사형 집행인처럼 하층민으로 취급되었던 것이다. 그러나 만일 그 점을 그들이 의식하고 있다 하더라도, 그들은 거기에는 별로 마음을 쓰지 않았다. 그들 셋은 모두 키가 크고 후리후리했다. 두 사람은 켄터키 출신이었고, 한 사람은 노스캐롤라이나 출신이었다. 만일 델러니가 그들과 접촉하는 데에 어떤 불편함을 느꼈다면 그것은 그들의 직업 때문이 아니라 그들의 간단명료한 말씨 때문이었다.

한 저격수가 불현듯 이렇게 말했다.

"행복한 새해 되십시오, 대장님."

델러니는 깜짝 놀라 그를 멀거니 바라보았다.

"맙소사, 새해란 말인가?"

"예, 내일이 새해 첫날입니다."

"그랬군. 자네들도 새해 복 많이 받게. 까맣게 잊고 있었다네."

그 남자는 아무 대답도 하지 않았다. 델러니는 모래 주머니 위에 놓인 망원경이 부착된 장총을 내려다보았다.

"스프링필드 03이로군. 몇 년 동안은 본 적이 없는 물건이야."

델러니가 중얼거렸다.

"육군의 군수품 잉여물자 가운데서 구입했습니다."

그 남자가 대답했다. 말하는 동안에도 그는 '악마의 바늘' 꼭대기에서 결코 시선을 옮기지 않았다. 델러니는 고개를 끄덕였다.

"그런가. 내 콜트 45구경도 거기서 샀지."

그 남자가 무슨 소리를 냈다. 델러니는 그가 웃은 것이라고 생각하기로 했다. 델러니가 마침내 얘기를 시작했다.

"내 말 좀 들어보게. 이런 제안이 들어왔네. 저 위로 최루탄을 쏘아 올릴 수 있을 것 같나?"

그 저격수는 '악마의 바늘' 꼭대기를 올려다보았다.

"장총이나 박격포로요?"

"뭘로든."

"박격포로는 안 되지만 장총으로는 될 겁니다. 하지만 별로 효과가 없을걸요. 허공으로 최루탄 연기가 다 날아갈 테고 또 저놈이 발로 차서 떨어뜨리면 끝입니다."

델러니는 한숨을 길게 내쉬었다.

"나도 그런 생각을 했네. 이 지역에서 사람들을 모두 철수시키고 최루탄 가스로 뒤덮을 수도 있지만, 바람이 최루탄 연기를 날려버릴 거란 말이야."

"예."

델러니는 천천히 걸음을 옮겨 그곳을 떠났다. 그는 고개를 돌려 벼랑 꼭대기를 올려다보았다. 그자가 정말 저기에 있단 말인가? 그는 벌써 그날의 사진을 본 뒤였다. 그러나 그 사진을 믿어도 되는 것일까? 불안감이 되살아났다.

델러니는 오두막으로 돌아왔다. 칠턴을 오가는 전령이 그에게 배달한 커다란 봉투가 그를 기다리고 있었다. 맥도널드 경사가 보낸 수사 보고서였다. 계속되는 수사과정에서 만들어진 모든 심문과 증언의 사본이었다. 델러니는 밴으로 가서 블랙커피 한 잔을 받아 들고 다시 오두막으로 돌아왔다. 그는 임시로 만든 책상 앞에 앉아 목이 기다란 탁상 전등을 끌어당겨 묵직한 안경을 꺼내 썼다. 그는 천천히 보고서를 읽기 시작했다.

델러니는 찾고 있었다. 어떤 설명이나 단서, 혹은 힌트를 찾고 있었다.

도대체 무엇이 대니얼 G. 블랭크를 살인범으로 만들었는가? 언제 어디에서 그 운명적인 변화가 시작되었는가? 델러니가 원하는 것, 그가 필요로 하는 것은 동기였다. 미치광이나 발광, 비정상이나 동성애, 정신병질적이라는 말만으로는 부족했다. 그것은 그저 이름표에 불과했다. 그 이상의 설명이 있어야만 했다. 뭔가 그 이상의 함축적 의미를 지닌 것이 있어야만 했다. 그리하여 이 젊은 남자가 무엇 때문에 의식적으로 다섯 명의 사람을, 그 가운데 네 사람은 전혀 낯선 사람들이었는데도 살해했는지를 설명할 수 있어야 했다.

델러니는 화를 내며 생각했다. 만일 그에 대한 설명이 없다면 다른 어떠한 것에 대한 설명도 있을 수 없었다.

델러니가 다시 그 두툼한 코트를 걸치고 오두막 밖으로 나선 것은 새벽 2시가 다가올 무렵이었다. 오두막 근처는 낮처럼 환히 밝혀져 있었다. 검은 나무들 사이로 뻗은 오솔길도 마찬가지였다. '악마의 바늘'이라는 검은 바위 기둥도 마찬가지였다. 늘 그런 것처럼 주위에 서서 고개를 뒤로 젖히고, 입을 벌리고, 눈을 치켜뜨고 위를 쳐다보는 사람들이 있었다. 델러니 서장도 창피함을 잊고 그 사람들 틈에 끼어들었다.

그는 얼어붙은 밤을 향해, 작은 소리로 신음하는 바람을 향해, 빛나는 광선으로 가득 찬 공간을 가린 검은 장막에 뚫린 작은 구멍처럼 빛나는 별을 향해 자신의 내면을 열어놓았다. '악마의 바늘'은 탐조등의 빛을 받아 번쩍이며 솟아 있었다. 그는 아직 저 위에 있을까? 그는 정말 저 위에 있단 말인가?

에드워드 X. 델러니 수사대장은 그 순간 크나큰 동정심을 느꼈다. 목구멍을 비집고 터져 나오려는 외침을 틀어막기 위해 그는 입을 다물고 이를 악물어야 했다. 생각도 한 적이 없는 일이었고, 하물며 원한 적도 없는 일이었으나 델러니는 그 순간 대니얼 G. 블랭크의 열정을 같이 나누고 있었다. 블랭크의 격정이 델러니의 마음속으로 침투해 들어왔고, 그의 고통이 델러니의 가슴속으로 밀려들었다. 그 결연에 행복감은 없었다. 그러나 델러니는 그것을 거부할 수가 없었다. 살인행위나 동기나 이유 같은 모든 것들이 무의미한 것 같았다. 델러니는 저 고독한 사람 때문에, 혼자 허공을 떠도는 그 사람 때문에 고통스러웠다. 그는 수많은 사람들이 여기 몰려들어 낮과 밤을 가리지 않고 몇 시간 동안이고 서 있는 것이 어쩌면 바로 자신과 같은 이런 느낌을 공유하고 있기 때문은 아닌가 하는 생각까지 들었다. 정성을 다하여 저 고생하는 사람을 위로하려는 것이 아닐까?

며칠 뒤였다. 사흘 뒤였던가? 어쩌면 나흘 뒤였는지도 모른다. 오후 늦게 델러니 수사대장에게 그날의 항공 사진이 전달되었다. 대니얼 G. 블랭크는 벌거숭이 몸으로 하늘을 향해 사지를 있는 대로 쭉 펴고 드러누워 있었다. 델러니는 그것을 쳐다보다가 한숨을 내쉰 다음 외면해 버렸다. 그는 사진을 다시 쳐다보지도 않고 봉투 안에 넣었다. 오두막 벽에 사진을 붙이지도 않았다.

그로부터 시간이 얼마 지나지 않아 새뮤얼 밴즈 총경한테서 전화가 왔다.

"델러니 대장?"

"그렇습니다."

"나 밴즈요. 사진 봤소?"

"봤습니다."

"그자가 이제 오래 버틸 수 없을 것 같소."

"그럴 것 같습니다. 올라가시겠습니까?"

"당장은 아니오. 항공기로 하루이틀 뒤에 다시 한 번 조사를 해봅시다. 기온이 떨어지고 있소."

"압니다."

"바쁠 건 없지. 우린 적어도 기사거리를 잔뜩 제공하고 있으니까. 그 경고 방송이 엉뚱한 쪽에서 효과를 발휘하는 모양이오. 사람들은 모두 우리가 최선을 다하고 있다고 얘기하고 있소."

"예. 최선을 다하고 있지요."

"물론이지. 하지만 날씨가 나빠지고 있소. 오대호에서부터 전선이 이쪽으로 이동하고 있소. 구름이 많고, 바람도 심하고, 눈을 포함한 한랭전선이 다가오고 있소. 만일 우리가 그때까지 이 바닥에서 허우적거리고 있다가는 바보 꼴이 될 거요. 1월 6일 아침이 어떨까 싶은데. 무슨 일이 있어도. 어떻게 생각하시오?"

"저는 좋습니다. 빠를수록 좋지요. 어떤 식으로 하실 겁니까? 기어올라 갈 겁니까 헬기를 이용할 겁니까?"

"헬기. 동의하시오?"

"예. 그게 최선입니다."

"좋소. 계획을 세우러 내일쯤 가겠소. 만나서 얘기해 봅시다. 빌어먹을, 지금쯤 그놈은 죽었을지도 모르건만."

"그렇습니다. 어쩌면……."

델러니 대장의 대답이었다.

세계는 하나의 노래가 되었다. 대니얼 G. 블랭크에게는 그랬
다. 하나의 노래였다. 노오오오래애애애애. 모든 것들이 노래를
부르고 있었다. 가사는 없었다. 멜로디도 없었다. 끝이 없는 노래
가 그의 귀를 울렸다. 노래는 너무도 중후하고 깊게 그의 내면을
울렸다. 그의 몸 내부의 세포와 세포 분자들이 그 부드러운 노래
를 따라 가볍게 춤을 추었다.

굶주림도 목마름도 없었다. 무엇보다도 멋진 것은 더 이상 고통
이 없다는 점이었다. 전혀 없었다. 블랭크는 그것이 고마웠다. 그
는 희미한 시야 너머로 우윳빛 하늘을 바라보았다. 그의 눈은 거
의 감겨 눈이라기보다는 가로로 그은 선 같았다. 그 흰 하늘과 끝
없는 음악이 뒤얽혀 하나가 되었다. 거대한 하나, 영원히 지속될
거대한 하나, 그것이 꿈처럼 황홀하게 그를 채웠다.

그는 더 이상 그의 이름을 부르는 소리가 들리지 않는 것이 행
복했다. 헬기가 요란스레 날아와 그의 바위 위를 회전하지 않는
것이 행복했다. 그러나 어쩌면 그것들은 모두 그의 상상에 불과했
는지도 모른다. 그에게는 상상이 너무 많았다. 셀리아 먼포트도
거기 왔었다. 그녀는 아프리카 가면을 쓰고 있었다. 토니하고도
얘기를 나누었다. 그는 곱추 모습으로 나타나 거대한 윤곽을 드러
냈다가 기우뚱거리며 사라졌다. 한번은 어떤 사람을 안고 아주 느
리게 춤을 추고 있었는데, 그 사람은 그가 얼음도끼를 치켜들기도
전에 희뿌연 허공 속으로 스며들었다.

그러나 이런 환상마저도, 모든 환상이 사라져버렸다. 블랭크는

369

이제 오직 텅 빈 허공과 더불어 남아 있었다. 이따금 작은 새하얀 원반이, 눈부시게 새하얀 원반이 춤을 추며 시야에 나타나 흔들흔들 떠돌다가 멀리 사라졌다. 그것을 바라보고 있으면 기분이 좋았다. 그러나 그는 그것들이 사라지자 기뻤다.

현실은 그의 시야에서 서서히 붕괴되어 갔다. 그러나 허약함이 그의 마음을 결정적으로 붕괴시키기 전에, 그는 감각 능력이 희미해져 가는데도 감수성은 더욱 예민해지는 것을 느꼈다. 시각과 미각, 후각과 청각, 촉각으로 이루어진 세계를 초월하여 달콤한 순수의 세계로 들어선 것만 같은 기분이었다. 그것은 천국의 직물처럼 순결했다. 그 세계에서는 어떠한 사물도 진실이었으며, 어떠한 사물에도 그릇된 것이 없었다.

블랭크는 자신의 모든 것을 기꺼이 베풀며 기쁨에 가득 차 인생에 논리가 있다는 사실을 받아들였다. 그리고 그 논리는 아름다웠다. 그것은 컴퓨터 같은 질서정연한 논리가 아니었다. 그것은 태어나고 살아가고 죽는 것을 포괄하는, 예측이 불가능한 논리였다. 그것은 '하나'의 불멸성이었고, 동시에 '전체'의 불멸성이었다. 그것은 살아 있거나 죽은 모든 사물이었고, 저 노래하는 백색의 세계 속에서 모두 같이 하나로 화합하는 논리였다.

그 '하나'를 이해하고, 그리하여 마침내는 그 자신이 진흙의 일부분이면서도 동시에 별의 일부분이기도 하다는 것을 깨닫는 것은 황홀했다. 대니얼 G. 블랭크는 존재하지 않았다. '악마의 바늘' 역시 존재하지 않았다. 존재했던 적도 없었다. 오직 거대한 생명의 흐름이 있을 뿐이었다. 그 흐름 속에서 사람도 바위도 진흙도 별도 씨앗으로 나타났다가 얼마 동안 성장하고, 그랬다가는 다시 저 시간이 존재하지 않는 전체 속으로 되돌아가는 것이었다. 그리하여 그 거대한 흐름은 지속적인 시작이었고, 동시에 지속적인 끝남이었다.

블랭크는 이 최종적인 결론을 다른 사람들에게 알릴 수 없다는 것이 슬펐다. 그가 발견해 낸 이 최종적인 확실성이 가져오는 경이로운 신비를 다른 사람들에게 알려줄 수 없다는 것이 서글펐다. 이 우주라는 것은 우연과 가능성의 세계라는 것을, 한 방울의 물이 하나의 달보다 못하지 않다는 것을, 거대한 열정이 한 알갱이의 모래알보다 나을 것이 없다는 것을 얘기해 주고 싶었다. 모든 것은 무의미했다. 그러나 바로 그 모든 것이 온갖 의미의 총화였다. 착란에 빠진 의식 속에서도 그는 이 역설을 진리로 가슴속 깊이 아로새겨 둘 수 있었다.

그는 자신의 몸 속에서 생명이 사그라드는 것을 느꼈다. 그렇다. 그는 느낄 수 있었다! 생명은 서서히 잦아들었다. 그것은 그의 낡은 육신에서 피어오르는 수증기에 불과했다. 그리하여 그것은 다시 그것이 원래 비롯되었던 '하나' 의 일부가 되는 것이다. 그는 죽음을 사랑하면서 서서히 죽어가고 있었다. 그는 또 다른 형태로 변화되는 것뿐이었다. 그 과정은 너무나 부드러웠다. 그는 왜 사람들이 이런 죽음에 저항하여 울부짖고 투쟁을 벌이는 것인지 의아스러울 지경이었다.

저 새하얀 원반들이 다시 그의 시야에 나타나 흔들흔들 춤추기 시작했다. 블랭크는 희미하게 얼굴에 물기가 닿는 것을 느꼈다. 그것은 순간적 감촉에 불과했다. 그는 자신이 기쁨에 겨워 울고 있는 것은 아닐까 하고 생각했다.

그것은 사실은 눈이었다. 그러나 블랭크는 그것을 알지 못했다. 눈이 서서히 그의 몸을 덮어갔다. 거친 피부를 어루만지고 그의 몸뚱이 여기저기에 움푹움푹 패인 곳을 메우며, 관절 마디와 퀭하게 열린 두 눈을 덮어갔다.

눈은 새벽에 멎었다. 그러나 그 눈이 채 멎기 전, 그의 몸은 '악마의 바늘' 위에 마치 하나의 조각처럼 얼어붙었다. 그는 티 한 점 없는 새하얀 수의(壽衣)를 입고 있었다.

1월 5일 밤 늦은 시각에 델러니 수사대장은 새뮤얼 밴즈 총경과 포리스트 서장, 스니드 서장과 주경찰의 헬기 조종사, 무선통신반장을 만났다. 그들은 비좁은 경비원의 오두막에 모두 모였다. 문밖에서는 정복 경관이 기자들의 출입을 통제하고 있었다.

밴즈 총경은 만들어둔 계획표를 복사하여 그들에게 배부했다. 그는 빠른 어조로 말했다.

"우선 기상 개황부터 알아봅시다. 가장 최근의 기상 개황이 이겁니다. 밤중에 눈이 내리기 시작할 거요. 새벽녘까지 계속해서 내리다가 차츰 그칩니다. 적설량은 약 4에서 5센티미터. 기온은 영하 1에서 4도. 내일 아침이 되면 날씨는 맑아지면서 기온은 영상 1도까지 올라갑니다. 정오 무렵이 되면 저 친구는 정말 곤경에 빠질 겁니다. 기온이 급강하하면서 눈이 쏟아지다가 비가 오다가 진눈깨비가 쏟아지고, 풍속은 시속 40에서 90킬로미터로 몰아칠 겁니다."

"멋진 날씨네요. 전 그런 날씨를 좋아해요."

헬기 조종사 한 사람이 투덜거렸다. 밴즈는 그 말에는 대꾸하지 않고 계속했다.

"그러니까 우리가 저자를 끌어내리는 데 쓸 수 있는 시간은 대여섯 시간 정도요. 그 시간에 끝내지 못하면 날씨가 우릴 죽일 거요. 며칠 동안 우린 여기에서 얼어붙어 있어야 할 테니까. 지금 거대한 폭풍이 밀려오고 있소. 이제 계획표를 봅시다. 뉴버그 공항에서 오전 9시에 출발입니다. 나도 헬기에 탑승할 겁니다. 헬기가 이륙하여 최종 목적지에 닿는 시간은 대강 9시 30분. 헬기에서 한 사람을 케이블에 매달아 '악마의 바늘' 위로 내려 보내는 시각은 대강 10시. 델러니 대장, 당신은 이곳에서 지상 병력을 지휘해 주시오. 이 오두막이 작전본부가 되어야 합니다. 암호는 칠턴 하나. 헬기가 칠턴 둘. 모두 다 알아들었습니까? 스니드, 자네는 이곳에 오전 9시까지 의사를 데리고 오게. 포리스트, 이 지방의 병원에서 구급차와 간호사와 시신을 넣을 주머니를 마련해 대기시킬 수 있겠나?"

"물론입니다."

"대니얼 블랭크는 죽었을 거요. 혹은 적어도 의식을 잃었을 테지. 그러나 만일의 경우 그렇지 않을 때를 대비해서 케이블에 매달려 내려가는 대원은 무장을 하고 있어야 합니다."

델러니는 고개를 들고 물었다.

"칠턴 셋은 누굽니까? 누가 케이블에 매달려 '악마의 바늘'로 내려가는 겁니까?"

세 사람의 헬기 조종사들은 서로를 돌아보았다. 그들은 모두 젊은이들이었다. 모두 제복 위에 양가죽으로 만든 재킷을 걸치고 있었으며, 양털이 달린 부츠를 신고 있었다.

373

마침내 체구가 가장 작은 젊은이가 어깨를 으쓱하더니 토끼 같은 얼굴에 웃음을 떠올리며 말했다.

"제가 가지요. 제일 가벼우니까요. 제가 그놈의 자식을 처리하겠습니다."

"자네 이름은 뭔가?"

델러니가 물었다.

"로버트 H. 파버입니다."

"파버, 총경님 말씀 들었지? 블랭크는 아마 죽었거나 의식이 없는 상태일 걸세. 그러나 확신할 수 있는 근거는 없네. 벌써 다섯 사람을 살해한 자야. 만일 자네가 거기 내려갔는데 그가 자네를 공격할 듯한 태세를 취하면, 아니 어떤 식으로든 몸을 움직이기만 해도 자네는 그자를 죽여야 하네."

"걱정 마십쇼, 대장님. 그자가 얼마나 날쌘지는 모르지만 그놈은 벌써 죽은 녀석입니다."

"뭘 가져갈 거지?"

"아, 무기요? 제 38구경을 가지고 가죠, 뭐. 권총 벨트에 차구요. 카빈 소총도 있습니다."

델러니는 밴즈 총경을 바라보며 말했다.

"저 친구가 좀 더 강력한 화기를 가지고 가는 게 좋을 것 같습니다."

그 다음 그는 파버를 향해 물었다.

"45구경도 다룰 줄 아나?"

"물론이죠, 대장님. 전 해병대 출신입니다."

그러자 다른 조종사 한 사람이 말했다.

"내 걸 빌려가, 바비."

"그리고 카빈보다는 장총을 가져가는 게 낫겠어. 탄창을 꽉 채워서."

델러니가 말하자 밴즈가 덧붙였다.

"그렇게 하게."

"대장님, 정말 내가 그놈을 쏴야 할까요?"

파버가 델러니에게 물었다.

"아니야. 그렇지 않을 걸세. 하지만 그자는 아주 민첩해. 대단히 재빠른 자일세. 내 부하 가운데 가장 뛰어난 사람이 당했을 정도지. 하지만 그자는 벌써 1주일이나 저 위에서 음식도 물도 없이 지냈어. 만일 그자가 아직 살아 있다 해도 전처럼 민첩하지는 않겠지. 장총은 그저 보험이라고 생각해 두게. 그러나 만일 필요한 경우에는 사격을 망설이지 말게. 이걸 명령이라도 해도 되겠지요, 밴즈 총경님?"

밴즈는 고개를 끄덕였다.

"그럼요. 이건 명령이네, 파버."

그들은 몇 가지 세밀한 사항에 대해 좀 더 토의했다. 신문기자들에게 알릴 사항과 사진기자와 텔레비전 카메라를 배치할 위치, 구급차를 대기시킬 장소와 블랭크를 끌어내렸을 때 대기하고 있어야 할 대원들의 선정 등이었다.

자정이 다 되어서야 회의가 끝났다. 사람들은 악수를 하고 말없이 흩어졌다. 오두막 안에는 델러니와 무선통신원만 남았다. 델러니는 바바라에게 전화를 하고 싶었으나 이미 너무 늦은 시간이라는 생각이 들었다. 아내는 벌써 잠들었을 것이었다. 아내와 얘기를 나누고 싶은 생각이 간절했다.

델러니는 장비를 챙기고 보고서와 계획표, 그리고 몇 가지 기록들을 마닐라봉투 안에 넣었다. 아침에 모든 작업이 순조롭게 진행되면, 정오 무렵에는 소규모 대원을 이끌고 맨해튼에 돌아갈 수 있을 것이었다.

그는 자신이 얼마나 피곤한지, 얼마나 집의 침대를 그리워하고 있는지를 미처 깨닫지 못했다. 그 피로감은 어느 정도는 육체적인 것이었다. 너무나 오랜 시간 동안 그는 일을 계속해야 했다. 근육은 마치 체벌을 당하는 듯 긴장하고 있었다. 동시에 그는 정신적 피로감도 극심하다는 것을 느꼈다. 대니얼 G. 블랭크 사건이 너무 오래 끌었던 것이다. 그는 힘에 부치는 작업량에 너무 오랫동안 시달려왔다.

이제 마지막 밤이었다. 그는 모자를 쓰고 코트를 걸치고 밖으로 걸어 나갔다. 마지막으로 한 번 더 '악마의 바늘'을 보기 위해서였다. 날씨는 더욱 차가워져 있었다. 대기에서는 눈 냄새가 풍겼다. 그 바위 벼랑 주위를 도는 경찰들은 양가죽재킷을 입고서도 부들부들 떨고 있었다. 저격수들도 담요 밑에 들어가 웅크리고 있었다. 검은 장막 속에서 그들이 피우는 담뱃불만이 깜빡거렸다. 그런데도 아직 구경꾼들은 얼간이들처럼 서서 위쪽을 올려다보고 있었다. 델러니는 그들과 조금 떨어진 곳에 멈춰 섰다.

'악마의 바늘'은 밤하늘을 뚫고 그의 머리 위에 높다랗게 곤두서 있었다. 탐조등의 불빛을 받아 그것은 유령처럼 번쩍거렸다. 바위 주변에서 바람이 몰아치는 소리가 희미하게 들렸다. 그것은 멀리에서 아기가 우는 소리 같았다. 그는 그 두터운 코트를 걸치고서도 몸이 떨리는 것을 느꼈다. 그것은 절망감으로 인한 오한, 무엇인가에 대한 공포로 인한 오한이었다. 문득 눈물이 솟을 것 같았다. 그러나 무엇 때문인지는 그 자신도 알 수가 없었다.

어쩌면 그것은 자신의 죄악으로 인한 절망감 때문인지도 모른다는 생각이 들었다.

델러니는 갑자기 자신이 죄를 많이 지은 사람이라는 것을 깨달았다. 그의 죄는 자만심으로 인한 것이었다. 자만심으로 인한 죄악이 가장 큰 죄악일 것이다. 그런 죄악에 비하면 나머지 죄악들은 어쩌면 육신의 나약함으로 인해 야기된 사소한 것들인지도 모른다. 그에 반해 자만심은 정신적 타락이었다. 게다가 이 자만심에는 끝도 한계도 없어 사람을 파멸시키지 않는가.

그의 내면에 있는 자만심은 단순한 자기만족이나 자기중심주의 같은 것이 아니었다. 그는 그것을 알고 있었다. 그는 자신의 결점을 남들보다 훨씬 더 잘 알고 있었다. 그 자신보다 그 결점을 잘 아는 사람이라면 그의 아내가 있을 뿐이었다. 그의 자만심은 자존심을 훨씬 뛰어넘는 것이었다. 그것은 교만함이었다. 그는 자신이 남들보다 윤리적으로 훨씬 우월하다는 뻔뻔스러운 생각을 품고 있었다. 그 거만함과 뻔뻔스러움을 그는 사건에도, 사람에게도, 심지어는 하느님에게까지 들이밀곤 했다.

그러나 이제 델러니의 자만심은 의구심으로 금이 갔다. 늘 그렇듯이, 그는 윤리적 판단을 내렸다.(그러나 그것이 경찰관으로서 용서받지 못할 일은 아니지 않은가?) 그리하여 대니얼 G. 블랭크를 저 고독한 죽음의 바위로 밀어 올렸다. 그러나 그 외에 그가 할 수 있는 일이 무엇이었단 말인가?

델러니는 서글픈 마음으로 인정하는 수밖에 없었다. 만일 그에게 인간의 부드러운 마음이 있었다면, 다른 사람들에 대한 동정심이 있었다면, 그보다 나약한 사람들이나 자신의 저항력이나 통제력을 훨씬 뛰어넘는 유혹에 도전을 받는 사람들에 대한 동정심이 있었다면, 이것 외에도 다른 선택의 길은 얼마든지 있었다. 예를 들면 델러니는 불법침입으로 범죄의 증거물을 발견한 뒤에 대니얼 G. 블랭크를 직접 만나는 방법을 강구해 볼 수도 있었다. 아마 그는 블랭크를 설득하여 자백을 시킬 수도 있었을 것이다. 만일 델러니가 그렇게 했다면 셀리아는 아직 살아 있을 것이요, 블랭크는 정신병원에 입원 중일 것이다. 어쩌면 그가 아는 모든 사실이 공개된다면, 그것으로 델러니 수사대장의 경력은 끝장이 날지도 모른다. 그러나 그것마저 더 이상 중요한 일이 아닌 듯 여겨졌다.

델러니는 자신이 불법침입을 감행했다는 사실을 고백하고 최소한 합법적인 수색영장을 발부받기 위한 노력을 기울일 수도 있었다. 이 수사 업무에서 완전히 손을 떼고 블랭크를 좀 더 젊고 좀 더 직접적인 처벌방법을 택하는 경찰에게 넘겨줄 수도 있었다.

'처벌.'

그것이 핵심이었다. 델러니의 저주받은 자부심은 그가 윤리적인 판단을 하도록 강박했고, 그런 판단을 내리자 그를 경찰관이면서, 검사이면서, 판사의 역할을 하도록 강박했다. 그는 하느님의 역할을 해야 했다. 그의 교만함이 그를 여기까지 밀어붙였던 것이다.

경찰로 너무 오랜 세월 동안 봉직해 온 것이다. 거리의 순찰경관으로 시작하여 가족 사이의 사소한 분쟁을 조정하는 사이에 감히 제복을 입은 솔로몬이 되었던 것이다. 죄를 지은 사람에게 그 죄에 상응하는 고통을 주기 위하여, 그 사람을 죽음의 구렁텅이로 몰아넣기까지 추격을 감행했다. 그것은 다른 어떤 것 때문이 아니라 오직 자만심 때문이었다. 인간의 자만이 때로 이루기 힘든 일까지 성취하도록 한다는 것은 이해할 수 있는 일이었다. 그러나 그 자만이 지나쳐 그는 사람을 판결하고 처벌하고 사형을 집행까지 하기에 이르렀던 것이다. 그렇다면 이제 에드워드 X. 델러니 수사대장을 판결하고 처벌하고 사형을 집행할 사람은 도대체 누구란 말인가?

그의 인생에서 무엇인가가 어긋나 있었다. 이제야 그는 그것을 깨달았다. 이것은 그의 천성이 아니었다. 유전적으로 물려받은 소질이 아니었다. 이런 식으로 교육을 받은 것도 아니었다. 환경적 요인도 없었다. 대니얼 G. 블랭크의 살인광적 기질이 유전이나 교육, 환경으로 인해 발전된 것이 아닌 것과 마찬가지였다. 블랭크가 표현했듯이 오직 상황과 우연이 델러니를 이 지경으로 변화시켰다.

델러니라 하여 모든 것을 알 수는 없었다. 앞으로도 결코 모든 것을 알 수는 없을 것이었다. 그는 이제야 그것을 깨닫고 있었다. 세상에는 갖가지 경향과 흐름과 우연이 복잡다단하게 뒤얽혀 있었다. 오직 바보만이 감히 '나는 내 운명의 주인이다.' 하고 말할 수 있을 것이다. '피해자다.' 하고 델러니는 생각했다. 우린 모두가 피해자다. 차이가 있다면 오직 어떤 식으로 피해자가 되었느냐 하는 것뿐이다.

그러나 놀랍게도 이런 생각을 하면서도 델러니는 크게 우울한 기분에 빠져들지 않았다. 또한 그것이 방종한 행동에 대한 용서의 빌미가 될 수 있다고도 생각하지 않았다. 사람은 모두 태어나면서부터 각자가 받은 카드를 최선을 다하여 활용하도록 운명 지워져 있다. 왜 스트레이트 플러시가 들어오지 않고 겨우 원 페어가 들어오는지 한탄하는 것은 시간을 낭비하는 짓에 불과하다. 유능한 사람은 보잘것없는 카드로도 성공적으로 인생을 살아간다. 어쩌면 그 사람은 필요할 때에는 속임수를 썼는지도 모른다. 그러나 결국 사람은 누가 됐건 자신이 가진 모든 카드를 쓰는 수밖에 없다.

델러니는 이제 자신이 카드를 어리석게 써왔다는 것을 깨달았다. 그의 결혼은 성공적이었다. 경찰로서의 경력 역시 성공적이었다. 그러나 그는 자신의 실패가…… 그는 알고 있었다. 여기까지 도달하는 길목 어딘가에서 인간성이 그에게서 빠져나가 버렸다. 사랑이 식어버렸다. 동정심이 메말라 사라져버렸다. 이제부터라도 현재의 그 자신이 아닌 뭔가 다른 것이 되어볼 시간이 있을 것인지 아니면 너무 늦은 것인지 그로서는 알 도리가 없었다. 노력은 해봐야 할 것이다. 그러나 상황과 우연이 그를 도와줘야 할 것이다. 또한 그가 벌써 오랫동안 체질화시켜 온 갖가지 습관이나 편견 역시 힘들다 하더라도 변화시켜야 하리라.

델러니는 치켜든 얼굴에서 뭔가 흘러내리는 것을 느꼈다. 그것은 가볍고 차고 축축했다. 아니다. 이것은 녹은 눈일 뿐이다. 젖은 눈 너머로 불빛이 보였다. 눈물 젖은 눈으로 바라보는 불빛은 마치 가는 실로 뜬 레이스 같았다. 바로 그 순간, 델러니는 어떤 소리를 들었다. 정말 그는 그 소리를 들었다고 생각했다. 대니얼 G.

블랭크의 영혼이 육신에서 빠져나가는 소리였다. 블랭크의 영혼이 델러니 수사대장의 자만심을 휩싸 안고 어둠 속으로 날개짓하며 사라지고 있었다.

새벽이 다가오면서 눈은 이슬비로 바뀌어 내리기 시작했다. 이윽고 그 비마저 멎었다. 델러니 수사대장이 오전 8시 30분에 포치에 나와 섰을 때 오두막 앞의 대지는 아름다운 다이아몬드였다. 눈에 띄는 모든 것들이 흰색 얼음을 뒤집어쓴 채 떠오르는 태양을 눈부시게 반사하고 있었다.

델러니는 마법의 코트를 입고 밴으로 가서 뜨거운 커피 한 잔과 도넛을 받아 들었다. 대기는 청명하고 차가웠다. 견딜 수 없을 정도로 추운 날씨였다. 마치 에테르 속에서 호흡하고 있는 것 같은 기분이었다. 공기는 살을 베어낼 듯 차가웠다. 그러나 완전히 맑은 날씨는 아니었다. 태양과 지구 사이에는 허연 장막 같은 것이 걸려 있었고, 광선은 거기 걸려 흐느적거렸다.

델러니는 오두막 안으로 들어가서 무선통신원에게 마이크를 연결하라고 지시했다. 기다란 줄로 연결된 그 마이크는 손 안에 거머쥘 수 있는 크기였다. 그것을 들고 포치에 서면 나무들 너머로 '악마의 바늘' 정상을 바라볼 수 있었고 칠턴 둘과 칠턴 셋을 보면서 교신을 할 수 있었다.

구급차가 서서히 공원 안으로 들어왔다. 포리스트가 숨을 헐떡거리며 차에서 내려서 주차할 자리를 지시했다. 들것과 시체를 넣을 주머니가 운반되었다. 두 명의 간호사는 추위를 피하여 재빨리 다시 구급차 안으로 들어가 담배를 피워 물었다. 스니드 서장은 마치 알라모 요새를 방어하는 장교와도 같은 엄중한 기세로 열 명으로 이루어진 분대를 여기저기 배치하고 있었다. 그러나 델러니는 끼어들지 않았다. 이윽고 포리스트와 스니드가 포치로 올라와 델러니 옆에 섰다. 그들은 서로 고개를 끄덕여 인사를 나누었다. 스니드는 손목시계를 보더니 엄숙하게 선언했다.

"이륙했을 시간입니다."

헬기 소리를 처음 들은 사람은 포리스트였다.

"오고 있습니다."

그는 낡은 야전 망원경을 눈에 갖다 대고 북쪽을 살폈다. 몇 분 뒤에야 델러니 수사대장은 헬기의 요동치는 소리를 들을 수 있었다. 그는 포리스트가 살펴보는 쪽을 지켜보았다. 곧 헬기가 나타났다. 헬기는 '악마의 바늘' 정상을 회전하며 서서히 하강했다.

무전기가 삑삑거렸다.

"칠턴 하나 나와라. 여기는 칠턴 둘. 잘 들리나?"

새뮤얼 밴즈 총경의 엄격하고 빠른 음성이었다. 그 소리는 무전기를 통하여 그 너머에서 들려오는 헬기의 요란한 소리 때문에 중간중간 끊겼다. 무선통신원이 대답했다.

"잘 들린다, 칠턴 둘."

"하강한다. 지형 탐색 중이다. 델러니 대장은 어디 있나?"

"이동 마이크를 쥐고 대기 중이다. 포치에 있다. 델러니 대장도 교신 내용을 듣고 있다."

"바위 정상은 눈으로 뒤덮여 있다. 중앙에 수북이 쌓인 눈이 보인다. 그게 대니얼 블랭크인 것 같다. 움직임은 없다. 우리는 내려간다."

포치에 서 있던 사람들은 떠오른 태양 때문에 부신 눈을 깜빡이며 위쪽을 쳐다보았다. 헬기는 요란한 소음을 내며 원을 그리고 천천히 하강했고, 더욱 속도를 낮춰 바위 정상 부근을 회전했다.

"칠턴 하나 나와라. 여기는 칠턴 둘."

"잘 들린다, 칠턴 둘."

"살아 있다는 흔적이 없다. 전혀 없다. 헬기의 하향 돌풍이 덮인 눈에까지 미치고 있다. 얼어붙은 모양이다. 내려가겠다."

"알았다."

그들은 헬기가 바위 위에 거의 정지한 채 떠 있는 것을 지켜보았다. 화물칸의 커다란 문이 열렸다. 한참 시간이 경과한 뒤에야 작은 그림자 하나가 열린 문 앞에 나타나 허공으로 발을 내디뎠다. 그 그림자는 어깨와 가슴을 가로질러 보호장비를 두르고 케이블에 대롱대롱 매달렸다. 그는 오른손에는 장총을 쥐고 있었고, 왼손은 가슴에 묶인 무전기에 대고 있었다.

"칠턴 하나 나와라. 여기는 칠턴 둘. 칠턴 셋이 내려가고 있다. 2미터 거리에서 무선교신을 시도해 보겠다."

"칠턴 둘 나와라. 여기는 칠턴 하나. 나는 델러니다. 여기에서 그곳이 보인다. 바위 위에 움직이는 물체는 없는가?"

"전혀 없다, 대장. 몸의 윤곽이 보일 뿐이다. 그는 눈 속에 묻혀 있다. 이제 무선교신을 시도하겠다. 칠턴 셋, 나와라. 여기는 칠턴 둘, 내 말 들리나?"

그들은 헬기 아래에 대롱대롱 매달린 사람을 지켜보았다. 그의 몸뚱이는 천천히 허공에서 원을 그리며 흔들리고 있었다.

"칠턴 둘 나와라. 여기는 칠턴 셋. 크고 분명히 들린다."

파버는 숨을 몰아쉬고 있었다. 헬기의 소용돌이 속에서 그는 거의 고함을 질러댔다.

"칠턴 셋 나와라. 여기는 칠턴 둘. 반복한다. 내 말 들리나?"

"여기는 칠턴 셋. 분명히 들린다고 대답했다."

"칠턴 셋 나와라. 여기는 칠턴 둘. 반복한다. 내 말 들리나?"

델러니 서장은 혼잣말로 투덜거리다가 마이크를 입으로 가져갔다.

"여기는 칠턴 하나. 칠턴 셋 나와라. 내 말 들리나?"

"들린다, 칠턴 하나. 크고 분명하게 들린다. 무슨 일인가? 내 말 들리는가?"

"잘 들린다, 칠턴 셋. 곧 다시 교신하겠다. 칠턴 둘 나와라. 여기는 칠턴 하나. 여기는 칠턴 하나."

"여기는 칠턴 둘. 나는 밴즈다."

"델러니 수사대장입니다. 총경님, 여기서 칠턴 셋과 교신했습니다. 그는 우리 말을 들을 수 있습니다. 우리도 칠턴 셋의 말을 들을 수 있습니다. 또 칠턴 셋은 칠턴 둘의 말을 들을 수 있습니다. 그런데 칠턴 둘에서는 칠턴 셋의 말이 들리지 않는 모양입니다."

밴즈가 화가 나서 투덜거렸다.

"이런 빌어먹을! 다시 한 번 해보겠네. 칠턴 셋 나와라. 여기는 칠턴 둘. 내 말 들리나? 들리면 응답하라!"

"여기는 칠턴 둘. 들립니다. 이거 추워서 미치겠어요."

"칠턴 둘 나와라. 여기는 칠턴 하나. 칠턴 셋이 들린다고 응답하는 소리를 들었다. 거기서도 들었나?"

밴즈는 음울하게 투덜거렸다.

"여기는 칠턴 둘, 한 마디도 못 들었다. 좋다. 무전기를 조사하기 위해 칠턴 셋을 다시 끌어올릴 수는 없다. 칠턴 하나를 통해 명령을 하달하겠다. 알았나?"

델러니는 대답했다.

"알았다. 칠턴 셋 나와라. 여기는 칠턴 하나. 칠턴 둘은 그쪽 말을 듣지 못한다. 그러나 칠턴 둘에서 내 말은 들린다. 모든 명령은 칠턴 하나를 통하여 하달될 것이다. 알았나?"

"알았다, 칠턴 하나. 응답자는 누군가?"

"델러니 수사대장이다."

"대장님, 절 바위 위에 내려놓으라고 전해주세요. 지금 얼어 죽을 지경입니다."

"칠턴 둘 나와라, 여기는 칠턴 하나. 칠턴 셋을 내려라."

그들은 밧줄 끝에 매달려 대롱거리는 사람을 지켜보았다. 갑자기 1미터가량이나 그 사람이 밑으로 뚝 떨어졌다가 그 반동으로 다시 허공으로 치켜 올라갔다. 파버의 몸이 미친 듯 상하좌우로 흔들렸다. 그는 비명을 질렀다.

"이런 젠장! 천천히 내려주세요! 팔이 부러질 뻔했잖아요!"

델러니는 그 말은 전하지 않았다. 그는 다만 지켜보고 있었다. 몇 분 사이에 케이블이 서서히 풀리기 시작했다. 파버는 '악마의 바늘' 표면에 차츰 가까워지고 있었다.

"여기는 칠턴 하나, 칠턴 셋 나와라. 움직임은 있나?"

"없다. 아무것도 움직이지 않는다. 가운데 눈이 뒤덮여 있다. 눈이 한쪽으로 쏠렸다. 지금 내려간다. 3.5미터 거리다. 천천히 내려라, 천천히! 천천히 내려라! 이런 젠장!"

"칠턴 둘 나와라, 여기는 칠턴 하나. 파버가 바위에 거의 내려 왔다. 케이블을 더 천천히 내려라. 반복한다. 천천히 내려라, 천천 히."

"알았다, 칠턴 하나. 여기서도 보인다. 칠턴 셋은 거의 표면에 닿았다. 조금만 더, 조금만 더."

"여기는 칠턴 하나. 이제 내려섰다. 두 발이 바위에 닿았다."

델러니는 이제 칠턴 셋에게 말했다.

"눈이 얼마나 쌓였나?"

"표면에 2.5센티미터 정도, 눈이 몰린 곳에는 7.5센티미터 정도 다. 염병할 놈의 케이블에 좀 더 여유가 있어야 안전장치를 풀어 낼 수 있을 것 같다."

"칠턴 둘, 케이블을 좀 더 내려라."

"알았다."

"됐다, 칠턴 하나. 이제 풀어냈다. 헬기를 불러들여라. 날아갈 것 같다."

"칠턴 둘, 안전장치를 풀어냈다. 이제는 떠나도 좋다."

헬기는 기우뚱거리다가 '악마의 바늘' 상공으로 떠올라 커다란 원을 그리며 회전하기 시작했다.

델러니가 물었다.

"칠턴 셋, 거기 있나?"

"여기 있다."

"살아 있나?"

"이니다. 눈 속에 묻혔다. 이것을 벗을 때까지 좀 기다려라."

"숨을 쉬고 있나? 입 부근의 눈이 녹아 있나? 구멍이 있나?"

"아무것도 안 보인다. 눈에 완전히 덮여 있다."

"눈을 치워라."

"뭐라구?"

"눈을 치워라. 그의 몸에 덮인 눈을 모두 치워라."

"무엇으로 치우나? 장갑도 없다."

"손으로 치워라. 두 손을 쓰란 말이다. 눈과 얼음을 모두 걷어내라."

파버가 숨을 헐떡거리는 소리가 들렸다. 장총이 바위 같은 것에 부딪히는 소리와 억눌린 음성으로 욕을 퍼붓는 소리도 들렸다.

"칠턴 하나 나와라. 여기는 칠턴 둘. 무슨 일인가?"

"파버가 눈을 치우고 있다. 파버! 파버! 어떻게 되어가나?"

"혐의자는 벌거벗고 있다!"

델러니는 심호흡을 하고 포리스트와 스니드를 돌아보았다. 그러나 그들의 눈은 '악마의 바늘'을 향하고 있었다.

델러니는 마이크에 대고 최대한의 인내력을 발휘하여 말했다.

"그렇다. 그렇다. 그놈은 벌거숭이다. 이미 아는 사실 아닌가? 사진을 봤잖나. 눈을 깨끗이 털어내라."

"맙소사! 몸뚱이가 차다. 딱딱하다. 빌어먹게 딱딱하다. 몸이 새하얗다."

"깨끗이 닦았나?"

"난, 나는……."

"도대체 무슨 일인가?"

"토할 것 같다."

델러니는 마침내 화가 나서 부르짖었다.

"그럼 토해라, 이 돌대가리. 죽은 사람 보는 게 처음인가?"

머뭇머뭇 파버가 대답하는 소리가 들렸다.

"본 적은 있지만…… 만진 적은 없다."

델러니는 고함을 질렀다.

"그럼 지금 만져라! 그게 자넬 깨물기라도 할 것 같나? 젠장, 얼굴을 닦아내라."

"얼굴……. 이런 젠장!"

"이번엔 뭔가?"

"놈이 눈을 뜨고 있다! 날 똑바로 쳐다보고 있다!"

델러니는 마이크에다 대고 벽력처럼 고함을 질렀다.

"이 덜떨어진 자식, 얼간이처럼 굴지 말고 남자답게 할 일을 해라!"

"칠턴 하나 나와라. 여기는 칠턴 둘. 나는 밴즈다. 도대체 무슨 일인가?"

델러니는 으르렁거리며 대답했다.

"파버가 바보처럼 굴고 있습니다. 시체를 만지지 못하고 있습니다."

"그렇다고 그렇게 거칠게 굴어서야 되겠소?"

"그렇지 않습니다. 그렇다면 파버에게 노래라도 불러줘야 합니까? 시체를 내리고 싶은 겁니까 아닙니까?"

한동안 대답이 없었다. 이윽고 밴즈는 말했다.

"좋소. 당신 방식대로 하시오. 내려가면 나와 얘기 좀 합시다."

"언제든 좋습니다."

델러니는 큰 소리로 부르짖고는 포리스트와 스니드를 바라보았다. 이번에는 그들 두 사람 모두 멍하니 델러니를 쳐다보고 있었다.

"이제 좀 가만 계십시오, 총경님. 얼간이 갓난애하고 얘기를 계속해야 합니다. 파버, 거기 있나? 파버!"

"여기 있다."

작고 힘없는 목소리였다.

"눈을 닦아냈나?"

"닦아냈다."

"손을 그자의 가슴에 대라. 가볍게. 심장의 고동이나 호흡을 느낄 수 있는지 살펴라."

잠시 후에 대답이 들렸다.

"아무것도 느낄 수 없다."

"얼굴을 그자의 입술에 갖다 대라."

"뭐라구요?"

"네 얼굴을 그자의 입술에 갖다 대란 말이다. 알아들었나?"

"글쎄…… 알아듣긴 했지만……."

"그자가 숨을 쉬는지 확인하란 말이다."

"맙소사."

"뭔가?"

"숨결이 없다. 죽었다. 분명하다."

"알았다. 안전장치를 시체에 매라. 시체의 어깨를 둘러서 팔에 고정시켜라. 매듭이 위쪽으로 향했는지 확인하라."

그들은 기다렸다. 포치에 서 있는 사람들은 이제 모두 '악마의 바늘' 정상을 바라보고 있었다. 공원 안에 들어와 있는 사람들도 모두 마찬가지였다. 경비대원들도 저격수들도, 기자들도 모두 바위 꼭대기를 지켜보고 있었다. 텔레비전 카메라는 바위 꼭대기를 향하고 있었다. 말소리도 움직이는 소리도 거의 들리지 않았다. 델러니는 그들이 거의 움직이지도 않는다는 것을 깨달았다. 그들은 모두 그 순간 순간에 사로잡혀 오직 기다리고 있었다.

델러니는 마이크에 대고 다시 말했다.

"파버, 파버! 시체에 안전장비를 걸었나?"

떨리는 음성이 흘러나왔다.

"못 하겠다. 못 하겠다."

"이번엔 또 무슨 일인가?"

"두 팔과 두 다리를 쫙 펴고 있다. 맙소사, 이놈의 싱기도 안 보인다."

델러니는 다시 화를 내며 고함을 질러댔다.

"그놈의 성기 같은 건 집어치워라! 성기는 잊어라! 그놈의 팔도 잊고, 두 다리를 한데 모아서 안전장비를 채운 다음 장비를 상체 쪽으로 끌어올려라."

"못 하겠다."

"잘 들어라, 이 돌대가리 멍청이. 넌 자원해서 이 일을 맡았다. 뭐라고 했나? '내가 그놈의 자식을 처리하겠습니다.' 라고 하지 않았나? 좋아. 그래서 자넨 거기 올라갔다. 그러니 그놈을 처리해라. 두 발목을 한데 모아라."

"아주 뻣뻣하고 딱딱하다. 나무 토막 같다."

"뻣뻣하고 딱딱해? 나무 같아? 지금이 7월 한낮이 아니라서 유감이란 말인가? 그래서 삽으로 간단히 떠올리지 못해서 안타깝다는 건가? 그러고도 경찰인가? 사람들이 너에게 뭘 하라고 봉급을 주는 것 같나? 세상의 쓰레기를 치우라고 주는 거 아닌가? 자, 내 말 잘 들어라, 이 젖먹이 멍청아. 두 다리를 한데 모아라."

한동안 침묵이 흘렀다. 버트램 스니드 서장은 몸을 돌려 포치 저편으로 걸어갔다. 델러니는 그것을 바라보고 있었다. 스니드는 난간을 꽉 붙잡은 채 반대편을 바라보고 있었다.

"칠턴 하나?"

파버의 음성이 희미하게 들려왔다.

"말해라. 다리를 한데 모았나?"

"쉽지 않다. 움직이지 않는다. 얼어붙은 것 같다. 몸이 바위와 함께 얼어붙은 것 같다."

델러니는 갑자기 부드러운 음성으로 그를 격려했다.

"물론 그럴 거다. 얼어붙었겠지. 당연하다. 다리를 잡고 천천히 모아라. 살갗 같은 건 생각하지 말고 다리를 앞뒤로 움직여라."

"알았다. 아, 하느님 맙소사!"

그들은 기다렸다. 델러니는 그 사이에 코트를 벗고 주위를 둘러보았다. 포리스트가 코트를 받아주었다. 델러니는 자신이 진땀을 흘리고 있다는 것을 깨달았다. 땀이 줄줄 흘러내리는 것이 느껴졌다.

"칠턴 하나?"

"말하라."

"다리와 엉덩이 살이 뜯어져 나갔다. 바위 위에 달라붙었다."

"걱정하지 마라. 그자는 아무것도 못 느낀다. 양쪽 팔목을 하나로 모았나?"

"안전장비를 끼울 정도는 된다."

"좋다. 이제 그자의 몸뚱이 전체를 상하좌우로 흔들어서 그자의 몸뚱이를 바위에서 완전히 떼어내라."

"아, 맙소사."

파버가 소리쳤다. 그들은 이제 그가 울고 있다는 것을 알 수 있었다. 그들은 서로의 얼굴을 회피했다. 파버가 신음소리를 냈다.

"몸뚱이 전체가 쪼그라들었다. 다 쪼그라들고 배만 부풀어 올랐다."

"그런 건 쳐다볼 것 없다. 계속해 흔들어서 바위에서 떼어내라."

"알았다. 이제 바위에서 떨어졌다. 살갗이 많이 떨어져 나가지 않았다."

"잘했다. 정말 잘했다. 이제 안전장비를 시체에 걸어라. 그자의 다리를 움직일 수 있나?"

"물론이다. 맙소사, 별로 무겁지도 않다. 해골 같다. 두 팔은 아직도 양쪽으로 한껏 벌려져 있다."

"그건 상관없다. 아무 문제도 안 된다. 안전장비는 어떻게 돼 있나?"

"시체의 상체로 끌어올리는 중이다. 잠깐, 됐다. 다 됐다. 제자리를 잡았다. 팔 밑에 걸었다."

"빠지지 않겠나?"

"그럴 리 없다. 두 팔이 뻣뻣이 양쪽으로 뻗쳐 있다."

"헬기를 불러도 되겠나?"

"서둘러주길 바란다!"

"여기는 칠턴 하나, 칠턴 둘 나와라."

"여기는 칠턴 둘, 잘 들린다. 나는 샌즈다."

"안전장비를 시체에 걸었다. 끌어올려도 좋다."

"알았다. 지금 간다."

"파버, 들리나?"

"들린다."

"헬기가 곧 시체를 끌어올릴 거다. 나를 위해 한 가지만 더 해 주기 바란다."

"뭔지 말하라."

"눈 속을 더듬어서 얼음도끼를 찾아라. 망치 크기다. 한쪽에는 긴 곡괭이형 도끼날이 달려 있다. 그걸 가지고 내려와라."

"찾아보겠다. 나도 부탁이 있다."

"뭔가?"

"헬기가 최대한 빨리 다시 오도록 조처해 주기 바란다. 여기 한 순간도 더 있기 싫다."

"걱정 마라. 곧 돌아가서 데리고 내려올 것이다. 약속한다."

델러니는 헬기가 '악마의 바늘' 정상 부근으로 서서히 하강할 때까지 지켜보고 있다가 오두막으로 돌아가서 무선장비가 놓인 책상 위에 마이크를 올려놓았다. 그는 심호흡을 하고 떨리는 손을 내려다보았다. 그는 다시 밖으로 나가 계단을 내려가 땅을 밟고 섰다. 이제는 사진기자들이 분주히 움직이고 있었다. 렌즈가 일제히 '악마의 바늘' 정상으로 하강하는 헬기를 추적하고 있었다.

델러니는 눈 속에 서 있었다. 모자를 똑바로 쓰고 딱딱한 제복의 칼라를 후크로 잠그고 있었다. 다른 사람들과 마찬가지로 그의 고개도 뒤로 젖혀 있었고, 입은 딱 벌어져 있었으며, 눈은 위쪽을 쳐다보고 있었다. 그들은 기다렸다. 잠시 후 헬기 소리가 더욱 요란해졌다. 헬기가 회전을 시작하여 그들에게 다가오고 있었다.

흔들리는 케이블 끝에 대니얼 G. 블랭크의 몸뚱이가 안전장비에 대롱대롱 매달려 있었다. 안전장비는 그의 뻣뻣한 두 팔 밑에 걸려 있었다. 그의 머리는 마치 분노한 듯 뒤쪽으로 젖혀져 있었고, 발목은 가까이 맞붙어 있었으며, 쪼그라든 몸뚱이는 새하얀 빛이었고, 여기저기 상처와 찢긴 자국이 있었다.

헬기가 착륙하기 위해 점점 고도를 낮추었다. 면도한 두개골이 보였다. 살갗이 뜯겨 나간 진홍빛 상처가 보였다. 기묘한 한 마리의 새가 대롱대롱 매달려 오고 있었다. 그때 돌연 아직 낮게 떠 있는 태양의 광선을 받아 그 몸뚱이에 후광 같은 것이 어렸다. 시체 전체가 마치 발광체처럼 빛을 발했다. 그러나 시체가 지상에 내려지면서 그 빛은 사라졌다.

델러니는 그 광경을 등지고 돌아서서 걷기 시작했다. 누군가가 그의 어깨를 잡았다. 그는 고개를 돌렸다. 곰 스모키, 스니드 서장이었다. 스니드는 이를 드러내며 웃었다.

"자, 우리가 마침내 이놈을 잡았군요. 그렇지요?"

델러니는 어깨를 들썩여 그의 손을 떼어내고 계속해서 걸었다. 그의 등 뒤에서는 아직도 헬기의 요란한 굉음이 울려 퍼지고 있었다.

"하느님, 우리를 보살피소서."

에드워드 X. 델러니는 큰 소리로 외쳤다. 그러나 그 소리를 들은 사람은 아무도 없었다.

에필로그

여기 기록한 사건들이 벌어진 때로부터 몇 달 뒤 다음과 같은 일들이 뒤를 이었다.

크리스토퍼 랭글리와 짐머만은 결혼식을 올렸다. 델러니는 기쁜 마음으로 그 결혼식에 참석했다. 이 행복한 신혼부부는 새러소타로 이사를 했다.

캘빈 케이스는 작가의 도움을 받아 『등산 기본기』라는 제목의 책을 펴냈다. 책은 제법 잘 팔렸다. 이 책은 처음 등산을 시작하는 사람들에게 안내서 역할을 했다. 케이스는 두 번째 책 『세계 최악의 10대 등산 코스』를 집필 중이다.

앤서니(토니) 먼포트는 유럽의 부모에게 돌아갔다. 밸린터가 현재 어디에 있는지는 밝혀지지 않고 있다.

찰스 립스키는 복지연금 수표를 위조하는 일에 관여한 혐의로 지금 재판을 기다리는 중이다.

새뮤얼과 플로렌스 머튼 부부는 남녀가 나체로 수영을 즐길 수 있는 '헬스클럽' 체인의 첫 번째 시설을 개장했다. 그들은 '공중도덕 침해' 혐의를 받아 기소가 진행 중이다. 그러나 재판이 계류 중이기 때문에 자유롭게 활동하고 있다.

전 경찰청 부청장 브로턴은 소속 정당의 뉴욕 시장 후보 선거 경쟁에 뛰어들었으나 패배했다. 그는 현재 '법과 질서'를 강령으로 내건 정당을 창당하려고 애쓰고 있다.

마티 도르프만 경위는 서장 시험에 합격하여 순찰국의 법률자문관으로 임명되었다.

제리 페르난데스 경위와 맥도널드 경사, 블랭큰십 형사는 표창장을 수여받았다.

토머스 핸드리 기자는 최근에야 시인이 되는 것을 포기했으며 소속 신문사의 워싱턴 지국으로 발령받았다.

샌포드 퍼거슨 박사는 어느 날 아침 일찍 애인의 집을 출발하여 자기 집으로 돌아오는 길에 교통사고로 사망했다.

부시장 앨린스키는 지금도 여전히 부시장이다. 존슨 경감과 토어슨 부경감은 일계급 특진했다.

에드워드 X. 델러니는 경감으로 승진하는 동시에 범죄수사국 국장으로 임명되었다. 대니얼 G. 블랭크가 죽은 지 한 달쯤 지난 뒤에 바바라 델러니는 프로테우스 감염으로 사망했다. 1년여의 기간 동안 아내의 죽음을 애도한 델러니 경감은 모니카와 재혼했다. 델러니 부인은 현재 임신 중이다.

〈끝〉

밀리언셀러 클럽을 펴내면서

지난 수백 년 동안 소설은 기묘하면서도 교양 넘치고, 자유로우면서도 현실에 뿌리 박고 있으며, 흥미진진하면서도 감동적인 이야기로 독자들의 사랑을 독차지해 왔다.

민담이나 전설 등에 비해 비교적 최근에 탄생한 이야기 형식인 소설이 순식간에 이야기 왕국의 제왕으로 올라선 것은 현대인들이 살아가면서 느끼는 희망과 절망, 불안과 평화 등 온갖 삶의 양상들을 허구 속에 온전히 녹여 내어 재창조함으로써 이야기를 읽는 기쁨과 더불어 삶을 재발견하는 즐거움을 주어 온 까닭이다.

사실 이야기를 읽음으로써 삶을 다시 생각하고, 삶을 생각함으로써 이야기를 다시 만들어 온 것은 인간이라면 피할 수 없는 숙명이다.

그런데도 최근 이야기의 제왕이라는 소설의 위기를 말하는 목소리가 점점 늘어나고 있다. 만약에 이 말이 사실이라면, 그리하여 사람들이 소설을 점차 외면하고 있다면, 핏속에 스며들어 있으며 뼛속에 틀어박힌 이야기 본능이 무언가 다른 것에 홀려 있음에 틀림없다.

사람들은 이제 이야기를 소설이 아니라 거리에서, 인터넷에서, 영화에서, 드라마에서, 광고에서, 대중가요에서 즐기고 있는 것이다.

'밀리언셀러 클럽'은 이러한 소설의 위기를 넘어서려는 마음에서 기획되었다. 국내 뿐만 아니라 전 세계 각국에서 독자들의 사랑을 한껏 받은 작품들을 가려 뽑아 사람들 마음을 다시 소설로 되돌리고 이야기를 한껏 즐길 수 있도록 배려하였다.

'밀리언셀러'라는 이름을 단 것은 소설이 다시 사람들의 마음을 끌어 널리 읽히기를 바라기 때문이고, '클럽'이라는 이름을 단 것은 소설을 사랑하는 독자들이 이 작품들을 가운데 놓고 오랫동안 이야기를 나누기를 바라기 때문이다.

앞으로 '밀리언셀러 클럽'에는 예로부터 오늘날까지, 동양에서 서양까지 시대와 장소를 가리지 않고 널리 독자들의 사랑을 받아 온 작품들 중에서 이야기로서 재미에 충실할 뿐만 아니라 인간 본연의 모습을 확인시켜 줄 수 있는 소설들이 엄선되어 수록될 것이다.

이 작품들이 부디 독자들을 소설의 바다로 끌어들여 읽기의 즐거움을 극대화함으로써 이야기 본능을 되살려 주어 새로운 독서 세대를 창출하기를 바라는 마음 간절하다.

제1의 대죄 3

1판 1쇄 찍음 2006년 4월 20일
1판 1쇄 펴냄 2006년 4월 25일

지은이 ㅣ 로렌스 샌더스
옮긴이 ㅣ 최인석
편집이 ㅣ 장은수
발행인 ㅣ 박근섭
펴낸곳 ㅣ **(주) 황금가지**

출판등록 ㅣ 1996. 5. 3. (제16-1305호)
주소 ㅣ 135-887 서울 강남구 신사동 506 강남출판문화센터 5층
전화 ㅣ 영업부 515-2000 / 편집부 3446-8773 / 팩시밀리 515-2007
홈페이지 ㅣ www.goldenbough.co.kr

값 9,500원

ⓒ **(주) 황금가지**, 2006. Printed in Seoul, Korea

ISBN 89-8273-983-1   04840
ISBN 89-8273-980-7 (세트)